夜长梦多

赵兰振 著

作家出版社

图书在版编目（ＣＩＰ）数据

夜长梦多 / 赵兰振著 . -- 北京 : 作家出版社，2016.4

ISBN 978-7-5063-8888-7

Ⅰ . ①夜… Ⅱ . ①赵… Ⅲ . ①长篇小说－中国－当代 Ⅳ . ① I247.5

中国版本图书馆 CIP 数据核字（2016）第 076733 号

夜长梦多

作　　者：赵兰振
责任编辑：史佳丽
封面设计：仙　境
出版发行：作家出版社
社　　址：北京农展馆南里 10 号　　邮　　编：100125
电话传真：86-10-65930756（出版发行部）
　　　　　86-10-65004079（总编室）
　　　　　86-10-65015116（邮购部）
E-mail:zuojia@zuojia.net.cn
http://www.haozuojia.com（作家在线）
印　　刷：北京彩虹伟业印刷技术有限公司
成品尺寸：152×230
字　　数：300 千字
印　　张：19
版　　次：2016 年 6 月第 1 版
印　　次：2016 年 6 月第 1 次印刷
ISBN　978-7-5063-8888-7
定　　价：36.80 元

每个人
一生都活在故乡之中

第 一 部

　　南塘在有条不紊地操办着她的事情，透过晨昏的雾霭，噬水村的人们似乎能窥见她忙碌的身影，听见黠慧的她禁不住的掩口失笑——绝不是耸人听闻，有相当长一段时间，在深夜的巷子里，许多人都听见有一个年轻女人在笑，声音不高，但很清脆，低低地一阵阵回荡，有时直到清晨才停下来。

当初的南塘可不是后来变成的那个样子：充满艳丽的恐怖，拥有一个我们无法知晓，却在我们一点儿也没有防备的情形下猛然显现一角的世界。那时候的南塘不过是一口普通的池塘而已，长三十丈，宽二十丈，一池碧水荡漾在平展展的田野当中，你不走近根本无法发现她。她像一位坐在新房里的新嫁娘，质朴、安静、清洁。她的岸坡又直又陡，铁锹打磨的形状与光亮完好保持了一年，等到第二年才消失殆尽。她隆起的岸堤当年没有长草，那些从地下挖出来的生土瓣子没有变成熟土，散发出与周围暗褐色的土壤截然不同的黄白色，像一群新坟簇拥着她。那些土单纯瘠薄，点缀着大小不等的砂姜和残碎的白色贝壳，看上去像天花病人的麻脸，连田野里随意挥洒的杂绿都不愿覆盖它……从南塘诞生的那个春天开始，这种和每一口新挖池塘并无二致的平凡景象持续了四年。四年里人们没有发现这口池塘特殊的秉性，他们在这口池塘里淘粮食、洗澡，也利用这口池塘灌溉庄稼。但没有人想起养鱼，因为这儿是豫东平原，他们世世代代都是以耕种为业，土地才是他们相依为命的朋友，而水——他们既不屑一顾又害怕。水不能给他们冲来粮食，却能在某一年的涝季将他们眼看就要到手的粮食冲走。但某一年水懒得光顾本地时，他们眼看就要到手的粮食照样会灰飞烟灭。涝和旱是他们灾难记忆的主体，他们对水的说法一言难尽。

人们对南塘刮目相看始于四年头上的那个春天，一个喜欢打鱼但不喜欢吃鱼的村人——这种人被人们视为"二流子"——在南塘里撂了一网，他没有希望他的渔网能抓到什么东西，仅仅是因为无聊，他要在田野里胡乱溜溜，要找点事情做。他因为被视为二流子，所以可以偷懒，可以不去参加一些没有任何用途的集体劳动——比如把土用箩筐从一个地方抬到另一个地方，再从另一个地方抬回原来的地方，好为分发工分找到正当的理由。

偷懒是所有二流子的通病，但并不是所有的二流子都喜欢逮鱼。人们送给这位看见水双眼就闪闪发光的二流子一个得体的外号：水拖车（即水蜘蛛，一种只在水面上奔跑的长腿蜘蛛）。水拖车想着这塘清水已经在原野里澄了三四年，不会不生出几尾拃把长的鲫鱼片子。鲫鱼片子那玩意儿据说是蚂蚱的子儿生的，只要有水就有它的影子。水拖车盘算着南塘里鲫鱼的大小和体色，是黑鳞还是铜鳞，喜好藏身哪个塘角，他撂几网能够和鲫鱼们谋面……这些活蹦乱跳的鲫鱼促使他躲开众人，在一个上午掂着他的破渔网径自去了南塘。他没有任何奢望，就是想试试手气，即使没有鲫鱼片子，他也不会失望。打鱼空手而归是平常，满载而归是反常。水拖车享受的是过程而非结果，他的心态无比优良。他到了南塘，绕着塘堰逡巡，并不急于撒网。等到他的侦察初步有了结果，他才慢腾腾踱下塘坡，在西北角撒网，他磨转身子，使出全身的力气朝塘心里哗啦撂了一网。他甚至都没有急于收网，停了许久才抖了抖网纲绳，缓缓地交替双手开始一把一把拉网上岸。他漫不经心地蹲在水边，泰然地眯缝着眼，用手倾听着他那张补了又补的破撒网走过水底的匆匆脚步声。突然，他蹲着的身子绷了起来，他的眼睛一下子变成了牛眼，瞪得溜圆。他绷紧的半弯的身子像拉满弦的弓。他忠诚的网纲绳激动得发抖，告诉他网住了大鱼。"这不可能，"他嘴里咕咕哝哝，"这不可能！"但网纲绳拉着沉重的网兜不慌不忙走了上来，接近岸边的时候网兜里发生了地震，接着水面绽放出愤怒而绚烂的白花。他网住了大鱼! 那是条红鲤鱼，头有一个刚刚出生的婴儿的头颅那么大，眼睛死死盯着人，就像两片会说话的大拇指甲。它满身通红，分叉的尾巴像溅射的鲜血。水拖车没把这条红鲤鱼带回家，甚至没碰它一下。他拉它上岸，离水半尺就不再动作。他浑身哆嗦着，一点一点掂散网片，要不是舍不得他的网，他一定爬起来跑开。但他只有这一张破网，而这张网几乎等于他半条性命，比老婆儿子都金贵，是他打发漫长难挨时光的伙伴。"天啊，"他咕哝着，"我的天啊！"那条鱼太大了，身子差不多有一个大人那么长，他觉得一庹都庹不尽。它完全可以挣脱他的破网溜走，但上岸后它扑腾得并不怎么厉害，仅仅是听凭他给它解开纠缠的网片，有时动作一下看上去也是为了配合他不住发抖的双手，像一个被晚辈侍奉的老人。这是口新塘，水拖车心脏咚咚咚咚狂响着掰着指头算账：四年，才四年啊！天啊，哪里能有这么大的鱼，还是红鲤鱼！足足有四十斤。不可能！这不可能！！水拖车眼里有水，对鱼的估重绝不会上下差三两，那么就是说，这条鱼每年要长十斤，才能有如此的个头。这是一池瘠薄的新水，缺少养出大鱼的养分，一般野地里的池塘四年龄的鲤鱼能长成三五斤已经足天，而这条鱼却是四十斤。水拖车心脏扑通扑通跳个不停，震得他的头发懵手发抖，他颤抖着双手趔着身子小心翼翼解散网片，让大鲤鱼顺势一跃哧溜蹿入水中。

"你一定是在做梦！"第二天水拖车比比画画，在饭场里把这条头天钻进他网里的红鲤鱼讲给村人们听，没有一个人相信他的话。他平素胡言乱语惯了，傻瓜才把他的话当回事儿呢！水拖车急得抓耳挠腮，别人越不相信他越是躁动不宁，最后他一不做二不休，突然亮出了口袋里久藏不露的确凿证据：那是一片鱼鳞，比巴掌还要大，呈半透明状，下半部分红得滴血。"爱信不信。"水拖车像是在与人争辩，其实没有一个人想与他争辩。那片鱼鳞像是一面铜锣，比他两个手掌展开并一起还要大出许多，在树荫筛下的阳光斜照里一闪一闪耀亮。"网线挂着了它的鳞，"谈到他的渔网挂落了鱼鳞，水拖车有点心虚，话语染上了恐怖的黑颜色，"但我不是故意的，我的手那么轻那么轻，它一扑棱尾巴就钻进了水里。"大鱼钻进水里后，又在池塘的中央哗啦大叫一声跃上半空，水拖车看见了它看他的眼神，像是在示威，但并没有真生气。可是他挂落了它的鳞！

南塘的大家闺秀风范让人钦慕，她不会因为小东小西说不上口的琐事和水拖车计较——至于十一年后落在他儿子身上的那场长长的影子可以覆盖渗透一个人整个一生的灾难，也不是生发于这片鱼鳞。但对于不恭敬的人，南塘的手腕也让人不寒而栗。水拖车向人炫示他那片鱼鳞，有点胆战心惊。他起初发狠沤烂肚里也不说出这件事情，不对任何人说，甚至包括媳妇，还有他一没事儿就对着说悄悄话的那张破渔网——尽管它什么都清楚，清楚事情的始末。水拖车想让这件事情成为一桩秘密。但他从来没有过什么秘密，他那副躯体已经不适合当作贮藏秘密的仓库，秘密在他身体里，有点像老虎关进了笼子。那条红色的大鱼大睁着眼睛整整折腾了他一夜，他觉得如果它再不跃出他的身体，他非憋闷死不可。早饭时分他没有端碗，而是就那么空着两手走进了饭场，而那片红色的大鱼鳞，几乎撑破了他粗布裤子上的口袋。他站在饭场里东瞅西瞧，嘴唇不知道怎么样一动，那条他打算一生都不放出去的大红鱼，哧溜一下就蹿了出来。细细算算，那桩红鱼的秘密在他的身体里待了再等三两个小时就够一天——二十四小时了，对水拖车来说，这可是比一百年还要漫长一百倍的打破纪录的时间。

除了刮风下雨，嘘水村的人无论春夏秋冬，吃饭都要凑饭场，一群人或蹲或站，边聊边吃，仿佛不就点话语，那些红薯面窝头、棒子粥什么的粗糙饭食就难以滑溜地润下肚去。饭场通常位于村口或街角，是几户人家的中心，大人孩娃能抬腿就到，能有几棵树当然更好，这样蹲在地上脊梁有个依靠，言语上浮食物下沉都更顺畅。当时村子里还不像后来那样贫富有别，家家户户境况差不太多，都是粗茶淡饭，每只碗里的内容大同小异，无非是苞谷碴啊豆面条啊咸稀饭啊之类，筷子上串着的是窝头或红薯干面面饼。鲜有人家端出炒菜，能有辣椒泥或生蒜瓣就馍下饭已是美味佳肴，连腌制的酱豆醋蒜什么的都鲜见。当然饭场也有许多讲究，有男人的饭场、女人的饭场、对脾味人的饭场……其至不对脾味的性情各异的人偏偏凑成一个饭场，在饭场里他们边吃边打口仗。水拖车走进的这处饭场就在他家的西北角，出门厌歪厌歪脸就能看见。水拖车捧着那片鱼鳞，就像捧着一件易碎的传世珍宝，让大伙儿大饱眼福，他为自己赢得了人们的关注而沾沾自喜，他想让每个人看清鱼鳞。就在水拖车炫示他的鱼鳞时，有个站在人堆外头的人斜乜一眼却说了这么一句话："鱼！鱼！！——斗你两场你就不鱼鱼的啦！"这个声音不高，却充满杀机，像大年初一燃放的大擂子炮仗火药味十足。凑过来伸着头看鱼鳞的每个人都听见了这句话，于是都各回各位，一下子阒寂无声，每个人看上去像是专注于吞咽，甚至也不再关心那片玄秘的红鱼鳞。水拖车傻傻地呆站着，瞪着不大的眼睛，像是在倾听众人升起的鳞次栉比的咀嚼声，一时不知是走还是留好。

铳出此话的人此时正在啃筷子上叉着的两个黑暗的窝头，那种窝头是小苏打粉发动得膨胀了起来的红薯干面窝头，刚刚蒸好出锅时泛着一明一明的光芒，咬一口会粘在牙齿上好半天才能卸上舌头。这种窝头需趁热去吃，否则半个小时后它就苍老变硬，像铁蛋一样结实，拿它对着狗的脑袋砸，砸不死也能砸晕厥。但此人的牙齿和舌头像是与这种窝头有前世的默契，窝头一进嘴，三撅拱两不撅拱，撅拱得脖子里巨大的喉结一上一下幅度很大地滚动着高声响应，接着他的两颊就又塌陷了下去恢复原形——他很瘦，颧骨高高地横空出世，像是长错了位置的两只牛角。他的头上覆盖着一顶陈旧得已经找不见绿色的绿军帽，当他在晌午顶额上渗汗抹下帽子时，你会发现那只帽兜里衬边的褐色塑料帽箍已经破碎，马上就要成为一些说不上名字的滴滴溜溜的粉末。他用双手小心翼翼地端着帽子，他怕指甲一不小心会划破帽顶——帽顶的布被顶磨得比葱皮子还要薄，他的头发有时会从那里支离八叉地钻出来几根。如果对着连吹三口气，那帽顶一准就不再是帽顶，而是一处鬃毛飞扬的大窟窿（他这顶当作身份标记的帽子不久之后就从他的头上消失了，但这顶帽子确实太有特色了，是他当作珍宝的正宗军帽，说起他而不提他这顶泛黄泛白的军帽是一种重大欠缺）。他又瘦又高，微微有点驼背。他一只裤管挽上了膝盖，另一只没挽，但也遮不住那比拳头还要大些的脚踝。他一手端着一大粗瓷海碗的红薯干茶（村里人对水煮红薯干的称呼），一手挑着筷子上扎着的两三个窝头。他把窝头在嘴里不知道怎么样弄没影儿后，马上呼噜噜喝一口茶，并且没借助筷子帮忙就衔住了一片煮得不太烂的红薯干，下嘴唇灵巧地一托，那片红薯干就又没了影儿。他的嘴就像传说中的窝藏蛇精的洞穴，吸力能让半里开外的东西泵离地面，不长翅膀也能刺刺地飞掠而入。

此人的名字叫老鹰。村里人叫他的大名叫不顺口（也没多少人知道他的大名，甚至不大知道"老鹰"是他的小名还是外号），只是大人孩娃老鹰老鹰地叫（当然，小孩只敢背地里叫）。从老鹰对军帽的端庄态度你可以看得出来，他是一个复员军人。不错，他是当年村子里仅有的一个复员军人，据说还到朝鲜去猫过壕沟搂过长枪的扳机。老鹰刚才提到要斗水拖车两场，他这话可没假，他精于斗人，一说斗谁就能让谁腿肚子发软。早在"土改"斗地主的时期，他就扛过红缨枪，而且还使红缨枪的枪头子见过血。那是在斗争会上，那些血是一个老实巴交又富得肥油乱流的地主膀子上的血。"老鹰的心可真辣呀，"几十年后，一个看着老鹰长大的老者咧着没牙的瘪嘴眯缝着没了睫毛的眼睛这样向年轻人描述，"他拿着枪头子直往××身上杆，硬杆，就这样——"他瘦骨嶙峋的衰老身子艰难地摆出架势，瘪嘴"嘿嘿"着，牙床在挫动，做着木杈叉草的动作，"血流得哗哗叫，××直声嗷号，吓得妇女小孩都哭了，都不敢睁眼看！"但你从这个行将就木的老寿星的架势里可以看出，一旦他得了势，他的心也不比老鹰甜多少。老者是站在田野里的土路上，一手扶着拐棍，指着不远处的一处坟丘说的这番话。此时离老鹰作古住进那处坟丘已有十年之久。

要是老鹰不得寸进尺，不去对着鱼鳞"呸呸"两口，又跺了两脚，也许南塘会以某种比较委婉的方式提他个醒，让他见点颜色，知道她的厉害，也就罢了。可饭场里的老鹰并没就此罢休，他不但说了冒犯神明的话，还三口并作两口把筷子上的窝头捣弄得没了影儿，然后他走向了水拖车。水拖车还在那儿发着癔症，不知道怎么办才好，就那么一直捧着个鱼鳞，呆愣愣地枯站着。吞咽的人们看出了不对劲儿，但都不说话，只是各就各位，蹲倚着一棵一棵的树干继续嘴里的活计。水拖车吧嗒吧嗒嘴，想说什么，但也说不出什么。他虚幻的眼睛盯视着老鹰，不知道老鹰要对他干什么，也弄不清他撒了村里池塘的鱼是不是犯了法、犯了罪，而现在又放出了被认为子虚乌有的大红鱼又是散布迷信，罪上加罪，看来要被众人指捣着额头鼻子好好地斗一场。他茫然无措。他有点后悔没有藏好他的秘密了。大伙儿仍在专注地吃饭，看上去漠不关心饭场中央正在发生的事情，其实呢，谁的心也没在嘴上，你从那不时掀起来一角的眼帘可以窥出真相。有一场热闹可看了，大伙儿巴不得赶紧出个三长两短来打碎死一般的寂静。

老鹰不由分说，腾出一只手猛地夺过来鱼鳞，正着看看，反着又看看。"球破鱼鳞！"老鹰说，"宣传迷信！"老鹰又说，"——你是不是又想上上绳啦?!"老鹰抬起头，眍睽在眍洞里的眼光向水拖车攒射。"不，不不……"水拖车摇晃着双手，做着投降的架势，"我不，我不想，不……"他不知道该说些什么，只是一个劲地"不不"，双脚不由自主地往后退，接着就像当时的电影里所有的坏人形象那样，贼头贼脑地溜走了，没去再管他担心的那片红鱼鳞。

老鹰朝着水拖车的背影使劲"呸"了一口，然后用力一摔，他本来想让鱼鳞啪地磕响一声，来作为这场小小风波的终结，也给他砌个下场的台阶。可是鱼鳞没有因为他的愿望而变得沉重一些，它离开他的手，反而一飘，又飞高了一截，然后转悠了两圈，竟又翩翩地踅落在了老鹰的面前，看上去像是在故意捣蛋。老鹰觉得鱼鳞是在找他的难堪，在村子里他向来想咋的就咋的，还没有谁敢这样跟他公然作对。"呸——呸——"他对着地上的鱼鳞吐了两口，还不解气，又哐哐跺了两脚，连他端着的煮红薯干都从碗里跳了出来。鱼鳞上正照了一束阳光，红艳艳像一只狡黠的红眼睛，嘲弄地望望这个，又望望那个，似乎在说：等着瞧吧，等着瞧吧！

说这话的时候是农历四月初，麦子已开始打泡，麦田里的葱绿一下子苍老了，变得发灰，像是一个还没出门的姑娘不经意间怀了孕，黯然迷失了昨日的红颜。洋槐花正在肆无忌惮地绽放，香气在村庄里、田野里四处徘徊，吸引得黄鹂投进绿叶的怀抱里跳来蹦去。百灵鸟不分白天黑夜地放开歌喉，大唱恋歌。很快布谷鸟也从南方飞来，"麦秸垛垛，麦秸垛垛……"它们在天空中孤独地呼唤着，它们的谶语使麦梢发黄，直到在它们得意扬扬的笑声里，整个田野变成光芒四射的黄金。各种各样的农活接踵而至：栽红薯、钻麦棵、点播玉米、造打麦场、收割油菜……底下麦收就开始了。麦收，是一年中最重的一大宗活计，村子里小到四五岁的孩子，大到八十岁的老太婆，全都行动了起来。大田里二色的庄稼极少，除了麦子还是麦子，他们要趁着好晴天，尽快把黄澄澄的麦子从田野搜罗到苁子里粮囤里，否则天一变脸——这种事情并不少见，因为接下来就是雨季（梅雨季节），天一连阴，没有十天半月就别想让它崭露笑容——他们辛辛苦苦劳作了一年的收成，不烂到地里，收到手里的也将是一堆虫屎般的黑暗霉粒。在短短的二十天不到的时间里，人们累死又累活，身上蜕了一层皮又蜕一层皮。水拖车从南塘里挂来的那片鱼鳞，无论怎么说也挂不住人们的心，它和它引起的那场小小的风波，就像村庄里下蛋的母鸡的一阵啼鸣，咯哒过了也就咯哒过了，不会留下一点儿痕迹。那片鱼鳞的红光再一次刺痛人们的神经，是在两个月之后，在南塘通往大路的那条小径上。

那条小径一点儿也不起眼，只是到了每年的收获季节，它才会一下子变宽，明晃晃的，被架子车车轮和人的脚印碾踏得瓷瓷丁丁、光光溜溜，后来还会调皮地生出一薄层细面粉一般的绒土，试图永远留下那些杂乱的脚印和轮胎印。小径毕竟是小径，它梦想的火焰会被一场小雨很轻易地浇灭，而且收获季节一过，庄稼田又开始膨胀身体，挤压得它恢复了以往的又窄又细的原形，仅供冬春季节去麦秸垛掏麦秸的人往来。小径之所以能在庄稼季节一度风光，是因为紧靠南塘是生产队里的打麦场。这个打麦场很大，几乎等于大半个足球场，队里好几百亩地的庄稼，最后都会被架子车一车一车运送到这里。打麦场里的麦秸垛，又高又长，在一年里的大多数时间雄伟地矗立在那儿，就像一段残败的万里长城（这垛麦草是队里牲口们一整年的粮食，它们昼夜不分地细嚼慢咽，一筐一筐有条不紊地吃掉这座草长城）。秋收季节，打麦场里会堆满云山雪海的棉花，隆起大庄稼秸秆的峻岭。但在最初几年，因为那些塘堰上堆积的新坟般的砂姜土，即使不是收获季节，小径也不像后来麦秸垛迁徙后那么落寞。人们纷纷去南塘拉土，那些挖塘挖出的砂姜土被用来垫宅基、垫院子、和泥打墙……那些年小径被车轮和脚板抚摸得油光水滑的，像一个被溺爱着的孩子，你一踏上去就能听见它心满意足的欢歌笑语。那是小径最美好的值得永远回忆的惬意岁月，人来车往，一路风光。

在有些方面，老天爷对待任何人都是公平的，比如老鹰这样的大队干部，要是天上下雨，他家的房顶照样会湿，而且院子里也会有烂泥。要是雨再下大一些，他家的墙基也照样会泡在水里。所以在有一天上午，老鹰也和村里其他人一样，让一辆咕咕咚咚怨声载道的架子车牵紧他的手跟在他屁股后头，去了南塘。老鹰在塘北堰噌噌几锹装满一车土，马不停蹄拉着就走。虽然老鹰很瘦，初见他会满眼尽是骨头，但他是精瘦，骨头缝里有嗖嗖乱叫的力气，再满腾的一车土，对他来说也不应该成问题。但他拉着土离开了塘堰，走在小径上，越拉越沉，起初他觉得是陷在软泥里，那些泥渍实了车轮，后来他觉得有二十个人在跟他对着拽。他吭吭哧哧，满身都被汗淴透，可抬头一看，连那溜新麦秸垛都还没走到。他从没这么累过。他脱掉湿透的粗布衬衫，往脑门上脸上胡乱一抹拉，喘了几口气，然后驾起车把儿再拉。这一次更沉，几乎是寸步难行，"这是咋回事啊？"他想，"我是不是中暑啦？"他直起腰身，无可奈何地扭头看了看黄黄白白堆尖的一车土。他得歇歇，去塘堰上树荫里歇歇，凉快凉快，等到力气再泉满身子。尽管他没有感到乏力，但他还是觉得歇息一阵儿对蓄积力气有用。但他放下车把时，车上的一多半土哗啦一声，从车尾嘟噜到了地上。老鹰有点烦："去你娘的，你都嘟噜完我也得先歇歇！"他向塘堰走去。南塘的绕圈种了许多白杨树，树根扎得深，扎得长，能够到生土下头的熟土，所以白杨树长得很茂盛，才栽上四年，已经有孩子们用的小木碗那么粗，叶片长得厚厚实实的，有大人的手掌那么大，在阳光下一亮一亮，像是悬持着一树的波浪。树荫浓暗得发黑，甚至少有跳动的筛落的光斑。天晴得很好，从早晨开始，就没看见一丝云彩，阳光明亮得有点发青，直直挺挺一捆一捆的，全撒在玉米田里。玉米已经蹿到腰窝深，叶片又宽又长，像一柄柄刀子，乱舞乱戳。但这天并不热，因为小风很多，一群一群簇拥过来，又簇拥过去，仿佛结队赶集上店的姑娘媳妇们。老鹰在树荫里坐了一会儿，他真有点困了，乏了，但想睡觉又睡不着。他操心的事情还多着呢，他得赶紧把土送回家，再说他也不能躺在塘堰上就睡，睡着了谁把他的架子车拉走了怎么办？——其实谁又敢拉他的车子，一看是老鹰的，连偷儿都会趔着走的。老鹰是歇在南塘的西南角，面朝着南塘坐的。他觉得急急慌慌的没有捡好地方，屁股下头有几个砂姜，硌得他疼痛。他两手扶着地，想站起来挪个位置——这时，他觉得背后有人在走近他，尽管他既没有听见脚步声也没有看见阳光拖过来的人的影子，但他还是觉得有人在走近，而且离他不远，顶多也就是两三步那么远，那人站住了。老鹰觉得那人是找他反映什么事情，总是有人反映村里的事情，老鹰也喜好管这些闲事。老鹰忍着屁股的痛苦，掂起了扶在地上的两只手——他不能让人看见他有气无力的样子，他是大队的民兵营长，连坐那儿站起身都要扶着地，以后这个营长还怎么当？他吭了一声。这是他在村人们面前的习惯性动作，每次在群众大会上讲话，他都是先这么吭两声，算是清嗓子，也是发言预备。但那人停住不动了，好久好久没动，以致老鹰终于忍不住扭过头去——老鹰的眼睛马上变圆，像被竹篾撑开着！他脸上的血色也刷地跑光，只剩下脑壳里的滚雷声，而且这些滚雷声不是声音，而是一片望不到尽头的蓝得发明的黑光。接着老鹰做了个奇怪的动作：抱着头不像样子地前滚翻了一两次，差点没有滚落进池塘里。在即将落水的一刹那，他像被底下的塘坡猛推了一掌，一蹶跳起来，大喘着粗气，嘴里发出哟哟的类似呻吟或者求饶的含混不清的声响。他蹿上塘堰，没再回头望一眼，当然也没再顾及他的架子车。他不管三七二十一向村里冲去，但不是从小径上，而是从哗啦啦大笑的玉米地里。直到冲出了玉米地，跑到村子边缘，老鹰才发出嗷嗷的狂叫，但这种狂叫声音很低，假模假式哼哼叽叽的，走到他跟前的人才能听得见。他圆张着嘴，脸比白菜叶子更白，像是在比画，但仍然算是跑步，直到到了村口才一弯腰瘫在地上。他就那么软耷耷堆在平时当饭场的村口，仰着头张着大嘴喘气，像一摊烂泥。他的身子底下有黑曲蟮般的水渍爬出来，冲起一阵阵臊气——人们这才发现，他的裤裆全湿了，他尿了裤子。而且他瘫倒的地方正好是他不可一世对待鱼鳞的地方。

　　老鹰起初看见的是一双手，指缝间结满了冰碴。那些闪闪发光的冰碴在融化，顺着白纸一样苍白皱缩的手指吧嗒吧嗒地滴水。水珠走过空中，发出一串串绿莹莹的光芒。那双手正伸向老鹰，无声地凝滞在半空，听任阳光舔去那上头的薄冰。冰？老鹰打了个寒噤，他的目光立即沿着向他伸展的手臂攀缘而上，接着他就看见了那个人：孤立无助地站在那儿，悬伸着双手，身上斑驳着湿湿的黄泥，褴褛的黑粗布棉袄上到处在滴水，像一支淋漓的泪蜡烛。老鹰最后看见的是那人脖子上的断茬：沾满了赤赤紫紫的血污和泥土，红癣癣裸露着，有一处地方还撅出了白生生的骨头。但那家伙没头，没有头！——它是一个无头鬼！它想向老鹰讨要什么。它想要什么？

　　直到此时，人们记忆的昏冥的天空才又被四年前那个熹微的黎明映亮。他们瞅个空就三三两两交头接耳，添枝加叶地揪出挖掘南塘的纷乱往事。那一段时间正是个农活的旰儿，该收的收了，该种的种了，就是参加个为了拿工分的集体劳动，也是应应卯磨洋工，大伙儿或拄着铁锨，或用一两根指头碰扶着架子车车把儿，让车架子在轮杠上玩跷跷板；或干脆在树荫里坐下来，一聚一堆。反正也没人管。老鹰已经不出来监工。他吓出了毛病，天天抱着个药罐子喝汤药。有人说他已经瘦成了一把干柴火，一风就能刮倒。但很少有人见到老鹰，他闷在屋里天天闭门不出。他嘴头子上整天挂着破除迷信，可到头来迷信先找他算账。据说他已经开始信迷信，说他还烧了香，向××××神求医问药。尽管接下来老鹰在嘘水村还要颐指气使好些年，但这次惊吓还是惊散了他身体里的元气，栽下了病根，他以后迈过了年过半百的门槛，但同时也迈过了阴阳两界的界限。他死的那一年刚刚五十岁多一点儿，患的是癌症。当年癌症还是个稀罕病，三里五里难得瞅见一个，老鹰罹患癌症一度成为人们茶余饭后的话题，当然很容易就把这怪病和南塘挂上了钩。

人们神秘兮兮小声数说的是南塘诞生的情景。南塘的开挖，不是为了灌溉，当然更不是为了养鱼，而是为了向一个重要会议献礼。这个会议的芳名叫"三级干部会议"（三级：县、公社、大队）。每年的正月初十到元宵节之间的短短四五天里，县城的街道上熙熙攘攘空前热闹，漫流着红旗、红纸和喧嚣的声浪（人声和比人声大几百倍的高音喇叭声），那就是这个会议正旧病复发，年年如此。当时的公社领导脑子被大年夜的鞭炮声炸得洞开，突然想起要在嘘水村村南的这片旷野里开挖一口池塘，向十天后召开的三级干部会议献礼。（听说这个消息时老鹰激动得一夜无眠，在此后的挖塘工地上，他可以以东道主的身份出现，陪陪上级领导，协调各类事务发号施令，真是风光无限啊!）这个决定传达下来已经是正月初二，初三一大早，大半个公社的人们头发上辞旧迎新的爆竹纸屑还没抖净，就开拔到了这片野地里。他们搬来了一匹匹红布，但不是送给爱美的姑娘们，而是送给一根根光棍，让它们变成红旗，站在刺骨的寒风中嘿嘿嘿嘿傻笑。粗树枝摽着玉米秸作墙壁、麦草胡乱一苫作屋顶的窝棚搭起来了。徘徊在这片野地里的寒风们大开眼界，第一回看见蒸馒头的竹笼露天里一屉屉摞得老高，头顶飘拂着乳白的发丝。还有厕所：刨几个土坑，周围扎上玉米秸的篱笆……那些正在为春天就要来临而暗暗窃喜的麦苗被无数只铁锹剿了老窝。土地发出疼痛的呻吟，一层层被掀开：黄土、黑土、砂姜土……接着就像一道抽搐的伤口一样出血了。

见水了。水，大地的血液，从泉眼——被切断的脉管里汩汩涌出。见水的那天是第四天，也就是正月初七，离三级干部会议召开才有短短的三四天。而挖塘见水，工程进展还不到一半，底下的活儿更难做，也更复杂，不但是砂姜土不好挖，不好运，而且水更难弄，只有把那些大地身上冒出来的汁液屏净，才能下得去铁锹铲土。当时还没有柴油机，有四架水车在轧轧作响。那种水车是生铁铸造，两旁伸出长长的曲柄，每侧的曲柄可以插花对站四个人，也就是说，有八个人在昼夜不停地换班搅动一架大蝗虫一般的黑暗水车。光搅水车的人就有六七十个。想想吧，场面壮观到何种程度！"就像一锹铲碎了一个蚂蚁窝，急急慌慌的蚂蚁跟黑水一样横流一凹臼。"这是嘘水村的人们对当时景象的恰切描摹。工地在嘘水村的地界，但嘘水村不但没有便宜可占，而且出勤出工最多，全村的老老少少也算是赤膊上阵，按老鹰的动员令说，是"有人的出人，有力的出力"，"向全县人民展示嘘水村大干快上的新风貌"。

公社领导们骑着自行车，一天能来工地上好几趟。他们的脸沉得能拧出水来，动不动就脾气大发，嫌工程进展得太慢太慢，照这个挖法，别说初十，过了十五也不一定有一口池塘光光鲜鲜躺在这一片土地上，好让几十里开外的一个会议大吃一惊（说不定哪个头儿脑子一热还要率领一干会众过来参观呢）。而过了十五，已真正像一句歇后语说的那样：十五贴门神——（过年）晚半月了！在料峭的寒风里，领导们习惯指指划划的手开始抹脑门，他们的脑门急出了细汗。接着领导们开始挽裤脚，并且踢掉了鞋袜，以身作则，和每个公社社员一样走进冰凌碴子哗啦啦乱叫的薄水里。在豫东平原，"春节"仅仅是一个虚拟的节日，因为大多数年头，过了春节比不过春节更寒冷，正月里才是真正的冬天，而春天温暖的气息要等到半个月后才丝丝缕缕渗进仍能结出霜雪的空气里。水是很冷，但冷有冷的好处，冰凌碴子划破皮肤的时候不再有疼痛的感觉。他们的心里都燃着一团火，都觉着正在干的是一项伟大得不得了的事业，一个个就像被初恋点燃了的小伙子。小小的一处窝凹里，密集了几百上千人，有四条斜斜的坡道向上头运土，独轮车、架子车（当时刚刚时兴）……一刻不停地在吱吱呀呀呻吟，为了加快进度，人们甚至用上了箩筐和扁担。没有谁再走出初具雏形的池塘里吃饭，人们挂着铁锹或者扁担，三口并作两口处理掉炊事员送来的饭食；也没人再把觉当成觉去睡。工地上彻夜灯火通明，困了就轮番去窝棚里歇一会儿，多少年之后，那些被南塘的初冰冻出关节炎并遗留终生的人们，还在啧啧地忆想那一刻的睡眠是多么香甜，几乎是头一挨着什么东西马上就蹿入了梦乡，连个预备的过程都不给你留，甚至有人干着活儿，手脚机械地动作着就已经睡着说起了梦话。工程进展得极其顺利，当那个会议在县城如期召开的时候，南塘，这个初出深闺的女子，已经翠碧地躺卧在旷野里，被几十里外的三级干部会议的会众指指点点评头论足、议论纷纷。让公社领导们略感遗憾的是，县上的头头脑脑们没有大手一挥领人前来参观，而仅仅是让挖塘事件变作某一位重要人物发出的浑厚声音在主席台上空混浊的空气中震荡片刻，赢来一片无奈、盲目而零乱的掌声之后就被彻底忘掉。

发现那个没有头的人是在初九那天黎明，一个胜利在望的日子，他横躺在池塘西南角的一条坡道旁边，黑塌塌一堆。一个睡眼惺忪的人踢了他一脚，"起来！"他喝道，"偷懒也不找个地方，这儿能做梦吗！"他当然不知道他脚下的这个人已经永远进入了梦乡，无论他怎样踢打再也不会站起来，他的脚感到了没有抵抗的软塌塌的重浊，促使他弯下身来，接着他就直着嗓门大呼大叫："不好！死人啦！死人啦！……"

那个人是死了，确定无疑死了，因为人们拨拉了好一阵，也没有看见他的头，不知道他的身子哪端是上哪端是下。后来人们才反应过来：他的头早没了，被不知多少辆架子车或独轮车的车轮碾掉了。他或许困得厉害，想在车路一旁打个盹，不知怎么样身子一歪就倒在了地上，躺躺而睡，没在意脖颈横在了车辙沟里，于是一辆辆接踵而来的架子车的车轮不客气地从他的脖子上经过。也许他是低血糖休克，一下子晕厥，因为工地上伙食并不充足，不可能人人都能吃饱。他可能剧烈挣扎过，但半睡半醒干活的人们谁也不会注意。天是这么黑，几盏昏黄的桅灯不可能驱走浓重的黑暗；声音是这么稠密，各种各样姿势的人体又是这么摩肩蹭背、举目皆是……反正是这个在车辙沟里挣扎的被忽略了，也许他还没来得及发出痛苦的哀号，又一辆车子走过了他的脖颈。他的脖颈不是钢铁，而是骨头和血肉，所以天亮之后，人们不得不去用铁锹在水里捕捞，在土堆里拨拉，竭力想替他找到失去的头颅，还他一个完全的身首。他的颈项被一趟又一趟车辆的车轮一点一点轧碎，直至分离开来，然后滚落进了塘底。也许有人的锹刃探进了这颗在昨天还会思考的头颅，但他肯定以为是一块大砂姜，就哼哧一声用力一蹬，又一磕，头颅就裂成两瓣。裂成两瓣的头颅又被另一只锹锨再度切开……直至大大小小的碎块被某些铁锨铲着扔进某些车子的土堆中。

那人是哪个村的？——没人能记得清。人们记得的是那人的媳妇，才三十多岁，看上去却像年近六十的老太婆，一脸的皱纹，怀里抱着一个，手里扯着一个，身后还跟着一个孩子。他们四口子围着那具没有头的尸体呼天号地，鼻涕一把泪一把。当时的公社领导们都在场，领导们碰了下头，简单商量了一下，决定给这个家庭予以赔偿。他们给了那个妇女二十块钱、五十斤小麦、二斤小磨香油（当时这些都不是小数目），让她揉着哭肿的眼睛，嘴角藏不住笑意地离开了。这些财物使她很顺利地在一个月后又成了别的男人的媳妇，而且一年之后就给那三个孩子添了个同母异父的小弟弟。

但是那个没有头的孤鬼，却在许多年许多年的漫长时光里，踯躅在南塘，伸着一双无助的手臂，寻找讨要他的头颅。这个无头鬼第二次撞开人们的记忆，是在它第一次出现之后的来年初春——事后人们才猛醒，那天应该是它的忌日，不，是它诞生的日子。那天是正月初九，遇事的是一个小伙子。这时人们已经知道南塘的诡异，不光是水拖车撒网挂掉的鱼鳞和老鹰遭遇的无头鬼，还有就是接踵而至的一桩桩蹊跷事儿。老鹰遇鬼的当年夏天连续六十天没落一滴雨水，田野干旱得冒烟，地裂缝能插进人的一只脚；而平常年份，这里欠缺雨水滋润，马上就"三天一小旱，五天一大旱"。为了使那些蔫蔫巴巴眼看就要变成柴火的秋庄稼拥有第二次生命，好在几十天后奉献出它们生命的果实，人们机关算尽。所有的铁桶，所有的盆盆罐罐，所有能够盛水的容器都从村庄里陆续走出。南塘又开始热闹起来，虽然比不上当初，但叮叮当当的混乱声响足可以使她忆想当初；而且她又听到了新的声响：一台十二匹马力的立式柴油机暴跳如雷、咬牙切齿地站在了塘堰上，那台被油漆漆成灰绿色的新生事物——闪闪发光的大轮子通过一圈唰唰甩动的传送带，让一条沟沟壑壑的不知什么玩意儿制成的黢黑管道哗哗啦啦喷吐出白色的水柱，好久之后南塘才发现那处漂亮的喷泉汲的是她体内的汁液，但为时已晚——一塘水被它险些喝光，只剩了小半塘。

侍候机器的人坐在杨树阴凉里抠脚丫子平息痒痒的骚乱（因为时不时要赤脚下田，踩着阴雨滋生的满地烂泥走路，脚心和脚趾旮旯儿就被泥水里的肥壮之气催生层出不穷的红疱，痒得让人想立马掌刀剜掉。"沤脚"的痒痒伴随着夏天里遍地的植物茂盛生长），他听到了什么响动，抬起头来——他的眼马上直了，接着直了的眼闪射出点点绿光。他一骨碌爬起来，顺手抄起身旁一只白蜡条编的盛草的箩头。他几乎是一蹿就跳到了水边，他身后的塘坡里哩哩啦啦撒满了箩头里薅的青草。到了水边他打了个趔趄，差点没滑进塘里去。他的脚边立即开满了嘹亮的水花，但那些绚丽的白水花不是他站不稳的双脚打击的反响，而是鱼——大大小小的鱼几乎叠摞一塘，有鲜红的鲤鱼、黑黢黢的黑鱼、黄胡须的鲇鱼、雪白的鲢鱼、青脊背的鲫鱼、怒目圆睁的草混子……它们惊慌失措地蹿过来转过去，互相询问着发生了什么事儿。水少得太突然，超越了它们的经验，也超越了它们的想象。鱼头稠密到了这种程度：那个人箩头一歪往里头一捞，往上提的时候，他趔着身子竟有点提不动。他两只手提着大半箩头五彩缤纷的鱼，一时间不知道该怎样处理这些鱼合适。而这个时候，机器被憋得冒出了乌烟，发出难听的便秘般的怪吼——鱼堵实了水泵伸进水里那端的过滤笼，美丽的喷泉一下子干涸了。接着机器呼吸骤停，鱼搅水的纷乱声音开始喷溅进人们的耳朵。那些挑桶的人、手拿盆盆罐罐的人已经嗅到消息，他们发疯般向南塘里狂奔。鱼，几乎是天上掉下来的鱼让他们眼花缭乱、忘乎所以，他们冲进变浅的塘水里，确切地说，是挤进鱼堆里，用一切可能的手段捕捉那些束手就擒的鱼。有的人什么也没拿，就那么站在水里，抓一条扔向岸，抓一条再扔上岸，让上头接应的人兴奋得手舞足蹈。人们的身子摇摆不定，因为有些大鱼在残存的水里作垂死挣扎，劲儿很足，虽撞不断腿骨，但一甩尾巴足可以摔得腿肚子瘀血。他们顾不得去想这些鱼来得蹊跷，一个刚刚挖成四年的野塘，为什么突然几乎是凭空长出了这繁盛的鱼类？甚至他们没再想无头鬼，没想水拖车述说的那条大红鱼——那条大红鱼一直到最后也没有露面，但肯定不是因为人们没想起它或不相信它的存在它才赌气不出来，它可能有更为隐秘深奥的洞穴。围剿过后，南塘里平静了下来，岸坡上剥落的鱼鳞在烈日下鬼眼般闪烁，不深的水浑成了泥汤子。但有一处水仍然清澈得发黑，像一只张望的独眼。一个逮鱼的小伙子不慎失足跌落其中，尽管他会洑水，但因为没有防备，一下子陷落，还是连喝了两口水，两只脚始终没有够到底儿。这处黑窟窿引起了几个年轻人的兴趣，他们找来了村子里最长的长竿——那是一根白蜡条，菜园里浇水的桔槔上从井里拔桶用的。他们几个人一起，蹚着漫到裆部的浑水小心翼翼地走近那处黑暗水域。他们胆战心惊地把长竿插进去，再插进去……一直竿头没了影儿，仍没有捣到底，让那个坠水的小伙子倒吸好几口凉气。那是一处说不出有多深的洞穴，据说与东海龙宫相通。人们面面相觑，但怎么也想不起来挖塘时曾有过这么个深不见底的神秘窟窿。

不管怎么说，村里人连着过了好几天鱼瘾。那几天人们的水缸里开天辟地热闹了起来，而那些十多斤重脾气火暴的大黑鱼，一点儿都不老实，总嫌水缸窝憋，随时都要愤怒地跳将出来。人们不得不拎来高粱秸秆纳制的锅盖，盖严缸口，然后还不放心，再结结实实地压上几块半截砖头。

就是这个时候，猫群第一次光临村子。

最先发现猫群的是妇女们，当时她们一大群人坐在刚刚散去吃饭人群的饭场里，一边喊喊喳喳拉呱乘凉一边吱吱地纳鞋底，突然头顶上窝在树叶丛里的蝉一只跟着一只全唱了起来，声音比阴凉外炙白的阳光还稠密。这时有人说："哟，多大一只猫呀！"是的，是一只大黑猫，身子差不多有半张桌子那么长，一道一道横披的花纹像是刚耙过的田地。它正在捡吃地上丢弃的鱼骨头，吃得津津有味，有时还歪起头，嘴唇咧着狠狠地嚼骨头，暴露出红红的牙龈和尖利的獠牙。它自顾自吃着，根本不管几步远外围聚的妇女们，既不管她们对它议论纷纷的低语声，也不管驱开了树荫的劈头盖脸的阳光。她们都瞪大眼睛看它贪婪地嚼骨头。她们断定它是只郎猫（即公猫，这是她们最关心的话题，因为看上去它太魁梧、太凶狠了），是只表现会很不错的郎猫。正当妇女们攒聚在大黑猫身上的目光和阳光比赛时，一大群苍蝇又像乌云一般嗡一声腾空炸散——一只麻利的黄狸猫跳到了黑猫身边。和大黑猫比起来，这只黄澄澄的猫倒是秀气多了，连身上的花纹都有些含而不露，就像某些腼腆的似笑非笑因而风情万种的小姐们。这是只母猫。但很明显它不惮嫉妒，因为它微微屈着腿半蹲半站在地上，一点儿也没有进攻妇女们的意思，而是对付那些招惹黑苍蝇的满地鱼刺。它们一边吃，一边从牙缝里嗞出咪呜咪呜的声响。这种咪呜声凶狠、可怕，声调里透着要撕吃人的欲求，离得那么近，听起来有点毛骨悚然，有个在妈妈怀里正吃奶的孩子给吓得哭了起来。

男人们此刻正在另外的树荫下斗嘴抬杠，他们争来争去的焦点问题是干旱。天这么热，阳光这么毒烈，往太阳地里泼一盆水，吱啦就没了影……他们抗旱还有什么用？天叫吃多少就吃多少，不如躺在树荫里睡大觉，留四两力气等雨！这种听天由命的人占多数，只有少数几个先进分子——他们大多有个一职半衔，都是入了组织的人——脸红脖子粗地要"与天斗与地斗，其乐无穷"！"你们去乐吧！——我得睡一会儿，我的眼皮撑不开了。"有个吊儿郎当的小伙子说着，身子一歪就躺在了地上，但他立即跳了起来，因为有个东西替他撑开了眼皮。那是只大白猫，他降落的头撞着了它的屁股，它回头恶狠狠"咪呜"一声，差点没跳上去朝他脸上抓一把。

那天夜里人们开始睡不着觉，咪呜咪呜的猫叫声此起彼伏，像是村里稠密的树木和树木间蕴蓄的黑暗，全都变成了咪呜咪呜的凄楚声响。天本来就够热的啦，够烦的啦，这成堆成堆的猫叫声更让人坐卧不宁。人们一边在黑暗里倾听猫叫，一边面面相觑："怎么回事？这是怎么一回事儿？"

他们并不傻，当然首先想起了南塘，想起了从他们身体穿行而过的那些鱼。他们突然觉出了那些鱼并没有走，魂灵留在了他们的身体里，留在了他们家里的水缸里，而且说不定满地皆是。刚发现村子里来了这么多猫时，他们还兴冲冲的，他们想这下子可有老鼠们的好戏看了，看它们以后还敢围着他们那瘦削不堪的粮囤转不转圈！但这会儿他们脑子里连老鼠的影子也瞅不见，他们满脑子盛满了南塘的鱼，和寻找鱼的那些咪呜咪呜乱唤的猫。他们开始有点心虚，有点害怕。

但有些人却大不以为然——这些持不同政见者多数是那几个坚持抗旱的、口口声声要与天斗与地斗的人。他们大多又是村里的头头脑脑，是老鹰的左膀右臂。如今老鹰出师未捷身先病，他们理所当然得挑起村里的大梁，除邪辟谣。他们当中当然不乏想取老鹰而代之的野心家。"你见了鱼不是嘴里也流水吗？——还可怜是猫！"他们振振有词又不屑一顾地向那些一脸恐慌的人灌输大道理，想浇灭他们身体里已经燃起的恐惧的火焰。掏良心说，这些人说的话也不无根据。他们没有明说（他们精着呢，"污蔑社会主义"的高帽子他们怎么也不会戴在自己头上），但潜台词谁都明白。当时村子里每年分的粮食极少，一口人在麦季能分到二三十斤麦子，加上不足百斤的杂粮已经算是丰收年景。这些粮食无论怎么经营也填不饱那松弛的肚皮，人们只能求助于野菜、树叶、庄稼叶……总之一切能下得去口的东西都能帮上肚皮的忙。别说肉啦鱼啦，村子里油星都很难见着，谁家的炝锅铲子一响，孩子们隔几条巷子都能嗅出来，知道谁家又用油炒菜了。那些孩子们会远远跑过来，聚在一堆，一边快乐地抽动鼻子，一边唱起揶揄的童谣："屁股蹲锅里啦，屁股蹲锅里啦，谁家的屁股蹲锅里啦哟……"连孩子们都这样，遑论是猫！——这几天村子里又这么大动腥荤，鱼的气味冲天而起，多少里之外都能闻到，那些鼻子比针尖子还尖的猫，说不定一辈子都不认识鱼，只知道这鱼腥好闻得不得了而不晓得到底鱼长不长翅膀钻不钻地窟窿。狗改不了吃屎，它们能不跋山涉水来村子里开开眼界？难道你听见几声咪呜咪呜的猫叫真值得那么大惊小怪，像看见了出着太阳时天上掉下的龙？

那些人还掰着指头，掐算可能来村子的猫的数量：假如一个村来四只，不多吧？假如鱼腥能借着小南风飘荡二十里地，不远吧？——那就是，二四得八，怎么说也有千把只吧……可问题是别的村子并没有跑丢猫。最初两天，一听说村子里"过猫"，周围村子的人顶着烈日，都来看稀罕，比看大戏还热闹。喜欢生活中弹点别调的孩子们也开始给家长上建议，死缠硬磨，要去接他们的姥姥姥爷、他们的七大姑八大姨来家里住几天，"谁谁谁家姑老太太都来了呢！"遭到拒绝的孩子嘴噘得能挂油壶，泪珠在眼眶里比赛着滴溜溜打转，嫌天气太热有点怕麻烦的大人们于是不满意地挥挥手："好！好！去吧去吧……"于是天天在村子里东游西逛度暑假的孩子们欢天喜地，咕咕咚咚能把架子车拉飞起来，三三两两地射出村子。

可外村来了那么多人，都是来饱眼福的，没有一个是来找猫的。问谁谁摇头："还真没听说过谁家跑丢猫了！"——这几乎是众口一词的回答。而猫的数量仍然在增加，好像它们压根儿不是从外头跑来的，而是从村里那些晒开的地裂缝里钻出来的。可鱼骨头鱼鳞鱼内脏什么的尽管曾被丢得遍地开花，但它们毕竟不是野草，不能一层消失了又接着一层从地上生发出来，于是那些吃馋了嘴头如今肚子空荡荡的猫们开始捣乱。它们撵鸡，撵鸭，吓唬孩子……简直是无恶不作。村子里几乎所有的鸡都歇了窝，不再下蛋，因为它们夜里宿在树枝上都不得安生，还没合上眼睛做梦，一只比黄鼠狼体魄更伟壮的猫已经把树枝摇晃得哗啦啦乱响。那些水坑里悠闲的鸭子，也不得不时时提高警惕——说不定有只在岸上觊觎的猫欲火烧心，实在忍不住就会扑腾一声跳进坑里，泅水冲向嘎嘎狂号的它们。老鼠们已经深居简出，轻易不再露面，可家家户户的厨房里并没因此安生，因为几只打架的猫照样抢吃筐子里的蒸馍。这些猫竟丧心病狂到了这种程度：谁要是端个饭碗走进饭场，它们会毫不客气地跳上他的肩头，眼睛盯着碗，喉咙里滚动着欲望的辚辚车轮声……这一切都不是最可怕的，最可怕的是它们为了转移饥饿带来的痛楚（据推测是这样，因为平时猫对性生活环境要求很苛刻，即使一只蚂蚁在旁边它们也不会轻易狎羔），随处都要叫春。一只母猫发出像小娃娃在哭那样的召唤，好几只郎猫就一拥而上，那只蹿上母猫脊背的郎猫幸福得哇呜尖叫一声后拱着下身闭上眼睛默不作声，而母猫一边哀号得愈加凄厉一边一动不动沉醉在郎猫的压迫中。要命的是哪儿人多，哪儿有女人，它们越愿意在哪儿干这种让人想看又不敢看最后还是看了的勾当……整整有八九天的时间里，村子里树上、屋脊上，甚至近村的庄稼地里……大大小小各种花色的猫简直是成疙瘩联蛋子，比那天南塘里捕鱼时更热闹。它们的叫声不分白天黑夜地此起彼伏，村子整个成了个大养猫场。

是该让这些不速之客撤离村子了，尤其是它们当众去干那有伤风化的事，让人忍无可忍，这会带坏女人和孩子们。有人从外村亲戚家借来了打兔子的土火枪，有人包来了老鼠药，还有人找来了专门捕捉黄鼠狼的机关……好事者们已经商量好，要是这些猫再不走，它们就永远别想走掉了。

搁平时，要是黑夜里发现一只猫站在牛头上玩跷跷板，一定会呼啦围一群人，挤得水泄不通地看热闹，在专注的沉寂后还会不时爆发出精彩的起哄。村子里的生活实在是太单调贫乏了，能使一个八九岁的孩子胳膊脱臼的马戏一年最多在村街上表演一次，而公社的电影放映机，无论村人们怎样呼吁、请求，两年能在村里的哪张幸运的桌子上扎着屙屎的架势蹲上个把儿小时，已算是烧了高香——可是那天晚上，一只猫久久地站在一头哞哞哀号的牛头上，村口大路上围坐着那么多男人，却没有人愿意多看一眼。大伙儿在晴天干地的夜晚都是睡在大路两旁的，躺下之前他们都要三三两两坐一阵儿，低声叨叨闲话算作催眠小曲。是那头拴在桩子上乘凉的牛骤然爆发的嗥叫招引去了谁的手电筒光柱（生产队的牲口院就在路西旁，吃饱了草料的牛或卧或站占据了一片空地），在红不瞎瞎的锥形光域里，两只牛眼红彤彤的，像两只小灯笼；而在那两只灯笼上头，还有两点绿荧荧的鬼火在烁动，接着大伙儿就看见了那只狸猫，正优哉游哉地在牛头上喝闪，就像一只站在抖动的树枝上的鸟儿。无论牛怎么样扭动摇摆硕大的头颅，狸猫一点儿也没有害怕的意思，它不停地变换着姿势调节身体的平衡，"胜似闲庭信步"，即使手电筒照住了它，它也没有马上跳开的打算。它一定是交配交累了，思想晾晾风，而要有惊无险地刺激刺激"晾风"，再没有比牛头更惬意的地方了，就像目下逛腻了"发廊""美容院""洗脚城"的人们，都想走出国门登登阿尔卑斯山之类的宝地去开开洋荤一样。

手电筒没有马上撤灭。他们都想看看这些跳梁小丑最后玩弄的伎俩，甚至连从席子上站起身的饲养员，也没有走上前去照护他的牛。他们料定这只猫天亮就不会这么高兴了，它不被土火枪喷射的霰弹打个稀巴烂，也逃不脱毒药或捕兽夹的迫害。他们商量了好几夜，各种各样的杀害工具整装待命，都有点等不及了。他们已经说好第二天天亮实施他们的杀戮行动。

——真是抱歉！直到此刻，已在村子里出出进进了好些个来回，差一点都对村里的一些人一些事情有了眉目，但除了名字外，我们对这个村子还谈不上了解，不知道它的身世、它的家族，还有兄弟姐妹们。忙里偷闲，现在，我们说说村子的大致光景。

这个村老老少少有九百多口人，分为南北两个生产队。虽是一个村，牵牵连连有各种各样的门第亲系，南队和北队却几乎是井水不犯河水，老死不相往来，跟两个村庄没有什么区别。我们讲的南塘在南队的地亩里，故事自然也就是南队的故事。

这村子的名字也让人百思不得其解：嘘水！而嘘水村西侧，不到半里远的地方，坐落着另一个两百多人的小村，这小村的名字更让人摸不着头脑：拍梁。还有一个奇怪的现象，就是嘘水村没有一户人家姓"嘘"，拍梁村也没有一户人家姓"拍"（不知道《百家姓》里有没有这两个字），连谐音相近也没有。后来的年月里两个村人口增加一倍以上，慢慢地暄虚浮肿，最后融合成了一个大村，在1：50000的县级地图上，比苍蝇屙下的屎迹大些的黑点旁边趴附着四个汉字：嘘水拍梁，四个字挨得太近，分不出是两个村。而像这样的黑点在那张地图上密密麻麻，比天上的星星少不了多少。

奇奇怪怪的事情远不止此。嘘水拍梁是一个大队，这个大队的名字却不从老大称呼，而是被叫作"拍梁大队"，之所以叫"拍梁大队"而不叫"嘘水大队"，可能的原因是大队支书是拍梁村的。前头提到的老鹰，是大队的民兵营长——也是南队乃至嘘水村唯一的大队干部，比南队队长更当家——再后来大队改称"行政村"，民兵营长被叫作治安主任。但换汤不换药，人还是原来的那堆人，事情还是原来的那摊儿事。另外，拍梁大队属下还有个叫白衣店的小村，缩在拍梁村正南一里开外的地方，这个村小到了这种程度：所有活物加在一起，也不一定凑够嘘水村人口的半数。所以，白衣店就像一块结得不大的长蒂红薯，远远地趔开母苑，总试图让人忘掉它。

大队既然叫"拍梁"，大队部当然也就安在拍梁村：在拍梁村的东南角，横着三四排土墙红顶的瓦房，三四排红瓦房又被一圈豁豁牙牙的矮土墙松松垮垮抱在怀里——这就是大队部，麻雀虽小五脏俱全，里边十八般武艺样样不少。有学校、卫生所、宣传队，有手摇电话、麦克风、高音喇叭，还有支书会计秘书通讯员之类的衙门里不可或缺仅只是名衔常换的玩物儿……隔不长短，三个村的人们就要被土院里一柄长竿高高举起的一只高音喇叭叫唤到学校的操场上聚一回，名曰"群众大会"，大会之后还要有一些敲锣打鼓喊口号发羊角风的游行。这些大会游行什么的瞎折腾对三刀砍不出一道白印的大人来说并不新鲜，全当闲着没事儿凑凑热闹，可对于那些天天上学却没有学可上（也没有课本）的小学生们，每一次却都是盛大节日。

一条南北大路纵贯嘘水村。你要是在夏夜里走进村子，你一定会大吃一惊——村口里外的一路两旁彻夜扯满长长短短粗粗细细的鼾声，就像是密布的天罗地网。几乎村里的所有男丁，晚饭后嘴一抹拉就都聚集在了这条路进村的路口上。南队在村南，北队在村北。天气一热，没谁愿意捂在严严实实的屋子里出汗。他们或拎张苇席，或扛只麻绳襻织的软床子，往路旁一躺，有一句没一句地拉上一会儿呱儿，不知不觉田野里走来的凉滋滋的风就把他们身体里的鼾声一根一根扯了出来。

但猫在牛头上跳舞的这个夜晚大路两旁没有一个人早早走进梦乡。他们三三两两聚一堆逗着头叽叽咕咕，光看见烟头火像红色的花朵闪烁在微风和微风送行的落叶中——路旁白杨树上的绿叶耐不住焦渴，枯黄着面孔从树枝上走下地来。旱情仍在加剧，打井水的桶绳每天都要接上一截儿，清晨草尖上的露珠越瘦越小，连天上的星星也少了许多，稀不冷腾的一个个都被热得昏头昏脑迷迷瞪瞪的，像从没睡醒过。玉米叶子干萎了半截，刚刚水仁的棒子软耷耷弯下了身子，比性高潮过后男人的家伙头儿更萎靡不振。听着远远近近此起彼伏比哭还难听的猫叫声，坐在燠热仍未散尽的黑暗中的男人们一个个都阴沉着脸，肚子里窝着一团无名怒火。对于猫围着他们蹿上跳下的挑衅，他们已无动于衷——因为知道动也是枉然，这些猫比闪电更灵巧，你抓不住它，碰不着它，连疾飞的砖头坷垃什么的也休想撵上它。它们好像压根儿就不是什么四条腿的动物，而是生长有无数翅膀的精灵。男人们冷冷地看了一会儿牛角间炫示浮荡的那两点绿火，听任那只牛悲壮的哞鸣耸起在嘈杂的群猫的楚歌里。他们心里说："等着瞧吧！等着瞧吧！"

但最终却没有一只张牙舞爪的猫死于男人们精心策划的大屠杀中，村里的老人——他们的母亲父亲、奶奶爷爷们一挥手间就粉碎了他们的阴谋。他们最怕这些人干涉，但这些人还是不失时机地站出来干涉了他们。老人们扫了信影儿，是在那天半夜时分深一脚浅一脚摸到那条路上的——"起来！起来！"他们挨个儿推醒了他们的儿子孙子们，儿子孙子们揉着惺忪的睡眼，已经知道发生了什么事情。他们明白即使等到天亮他们嗜血的眼睛也不一定能看见一只只绚烂绽放的狡猾的猫了。他们垂头丧气地歪仄在路边的那些破席上、松垮垮的软床子上，一声不吭地接纳站在路中心双脚被干燥的醭土湮没的老人们的训诫。实际上这些训诫他穿开裆裤时就不稀罕了，他们的耳朵早被这些夹满灰尘味的废话磨出了茧子。

老人们讲到哪一年哪一月（驴年马月），村里"过"蚂蚱——实际是蝗灾，但他们却称为"过"——蚂蚱过来，就像乌云，庄稼棵子上趴得都瞅不见绿色，"沟坎里涡漩了一堆一堆的蚂蚱，一撮就是一笸头!"蚂蚱过后，庄稼变成了秃茬茬，树上连叶梗都啃光了，除了天还暖和外，其他跟冬天没啥两样。村子里还过过蜻蜓，过"雪老鸹"——一种半大不大的黑鸟，落得树枝都驮不动，累得咔咔嚓嚓直叫唤，走在路上它们扇动的翅膀直碰你的脸。水天——他们把多雨的涝年叫作水天——还过过蛤蟆，清一色的癞蛤蟆，咯咯哇叫着，铺满地面排成一队一队地朝东南开去。还过过鱼，说都是啥鱼都是啥鱼，从漫水的田野里一续子一续子像逃荒一样游向远方……但无论过啥，你听说村里人谁动一指头啦?!——那是神虫! 那是上天派来的!——谁动烂谁的指头!

——我看谁再敢去打猫的主意!

——猫抓你的脸，你用手捂着! 猫舔你的嘴，你背背头得啦!

村里最老的老人就是这么说的。

最老的老人就这样轻而易举地推倒了村子里的上层建筑，那些整天嚷着要"破四旧立四新"的干部们第二天一大早就张罗着去某个秘密村落里购买被上级严令查禁的榆皮线香，接下去村子里很快就处处香烟袅袅了。祈愿的虔诚声音比猫们的歌唱低多了，但已经整天不绝于耳。

三天之后村子里的猫就销声匿迹了，因为烧香磕头祈愿神明的第二天，村里的树梢就唰唰甩出几道曲折遒劲的蓝色闪电，接着响雷就轰然而至。暴雨是在落黑时分倾倒下来的，比捣掉笤底更淋漓，连那些房顶的麦草被乱猫踩成翻毛鸡因而屋漏如注的人家，也照样欢欣鼓舞。他们心里说："下吧，下吧，一刻不停下它半月才好呢!"

可第二天下午彩虹就架在了东天上，虽然只下了一夜半天，但降雨量并不小，地势稍稍低洼的田野已经荡起了浑浊的波浪。南塘细瘦的涟漪也陡然长大，差一点就咬住了半坡里羸弱的荻苇刚刚吐出的褐色芦穗。挽起裤脚聚在村口要去田野里看看庄稼的人们猛然发现：他们的耳根清净了下来——那嘈杂了将近半月的猫叫声没有了！他们不相信地东瞅西瞧，最终也没在一片片被雨水冲刷得平展展的泥地上发现哪怕是一朵梅花形的蹄印——猫们的确是走了。过完了。

那些老人们开始昂着头挺着胸脯在村街上走来走去，一撮撮弯曲的山羊胡能撅到天上去，为他们当了一次未卜先知的诸葛孔明而不可一世。他们在饭场里动不动就大声嚷嚷，随时想向谁发一顿脾气——他们已经有了发脾气的资本，他们的花白胡须即使比麻嘎子（尽管和诗意的名字"喜鹊"是同一种鸟，但在北方，它扮演的角色比报凶的乌鸦更糟糕，它嘎嘎的干燥叫声不但预报祸事还招引祸事，而且它还是男性生殖器官棒棒糖部分的别称）的屁股撅得更高也没人再敢说什么。他们几乎逢人就说："看，我没说错吧？要是死一只猫试试——可有好戏瞧咧——不听老人言，吃亏在眼前！"

（就是这些以长辈自居的趾高气扬的老人中的一位，雇佣一个邋遢少年，隔天吃一次他皮包骨头的两股间悬吊的那根疲软衰败的破玩意儿，但每次五分钱的赊款累积够一元时，他又赖账不给，光火的少年跳进饭场里把他那根总是瘙痒的老鸡巴抖搂了出来。而另一位老人活儿做得更地道：为了体现他对晚辈的关爱，在一个漆黑的深夜他抚摸了儿媳妇屁股上那团臆想的雪白，不想警觉的儿子当场捉住了他，并礼尚往来地孝敬给他劈头盖脸一顿痛打。）

事实却并非如此，因为访问的猫群离开的第三天，有人就在村口的那眼水井里捞出了一只死猫——那是唯一一只在村子里与死亡晤面的猫！它的身体已经泡胀，白歪歪的，像发得暄虚的刚出笼的蒸馍。它的胡须翘在嘴两侧，硬硬挺挺如几根细铁丝，比预料它不死的那撮撮稀稀落落的山羊胡子可是威武得多。它的死亡时间至少在三天以上，因为皮毛已经糟透了，用树枝一拨拉就红癣癣剥落一大块。而且——人们发现它的脑袋已经碎裂，就是说，这只猫是被人打死的，出手相当狠，否则脑壳不会烂得如此一塌糊涂。

这眼水井为此停业了两天，之后男人们戽干井水，把井底的淤泥也清理得一干二净，可新泉出的水还是有一股臭味。这眼井古老得人们都说不清它的岁数，它一度使嘘水村的豆腐坊和油坊闻名遐迩，因为它能使一套豆腐多磨出三斤，二十五斤芝麻多晃半斤油——而且豆腐也嫩，香油也香。有一多半南队的人都吃这眼井的井水，每天天不亮，井台上挑担桶襻就叮叮当当唱成了一台戏。而现在井水坏了，永远地坏了（此后几年里一走过这眼水井人们都得捂着鼻子，那股臭味似乎在随着岁月的延宕而变浓，而出村进村的路又不能不走，没有更好的办法，最后只得把井填平），那处碎砖铺就的井台于是萧条了下来——这眼井被人们彻底遗弃了。就是从这时候，压杆井，那种呱嗒呱嗒一叫就能从地底下唤出清泉的铁制汲水工具，开始深入每一户人家。

/ 第二章

发现那只死猫的是高粱花，一个二十八九岁的女子，即使当了两个孩子的妈妈，她丰腴的妩媚一点儿也没有被孩子们吮力很强健的小嘴撮瘪。她高高的个头，留着齐耳短发，脸色总是红润润的，像秋天刚刚出土的红薯一样鲜艳。当她弯腰从井里打水时，那层亮闪闪的黑头发会像绸帘子一样垂挂下来，微微遮掩住她云蒸霞蔚的面庞，愈加迷人。她硕壮的屁股也像隆起的山包在井台上翻滚颠荡，波涛汹涌。透过紧绷在肌肤上的那层衣裳，能觑见她每侧屁股瓣上还有处窝凹，在有些人看来，这处窝凹比少女脸上的笑靥更魅力无穷——每天高粱花只要去井台上打水，有一双年轻的火热眼睛就会从各种各样隐秘的角落偷窥她，直看到她的腰肢似乎不胜扁担两头沉重的木水筲的压迫，马上就要折断，折断着折断着咿咿呀呀呻吟远去，空留下两行木筲上滴淌下来的黑暗水痕。说出来可能让人有点惊讶：这双眼睛是长在高粱花的侄子项雨的脸上！

项雨当年十五六岁，正是抻个子的时候，就像一株施足底肥又喷了生长素的玉米，枝茂叶盛一天一个样儿。身体日新月异的变化令项雨自己也有点不知所措：今天这儿爆起一堆疙瘩，明天那儿拱出几根黑毛……更令他惊诧不已的是——有些地方明明没长骨头，有时却比骨头撑着还硬朗。项雨起先怀疑是出了毛病，但他很快打消了这种念头，因为他能吃能喝能干活。他有限的人生经验告诉他只要能吃能喝能干活就算不上毛病，而他的肚子却像无底洞，无论填进多少东西都没有鼓胀的时候。他从没有过吃饱的感觉，哪怕是刚刚吃过饭，要是走进豇豆地里，他照样能摘一掐子嫩豇豆角，咕吱咕吱嚼得嘴角直冒绿沫。他什么都能吃，就像一头正上膘的猪。他觉得他身上饱胀的力气随时都会突破薄薄的皮肤的约束朝外滋射。走过一株春天里泛青的树，他一定唰啦搓过去一掌，让变脆了的树皮跟着他的手掌蜕掉一大块。

项雨生得线条粗放，猛一看像是一块没有完工就被艺术家丢弃的木头雕像。他的脸上找不着一块稍稍平展的地方，密密麻麻层出不穷着红红紫紫胖胖瘦瘦的酒刺疙瘩。他的牙齿又宽又长，和两排没扎齐整的高高低低歪歪扭扭的木栅栏差不了多少。上边左侧的一颗犬牙拼命外翘，就像一个人从里屋欲出未出时一条胳臂撑起了布门帘，不过厚硕的嘴唇弥补了不足，没费什么力气就镇压住了这颗牙齿的暴乱。他有点鸡叨眼皮（一侧的上眼睑有条天生的疤瘌），两只三角形的眼睛一大一小，看上去不像同一个人的，甚至不像同一个物种的。让项雨一照镜子就忍不住佝着头翻着眼用手拂掠过来拂掠过去的是他的头发，又粗又硬，马鬃一般闪闪发光，为此他专门留了个分头，他一耸一耸走动时，头顶上两垛漆黑呼扇呼扇，就像飞翔的乌鸦翅膀。

另外，项雨的个子也很高，也有些驼背，而且同样有两处横空出世的高颧骨——不说你也能猜出项雨的模样像谁。项雨的爹老实巴交的，老鹰叫他正西，他不敢正东。他们两家是邻居，但没有确切的证据证明项雨身上流的是老鹰的血。天底下模样差不多的人海了去了，村里人再心知肚明也没谁傻乎乎把这层窗户纸捅破。

项雨的眼珠绕着姆子高粱花打转，开始于前一年夏天。那年夏天雨水很足，田里种的红薯泡出了馊味，有人蹚着水去踩那刚长得比鸡蛋大不了多少的红薯时，在红薯垅间却踩到了鲫鱼。绕着村子，有一圈挖得很深的土沟，是兵荒马乱的年代挡土匪用的，村里人叫作"寨海子"。寨海子里平常没有水（有也很瘦，薄薄的一层），可这年却是满堰满槽一海子，碧波荡漾的，即使像项雨这样的个头，站到中间也够不到底，如果身子不一撅拱一撅拱地凫水，波浪马上就会把他那值得炫耀的明亮头发扯得没有影儿。

项雨好游水。一见水他就走不动，而一跳进水里，八条老牛也难把他拽上来。为了这条毛病，小时候他没少挨大人揍，揍着揍着水也没有把他怎么着，他反而虎虎实实长大了。这天久雨初晴，项雨听见树上的蝉喊成一片，歪头一瞧半个多月没露过面的阳光就热乎乎痒爪爪地爬进了他那双大小不等的眼里。他没再多想（和庞大的身体相比，他的脑筋细少得几乎可以忽略不计，所以多想历来不是他的品性），啪叽啪叽踏着还没变硬的烂泥走向村南的寨海子。

项雨在海子里痛痛快快地钻上钻下，窝憋了那么多天的力气溶解得差不多时，他才背倚着浅坡，伸开骨节嶙峋的大手去驱赶满头满脸恣肆的水珠。他睁大被水腌渍得有点涩酸的眼睛，于是他睁大的眼睛就再没变小——他的小小瞳仁里倏地钻进去一个小人儿，那个小人儿不是别人，是他的婶子高粱花。

高粱花裤脚挽到大腿根儿，正站在岸边的水中洗衣裳。她离项雨在的地方还有好远，当她挥动棒槌往砧石上敲打时，得停上一小会儿项雨才能听到"咚、咚"的声音，但婶子的大腿根儿并没有因为距离太远而变得黯淡，那种炫目的雪白明亮得让他喘不过气来。尽管浸泡在凉滋滋的水里，项雨还是觉得燥热难耐。他接连扎了好几个猛子，水底的清凉也没有涤散这种燥热，而只要他的头一钻出水面，眼光马上就不再听使唤，它们在波浪上扭扭捏捏浮荡须臾，接着就像一大一小两条顶水白鲢，刺刺地蹿向他的婶子。这一粗一细两道目光牵掣得项雨的脖颈酸痛，最终把他牵向了高粱花。

项雨没有扑腾出声音，他想悄悄靠近，然后一个猛子扎到高粱花面前，吓她一跳。他的目的很容易就达到了，因为高粱花正啪啦啪啦漂洗捶打过的衣裳时，一颗生有浓密黑毛的圆球突然从水底冒出来，差点顶撞在她手上。"啊呀！我的娘呀——"她惊呼一声，扭身就往岸上逃，不想脚底下一趄，身子不但没跳上岸，反而全部滑落进水中。不过有惊无险，因为很快她就看清了侄子马脸上的那颗长歪的翘牙朝她撩过来，并且有一双稚嫩但稳实的大手托扶住了她被恐惧抽空的身子。她知道是侄子在跟她开玩笑。

"魂儿来吧，魂儿来吧……"高粱花不住地安抚着自己，好使那颗扑通扑通狂跳不已的心脏搁回肚里去。稍一缓过劲她就转过头来，想狠狠恶骂一顿这个玩笑也不知道怎么开的愣小子——这时，她才发现抱着她的项雨的手放的不是地方！不知是有意还是无意，项雨的手撸起了她薄薄的布衫，像两块狗皮膏药黏黏糊糊敷在了她的胸脯上。

项雨在水里抱着了不该他抱的人，而且双手摸到了不该他摸的物件。

高粱花当时正在奶孩子，两只乳房饱满丰挺，乳头硬撅撅像枚粗铁钉。从此以后，那铁钉就搋进了项雨的身体里，而婶子乳房柔软又坚挺的质感，粘在他手上再没揭掉过。项雨这株玉米的顶穗，被高粱花这道热辣辣的阳光噼啪晒绽，并马上撒射出稠密的花粉雨，在壮硕的叶片丛里寻找着承接它的五彩缨须。

项雨开始想婶子，想得浑身火烧火燎，可又没有一点儿办法，就像猫逮住了一只吹胀的猪尿泡，喜欢也是瞎喜欢，干着急找不到下嘴的部位。有时项雨想，只要再让他摸一摸婶子的胸脯，摸过了马上就死他也心甘情愿。但她是他婶子，而不是别的什么人，——就是别的什么人他能说摸就摸吗？有一回给玉米溇化肥——密密匝匝的谁也看不见谁的玉米地很容易就让他心猿意马想入非非——他呼呼哧哧把他分的十几垅玉米的活儿干完，立即跑去帮婶子。高粱花对项雨的巴结既不拒绝也不完全接纳，态度暧昧不明。她不想被项雨缠住。她嫌他模样不周正，憨不拉儿的。但她想让他帮忙干活儿，比如这给玉米溇化肥，脸朝地腚朝天一趴就是一晌，双手被化肥腌蚀得白森森红癣癣火烧火燎地疼，指甲根儿，扒土扒得竖满肉刺，哪个女人想起来不怵劲！但项雨干这活却"胜似闲庭信步"，他东一杵西一戳，骨节粗大的手本身就是两把铁铲。在已经能埋没人头的玉米地深处，项雨想让自己的手重复曾经在水中进行的动作。但他突然袭击的手遭到了狙击，最终也没能完成全部动作的三分之一。他的婶子不轻不重地朝他坎坷不平的脸颊贴了两个耳巴子，先是埋怨："你看你这孩子，做啥哩？"接着是厉声的威胁——"松开！你再不松手我可要喊人啦！"玉米田里集中了生产队里能拿工分的全部人马，高粱花要是一喊，那还不"秫秸捆做草人"——丢人丢大发了！项雨就是再欲火中烧，也只得软软地松了手，然后哗哗啦啦悻悻地消失在翠色的青纱帐深处。

当猫群在村子里随时随地胡交乱配时，项雨心花怒放到哪种程度可想而知。他饭也忘了吃，觉也忘了睡，只怪两只眼睛不够使。他直直地盯着一对忘我配对的猫一盯就是老半天，嘴角还嘟嘟噜噜淌出黏黏的涎水。项雨爹是个肉性子，很少见到他发脾气，但那天扫见儿子脖子伸得老长眼里闪闪放光的那副馋相，他这堆湿柴火也给呼啦点着了。他气不打一处来，跳上去朝项雨撅得老高的屁股狠狠跺了一脚。他指着捂着屁股跑走的儿子骂："没出息！丢死八辈子人！——瞎养你这么大！"

项雨的记性要多差有多差，平时脑子糊涂成一锅粥，你要是问他一斤葱一毛五分钱，八斤葱摊多少钱，那他拿个小木棍，在地上划来划去老半天最后还是会对你说：一块五！但这阵儿项雨像是换了脑子，记性出奇的好，可以说是过目不忘。猫怎么样上背、怎么样一下子就探出尖尖的细细的红红的长长的家伙头儿、身子一耸一耸时喊声会有什么变化⋯⋯这一切他都吃得很透，有时他能如数家珍般滴滴溜溜地向楼蜂数落半天，能看得出来，要是信马由缰让他讲下去，他磕磕巴巴会永远没完没了一直往下说（项雨一激动就有点结巴，而且话语声音高低不平，某一个字会平步青云，吓人一大跳；而某一句话则又一落千丈，支棱着耳朵也难听清，颇像一台线路出了毛病的收音机）。不过对楼蜂来说，断断续续听项雨讲这些事儿也不是不合心意。于是每天夜里，他们俩趟开忐忑不安的男人们有半里地那么远，躺在苇席上一嘀咕就能嘀咕到鸡叫唤。

楼蜂和项雨并排走，没谁会认为他们年龄相仿。项雨黑囫囵吞，看上去比实际年龄要大一多半，而楼蜂却细皮子嫩肉的，好像没有见过太阳。楼蜂一笑，一嘴细碎的小白牙烁烁放光，照出脸颊上两漩酒窝，和酒窝上头的一刀横肉；但楼蜂笑得很少，大多时候是拧紧眉头，拧得脑瓜子上不谐调地裂开几道沟壑。要是他个头再长高些，头发别那么又细又黄像一堆乱草根，再剔掉脸上的那刀横肉，那他应该算得上是村里最英俊的后生了。跟项雨比起来，楼蜂简直是精明得头发梢子都是空的。无论什么事儿，他透风就过：他会木匠活儿，会修理水车之类的铁家伙儿；尽管只上过几天夜校，半拉村子的春节门联都出自他的手⋯⋯但他偏偏和傻呵呵的项雨是最好的朋友，这种友谊一直持续到他们埋进烧红的土堆里被煴熟的最后一刻。

楼蜂的手巧到了这种程度：他能用自制的小尖刀戳开当年的小公鸡的脊背，拿一根两头拴了小铁钩的细竹弓撑开刀口，手指头不知道怎么一拨拉，鲜血淋漓豇豆大小的鸡睾丸就扑棱蹦了出来，这只太监鸡第二年会高高兴兴去充任母鸡的职能，咯咯嗒嗒领一大群鸡雏热热闹闹觅食，比一只母鸡更恪尽职守。逮着了田鼠，楼蜂绝不轻易放跑它，而是细绳拴腿拎回村，身上浇淋煤油后点燃往水坑里一撂——名之曰"点天灯"（水坑四周要围几个人，撵着田鼠不让跑上岸，以免引起火灾）。有一回高粱花家的母猪一窝下了十六只猪娃，知道养不成那么多，高粱花决定扔掉七只。项雨一箩头扛走七只叽叽哼哼乱拱乱抓惹人喜爱的胎猪娃，楼蜂已经早在村口等着他；楼蜂说要练练准头儿，挥一柄小铁锤，眯缝着眼对着猪娃的小脑袋"嘣"地一敲，"嘣"地又一敲……没用半支烟的工夫，刚才还活蹦乱跳的猪娃们就变成了血污中挣扎的一堆狼藉的尸体，而楼蜂挑那些蹄爪儿一蹬一蹬抽搐得厉害的，咔吱咔吱再补上几家什。

奠定项雨和楼蜂坚固友谊的基础是胆大，两个人从来都不知道害怕是什么。比如在那些个群猫乱号的夜晚，即使是男人们也有点惊把儿，他们都尽量席子挨着席子睡觉，没有人再敢躺过寨海子，不定哪一阵咪呜咪呜的声响大一些，他们马上朝东南方向的南塘张望一番，唯恐那儿又出现什么异象，殃及村子及他们本人。而项雨和楼蜂，没事似的，不但天天拎张席走过海子，甚至还走过了海子外堰的那块芝麻田，睡在了芝麻田南头的路边上，他们自称那儿能过来风，凉快！那儿当然能过来风，因为芝麻田南面是一大片红薯田，没遮没挡的，哪怕是睡在席子上一歪头也能望见南塘。

楼蜂之所以睡在最南头，心里有他自己的小九九。他才不把那些胡蹦乱跳的猫群当一回事儿呢！他觉得猫和他没有任何关系，也谈不上什么利害冲突，有时能看看稀罕倒还是真的。男人们絮叨来絮叨去要消灭那些猫时，他一点儿兴致也没有；甚至项雨给他讲猫怎么样怎么样配对，他也是一只耳朵听，另一只耳朵冒。反正耳朵闲着也没事儿，项雨愿意说就叫他嘀嘀嗒嗒说去吧，权当催眠曲。他真正关心的是土窝里的红薯已结得比鸡蛋还大，早播玉米（春天播种的早熟玉米）的棒子也已经水仁，加把火儿都可以往肚里送了。他在盘算怎么去扒红薯、怎么去掰棒子，怎么样才能不让人发现，甚至他也不想让项雨发现。这是个好时机，人心都被猫衔走了，谁也不会再操心庄稼。每天清早他都起床很早，常常是项雨睁开眼，左找右找已经找不见昨晚跟他铺接头的楼蜂的苇席。楼蜂还有个毛病，据他说是喝生水喝的，就是好拉肚子，在庄稼地里一蹲半天起不来。项雨为此事问过他好几回。在麻麻亮的晨光中，楼蜂将窄窄的苇席顶在头上，粗布单子搭在肩膀上，而在那拱形的苇席和布单的掩护下，腋窝夹着的是鲜嫩的红薯和玉米棒。

项雨每夜都睡得很晚。他的耳朵变得越来越尖，比锥子还尖。他没想到夜里会有这么多声响，这么热闹：蟋蟀、蝈蝈、夜鸟，还有寻找大便的飞行的屎壳郎……当然，最扯紧他耳朵的还是那些猫。他知道那些猫夜里也没闲着，夜里凉快、清静，比白天更得势。他能根据咪呜声判断出是郎猫母猫，谁在召唤谁，进展到了何种程度，最后他甚至能根据声音估摸出猫的大小来。在静谧的野地里的夏夜里，他一会儿觉得他变成了一只猫，他婶子也变成了一只猫，于是他噌地爬上了那只他婶子变作的母猫背上；一会儿他又觉得他变成了人，他婶子还是猫；他婶子变成了人，而他还是猫……他把猫和人彻底混淆了，他抚摸着身子中间竖起的墓碑，祈愿把他变成一只猫，永远变成一只猫群中无拘无束的雄壮郎猫！

被不同的心事折磨得筋疲力尽的两个人抵挡不了和他们一样生机勃勃的睡眠的挟持，渐渐走进梦乡里。在幽冥的夜色中，一只猫蹑手蹑脚从芝麻田里钻出来。它悄无声息地挪近项雨。它一点儿也没在意项雨山响的鼾声。它把没被布单遮盖住的项雨的身体从脚到头嗅了个遍。接着它歪了歪头，确信十分安全后，就伸出灵巧湿润的舌头一下又一下舔舐项雨抿紧的厚嘴唇。项雨的翘牙感到惊奇，掀开了蒙着它的那片厚嘴唇，接着项雨的牙齿也咧开了，并吐出快活的呻吟，配合着呻吟的节奏，整个身子像跳迪斯科舞蹈一样狂放地朝前动作。

项雨做了个梦，梦见高粱花圆硕的乳房变成了一只母猫，他猴急猴急一跃就跳上了猫背；他又梦见自己是个盛饱水的大水囊，突然有根温柔的锥子朝他扎了一下，他身体里富蕴力气的水液从那扎破的小窟窿里滋滋地朝外冒——和这个年龄的许许多多男孩子一样，他一塌糊涂地遗精了。

楼蜂睡觉很轻，很小的动静就能赶开他的睡梦。项雨的呻吟惊醒了他，一睁眼他就看见了那只跳开的猫。他有点闹心，开始有点烦了。——他娘的真不是东西，睡觉也来捣乱！

项雨亢奋过后的身子沉静了，鼾声更响亮地从他的鼻孔和嘴里溢出来。可惊了困的楼蜂却被睡梦拒之门外。他单薄的身体在席子上辗转，无论怎么样去挑拨眼皮都没有打架的苗头。最后他索性不睡了。他闭着眼支棱在席子上，一动不动。他打算再这样眯缝一会儿，就去红薯田里拉屎——当然，还是为了拉回来一小堆红薯蛋子。他有办法把红薯扒走，而看上去却像压根儿没动过红薯地一样。他为自己的精明有点扬扬得意——这时，他听见耳旁有窸窸窣窣的响动，他眯开眼一看，那只猫已经在嗅他的嘴唇。故技重演，猫伸出了锉子一般的舌头，但并没有等它做完舔的动作，楼蜂疾风骤雨地抓住了它的腿，拎起来呱哧摔在地上。它没有来得及叫出声来，已经四条腿一伸一伸地一命呜呼。

那天黎明，顶着苇席回家的楼蜂走过那口水井时停了下来，顺手扔进井去一样东西。他不知怎么想的觉得水井里最隐蔽，不会被人发现，——反正他家也不吃这口井里的水。

项雨和楼蜂不是最先被猫吻嘴的人，先他们几天，村子里许多人的嘴唇已经沾上了猫舌头上的涎液。那些纵情交配得乏味了的饿猫，又开始回忆鱼的腥香，但它们再也找不见鱼骨头了，只有吃过鱼的人的嘴唇还能安抚它们的梦想，这个诀窍使猫群兴奋得躁动不已，它们一传十传百，一到夜里就开始不懈地去舔吻一片片余香犹存能勾起美妙回忆的嘴唇，当然，这之中不少是女人。这也是促使男人们咬牙切齿要消灭猫群的真正原因——这些猫险些给他们戴上绿帽子，你说气不气死人！

冲走猫群的那场大暴雨雪中送炭，确实救了庄稼们一命，但毕竟是来得晚了点，无论庄稼们怎样铆足劲，怎样抽出体内仅剩的最后几片绿叶，歉收的结局还是没能扭转。那年阳痿之后软了又硬的玉米棒子空了大半截，棒顶上是长了几颗籽粒，可比人们为预防天花而在胳膊上结种的牛痘瘢痕也多不了多少；大豆和芝麻的光腿长得老高，梢顶上挂拉的几枚荚果稀疏得就像少女头上的发卡；高粱穗子扎扫帚倒挺省事，抖下来根本不需摔打，冒出的几粒红米没等到长饱，已经进了小雀们的肚子……那年唯一值得称道的是喜欢晚长的红薯，一块块膨胀得比死婴们的头颅还大，撑得垄间满地裂纹。这些红薯是接下来好几个月里人们的主食——不，是接下来一整年，人们吃的是红薯面窝头，喝的是红薯茶（村里人的叫法，称红薯汤为"红薯茶"），甚至晌午偶尔吃一顿豆面条，黑黑地点缀在面条碗里的也是晒干的红薯叶。"红薯汤，红薯馍，离了红薯不能活……"这是当时这一带广为流传的一首民谣。那一年村里老老少少，几乎所有的人都害了胃病，经常可以见到抚着胸口的人，经常可以听到"咯咯"的干呕声，因为红薯酸度太高，而胃又不是碱性物质，而是很娇嫩的肉和肉里边流动的血，所以它承受不了扯年到头的腐蚀。实际上那一年秋后交了公粮，人们两手空空，除了晒制的红薯干外他们的粮囤里没有一捧改色的粮食。他们把希望寄托在年底公社的返销粮上。但返销粮便宜是便宜，再便宜也得用钱去买。钱，到哪儿弄到钱呢?!

　　活人不能叫尿憋死。人们开始想出种种馊主意，而其中被最终普遍接受的，是在南塘上立一座土窑。不是有现成的土吗，不是有现成的水吗，不是有取之不尽用之不竭的人吗……立一座土窑，马上这些不花一分钱的东西不是都变成钱了吗! 在这个问题上，身体尚未复原的老鹰没发言，直到这时，他仍在怀疑南塘上撞见无头鬼的真实性，他是不是在做噩梦? 但他一次次眯缝起眼，一次次扑嗒扑嗒嘴皮子，一次次掐痛自己的大腿根儿，最后还是认定那是真的。"立窑是立窑，我可是不管这摊子烂事。"这是老鹰最后的表态。

　　于是那年秋天大庄稼一撂倒，没来得及犁地、耩麦，南塘堰上就再度热闹起来。一座小土屋被盖了起来，小土屋的前头还用石磙碾出了打麦场那么大一片平地。立窑早一天晚一天都无所谓，他们要趁太阳还没有吝惜自己的热量，赶快把砖坯子脱出来，否则一入冬，一会儿小雨，一会儿小雪，湿泥脱出的砖坯子等上一月也别想干透，那还烧什么砖，连给小孩捏泥娃娃儿都捏不成! 盖那间小土屋就是为了看护一垛垛砖坯子，天一落雨得遮上草苫片，一见太阳又得赶紧掀开。在南塘上熙熙攘攘的同时，一拨三四十岁的壮劳力咕咕咚咚拉着架子车，车把上系着装满干粮的布兜子，去了豫北禹县。那里有煤矿。一个月后，这些面黄肌瘦的壮劳力们已经吭吭哧哧，把一车一车黑暗的煤块拉进了队里的牲口院。牲口院里为这些远方走来的黑暗客人，专门腾空了一间草料房。

这一年秋天嘘水村里稀罕事儿连绵不绝。立窑、脱砖坯子、拉煤……对于村子来说都是破天荒，但这些事情也不是没见过，因为离村子六七里外就有砖窑，烧窑的程序没什么不同，南塘上的师傅就是从人家那儿请来的。让人们真正大开眼界的正是项雨和楼蜂，都知道有什么事情就要发生了，或者说已经发生了，可谁也说不上来是什么事情，仅仅是一种预感罢了。大人小孩都有这种不祥的预感。事后人们反复追忆那些奇特的街景：一个白白净净的小伙子双腿稍稍叉开站立着，低着头聚精会神地看两枚竹针在他的两手间欢快地跳动；而他的旁边，则铁塔似的竖着另一个人，那个人的肩膀上卧着一只体魄健硕的大白猫！

楼蜂从哪儿学会的打毛衣，村里人不得而知，楼蜂自己当然也不会对人说，甚至对他的家人也在保密。反正他打毛衣的手艺，肯定是刨红薯刨来的。那年因为是后期下的雨，红薯晚长，长蒂红薯特别多，而生产队里收获红薯图快图省事，大多是用牛犁照着红薯垄犁起，后头跟着几个人从新土里往筐里捡拾，那些背垄上的长蒂红薯根本就犁不着。所以，在收获后的红薯地里，刨红薯的人们熙来攘往，楼蜂当然是这其中很重要的一员。楼蜂长了一双红薯眼，他东瞅西瞅，往哪儿一站，搭锹蹬下去，常常是锹刃在土层下马上吱吱大嚷一声，报告它遭遇了红薯。人们都有点稀罕，不知道楼蜂怎么隔着土皮，看见哪儿有红薯哪儿没红薯。还有人给楼蜂起了个临时外号："探雷针"，因为当时正在放映一部叫《地雷战》的电影，其中的日本鬼子就是用探雷针探测神出鬼没的地雷的。（楼蜂是根据地上的裂纹、土垅的高低宽窄、犁沟的深浅等诸多复杂而细微的因素来完成这种判断的。）对这个技巧楼蜂秘而不宣，连像影子一样跟在他屁股后头的项雨他都不传，他只是让项雨跟着，让项雨收工时和他一样扛回家满满一筐大大小小的红薯。后来村子周围的红薯地都被翻刨了个遍儿，这时候，隔着土皮能瞧见红薯的楼蜂的足迹开始向外村拓展。

据估计就是去外村刨红薯的时候，楼蜂学会了打毛衣的手艺，详细情况就没人能说得清了。起初人们看见楼蜂在用刀劈竹竿，然后是捏片陶碗碴儿，吱吱吱吱地刮磨出长长的竹针；接着就是楼蜂叉腿站在村街上的情景了，他左胳膊弯上挂着一只布兜子，兜子里是两团不时蠕动一下不时蠕动一下的棉线团；甚至去南塘上干活，楼蜂都没让兜子离过手。他要趁工间小憩时，指头飞快地别上几针。那年秋天南塘堰上的杨树杈杈里，经常能见到滴溜着一只里头有两大蛋子东西的布兜子，让人直怀疑世界上物种已变了生殖方式，连白杨树也长出了松了吧唧的大阴囊！

对于透风就过的楼蜂来说，打毛衣的活儿简直就算不上什么活儿，削好竹针的半个月后，楼蜂手指头打毛衣，已经不需两眼参与了。他往那儿一站，能一边仰着脸跟你说话，一边嚓嚓嚓嚓不停地打毛衣，那些竹针像长在了他的手上，或者就是他手指头的延长部分。初开始人们仅仅是看看稀罕，没有谁想去整天手不离针针不离手地和一个线团逗着玩，但等到有一天——那天楼蜂走到村街上谁见了谁瞪大眼睛，因为他穿了一件平平展展的有漂亮花纹图案的好看衣裳。有人问："楼蜂，你这是啥布做的？""你没看见吗？棉线子打的！"楼蜂举举手里又开了头的毛衣片，不屑一顾地说。"棉线子打的？"那人小心翼翼用手指触摸了一下楼蜂身上的衣裳，有点不敢相信："就是你天天剜来剜去织的那玩意儿？"像是楼蜂身上的新衣裳烫手，那人想摸又不敢摸了。那件衣服穿在楼蜂身上确实合体，本来他的身体就匀称，一穿上这稀罕衣服，就马上锦上添花，谁见了能不眼前一亮！

当时嘘水村真正认识毛衣的只有老鹰一人，但毕竟时过境迁，连老鹰再见到毛衣，也有点眼生了——他已经从部队复员了这么多年，与一种东西阔别久了再见面，和压根不认识也没有什么大分别。楼蜂的毛衣线和羊毛、骆驼绒之类风马牛不相及，他的毛衣线就地取材，是几股棉花的纺线合缕而成，就是说，只要摸熟了竹针的脾气，就能使司空见惯一摇纺车一牵出来的棉线变成那件漂亮衣裳。这个想法最先激动了姑娘们，她们三三两两结伴去找楼蜂，想学学舞弄竹针的手艺。咱们听听楼蜂的回答："你们学会了，我还吃啥？！"

嘘水村的年轻人们是有点痴心妄想了，他们日后会学会织毛衣，但谁都可能是他们的老师，唯有楼蜂没有一丝这种可能，因为不久之后，楼蜂就开始接活儿了。他张的嘴不算大，打一件毛衣只收五毛钱，上身再加一毛。当时一毛钱能买十七个鸡蛋，楼蜂打毛衣的收入正好能使全家人每天晌午吃一顿香喷喷的豆面条。

说说项雨的大白猫吧！——那只猫身体长硕，猛一看谁也不会以为是猫，而更像一条狗，或别的什么动物。那只猫身子很长，而头却很小，显得有点尖，就像一枚白色的导弹。它的一只眼睛发蓝，一只眼睛发绿，与它的主人项雨的眼睛有异曲同工之妙。这只猫很凶狠，你还没稍稍靠近，它警惕的颈毛已经耸起来，脖子里憋出慢条斯理但狡诈多端的声响，一双发蓝发绿的眼睛斜睨着你，扎好了进攻的架势。那年冬天嘘水村的小孩子哭闹哄不好，大人威吓说：听！项雨的猫来了！小孩子的哭声会戛然而止，马上扑进大人的怀抱里，连头都不敢扭一下。

但大白猫跟项雨的关系却非同一般，不说形影不离，但只要项雨在村里，也起码是走一步跟一步；而且那只猫和项雨亲昵得令人生疑：它会当众在项雨的脸上嗅来嗅去、蹭来蹭去，伸出舌头舔舔项雨的嘴唇，项雨要是往哪儿一坐，就是撂块肉那只猫也不会再多瞅一眼，而是哧溜冲过去，用头用脸又拱又撞项雨的裤裆，仿佛他裤裆里卧的不是干瘪缩皱皮比肉多的男人的老斑鸠，而是一只毛尖流油的丰肥大老鼠……有什么事儿就要发生了，嘘水村的人没有明说，但都心里清楚有什么事儿就要发生了。

当下第三场酷霜，枝头所有坚守的树叶一夜间落秃的时候，南塘上的土窑点火了，冒出了头一缕乌黑的烟柱。七八天之后，就有一辆辆架子车走过南塘伸出的那条小径，停在了志得意满的土窑前——那是外村来拉砖的架子车，他们在等待着出窑。

土窑没有辜负嘘水人民的殷切期望，搬进去的土砖坯子搬出来时都变成了红的、青的砖块，但这些砖块究竟比砖坯子耐用多少，嘘水人民心里却没有底；因为南塘上的砂姜土并不适宜于烧砖，挖塘挖出的土里布满细砂姜和碎贝壳，细碎的砂姜和贝壳一见火焰全碎成了面面，砖块里一小窝一小窝的碎面面不能碰水，一碰就马上膨胀，咔咔叽叽撑裂的砖块像酥烧饼皮儿那样一片片剥落。这样的砖当然不能经雨，可老天爷又不可能因为这些砖而扯年到头天天满面阳光。当时的砖窑也实在是太少，就是这样比土坯强不了多少的劣砖，买的人还是络绎不绝，窑窑都能卖个好价钱！

南塘在有条不紊地操办着她的事情，透过晨昏的雾霭，嘘水村的人们似乎能窥见她忙碌的身影，听见黠慧的她禁不住的掩口失笑——绝不是耸人听闻，有相当长一段时间，在深夜的巷子里，许多人都听见有一个年轻女人在笑，声音不高，但很清脆，低低地一阵阵回荡，有时直到清晨才停下来。做针线活的妇女们聚成一堆，唠唠嘈嘈耳语着深夜响彻她们梦境的笑声。但饭场里的男人相信的却不多，都觉着是女人们嘴碎，多事，少见多怪。许多人明明也听到了这诡谲而神秘的笑声，可他们却宁愿怀疑是自己的耳朵出了毛病，因为他们要去南塘上干活，他们可不想把无中生有的什么什么事儿都和南塘牵扯在一起。

这些男人们去南塘上烧窑，一入腊月就举行了集体罢工，给再高的工分，也再没人愿意去窑上值夜。实际烧窑的活儿不累，也不复杂，砖坯子装摆进去，点着了火，哪几天大火，哪几天小火，都是定死的；大火时你多往炉膛里撂几铲煤，小火时你少撂几铲，也就得了，无非是把睡觉的时间颠倒一下，就能拿到比平时高出两倍的工分。可并没人愿干这屙屎捡粒金豆子的美差，你听他们是怎么说的："谁愿去谁去，就是有金山银山我也不眼热，反正我是不去！"

原因是南塘挑出了她的绿灯笼。这只灯笼通常出现在子夜之后，但也不能保证天一落黑它不从某一块土坷垃后头一跃而起，甚至有时你正尿着尿，它会从你的背后匆匆而来，穿过你叉开的腿旮旯，灵巧地躲过你正在急刹车的颤抖尿线，在你面前一米远的地方回头粲然一笑。而它通常的出场路线则是：在南塘上某一个角落猛地浮出，然后开始绕着水面转圈，转了一圈又一圈，越转越快，圈子也越来越小，直至攒足了劲儿，哧溜一蹿它撞上中天。它能升得很高很高，一下子钻进云彩眼里，你要是以为它跑掉了就此消失了，那你就完全错了，它在云彩眼里干什么没人知道，反正是一颗烟工夫之后，这只绿荧荧的灯笼会缓缓地闪现、降落，在窑顶上蹲一会儿，再开始它的新把戏——围着圆锥形的窑体转圈，不过这一次转的圈是由小到大，从上向下渐次变慢、变慢，说不定最后就停在了窑门口。窑门洞是一处进深最多不超过三米的砖砌拱洞，最里头就是炉膛，平时为烧火的人遮遮风挡挡雨，一个人躺里头，要是头朝里又不想让炉膛的火燎着头发的话，不屈起两腿那脚板肯定就被撂在了外头（其实撂不到露天里，还隔着一道秫秸墙呢）。门口是一排用来挡风的秫秸捆，那只灯笼一靠近，秫秆上的枯叶呼呼啦啦乱响，再胆大的人头发梢子也会不由自主站起来。

但窑已经立好，煤已经千难万费劲远道而来，烧出的砖卖的钱连本都没收回，小土屋前的砖坯子一垛一垛早排好队等着摇身一变……不就是一只半夜里东跑西颠的小灯笼吗，对于敢战天敢斗地敢教日月换新天的人来说又算得了什么！——谁要是去南塘值夜，工分翻番，一夜算三夜！愿去愿不去，谁去谁报名！生产队为此召开了讨论会，明确了优厚酬劳。重赏之下必有勇夫，就是在这次会议上，项雨和楼蜂像事先商量好了一样，从会场里蹲着的位置同时一蹿而起，并且同时说出了同样两个字："我去！"

南塘扑哧一声，又一次开心大笑。

这两个人当然不怕什么绿灯笼不绿灯笼的，照楼蜂的说法是：它要是跑到我跟前，算它倒霉——我一把攥死它挑回家，夜里得节省多少灯油钱！而项雨想去南塘值夜，还有另外的缘故。入冬以后，活计减少，除了偶尔去南塘上装窑出窑，扔几铲煤烤烤火外，几乎就无事可做。项雨整天觉得憋闷得难受，而越是憋闷，想摸摸他婶子的欲念就越强烈。有时项雨觉得身体里有一炉火比土窑烧大火时还要热烈，炙烤得他手脚没处放。他天天都在找高粱花，天天都在琢磨怎么样才能摸她一下。现在，连青纱帐深处他婶子赏给他的那一记耳光，也那么余音袅袅，美妙无比，让他魂牵梦萦。但冬天里女人们也没有多少活儿，都很少出门，他又不能天天以"串门儿"为借口往他婶子家跑，就这多去了几趟，他叔还骂他"游手好闲"，假如他再增加频度，弄不好他叔的脚也会像他爹那样不客气地猛踩他的屁股。这个时候，他的那只大白猫就像久雨甘霖，一次又一次解除了他的饥渴。

那只大白猫哪儿来的？嘘水村的人都说不出个头尾来，据项雨自己说是从南乡他二姑家要的（项雨二姑是早年被人贩子卖到外乡的，去她家得涉过淮河，离嘘水村至少三百里开外），但这种说法站不住脚，说给鬼听鬼都不信，因为要猫要的是猫崽，哪能千里迢迢地抱回来一只成年的大猫呢，一只成年猫能那么便宜让你跋山涉水安抱回家吗？更大的可能则是，在夏天里群猫撤退时，项雨偷偷地留下了一只，但他用什么法子留下了那只猫呢，又是这么大的大白猫？难道它就不反抗不叫唤吗，可嘘水村又有谁听到了求救的猫的号鸣?!

在滴水成冰的寒夜里,那只猫亲亲热热地和项雨卧一个被窝,他要它干什么它就干什么——真是一只好猫啊,可心的好猫我的婶子——它陡然一变就变成了他丰腴的婶子,就像他夏天里的梦境一样,肌肤多么柔腻滑润,乳房坚挺如熟得要崩裂的果实,如两座烧得滚烫的砖窑,屁股凭空凸起比暴风雨来临时翻搅的云头还要壮美,还有丁零零丁零零的笑声,每一声比河流更明亮的笑都是嘴唇灼热的高粱花的嘴唇、舌头,涎液淋淋的婶子的舌头——啊呀呀呀……在丁零零丁零零的不绝如缕的女人的轻笑里,他一泄如注,粉碎了的身躯四外喷溅,化成红的云紫的雾……

终于有一天项雨管不住了他的手脚。那是一个残阳如血的傍晚,高粱花扛个笼头,去红薯窖里掏红薯。为了安置冬天里当口粮的红薯,家家户户都掏有一个红薯窖。红薯窖是口长方形的深坑,人站里头使劲举胳膊手才能够到堰上,坑口搭着粗树枝秫秸茅草之类的遮覆物,再厚厚地封上土,只留一处比一顶草帽大不了多少的窖门,这样能保暖保湿,使红薯即使在寒冬腊月也不至于像人的手那样冻得青一块紫一块有时还这里那里糜烂冒水;但这样一来,下窖掏红薯就成了问题,通常都得让身材细挑的小孩子帮忙。但项雨的身子并不细,看见他婶子去掏红薯,他的两只脚马上跟了上去。他对他婶子说:"我给你掏我给你掏……"

高粱花正愁着找不到小孩子帮她掏红薯,她自己刚缝了一件新袄,当然不想钻到窖里弄得浑身都是泥土,"掏就掏呗!"她想,"掏个屌红薯,又不是大庄稼地,我看他也占不了啥便宜!"

项雨喜欢得手脚没处放,像条巴儿狗一般围着高粱花前后左右地转,不知道该如何献殷勤是好。他去掀窖门盖儿,心却没在盖儿上,大大小小的眼睛像一群鸟儿往高粱花身上啄。窖口实在是太小了,项雨吸着肚子,将身子插在里头,一点一点往下推进,比当初他出生时还障碍重重。他怕婶子淘汰掉他,让他滚蛋另选新人。他憋得紫脸上沁出了汗珠,坠着身子与狭窄的窖口展开了殊死肉搏。扑通一声,谢天谢地,他终于落入深渊!

红薯窖里充满一种浓重的霉甜气息,似一种化不开的柔情蜜意。当梁檩使用的粗树枝上生了白醭,垂顶而下的秫秸枯叶上湿漉漉滴水,层层叠叠的红薯半边湿半边干地躺在昏暗中。项雨在阴暗潮湿又温暖隐秘的窖底蜷曲着身子，艰难地一块一块地朝地面上扔红薯。他硬撅撅的目光从窖口斜杵出去，不时能瞅见他婶子柔软的棉裤里暖烘烘的大腿、宽阔无边的屁股以及灵巧的脚，偶或能瞅着美艳的面孔忽闪出不规则的一角……他婶子今天更是好看，细碎的蓝底白花棉袄不胖不瘦，把两只他曾经抚弄过的乳房绷得就像两堆浓烟下的火焰。她的贝齿仍然细碎洁白，她的头发和眼睛依然亮光闪闪，还有她深藏不露的隐秘的裤裆……她又怎能知道他已经在一个个深夜一次次深入其中，早已是熟门熟路！

事情的结果有点出乎高粱花的意料，但新鲜的感受也同样在她的意料之外。惹出美妙烦恼的仍是项雨的那只猫，一看见没了项雨，那只猫就喵呜喵呜个不停，围着窖门一圈一圈地转，东嗅嗅西嗅嗅，好像谁把它的项雨怎么着了似的。它歪着个头儿，瞅瞅高粱花，又瞅瞅高粱花，瞅得高粱花心里直发毛。"项雨，项雨。"高粱花提防着大白猫，大声吆喝项雨把他的宝贝赶紧弄走。

但大白猫进了窖，高粱花的心事却没被带走：她担心这只上蹿下跳总也闲不住的猫会踩烂她的红薯。于是她蹲下身子，两只手按着窖门沿儿，伸着头叮嘱项雨管好他的猫。窖里黑暗得什么也瞅不见，越是瞅不见她越是想瞅见，但最后她也没瞅见什么，只瞅见两点红光绿光一闪，随着"喵呜"一声怪吼，大白猫正对着她的脸一跃而起猛蹿上来。

"哎哟，俺娘呀——"和夏天里被水里突然冒出的黑球吓了一大跳一样，这一回高粱花又发出了同样的惊呼，并且在逃命的时候，照样把一只脚趷进了没有底的什么里头。不过那一次进的是水，这一次却是黑暗的红薯窖。

详细过程没有谁能说得清，反正最后高粱花一多半身体都坠进了窖中，窖门上只有她一张半仰着的脸，和两只被窖门边沿卡死的曲折胳膊。更要命的是，狭窄的窖门撸起了她的新棉袄，和新棉袄里头一层贴身穿的粗布衫，而她的两只脚却还悬在半空，上不着天下不着地。她觉察得出窖里潮湿而温暖的浊气浸淫横扫着她裸露的腰身和胸部，但她的手脚动不了，没有一点办法。她没有一点办法，只是那么半仰着脸，初开始还做样子挣扎了几下，后来就一动不动了，眯缝着眼，嘴里发出一串串呻吟。高粱花呻吟的原因多种多样，但有一点是明确的，就是绝不是窖门夹挤的疼痛所致，因为她那种呻吟没显出痛苦，倒是脸上码满了繁密的快活和舒服。

地底下的项雨究竟开展了哪些工作？推进到了多深多浅的程度？这些一直都是谜语。但自此之后，项雨开始躲避他婶子，也更怕他叔。不但不再去他婶子家串门，连路上碰见他叔也要急急慌慌趋开。他之所以踊跃去南塘烧窑值夜，与"红薯窖事件"肯定扯着筋。

楼蜂有个习惯：不能和别人睡一张床，关系再近也不行。夏天睡大路上，挨边的人再多，可那是一人一领席，都是井水不犯河水。在窑门洞里却不行，耳朵眼大的空地，只打一个窄窄的豆秸铺，想夜里身子跟身子不见面根本不可能，况且还有一只大白猫！楼蜂情愿睡那间四面漏风的冰凉的小土屋，也不想暖烘烘地躺在炉火旁去忍受项雨还有他的美丽的大白猫！小土屋很矮，出来进去的都得弯着腰，不然门楣就要照着你的头猛击一棍；窗棂也只是落个窗棂的名声，实质是几根疙疙瘩瘩的树枝，随便往墙里一插。楼蜂就在那孔窗棂下放一张绳襻软床，夜里好借着星光，嚓嚓嚓嚓打他的毛活儿。楼蜂两只手纠缠着线绳儿，眼睛也没闲住一刻；他从窗棂里不住朝外张望，想瞅着大伙儿都怕得不行的那只绿灯笼。在他们来南塘值夜之前，男劳力们每夜要来四个人，一个个胆战心惊，说话都不敢使大声；四个人挤在窑门洞里，竭力挤紧，尿尿都不出洞口。可楼蜂一个人睡在小土屋里，头三夜一直很安顿，连只捣乱的老鼠都没有；项雨待在窑门洞里，就着热烈的炉火和如雪似玉更像他婶子的大白猫恣意狂欢，也没有绿灯笼跑来闹他们的洞房。

等到第四夜，性喜活泼的绿灯笼终于坚持不住了。前三夜楼蜂都是后半夜起床接替项雨，好让他搂着猫一梦睡到半晌午，解解前半夜熬出来的觉瘾。第四夜楼蜂起了床，摸黑拾掇好被褥，揉揉眼一抬头，和窗棂外正端详他的那盏绿灯笼对了个正着。尽管心里早有铺垫，但一只绿荧荧的灯笼停在面前伸手可及的地方时，楼蜂心里还是咯噔一响，像是某一个神秘的按钮被谁按了一下似的。

那灯笼并不大，比夭折的五岁孩子的髑髅大不了多少；也不是十分的亮，但中心部分却绿得让人头晕，好像那里的绿光是一团漩涡，在不停地高速旋转，而且咋看咋像一只什么眼睛。这一夜不太寒冷，和这个时节有点不相称，南塘里甚至没有结冰凌；天上的星星零零散散，风也不很茂盛。楼蜂踌躇了一会儿，但还是头一佝钻出了小土屋。他像撵鸡一样，朝着那只绿灯笼扬起两条手臂，长长地"嘘"了一声。绿灯笼动了动，往后退了退，但没有离开的意思，就是那么动动，看上去也不是出于本意，而更像是他的嘘声拂荡的。楼蜂胆已经够大的了，可他的心刚才已经咯噔过一次，这会儿站在沉沉黑夜里，一个人与一盏传说得枝枝叶叶的鬼灯笼相峙，他就更有点管不住自己咯噔咯噔乱蹦乱撞的心跳了。他大声叫："项雨，项雨——"好像料到了项雨一时半刻不会出窑门，绿灯笼账也没买，仍那么不远不近地盯楼蜂。项雨正在八万米的高空和大白猫播云布雨，不可能听见楼蜂的呼唤，即使听得见，他也不可能动得了；直到楼蜂再一次匆急地吆喝，他才喝醉酒一般，惺惺忪忪推开掩堵窑门的秫秸捆，迷迷瞪瞪地嚷："弄啥？"

但很快他就知道要弄啥子了，因为这时候楼蜂已经后退到小土屋的前墙上，正和那只他退一步它就进一步的绿灯笼较劲。楼蜂贴在了墙上，他怕身后再袭来一只绿灯笼两面夹击使他腹背受敌。"——噢？"项雨的癔症马上飞得比他刚才待的地方还高渺，有物件竟敢威胁他的朋友，这让他怒不可遏。他捡起一块砖头，冲上前去，对着绿灯笼没头没脑地就砸："去你娘的！谁还怕你不成！"

项雨当然砸不住绿灯笼，但看样子绿灯笼还是有点担心被击中，它灵巧地朝上一飘，就稳稳地坐在了砖坯子垛顶上。它似乎还在嗤嗤地低笑。

楼蜂拦住了又捡起一块砖头得寸进尺的项雨。楼蜂不让项雨理它。"别理它，"楼蜂说，"它走了就算了，它要是敢再来明儿个试试！"

当两个人与绿灯笼干仗的时候，那只大白猫像是一下子消失了，连喵呜一声都没有。要是搁平时，项雨一离身，它还不叫得像蝎子蜇了似的！其实连项雨都没注意：他的大白猫自从迁居黑夜里的南塘，除了喉咙里的呜呜咽咽外，就没有正儿八经叫过一声。大白猫在窑门洞里的熊熊烈焰前百依百顺，更是一句顶一万句地听项雨的话；但它就是不吱一声。

下一夜楼蜂就用布单子包裹着，扛来了一支长火枪。他往枪筒里装满霰弹，捣实，用舌尖舔湿一片引火纸的边缘，轻轻贴妥在扳机下边连通火药池的孔眼上。楼蜂又在软床子上垫几摞砖块，支好长火枪。他看着冥冥夜色里指向窗棂外的长长的枪身，胸有成竹地用被子围裹着身子打毛衣。他打着毛线，这一回心却真不在了毛线上；他的眼睛滴溜溜地往窗外转着，常常两只手就一动不动凝结在某个固定位置上。

绿灯笼好像对这一切一无所知，小半夜时分，它又没事姑娘似的出现在窗棂前，甚至都有可能停在了枪口上，只是它不知道这是能打翻它的枪口而已。它的绿光仍在快乐地旋转，像是一张变幻不定的绿脸。楼蜂的一只手从被子底下悄悄地移动，他准确地搂住了扳机，又不被察觉地挪了挪枪口，瞄准，好了，咔叭，轰，一大朵耀目的鲜花在窗棂前猛烈绽放，那扑棱开花瓣的巨大声响几乎将静寂里混沌着的小土屋掀翻。"打中了！打中了！"楼蜂蹿出屋门，吆喝项雨快出来，看那只落荒而逃的绿灯笼。绿灯笼确实被击中了，它看上去伤势不轻，像一只鸟一样跌落。它在地上骨碌了好远，没有声音地滚动，然后贴着地面绕过上窑，味溜钻进了南塘。塘水在它钻进去的一刻汹涌澎湃，推起的波浪哗啦摔在四周的岸坡上。南塘哗啦哗啦大响了好长时间，像是谁在端着使劲摇晃。第二天来接班烧窑的人发现，波浪舔湿了三尺多高的塘坡，像是刚刚刮过十二级的台风。

要是一个人天不怕地不怕，天和地倒真的有点怕他了。自从楼蜂在子夜的南塘放了一枪后，那只绿灯笼一下子销声匿迹了。绿灯笼再次出现在南塘，要等几个月后，塌窑事件发生之后。但复出的绿灯笼已经"老"了，颜色老了，行动也老了。它常常绿荧荧地停泊在废窑顶上，一待就是好几个时辰。它发出的光颜色也变深了许多，就像一片聚光灯照射下的夏天的绿叶。它失去了最初的活泼和轻快，主要是失去了对这个世界的强烈的新鲜感。那轰然而至的霰弹让它伤痕累累，也让它沉重、忧虑重重。在后来的岁月里，它经常就那样一动不动待在黑塌塌的窑顶上，像一只凝望着尘世沉思的孤独眼睛。

楼蜂和项雨是有点害怕，起初两个人商量好对谁也不说，无论谁问都要闭口不提这一夜枪打绿灯笼的事情。他们还觉得这是件坏事，会引起村子里老人们的公愤，说他们不敬鬼神呢！真没想到好奇的人们一个劲儿追问，楼蜂粗枝大叶地走漏了点口风后，会招致那么多敬佩的目光。他们事事处处都让着楼蜂，想一遍遍听他讲打枪的具体过程。他们不厌其烦，问他"绿灯笼吭没吭声""打它身上听见'咣唧'一响了吗""打跑绿灯笼后你们真的安安稳稳睡了一夜"等等；有些问题楼蜂当时也没注意，当然也就说不清楚。反正一时间楼蜂俨然成了嘘水村的英雄，本来也临近年节，找他打毛衣的人一下子多起来。

尽管因土窑吃上了公社的返销粮，但那年的春节还是过得清汤寡水。过节那天除了半夜里噼噼啪啪响几挂鞭炮、门框上贴了几绺子红纸外，和平常的日子没任何不同。人们吃不上饺子（年夜里能吃上白面馒头就不错了），又不能供神上香，到初三、初四以后，接上级指示，村口设上岗哨，连走亲戚都要翻翻篮子，看你扛"大馍"没有。"大馍"是年节里女儿送给娘家老人的礼物，蒸得比海碗还大还圆，顶上驮着面捏的花朵，花朵的中心是一颗红枣，实际是一种关于乳房的图腾崇拜，母系社会遗留下来的习俗。娘家有几位老人在世，年节走亲戚就要送几只大馍，而且还有个不成文的规矩：看谁送的大馍大，似乎谁送的大馍大谁就最孝顺。既然是这么一种古老又陈旧的恶俗，理所当然要"破四旧"破掉，不破掉又怎么能"立"起"四新"！那些岗哨要是发现了"大馍"，不但大馍扔掉，说不定篮子也给你跺瘪！（"四旧四新"是当时的流行时语，但现在就是拍痛脑袋谁也不可能记清到底是哪八种新新旧旧的事物了。）

所以这年节对项雨和楼蜂来说没丝毫吸引力，和一只大白猫、几根毛衣针相比可是差之毫厘谬之千里，简直是天壤之别。甚至除夕之夜，两个人还是守在南塘上，太阳升起老高还打着呵欠不想回村去。

两个人打着呵欠，同时也打着饱嗝，因为这时他们已夜夜都能吃到鸡肉。连白面馒头一年也只能吃一次的时候，夜夜吃到鸡肉你想想是什么滋味吧！人们都说项雨胖了。楼蜂不但胖，脸上的菜色也被明亮的红润替代，而且那刀横肉暴起得更高，就像一溜锋利的斧刃。

即使在十几年后的嘘水村（此时人们仍然念念不忘楼蜂），假若有谁胆敢扬言世界上还有比楼蜂更聪明的人，那么不止十个人会马上站出来与他抬杠，他们会吵大架一般从楼蜂家屋里讨要来一节竹筒来作证——那竹筒并不粗，比一个三四岁小孩的手腕还要细瘦些，但你要是拔掉竹筒一端的木塞朝下一倒，嘟嘟噜噜，会有许多节同样长的竹筒纷纷窜跳出来；试图逃脱的竹筒没有一节能达到目的，因为下一节的节口衔着上一节的脚跟儿；最后你再拉拉紧，就会发现那原来是一根两丈余长的不错的钓鱼竿。这种伸缩式钓鱼竿真正被人们用来钓鱼，还要再等上十多年，而且后来握在那些钓鱼爱好者手里的钓竿，也是来自遥远的多水的南方，和楼蜂的这支钓竿风马牛不相及。楼蜂的这支钓竿不是为了钓鱼，而是为了钓鸡。嘘水村没有谁知道这个秘密，连那些眼睛瞪得赛过牛卵子跟你抬杠的人，也不见懂得这支能伸能缩的神奇棍棍的真正用途。但只要有这支当文物珍藏着的神奇棍棍也就够了，拿它来印证嘘水人的聪明绝顶无师自通是绰绰有余的。嘘水人是世界上智商最高的族群，大棍里面装载的绝不是简单的越缩越小的小棍，而是层层叠叠的勤劳智慧，精巧的小竹棍不是导弹却赛过导弹，完全可以拎遍天下无敌手！

这一带的人养鸡很少有搭鸡窝的，天一落黑群鸡就开始往树上飞，就像第二天它们又早早地从树上扑扑棱棱飞下来一样。这些鸡在树上一卧一溜，黑塌塌的，不知道的还以为是树枝上结出了累累硕果呢！在去南塘值夜的第二天，透过阒无一人的深沉的黑暗，和能使许多可恶的物件变成喷香可口食品的炉膛里的火焰，楼蜂锋利的目光已经瞄上了这些若无其事的鸡们。后来打落了绿灯笼，楼蜂觉得他更应该品尝品尝那些既不能飞又不善跑唯一的长处是痛快人口福的笨鸡了。楼蜂想他既然被人们的目光烘托着成了英雄，就应该享受英雄的待遇，不能这样响午吃顿豆面条晚上两块烧红薯就滋润得不得了；再说他不是没有仙法子。楼蜂自信他把周围三里五里的鸡们一个不剩地都弄过来装进肚子里，也不见得会有人往他身上怀疑。

于是有一天深夜，一根长竿悄无声息地挨近了那些缩着头正做美梦的鸡们；那些鸡连叫都没叫一声，一定是以为又是那司空见惯的冷风捣乱，妄图掀开它们的说不上美丽的羽毛做一番流氓动作；但事情的发展有点出乎鸡们的意料，因为并没有轻佻的风前来调情，而是，它们身子底下的树枝开始被什么可怕的东西轻轻敲击，一只鸡为了避开坠落的危险，下意识地沿着树枝挪了挪身子；这只鸡没有想到供它避开灾难的场所竟是这般宽绰，脚下的树枝一直在抖动，它就一直后退，没有尽头似的；它没感觉出特别的异常，仅只是这根长长的树枝过于倾斜了一些而已；直至一只手轻轻夂歪了一下，将它滑进一只安全的布袋里。这只鸡始终没吭一声，在欺骗中保持沉默是许多事物的美好品质。

楼蜂做事情向来滴水不漏。他出村进村都不穿鞋，鞋子对脸儿藏在胳肢窝下，他的光脚板走在村街上，连机敏的狗也不会惊动；即使被人碰上，楼蜂也不怕，因为他布袋里只塞根比驴鸡巴还短的伸缩式钓竿，谁也弄不清他到底要干什么；再说周围的村子是三个公社的边界，是三不管地区，而楼蜂又从来兔子不啃窝边草，不打同一大队的三个村子的主意。老是丢鸡的村子的人们只顾去痛恨黄鼠狼，谁也没想会有偷鸡贼——要偷哪能一次只偷一两只？

楼蜂不贪，一次只取一两只。他明白要想细水长流，只能这么做。他打算一冬天夜夜都能享受香喷喷的烤鸡，而不是一锤子买卖，做完拉倒。楼蜂、项雨两个人从烤鸡中获得的乐趣比吃鸡时更多，尤其是后来，鸡肉成了家常便饭，差点儿吃腻的时候。尽管南塘里有的是水，他们随身也从没缺过刀子，但他们不是按照通常的程序那样先杀死鸡开膛破肚然后才送它们走进炉膛。他们烤的是活鸡。他们用铁丝捆住鸡的喙，然后再用另一段粗些的铁丝将鸡腿缚在铁钎子上；把鸡一下子从炉门送进火心去的感觉最过瘾——那只鸡竭尽全力呼扇翅膀，使出浑身解数挣扎，对于铁面无情的铁钎子来说，这种挣扎毫无意义，但对于握着钎子的手，这种蛮力挣扎所带来的全新感觉却比钓钱钩住了大鱼更牵心扯肺。只可惜这种感觉转瞬即逝，因为那只鸡不是凤凰，不能在烈火中涅槃，火焰轻而易举地取走它的羽毛，再呼呼几下它的灵魂也化成了一缕轻烟。它光秃秃的身体经过短暂的痛苦痉挛、扭曲抽搐，接着就听从火焰的铺排缓缓伸直。在黄白的烈焰中无奈地扭动又发不出声音，多么赏心悦目！

楼蜂的小活儿做得很利凉，他们在窑门洞里吃了那么长时间的鸡肉，竟然没有留下过一根鸡毛。白天来换班的男人们不是没有过疑问，那回味无穷的悠长肉香和燎焦鸡毛的气息吹拂得他们的头像拨浪鼓一样在脖子上转来转去。他们抽动着鼻子，审审这审审那，眼睛最终也没能证实鼻子的判断，于是他们以为是煤玩出的把戏——据说煤是树林子跑到地底下变的，那一定是树林子跑得急慌，连在它里头觅食的野鸡也给一块裹挟走了——于是烧煤带鸡味有了合情合理的解释。楼蜂从不屑吃鸡的内脏，即使沾上盐末他也觉得心肝脾肺肾之流会降低他的位置，那些内脏连同骨头都属于项雨的大白猫；假使大白猫也享用不完，所有的残余就被那只煤铲打扫进灶膛里，一股脑交给无所不能的火焰。这也是那些酣梦中被劫持的群鸡的气息萦绕着土窑经久不散的一个原因。

终于又说到无头鬼了。这一天是正月初九，这一夜楼蜂的收获不小，他拎着布袋子走路，觉得沉甸甸的，手脖子都累得有点酸痛。他一向去村子里"取"鸡都不让项雨跟着（他和项雨避开"偷"字，把偷鸡称作取鸡），他怕项雨不但帮不了什么忙，说不定还会帮倒忙，再说窑上看火也离不开人。那夜，天下了小雨，路有点泥泞，不太好走；上弦月尽管被雨云阻拦，熹微的光亮还是一意孤行，帮着人辨清眼前的景物。满载而归的楼蜂只顾甩脚上的烂泥，没在意面前，这时的南塘也不会让他在意什么。他恍惚觉得窑门口站了一个人，黑塌塌的。他还以为那是出来看他回没回来的项雨呢。他把布袋递过去，想在窑门口的砖棱子上刮刮脚上厚厚的烂泥再钻进窑门洞；但他递出的手没有像他准备好的那样马上轻减下来，因为并没有人接他的鸡袋子。"接着呀——"他的话尾巴没撅上去就猛然被砍断了，因为他借着玉米秸缝隙里漏出来的火光看见了滴着血的一截断脖子，还有两只直挺挺向他伸来的手。他马上知道他碰上了什么。他"哎呀"了一声，他没有料到无头鬼以这种方式出现。但楼蜂毕竟是楼蜂，他让心脏暂时停跳，收回伸出去的手，借势往后一荡，接着那只盛鸡的布袋就唰地冲向那个浑身都是泥泥水水的可怜人（不，是可怜鬼）身上。他没有听到打击而出的鸡的惨叫也没有听到应该听到的"咚"的声响，他再定睛看时，眼前就什么也没有了。他大呼小叫，唤出项雨并拎出梡灯，他们照遍了窑门口的空地又围着土窑转了几圈。他们空手而归，什么也没发现，既没有脚印也没有滴淌的血迹。

正月初九以后，楼蜂再去窑上就夜夜带上那条土火枪了。这时他已经开始有点怯劲。他知道南塘不是像初开始他想的那么好对付，南塘不会跟他善罢甘休的。他已经打算好，天一热他就不再值夜了，给千千万万他也不干了。

南塘没让他等到天热，但也没马上就给他看看颜色，如果那样南塘就不是南塘了。一出了正月，天一天比一天暖和，先是脾气暴躁的寒风和气了下来，哼哼啊啊像小孩子那样唱起了儿歌，也不再狂手狂脚随时都要抓你挠你一把；底下柳树就第一天绿了头冠，第二天就撒出阴影；被冬天折磨得差点儿枯萎死掉的麦苗全站了起来，纷纷吐出能浸洇进入脏腑的浓密新绿，又待了几夜，就开始了咔咔吧吧拔节；燕子飞来了，蝴蝶飞来了，绵绵无尽的春雨也跟着加劲儿来了……

那半月雨就没有住过点，紧一阵慢一阵，哩哩啦啦，村街上被人和家畜的脚搅出的泥糊深及腿肚子（村街成了一条泥河），从村子通往南塘的那条路堆满烂泥。在连阴雨的时节，村子里布满烂泥与牲畜粪便，群树和房屋拦住了天光，到处污秽阴暗；田野里却开阔而清爽，经了雨水洗浴，庄稼葱翠疏树苍绿，空气洁净而清新。身子滚烫的土窑被雨水浇淋着，*丝丝缕缕*冒出好长的白气，像长满一身的白毛。天越来越长，夜就越来越短，再者还有"春眠不觉晓"，楼蜂的活动受限很大，他上村子里去取一次鸡不但要被满地烂泥坠得脚脖子酸痛，而且没回到窑上眼皮就打架，被瞌睡折磨得死去活来，所以对有些树枝上安卧的鸡来说淋雨确实是一种幸运。楼蜂要隔上三两天才进村一次，不到肉瘾发作无法忍耐，他是不会轻易出动的。

楼蜂也很少摸黑打毛衣，他好几次刚别了几针就坐在床上进入梦乡。出事的那天南塘里的蛤蟆咯哇咯哇大叫了一整天，像是被一盘拧紧的发条折磨着，一刻也没停歇。那天楼蜂和项雨半后晌已经去了南塘，而平时不等到太阳落巢根本见不着他们的影子。两个人和另外两个白天值班的人钻在窑门洞里打了好几圈"升级"（扑克牌的一种玩法），都有点看不见扑克一角趴伏着的小小数影时才算罢手。牌终人散之后，楼蜂又回到他的小土屋别了大半团毛线的毛活。他给自己制订的一天的任务完成了，就早早地把毛活兜子放好了地方。这天晚上他没准备去村子里取鸡。他走出土屋，打算放放身体里的废水就上床。雨一整天里都丝丝缕缕的，雨点儿细得洒到头上都能被头发梢亮晃晃挂住，可这会儿突然大了，砸在杨树叶上、南塘里的水面上，哗哗哗哗地响。楼蜂站在门外的雨地里，马上意识到不该走出门口，站在门槛里问题也不是不能解决。既来之则安之，他就呼呼啦啦和雨水比赛着往水洼里倾注。他裤腰带没系好，漫不经心朝土窑看了一眼时，就像突然换了个人似的，就像被火烧着似的，猛地大叫："项雨、项雨……"接着他没有再进土屋，而是折身向项雨待着的窑门洞里冲去。

楼蜂又一次看到了无头鬼！要是这老兄和平时一样，仅仅是断个脖子伸个手，那就什么事也不会发生了，因为它离楼蜂还有一段相当安全的距离，大胆的楼蜂根本就不可能把它回事儿的。可这一次无头鬼变了模样：他坐在窑门洞上的窑体半腰，身子陡然膨大了十倍，光是脖子的断茬也有窑顶上的窑口那么粗。这一天是朔日，黑暗深沉又结实，像是一块块大石头严丝合缝垒砌而成，在这样的黑夜里，无头鬼浑身散发的蓝荧荧的辉光就更显得昭明，绚烂夺目又惊心动魄。楼蜂是愣了一刻后发出的那声能撕裂人肺腑的大叫，似乎不是他自己冲进窑门洞的，而是无头鬼的两条炫目的胳臂缓缓地抬起，向他伸来，接着轻轻一拢，他就像一只被老鹰翅膀围赶的鸡一样朝着窑门口狂奔。在楼蜂钻进窑门洞的刹那，轰隆一声，窑体坍塌了，那处砖砌的拱洞被灼热的窑土埋没、压实，就像从来也没有过一样消失得无影无踪。

人们发现窑体坍塌是在第二天早晨，来接班烧窑的人怎么也找不见应该很好找的那个拱洞了。雨水的大手拍实了松土又顺坡冲荡出无数的沟沟壑壑，看不出来一点坍塌的痕迹。两个披块塑料薄膜当雨衣的人围着光秃秃的大坟一般的土窑转了一圈又一圈，最后才确信是窑塌方了——"楼蜂、项雨这两个家伙呢？"两个人大眼瞪小眼，钻进钻出小土屋了好几回，里里外外寻找，弄不明白究竟发生了什么事。他们跑回村子，去楼蜂、项雨家里问问到底是怎么一回事。当然，他们不可能再找着神出鬼没的两个胆子比天还大一些的小伙子了。

半拉村子里的大人孩娃踏着烂泥，几乎一个不漏地全聚在了南塘上。还好，半夜里雨已经住点，这会儿雾气消散，一切都显得清清爽爽，等到人们一点一点扒开仍然灼热的窑土，小心翼翼地找到项雨、楼蜂，那轮半个多月来就没有露过一次脸的太阳，已经像一枚会自己滚动的鸟蛋，在东天一堆窠草般的乌云上滴溜溜地旋转腾跃。

这窑砖已经开火五天，要不是出事，马上就可以截火了，所以整个窑上上下下都被旺火烧透；烧透的土覆裹着楼蜂、项雨，比两个人对付鸡的炉膛热得更深厚久远劲道十足。人们用棉手套蘸饱水，拨拉出土堆里的两个人时，两个人的身子已不能用手碰，一碰肉就从骨头上剥落，就像焖过头了的烧鸡。最后晾晾热气，用被子贴地裹撮着，才算把骨肉早已分离了的烧熟了的两个人收在了一块门板上抬走。

这座兴隆了将近半年的土窑从此偃旗息鼓，嘘水村的人此后无论穷到什么份儿上，也绝不会再打烧窑致富的主意。多少年后那座窑仍那么孤零零地站立着，站在旷野之上、南塘身边，像是一个忠诚的卫士，像是在诉说着什么。人们听任风雨一点点剥蚀它，谁也不再去动它一个指头，甚至连窑里的那些砖块，也从没人去动过。后来有一天——这时候已是十年之后——村里整修街道，不知谁想到了这窑砖，于是赶集一样去了许多人，才敢将这窑封存了多少年的砖块搬出来。但那些落伍的砖块确实只能垫垫脚铺铺路了，它们做不成爬屋上墙的高攀美梦了，岁月早已把它们玩弄得半半拉拉，浮头的好些层都风化成了一堆红末末。即使半半拉拉，或是风化成了一堆碎末末，那股燎烧鸡毛的气息仍然萦绕不散。那股气息浸透了那些久经考验的革命红土，已经成了它的血、它的肉、它身体的一部分。

就是搬出这窑残砖时，人们发现窑里缝缝隙隙塞满了白色的蛇蜕，就像出土的古代的白布作坊。人们断定这座土窑已经成了蛇窝，从那些比棉裤腿还要宽胖的蛇蜕推测，这还是窑大蛇，大得甚至超过想象。当时是暮春，是蛇们最活跃的节气，搬砖的人提着心吊着胆，一边干活一边做着随时逃跑的准备。但是直到窑肚子被疑疑惑惑地清空，人们也没有见着哪怕是一条手指头那么粗筷子那么长的小蛇。

自从水拖车在那个春天网住大红鱼揭开了南塘的红盖头，南塘，这个丰产的女子，就开始层出不穷地繁育各种各样稀奇古怪的物事，而她最伟大的杰作，则发生在一个孩子的身上。这个孩子叫翅膀，是水拖车唯一的儿子——尽管嘘水村大多数人都认为这是对水拖车网住大红鱼的报复，但孩子本人从没这样抱怨过。在孩子三岁多的时候，他的母亲因为生他的小弟弟出血过多而离开了人世，当然，他的小弟弟最终也跟随母亲而去，因为尽管他的奶奶四处奔走为婴儿找奶，甚至牵来了亲戚家一只刚下了崽的母羊，可没有吃过一次妈妈奶水的婴儿体质实在是太赢弱，根本抵挡不住病魔的侵袭。半年之后，水拖车就把一个新的女人领到了家中。水拖车的家中一下子变得热闹起来，因为那女人不是一个人来的，还顺便捎来了两个女儿。姊妹俩大的九岁，小的也到了上学的年龄。她们是她的亲孩子，而翅膀却不是。更令女人七窍生烟的是：翅膀人小鬼大，一教他唤"娘"，他就死闭着嘴，插根烧火棍也难撬开。为这件小事水拖车不止一次揍过儿子，但儿子和他死去的母亲一样倔强，任死也没有把那个神圣的称呼送给这个白眼看他的女人，连背地里嗫嚅一声都没有。接下来女人的两个女儿与孩子之间发生了一些非常正常的小小的战争，这些小小的战争引发了大战：还不到两个月，新来的女人就凶相毕露，手握擀面杖向翅膀的奶奶打去。奶奶刚强了一辈子，也不是个瓢碴儿，对进犯者给予了有力的反击。于是一时间家里鸡飞狗跳，水拖车夹在中间干支拃手，劝这个也不是，说那个也不是。最后的结局是——奶奶牵着小孙子一不做二不休，头也不回地走出了这个家门，寻了两间人家闲置不用的小茅屋住了下来。

南塘也早已不是那个最初的腼腆的南塘，绕塘的白杨树正在长大，树身都有一个孩子合抱那么粗，在夏天，浓荫遮天蔽日的，差不多能盖严整个塘面，像是给池塘筑起的一座屋宇，远远望去，已是蔚然一片绿林。塘坡里瘠薄的砂姜土被日月风雨熟透，能晒到太阳的塘坡里年年都生出肥壮的野草；荻苇也在岸边落脚，稀稀拉拉地繁衍开来，一到暮秋，雪白的芦花绽放，像是天天都在举行葬礼。水底比乌云更厚重更浓密的黑暗草团，春天里迅疾升腾膨胀，就如又在初冬迅疾地沉落萎瘪一样，年年如此。打麦场在塌窑事件发生的那年夏天已经搬走，搬到了寨海子南堰，紧挨着村子。没有了崔嵬的麦秸垛做伴的土窑显得更苍老孤独，但也更有骇人的魅力——多少年的风吹日晒，使它略略低矮了一些，看上去更像一位胸有成竹的端坐的老人……南塘成熟了。南塘在那一片神秘的树林里，运筹帷幄。她什么都知道。她在有条不紊地办理着她的事情。

那条大红鱼再次出现在水拖车的网中，是在十一年后，这时候翅膀已经十三岁。十一年来，嘘水南队没破费过一分钱放养鱼苗，可到了每年的腊月二十几，南塘从不会让人失望，它总能准时拿出一条条三斤五斤重的大鱼送给人们过年，好像是它预备好的一份节日礼物。这些鱼哪儿来的？假如是野生的，为什么年年都能起一次鱼，年年都能起到几斤重的大鱼？面对这些事实最初还有人皱皱眉头，脑子里打几个问号，没事的时候嘀咕几句；后来人们连嘀咕也懒得去嘀咕了，只是用"南塘的水肥鱼"这个站不住脚的理由来搪塞自己，谁也不再"咸吃萝卜淡操心"。习惯杀死了疑问。他们的任务只是看护好南塘，把鱼视为生产队公有禁止私捕，到了约定的日子，收拾好捕鱼的家伙开进塘里，去取回理所当然属于他们的那些礼物。村子里也一直嵌着几处坑塘，但都出产有限，稀不冷腾有数的几条鱼去充填几百只因常年不见油水而虚胀起来的胃囊确实是杯水车薪，有点勉为其难。

水拖车已经明显见老，尽管还不到四十岁，他脸上的皱纹还是能一抓一大把，脊背也有些驼，也许是他总是弯着腰向水里瞅鱼瞅的。这年的腊月二十五，他们照例用几扇门板、几根檩条摽成一只简易木筏，然后敲碎不太厚的冰层，徐徐滑向南塘的中心。在这些事情上水拖车是个干将，除了他没有第二个人能占据木筏上舵手的位置。他手拎渔网站在水上，显得威风凛凛，和平素缩头缩脑的可怜相判若两人。这是他一年里最风光的事情，他一次也不会错过的。他叉腿钉在筏上，入水三尺的双眼警惕地一遍一遍扫视着水面，另外几个人绕圈站在岸上，按他的旨意一网挨一网排着撒鱼。他们先洒出碎冰。冰块堆在半坡里，映着太阳一明一明地闪光。冰块在水里时是碧绿的，而一走上岸，它马上就变得透明四亮了。仍像往年一样，岸上专注地观看擒鱼的人们很快发出了唏嘘声、欢呼声，一条又一条大鱼慢慢把两只大条筐填满。那些条筐比人的腰窝还高，大得都有些离谱，一个人躺在筐底睡觉，也不一定会窝憋身子。那是些牲口院里盛草料的荆条编制的大筐。但后来两只筐装满了，仍然网网见鱼，他们只得把鱼堆放在地上。逮鱼一般都是中午太阳趁着暖和开始，下午早早结束，但今年因为一直网网不空，到太阳落山他们仍在往塘里撂网。水拖车是在落黑时分网住的那条大红鱼，这时他已经打算收家伙上岸。他脚上的长鞴雨鞋年岁大了，钉满了红的黑的圆的方的橡胶补丁（来自废弃的架子车内胎），但仍然改不了漏风渗水的坏脾气。都说喜欢擒鱼的人身体里有火顶着，根本不怕冷，即使大冬天游在水里，也觉不出寒冷，但今天水拖车却老是感到冷，他一直在发抖。不是害怕（他早已忘了曾使他那么害怕的那条大红鱼），是寒冷。就这样他撂了最后一网，网面圆圆地向水里扑去时，他都懒得多看一眼。他趷蹴在了木筏上，抓过了长长的竹篙，仿佛忘了他右手腕上系着的网纲绳，网纲绳的另一端还有他的宝贝渔网。他撑着竹篙，哆嗦着身子一点一点挪向岸边。

网纲绳渐渐拉直了，突然它弹跳了起来，嗡嗡地在入水处切割出细碎的花朵。"乖乖，"水拖车疑惑地嘀咕，"网挨着网排了不知多少遍，怎么还有大鱼？"他感到网纲绳的另一端牵的不是渔网，而是一头横冲直撞的犍牛！他出于本能拉动了网纲绳，实际上这时候，他已经明白了要有什么事儿发生。他的心里咯噔一响，因为他猛然想起了十一年前的那条像做梦一样的大红鱼。

他本想再一次放走撞进网里的莫名其妙的大鱼，但岸上站那么多人，一双双眼睛全盯着他——而且还有好几个人过来帮忙。他们手忙脚乱地把木筏拢到岸边，站在塘坡里一齐拉渔网。渔网太沉重了，一个人往上拽时怎么着也有点吃力。仍是那条大红鱼！水拖车一眼就认出来。它好像十一年来只是把眼睛睁得更大，把红色染得更艳，而身体压根儿就没长。它的眼睛已经比三片大拇指甲拼一块还大，亮闪闪的，深邃沉着，死死地盯着他，那么泰然从容，像智慧的老者，又像单纯明净的孩子。它盯着他，在预言着什么。它的浑身涂遍鲜血——只有冒热气的鲜血才有这样赤艳的颜色，泼洒进他的眼里，蜇得眼珠发痛！

没有人再管水拖车（这个懦弱男人）的破网，就像没有人去管他放掉大鱼的愚蠢念头一样。水拖车的网很快被蛮横的大鱼扑腾成了一团碎线。有人把手伸进了鱼鳃，马上有和鱼身上的云锦一样鲜艳的液体冒出来，咕嘟咕嘟冒出来。有人把铁锹的锹把插进了鱼嘴，大概是怕它发疯，一扭头会朝谁哇呜咬一口。就这样他们一个人抬锹把，两个人抠鱼鳃，中间还有一个人托身子，后头还有两个人掀尾巴，趔趔趄趄把大鱼抬走，想装进腾出空来的大筐里。但他们很快就放弃了这种努力，因为草筐根本无法盛下这么大的鱼，即使是横在上头，沉重的鱼也会滑坠到地上。他们几个人抬着，扑通一声把它摔在鱼堆上——直到这时备受摧残的大红鱼仍然没死，它在流血，汩汩地流血，仿佛身上有流不完的血似的。

这几个捕鱼的人每年都得弄到昏天黑地才能罢手，每年也都是由他们留下来三两个人守夜，看护那些等待第二天分配的鱼。当然，生产队里也默许守夜的人率先开开荤，在当天夜里熬一锅鱼汤，驱驱旷野里的夜寒，也算是犒劳他们一整天泥泥水水的辛苦。年年如此。这天还有另一件喜事莅临嘘水村：公社电影放映队不知扯动了哪根筋，在半后晌时分突然发癔症般来到了嘘水村，并在村南的那片打麦场上张开了白色的银幕。那银幕站在南塘堰上一抬头就能瞅见，就像一只栖落在灰压压的乱树丛枝中的白翅膀，又像一扇能窥瞰另一个神奇世界的明亮窗户，越瞅越叫人眼馋。大红鱼没有上岸之前，要放映的影片名字已经在南塘上所有人的舌头上滚拂了一遍又一遍，人们从那长尾巴的音节中品咂出了比鱼汤更鲜美的味道。所以，当那扇窗户光芒四射地哗啦打开在黑夜里时，看护鱼的人也终究捺不住摇曳的心旌，开始轮换着班往打麦场里奔跑。那晚上的电影是越剧《追鱼》，是当年不多的几部彩色电影之一，讲的是一条鲤鱼精幻变成一个漂亮女子去和一个落泊公子缠绵悱恻的故事。此后许许多多天，人们仍然念念不忘电影里那个穿着闪闪发光镶嵌有鱼鳞片裙裾的女子，念念不忘南塘里最后姗姗走上岸的那条大鲤鱼。什么电影都有，为什么百年不遇地放一次电影竟然偏偏是一条红鲤鱼的电影？为什么……

南塘并没有让水拖车喝成这一夜的例行鱼汤，她得让他腾出位置，来接纳她选定的人、她的使者。寒冷和劳累唤醒了水拖车的关节炎，他浑身酸痛，膝盖和脚脖子里像是支岔有纷乱的钢针，稍一动弹就得嗷嗷地吸溜嘴。他一直在发烧——从站在木筏上雄赳赳、气昂昂颐指气使渔网时已经开始。挨到电影散场，无论他怎样咬牙切齿，都不能阻止自己的身体像筛子那样摇摆，于是他只有把隔得并不太远的那碗滚烫的香气四溢的鱼汤让给儿子。他当然不知道这是南塘的旨意，不知道这个深深的冬夜将把他儿子的一生染成怎样的黑色。

水拖车竭力把身子缩成一团，想把哆嗦抱住，但是没能成功，就那样一路筛糠到翅膀和奶奶栖身的茅草房内。翅膀看完电影刚到家，正给纺棉花的奶奶讲电影的神奇。他太激动，还没摸着说话的窍门，所以说得磕磕巴巴半半拉拉，难以把故事说囫囵，说了半天只说了有个男的叫张珍，有个女的叫牡丹，一个鲤鱼精变成了牡丹，假牡丹老想和张珍待在一起，仅此而已。但坐在纺车前的奶奶却听得津津有味，她喜欢孙子这个样儿，喜欢这个小小的人儿忘乎所以地仰着脸像唱歌一样说话给她听，她根本不在乎他说的是什么。就是这个时候，水拖车吱呀推开了那扇沉重的木门，把盛满一屋子的温暖灯光放了出去，祖孙俩的话头也因而被扯断。水拖车声音颤抖着，描绘了鱼汤的热和香，但绝口不提他是让儿子替代他守夜，好拿到高出平时两倍的生产队的工分。"你是不是又伤风了？"奶奶盯着簌簌抖动的水拖车问，"叫你见了鱼就走不动！寒冬腊月的，我看缺你一回拿鱼也不是不中。你自己的毛病自己又不是不知道，恁大的人了，还要人整天跟着你！"

"不要紧，"水拖车说，"我不要紧！又不是啥大不了的，一见冷天关节炎能有几个不痛的，回家喝一碗姜汤发发汗百病消除。"最后，他才说出要让儿子替他去南塘看鱼。

水拖车一进屋，奶奶就洞彻了他的意思。她知道这一趟差孙子是省不掉了，所以嘴里咕哝着，已经去秫秸莛子纳制的馍筐里摸出一个玉米面饼子，塞进孙子棉袄的口袋里。"你搁火里烤焦，就鱼汤喝。"奶奶叮嘱着。

千叮嘱万叮嘱，奶奶还是不放心，末了又翻出翅膀从未见过面的爷爷穿过的大棉衫，安排翅膀想打个盹时，裹紧在身子上，"裹在身上，歪在柴火垛南头，那里避风！——听见没有？"那是一件老式棉衫，里头藏着的棉花早已经变死变硬，比尿黄色的麻包片更硬，披在身上初开始会很不舒服，但不久之后就妙处尽现——它不透一丝风，不但拒绝寒冷渗透也拒绝体温外溢。爷爷的个头很高，这件棉衫能把翅膀从头包到脚还要多余出半截来。尽管暖和得能当被子用，但翅膀并不喜欢这件棉衫，他厌烦它的冷与硬，厌烦它的累赘……翅膀没打趔趄，跟着父亲出了门，奶奶一直不放心，送到土院外，还站在黑暗里千叮万嘱。父子俩被黑暗湮没。并没有过多久，越来越厚的黑夜已经隔开了奶奶和孙子，奶奶以及她的叮嘱、泄出灯光的小茅屋，都渐渐远去，既听不到也不再能看到，只在那些舞动的树的枯枝间、稀疏而微弱的星光中，偶或闪现，这些残留的发出光和热的影像，也终于经不住一声夜鸟的梦呓的惊吓，像几粒砂糖一样，彻底融化在了如水的黑暗里。

走到村口，水拖车有点支持不住了。"你不害怕吧？"他问儿子，"一拐过麦场，就一冒明了！你正义叔一烤火就舍着柴火上，火头子能蹿一人高，一拐过麦场你就看见了……"接着父亲就头也没扭地走了，翅膀就只能听见自己的脚步声孤独地响在土路上了。翅膀没有拿水拖车递过来的爷爷的大棉衫，他嫌太沉，他想轻轻简简甩着手走路；不知为什么，他有一种想飞的感觉。

翅膀是慢慢悠悠走走停停磨蹭到南塘的，他一点儿也不害怕。自从他和一个人在夏末去南塘薅了一回草后，他就不再害怕南塘了。再说这阵儿他也不可能想到南塘，以及南塘的那些传说，他的心里装满电影，他仍然活在电影里，他觉得他呼吸的是电影里的彩色空气，走的是电影里的路，听见的是电影里的声音。他所能看见的不是隆冬的田野而是那个鲤鱼精幻变的美丽女子……他觉得这个女子像他熟悉的天天几乎都能看到的一个人，越想越像越想越像，后来他觉得她们就是一个人！他过于沉醉在思想里差点儿忘记了自己是在走路。他走走停停，过于丰富的影像缠住了他的双脚。他就这样踯躅在寒风肆虐的旷野，看上去他似乎是害怕挨近南塘上那丛突高突低突明突暗的魔幻般的火光，似乎是过于留恋无边无际的黑暗，他就像一只孤独的小兽。他走到南塘的时候塘堰上只待着一个人，那个人是在往火堆里扔柴火，柴火噼噼啪啪乱叫，愤怒又无奈地释放出关死在身体里打算永远不放出的火苗。"正义叔！"翅膀一边叫一边劈开阻挡他的寒风向篝火飞奔，"正义叔——"

篝火很粗很高，像一棵大树的树身，比他们两个人挨边站在一起都粗都高。篝火的北面是一堆下午刚从打麦场拉过来的当柴火烧的玉米秸。篝火上有密密麻麻的红色小虫在飞舞，当正义叔从火堆里扒出烧红薯时，那些小虫陡然浓稠像炸了窝似的。正义叔扒出一块烧红薯，一边在手里倒腾来倒腾去地晾热烫，一边递给翅膀："才烧面，你早来一会儿还得等着呢！——我就等你来呢，我得把鱼给小雀送去！"

正义对翅膀亲得不得了，疼得不得了，脸上的笑意比这堆黑夜里的篝火还要热烈丰满。他安排孩子怎样加柴火，怎样让火焰慢慢燃烧好持续的时间久长，怎样躲在避风的柴火垛根上又舒服又暖和……他还讲世上的一切都怕火，尤其是黑暗里的篝火，连山野里的老虎都怕得要命，所以只要有这堆火着着，尽管放心好了，尽管放心好了！说这些的时候，他自己倒是不太那么放心地瞥了一眼在突闪突闪的火光里显得突大突小的那座崔嵬的土窑，以及南塘朝这边显露出的一弯弧形的泛出幽明的水面，这一切好像都在瞧着他，瞧着这个瞪着一双清澈的大眼对他崇拜得五体投地的听话的孩子。

为了去热热地喝一碗鱼汤，让这个唤他作叔叔比他小十多岁的孩子留守南塘看鱼，正义铺排了一大片瞎话，什么小雀去看场小屋拾掇熬鱼汤的零碎东西油盐葱姜了啊，怕人看见了有意见所以没顺手拿鱼他要赶紧送鱼回去啊……其实大可不必，对这个孩子说瞎话说真话效果一样。孩子还没有复杂到去计较鱼汤热凉的程度，而且一辈子也复杂不到这个地步了。这孩子一到南塘，心就被鲜花烂漫的群鱼领去了几个月前的夏天，他看见电影里的那个动人女子的同时也看见了唱歌给他听为他擦泪的另一个女孩……所以他一点儿也不害怕这处鬼魅丛生、令村人们谈虎色变的地方，他老老实实顺从正义的铺排，很乖地答应着一连串的"好、好"，连趔趄跟儿都没打一下。他确实觉得这样很好，这样在深深的黑夜里一个人待在这么一个怒放回忆的鲜花的地方很好。

没有月亮，连星星也很稀少。月亮和星星都被一队一队四处乱撞的寒风撵没了影儿。南塘无声无息，老窑无声无息。南塘和老窑都在倾听。有什么事情就要发生。有什么事情正在发生。在空旷又结实的黑暗中，在来来往往的风中，一扇通往神秘世界的门悄然洞开；走进那扇门，迎面而来的是绚烂得让人不敢相信的芳香四溢的鲜花（那是些看上去铺满世界，实则几步就能一跨而过的炫惑人的花朵），而鲜花之后，是更深沉的毫不费力就能把一个人的一生一下子吞噬掉的无尽的黑暗。

翅膀不停地把柴火摺进火堆里。那是一捆捆枯干的玉米秸。它们在这个冬夜里最后一次回忆往事，它们把那簇簇藏在身体最隐秘处的青春的五彩缨须再次吐出来——不，是被火焰，另一些缨须召唤出来——然后立即就变作了灰烬，彻底死掉。它们迸发的最后光芒映得孩子的小脸红彤彤的。红彤彤的孩子的小脸融合在百花争艳的群鱼的花瓣中，盛开在这个恐怖四伏的黑夜。远远望去，火光中挪动的孩子像爬行在一张硕大的红叶上的蚂蚁。

正义和小雀热热烫烫过了一大场鱼汤瘾，然后打着饱嗝，拎着半瓦罐鱼汤说说笑笑回到了南塘。他们沉浸在鱼汤的香味里，根本没去想也顾不得去想漫野里还有个孩子，他们一定是觉得打发给孩子半瓦罐残剩的鱼汤，就能同时打发停当自己的良心。他们当然也不可能注意到篝火已经灭掉，南塘里一派黑暗。一磨过篝火后头的那堆柴垛，小雀低低"啊"了一声，正义手里的瓦罐惊得也一下子跳到了地上。

翅膀睡着了。没有一个十三岁的孩子能一个人在深夜里坚持两个多小时而眼皮不去打架。重要的不是孩子睡着了，而是孩子不是一个人睡的。嗖嗖的寒风比横飞的乱石更凌厉，没有死透的灰堆的皮肤被蹭开，丝丝点点的血光一疼痛，就能看清沉醉不醒的翅膀，和他紧紧搂抱着的一条大鱼！他痴迷的小脸依偎在大鱼的脸上，就像一片窄窄的花萼。大鱼的浑身布满土尘草屑，但遮掩不住鳞片里偶尔闪耀的红光。翅膀和大鱼睡在篝火与柴垛之间，离两个人很近，几乎就在他们的脚前头，他们谁都把这个画面看得一清二楚。

　　是那条水拖车下午刚刚捕捞上来的大红鱼！它的个头可真不小，比翅膀的身子还要长出许多。它的眼睛比下午睁得更圆也更大，凝望着黑暗，和黑暗里浮荡着的两张人脸。快嘴快舌的小雀要上前喊醒翅膀——那样就一了百了，什么事情也不会发生了——但正义噘了一下嘴唇，阻止了他。正义把小雀拉到柴垛后头——能看出来他很激动，有点手舞足蹈的，像遇到了什么大喜事——耳语了一阵。接着正义就像一头迂回靠近猎物的灵巧的狼，蹑手蹑脚从麦田里径直窜向村子，柴垛旁老老实实只站着小雀，缩头缩脑紧盯着抱鱼而眠的翅膀。小雀，这个习惯了对任何人唯命是从，比一条狗还要忠诚的看场人，一脸的紧张与警惕，好像躺在他面前的不是个孱弱的不堪一击的孩子，而是一个能烧掉打谷场麦秸垛的纵火犯，或者有着三头六臂上天入地的江洋大盗。他不住地张望村子，连咳嗽一声都不敢，唯恐那孩子梦里一翻身，松开了抱鱼的手臂——真是那样的话，犯罪现场就给破坏掉了，他们急慌半夜就是瞎急慌了，不但没有奖励，跟随正义而来的惊了困的村干部们还会一个人赏给他们一顿猛剁，那才真叫老公爹背儿媳妇过河——掏力不落好呢！

　　不过小雀实在是过虑了，这个孩子睡得很酣，在微微的火光中嘴角开放的甜蜜笑容一点儿也没有凋零的意思，连他正义叔手里的瓦罐的碎裂声都不能吵醒他，连大红鱼头上的冰碴都不能冻醒他；同理，不多一会儿之后，那几条从村子里喝闪过来踮着脚跟走路的黑影，也没能马上使他的身体与大红鱼分离。把他从大红鱼身边踢开的是老鹰的一只穿了军用大头靴的脚。

　　正义、老鹰，还有两个生产队干部如临大敌，他们的脚小心翼翼地踩断着被冻硬的麦苗，尽量不发出声音来，悄悄地向那堆不时被风调拨出红光的灰烬包抄。直到如愿以偿，几个人都看见了这个"阶级斗争活教材"的抱着鱼睡觉的作案现场，他们被憋得难受的声音才无拘无束从身体里狂放地铳出来。在手电筒的锥形光域里，翅膀仍然在幸福地沉睡！他一只手抚着大红鱼的胸鳍，屈起的膝盖抵在鱼腹上；他的小脸蛋仍然亲密地依偎着鱼脑袋。在几个粗壮的声音爆发的同时，老鹰的脚抢先一步，咣唧一声把孩子踢离了大红鱼。

那孩子疼得"哎呀"着，两手在身子上胡乱拨拉，想把落满身体的疼痛拨拉掉。篝火的大树又长在了南塘上，像是黑夜鲜血淋漓的伤口。孩子仍在梦中，密集的疼痛也没能一下子使他醒过来，他弄不明白发生了什么事儿。他仰起困惑不已的脸，用惺忪的睡眼困惑地端详着悬在他头顶的一张张染血的面孔。他开始害怕了。他以为他被鬼魂——但不是传说中的无头鬼包围了。很快他就又不害怕了，因为他在一张张头上长着的面孔中找到了依靠，他嗫嚅里夹带着惊喜："正义叔！正义叔！！"

而此刻，他的正义叔正把一条绳子递给盛怒的老鹰。在后来的一次会面中，正义装作不经意间向孩子解释：他们最初拿的是摞筏用的满是冰碴的湿绳，是他临时解掉了一只盛鱼的大筐上的筐系子递给了老鹰。正义叔当然功不可没，要不是他这根偷梁换柱的干绳，孩子胳膊上的冻疮疤痕肯定要比现在深刻得多，这也是令孩子刻骨铭心不能忘怀他的诸多因由中的相当重要的一个！

道德败坏！下流坯！！小反动！！！小反革命分子！！！

这就是当天夜里这些美德能百世流芳的大人们送给孩子的定语。这孩子戴着这一顶顶沉重的桂冠，被绳捆索绑地押进了小雀的看场小屋。孩子哭天号地在那间狭窄的黑暗小屋囚了一夜，自此之后，这一夜的黑暗囚在孩子的心灵里，就再也没有散开过。多少年之后，这孩子一次次从噩梦中惊醒，还会从床上跳下来，被绝望和恐怖追逐着，像一只被群犬追逐的野兔，拼命地去拍屋子的四壁，直到恣肆的泪水溺毙那一条条凶恶的猎犬，他才用双手捂着脸，浑身搐动着，明白现在住的屋子已经早不是那间看场人的小屋，时间也已经过去了几十年，早不是那个幻象缭乱让他心悸肉忧的深夜了。

没有人去想那条红鲤鱼太大了，好几个人才能抬得动，力气精贵的翅膀没有能耐移动它。别说从鱼堆到柴垛，就是从鱼堆的一面挪到另一面，翅膀也只能望洋兴叹。在这么寒冷的深夜，濒死的（不，应该说已经死亡的）大红鱼怎样走过鱼堆到柴垛足足有五十步远近的路程，又怎样准确地挪近翅膀贴紧翅膀，这些都是谜语。安静地待在翅膀臂弯里的大红鱼浑身沾满草屑和土粒，能看出来是贴着地面蹦跳抵达。大红鱼遍身的尘土和麦草隔断了鳞片本身的冰冷，让翅膀相拥而眠时浑然不觉。

翅膀是在第二天喝糊粥时分被送往公社派出所的——村里人把吃早饭称作"喝糊粥"，之所以选择这个特定的时刻，按老鹰的说法，是要给这个十三岁的孩子"治治赖"。"看他知不知道赖！"老鹰斜着眼扑嗒着两片嘴唇子这么狠狠地说道。他们一行人走过村街，走过一处处饭场，饭场里喝糊粥的人们无一例外都站了起来，都手里端个糊粥碗，呼噜噜喝一口，然后再把脖子抻长，既能瞅眼前的西洋景也能使吞咽更加顺畅。翅膀走在前头，虽然颈上吊那么大一块纸牌子，他的头仍没坠低下去。他昂着头，茫然地望着前方。那是一块用农药的包装箱做成的牌子，黄不拉几的带骷髅的背景上赫然趴着一堆大字：

社会主义淡水鱼

强奸犯

上面一行字极小，只是起个画龙点睛的作用，而最后三个字，却出奇的大，都有点挤扭不下，腿脚差一点蹬出纸牌，像三个黑咕隆咚的莽汉。不过这些毛笔字可真是漂亮，村子里除了正义外没有第二个人能写得出来，就是那一两个垂垂老矣用过童子功的"私塾把子"也写不出来。他们不止一次夸赞过正义的毛笔字。也可能就是因为这手漂亮的毛笔字的缘故，正义才得以被推荐上了县里的东方红农高（农业高中，当时的全县名校，毕业生招工招干优先），成为村子里几十年以来学历最高的人。此刻，我们的正义就殿在这一行人后头压阵。正义的两只明亮又灵活的眼珠一直在东瞅西溜，他在瞅翅膀的奶奶——也是他的大娘。他有点怵她。他觉得只要这个穿着黑色的棉袄棉裤棉靴的小脚老太太一出现，他生活中明亮的阳光就会全军覆没。他对她的怵劲儿是骨子里的、老鼠见猫的，是永远无法剔除的。即使在翅膀奶奶入土几十年后，只要一走过她的坟，正义就忍不住心

里发紧，连头都不敢扭一下。

他们没走那条纵贯村庄的南北大路，那样知道的人太少（这时候路上很少有人），就不能称作"游街"了。他们专捡那些不宽的串联着饭场的巷子走，反正他们都是自小生长在这个村子里，再怎么曲里拐弯也不会迷路。那些端着饭碗的老者们，就是他们曾经那么慷慨激昂地教谕村里的年轻人，要凡事讲"理""义"，讲"公道"，而此时，他们讲出"理义公道"的嘴唇却没有说出一句公道话。他们有一百个理由可以劝阻老鹰，因为无论老鹰怎么张狂，他毕竟是晚辈，他拿他们没有办法的。他们可以说南塘，说这事儿蹊跷，说大红鱼，还可以说这孩子太小，又爹舍娘不要的是个孤儿，再说大年节的要宽怀为度……反正他们完全可以找出一百个理由来解救孩子，但是没有，这些老人们早成了精，挂纸牌的孩子还没走到，他们已经先溜之大吉，唯恐孩子身上的晦气沾染上他们。面对这个被缚游街的孩子，偌大的嘘水村没有一个人站出来说句人话，直到孩子走近村口，才有一两声狗吠攒上这群人，愤愤地发泄着满腹不平。

实际上翅膀一直不是在走，他已经忘记走路的技巧，老鹰几乎是推着他拎着他向前挪动。他胸前的纸牌子太大——正义的手艺不佳，要不就是老鹰的指使有点过火，反正那块带有骷髅标志的纸牌比翅膀的身体宽出一倍以上，哐唧哐唧碍手绊脚。有一回惹烦了老鹰，手一拨拉纸牌子竟跑到了翅膀身体的另一侧。那一天是腊月二十六，再有三天就是大年。那一天没有太阳，直到翅膀他们走出村庄，仍然没看见阳光。也许阳光是有的，只是翅膀觉得那是层层叠叠的碍眼的微黄尘霭，是发亮些的浓云。而翅膀的心一直灰蒙蒙一片——此后永远就是这个状态，也许直到他死都是灰蒙蒙一片，都不再拥有一缕明丽的阳光。当时翅膀甚至都不知道什么是阳光什么是乌云，他的脑子里除了空白还是空白，既不知明与暗、好与坏、亲与疏、梦与醒，也不知荣耻、生死等等这一切，他只是那么听任摆布。他的脸上涂布了一层南塘堰上的泥土和小雀看场小屋里的尘灰，有一道道弯曲的痕迹从眼里冲决而出清晰地垂挂到嘴角。他哭了一夜，所以这时候他不再会哭，他那小小身体里纵然储存有再多的泪水，也经不住一夜的流淌。他残留的最后一声痛哭要等到他走出村口趴进奶奶怀抱里时，送给他亲爱的奶奶。

押送翅膀的几个人在村口停下，等正义拉车来，因为翅膀软瘫在地上，再也走不动了，任你怎么样拎怎么样推，他就是不再动弹。即使隔着一层花花嗒嗒的土灰，也能看见这孩子的小脸白菜叶子般苍白。老鹰把手搭在他鼻孔前，对身旁的队长说：“我日他娘，别是没气了呀！——有，有气息。”老鹰沉下去的脸马上万里无云，他哼了一声，用脚尖拨了拨翅膀：“我跟你说，别跟我装蒜！老子可是经见过世面的，死的活的都见过！”

老鹰的身旁已经支了辆破自行车，他嘴里不干不净地骂着他妈的正义是“老牛托生的死肉死肉”，不住地往村里张望。他们已经商量好，让正义拉辆架子车，拉着翅膀，他先骑车到公社派出所报案。他们也看得出来，这孩子无论如何也走不了七八里远的路了。孩子哪儿碰哪儿去，已经没有任何气力儿。这孩子不像他的正义叔，夜里喝过饱饱的鱼汤，别说七八里路，就是七八十里路，也不在话下。这孩子的最后一顿饭，还是昨天中午吃的，因为他和奶奶一天只吃两顿饭，长这么大他还没有尝过晚饭的滋味。本来昨天晚上他是有机会吃到晚饭的，但南塘存心要延长他初尝晚饭的时间。他的黑粗布棉袄的小口袋里还装着奶奶给他准备的那块玉米面饼子，这块饼子没来得及与鱼汤见面因而没有完成它的使命。他身上的棉袄已经明显见小，他身子歪下时，裤腰马上撅了出来，还拽出一溜光光的皮肤。他的头发乱蓬蓬的，沾满了草屑——说好放假后就理发，因为过年正月里是不兴理发的，“正月里剃头——死旧（舅）”，但现在看来他那蓬脏头发非要带到新一年里去不可啦！

端着饭碗看热闹的人群跟着这几个人走走停停，就像一头衔着猎物的老狼的大尾巴。他们喊喊喳喳地聚在村口，筷子敲着碗，指指点点。最兴奋的是那群孩子——他们昨天还是翅膀的伙伴，而现在开始尽情捉弄他了。"搂着鱼睡觉舒坦不舒坦？"他们挤眉弄眼地问。

“你要是想母的啦，为啥不找只羊搂搂？”

“挂个大牌子到派出所逛逛真风光！”

“你跟鱼亲嘴了吗？”

“招呼着点，说不定要你吃枪子！”

"哎，翅膀，你说说那条鱼是鬼吗？是鬼扮成一个大闺女——"

"去去，我看看小反革命是什么样子的——哟，这不是也有鼻子眼儿嘛！"

……

他们就这样伸着头端详翅膀，好像他是个他们从来也没见过的怪物。他们七嘴八舌，懂得的那方面的知识可是要比翅膀丰富多了。翅膀越是木呆呆地张望他们——翅膀就那么不转眼珠地看着他们，因为他已经不认识他们，不认识面前的所有东西，既不知他们是谁也不知天空大地，不知树木，不知人到底是什么——他们说得越起劲。他们还伸手摸他的嘴唇，想看看与大鱼亲过嘴的嘴唇是热是凉。一阵一阵的哄堂大笑爆发起来，就像一群一群翔集的马蜂。老鹰歪着个头，似笑非笑地一直在倾听孩子们的恶作剧，但后来他听不下去了，因为一个大点的孩子竟这么说：

"你要是急了，干脆买块肥肉割个口子，搂着去干不就得了，何必——"

那孩子没有说完，因为老鹰嶙峋的大手啪地斩断了他的话头，"滚！"老鹰吼，"烦了我一块儿送你娘的进派出所！"就是这个时候，正义咕咕咚咚扯着辆架子车，迎着吓得顾不上去捂麻辣辣酥疼的脸蛋掉头就逃的孩子，一溜小跑地撅拱过来。

但最终他们没能顺畅地走出村子，他们刚把软瘫的孩子撂上架子车，一个老婆婆就嗒嘀嗒嘀飞奔而来——他们一直竭力回避的人物还是不失时机地出现了。老鹰给正义打个手势："——快走！"正义慌忙把肩膀放进牛皮筋的拉套里，抄起车把儿，并且背弓向后去，头伸向前去，一条腿在面孔的正下方折屈得几乎接近直角——他扎好了朝前飞奔的架势。

"正义，你个小贼种子！——我看你敢拉走！"就像一出梆子戏，在嗒嘀嗒滴急促的伴奏下，悠扬的唱腔骤然起飞。即使生龙活虎如正义者，也难以抵抗这唱腔的威力，他扎好了拉车的架势，架子车却没有往前挪动一寸。

嗒嘀嗒嘀，老婆婆的拐杖敲打着大地，就像一涧抛珠溅玉的漩流。她的眍瞜的眼睛没有看路，她从自动闪到大路两旁的人群间张望她的孙子："膀儿，膀儿……"她的呼唤匆急、沙哑，被不住的喘息搅扰得疙疙瘩瘩。

她瘦小的身躯包裹在臃肿的黑色棉衣里，一路发出嘀嘀嗒嗒的响音朝前滚动，就像一架古老年代里遗留下来的永不磨损的古老机械在运转，轧碎所有的时光和时光衍生的人事，一刻不停地朝前推行。她冲向架子车，然后一把抱住了孙子，把她软绵绵的孙子抱进了怀里。也就是这时候，翅膀留藏的最后一声痛哭蓦地释放了出来。

老婆婆可以向着老鹰、向着队长、向着正义还有跟随过来的水拖车挥舞她的拐杖，但她旋起旋落的拐杖却无法改变她孙子的命运。她不识字，不认识孩子胸前的纸牌上写的是什么，但她却知道她的孙子决不会做出需要挂纸牌子游街的下作事情，知道这些人在冤枉孩子。她烧好了早饭等孙子回来，长等短等却见不着那个平日里活蹦乱跳的小小身影儿。她还当是正义把熬了夜的孩子照护得暖和，一睡睡得不知道醒了呢。她任咋样儿也没有想到她的孙子已经被这帮人整治得这般蔫巴，没了人形！老婆婆气疯了，扔开拐杖，歪歪仄仄抱着孩子就往车下拖，刚才还支着胳膊缩着头躲避她拐杖的老鹰马上制止了她："你想咋的？无法无天了！——我可告诉你，监狱可不是光给年轻人设的！"

老婆婆已经很老了，已经看得见不远处正姗姗走来的死亡的影子了，所以监牢什么的是吓不住她的。她年轻时就没有害怕过这些，现在当然就更不害怕了。但时光偷走了她的力气，无论她怎么样手脚并用上气不接下气一把老骨头差一点儿没折腾零散，最终几双男人的大手还是把她拽离了孙子。等她喘过来一口气，睁开老花的眼睛能看清东西时，却再也没看着那辆架子车，和架子车上她的小孙子。老婆婆使出最后一丝力气挣脱搀扶着她的水拖车，跌坐在路上，路面上被车轮碾出的尘土在她的身子周围腾起缕缕烟雾；她朝着她孙子消失的方向张扬着她枯瘦的手臂，光秃秃的牙床抖动着嗓子眼儿却发不出一丁点儿声音。

咱们再回过头来说说正义，看他在刚刚过去的夜晚是怎么想的，为什么把一件芝麻大的小事渲染得比一座山还要奇峰突起，为什么亲手把一个唤他作叔叔的孩子送进派出所，同时也推向无底深渊——说起来正义也够苦的了，一夜没睡觉，早饭也没吃，还要顶着寒风，咕咕咚咚拉着一个孩子往七八里外的公社小镇跑……但从他那疾步如飞的飒爽英姿可以看出，他乐意这么跑；从他那闪闪发光的眼睛可以看出，他的心里充满着热望，有什么巨大的幸福降临了他并紧攫住了他的心。一点不错，正义是村里第一个也是唯一的东方红农高毕业生，他不止一次向老鹰要求进步——"要求进步"，那个年代就是这么说的——老鹰总是拍着他的肩膀，语重心长地安排："你还嫩，考验考验再说吧！别急嘛，你急什么？老鸹吃葚子得等到黑嘛！"事儿没搁在老鹰身上，所以他不急，可以优哉游哉拍着人的肩膀说慢斤斯两的风凉话！可正义早有点等不及了。颠过年他已经二十二岁，要是他当了大队的团支部书记，入了党，然后再通过这种那种的努力，被推荐去上那渺在天边的大学——走过这段铁丝一般的重重路程，得需要多久多久的时间啊！他能会不着急吗？他天天都是心急如焚，天天都在寻找"进步"的机会啊！他必须先博得老鹰的青睐，这样才有可能被外村的几个大队干部注意——老鹰在他们跟前多捎带他几句，他的前程就多几分希望，因为全大队的年轻人没有比他条件更好的了。他出身贫农。他高中毕业。他还是个容易拨动人的同情心这根琴弦的孤儿……对，和翅膀一样，正义也是半个孤儿，不过他早早失去的是父亲不是母亲而已，这也是他一度和翅膀要好成为"忘年交"的因素之一。正义和翅膀要好还有一个原因：他们的门第很近，正义死去的爹和翅膀早逝的爷爷是一对亲兄弟。五八年吃食堂（不准任何一家锅灶冒烟，都到村里的公用食堂领饭，名曰"吃食堂"；在食堂开张的前两个月里人们顿顿都能吃个肚儿圆，饱餍让人们松懈警惕，彻底忘记了天底下还有虎视眈眈的饥饿，仅仅是两个月后，集体仓库里的粮食被挥霍浪费殆尽，饥饿不期而至。有一首民谣可以概括当时食堂的伙食状况：清早的馍，洋火盒，晌午的面条捞不着，晚上的糊粥澄清水……饥饿之初是营养不良导致的黄肿病，每个人眼见着像发面卷子黄黄白白地膨胀开来，接下去很快就爬不起来再接着就一命呜呼了。饿死人最多的是五九年春季，青黄不接，人死得像收获季节田地里捆起的谷个子。春天里是一种叫"狗儿秧"的野菜撑走了无处不在的死亡，那一年遍地都是狗儿秧，像是都从一个孔眼里冒出来的，像是谁专门专意播种的。漫野的狗儿秧苗壮、葱翠而茂盛，天天去采也采不完用不尽。据说是狗儿秧特意出来救人的，因为其他年份再也没见着铺天盖地狗儿秧的那种庞大阵势。这场大饥饿运动让嘘水村减员四分之三，同时也让人均可耕地面积涨至峰值，而为了填补那四分之三的劳动力空缺，此后二十年里人们开始义无反顾多快好省地生孩子），人们饿得爬不起来，村子里每天都往外抬死人，后来死了人都找不到抬的人了，因为活人越来越少，还因为营养极度缺乏而浮肿起来的活人已经抬不动任何重物——就是在这种情形下，精明的翅膀奶奶，也是正义的大娘，发挥一个智慧的农村妇女对世界上存在的可食用物品的伟大想象（人家都啃树皮，她却率先挖起了树根；人家从田里刨没有收获净的红薯筋条，她已经把手伸进了水底，开始摸河蚌，还有螺蛳——而这些物件谁也没想过能钻进人的肚里去迎战饥饿），不但使她年近二十仍孩子气十足的儿子水拖车免于灾难，也使她的侄子正义没成为野沟里扔掉的一具饿殍，从而使正义在十几年后出落成一个标致的、人见人夸的小伙子，还读了高中，而且还有可能"进步"——为了"进步"而在一个临近年关的寒冷清晨用架子车拉着她的小孙子乐颠颠地奔向远方。

　　翅膀奶奶在村口向正义、老鹰几个人挥动拐杖时，并不知道夜里南塘上发生的事情原委，要是知道，她马上会七窍生烟，用她干瘪的身体内仅存的衰老力气咔嚓折断拐杖，砸向她的亲侄子的。正义当时想的是："进步"的机会终于来了，抓住一个"小反革命分子"，一下子就能显出他觉悟多么高，一下子就能惹老鹰赞许，使大队干部们注意……这样他就能很快当上大队的团支书了——团支书这个位置空了很长日子了，一直在虚位以待。一时间正义百感交集，深深体会到什么是"踏破铁鞋无觅处，得来全不费功夫"。他的心脏跳进了后脑勺，所以他马上制止了要上前叫醒翅膀的小雀，并一再向小雀申明事关重大，交代小雀要在柴垛旁藏好，要盯稳现场，他立即回村报告老鹰、报告队长……为了节省时间，他没有走路，而是从麦田里像一把看不见的刀子直插村庄；他边跑边祈愿：翅膀你千万别动别动啊！好像他整个命运都维系在那个沉睡不醒的小小身体上。

　　南塘是不会让这些人的阳谋得逞的。南塘嘴唇一嗫，轻轻嘘一口气，就使正义的美梦成了泡影。公社派出所所长也是个转业军人，他没有听正义和老鹰说完，就打开他钥匙链上的一柄小刀嚓地割断了翅膀脖子里的绳索，然后又一脚把坠落地上的大纸牌子踢出门外。所长和老鹰很熟，是当兵时的战友，只是比老鹰晚转业了两年而已。所长身躯魁梧，进出那间办公室时得弯下身子低着头。所长不爱多说话，对喳喳聒聒的人从骨子里讨厌，所以他自始至终也没有正眼看正义一回。所长问老鹰："你在你们村的南塘上碰见无头鬼到底是真是假？"老鹰品不出是什么意思，还以为所长是要说他思想落后，也信迷信呢。批评就让他批评吧！老鹰说，"你信不信都中，反正我是亲眼看见了。"

所长用一张报纸啪啪地打扫桌面，站在桌旁的正义不知所措，慌忙往一边趔了趔。所长瞥了老鹰一眼，说："今晚上你们的鱼别分，你自个儿去守一夜试试！"

老鹰仍没弄懂是什么意思："我自个儿不敢睡那儿。"

所长长长地嘘出憋在肚子里的一口气，朝外摆了摆手，平和地说："回去吧！"

看几个人站着都没动，所长开始大发脾气："胡来！——你不想想一个十三岁的小孩子深更半夜抱一条鱼干吗，他能干吗，怎么允许你光天化日碰见无头鬼就不许人家深更半夜抱条鱼！"随着连珠炮般的声音，所长的手脚也没有闲着，跟着他的手脚桌子椅子乒乒乓乓地乱跳。

所长的分析没有错，直到这场风波完全平息了下来，小雀才说了那个深夜的种种异象。那天电影散场的时候，小雀一俟正义回到南塘接替他，他慌忙就往打谷场里跑。他不是像我们的正义说的去先拾掇鬼才知道的什么熬鱼汤的杂碎，而是怕看完电影没事干的人们尤其是那些年轻人弄乱了场里的秫秸垛，把从他小屋里搬出来的板凳胡扔一气。小雀患有气管炎病，一到冬天喉咙里就钻进去一大寨"小雀"，稍着凉风那些和他重名的鸟儿就争先恐后啁啾个不停；这些爱捣乱的喉咙里的鸟群拖住了他的脚步，使他走路很慢，待他回到打谷场，别说看电影的人，连放电影的人也早不见了踪影。刚才还热热闹闹的人散尽了，打谷场里一下子显得空空荡荡，比平日里更凄凉。小雀在场里转了两圈，摸摸这抬抬那，没发现少东西，但当他在小屋后头撒了泡尿磨转屋角打算进屋时，猛然看见打谷场的一角却多出了一样东西！

让我们跟着小雀，回到那晚上的打谷场看个究竟吧！——借着南塘堰上篝火送过来的微微光亮，可以看清那是个三尺多高的黑影儿。它就站在刚才银幕站的地方，一动不动。猛一看那黑影儿像个小老头（穿黑棉袄黑棉裤的那种，为了防止跑气保暖，裤脚上还扎根从架子车内胎上铰下来的橡皮条）。他缩着把儿，腰有点弯，仰着头左端祥右端祥，在看什么。半空中除了黑暗还是黑暗，实在没什么好看的，这样的冬夜，天上要真有龙也不会往下掉的——太寒冷了！你要是站到风口里，比如树梢那儿吧，不出一分钟，你的耳朵准会变硬，不再知道风的牙齿厉害，再待一分钟，耳朵准会吧嗒一下给刮掉下来，就像秋天里树叶脱落，耳朵掉下来你头上的伤口也不会流血，伤口会很快冻撮住的。他莫非是在看风踢打树梢？但打谷场里并没有长树呀……

　　他动了，他在从秫秸垛上搬秫秸捆，——原来如此，是个偷儿！缺柴火烧了吧……但他又把秫秸捆放下了，声响很大，"哗啦"摔在地上，盖过了风的哭声。他站在了那捆躺倒的秫秸上，两只手握在一起，高高地举起，扬到了头顶上，像是在作揖。接着他抱在一起的手猛地向前掷去，接着就有什么抽在打谷场上，啪啦，似乎还咔嚓了一声。他扔掉了什么——他手里原来拿着东西！他的身子弯下去了，好像宝贝一下子从半天空钻进了他刚才还踩着的秫秸捆里，他两手拽着什么，身子往后退去，边退边吱吱啦啦作响——是秫秸捆在叫嚷，他在抽一根秫秸。

　　很快他又站在了秫秸捆上，又是两手握在一起，啊不，是两手举着那根秫秸，瞄准了，使劲括打。这一次不同的是，他踮起了脚尖，伸直了腰，个子一下子显得高些了，也因而在手里的秫秸折断在地上时，他也跟着重重地摔在地上，扑通一声。

　　他的动作很灵巧，就像一条在田野里撵兔子的狗。他不是个小老头，也不是一个偷儿。黑更半夜的，他是个什么？他在干什么？小雀贴墙瑟缩着一动也不敢动，自始至终也没敢睁大眼睛一看究竟。一定是他把南塘上的鬼魂引了过来，他想让那家伙赶紧离开这片打谷场，他可不想让它摸熟了路常来常往。

　　在出事的前一天夜里，这个孩子还做过一个梦。他没对任何人讲起过这个梦，甚至也没给奶奶提起过。他觉得在他诸多关于妈妈的梦里，这

~　071　~

个梦太一般，不值一提。直到他也当了爸爸，他的孩子也到了他做梦时的年纪——这时候他已经三十五岁，时光的大火烧掉了许多往事，而这个梦，走过层层灰烬的废墟又来到了他跟前。他看见的这个梦是那么清晰，纤毫毕露，犹如一棵树，不但向他崭露了树叶、枝干，而且把在深土里飘拂的根系也披散进他的眼帘里。直到这时候他才破解出这个梦的全部秘密内涵：这个梦昭示了他过去的命运，同时也昭示了他的未来。该发生的事情他躲避不了，也无法躲避。一切都是命定——

他在田野里割草，那片田野他不太认识，但草长得很茂盛，泛着只有在春天、在夏天的雨后才有的嫩绿；那种绿色翠茵茵的，好像不是一片一片草叶组成，而是浑然一体的平淌的水——对，是大海！他没有见过大海，但他想大海就应该是这个样子：一望无际，满眼都是碧翠的涟漪。那些绿草很密实，根本就看不见土皮，踩在上头像踩在新被子上。这个孩子没有想这么大的旷地，为什么不见一棵庄稼，远处也没有连绵起伏如山峦般的村影。他只是仰着脸，大口大口把清洁的空气灌进体内，他沉醉在被洗净的凉爽里。他忘记了割草，因为他刚才拿在手里的镰刀和篮子已没了踪影，仿佛一切额外的物品——除了他这副身体外——都会玷污这片草地。这个孩子高兴得不知怎么办才好，他在草地上狂奔，兜了两个圈子，然后就故意绊倒在草丛上，又打了几个滚。他能感到草叶像凉滋滋的手指，轻轻地抚摸他的脸。他真想就这样永远采取这个姿势这个方式待在这里。当时这孩子还不知道死亡是怎么一回事儿，因为死亡显得太遥远，压根儿不用他操心，不能不被忽略。他的喘息匀和些了，这时他听见有人喊他："膀儿，膀儿……"声音很轻，轻得像草梢上荡来的微风。他真不想动，但他还是抬起头来。声音是发自不远处的一处树林里，是杨树林，因为他看见了白色的杨树干，还有一处一处眼睛般的树干上的疤痕。那树林并不大，比村子里的打谷场还要小些。那个声音仍在召唤他，除了奶奶，还有谁会这么轻柔，这么疼爱地叫他？"膀儿，膀儿……"不仔细听几乎都有点听不到，仿佛是微风中的一缕，不住地浮荡过来。孩子不由自主地走过去，他睁着疑惑的亮眼睛站在了树林前。这时有个白衣飘飘的女子走出来了。听不见她的脚步声，她在离他很近的地方站住了。她离他近到了这种程度：她身上雪白的衣襟被风拂动，一下一下擦拭着孩子的脸，但这个孩子却一直看不清女人是谁，无论他怎么拼命忆想都想不起来。这个人让他感到这么亲切，就和奶奶一样地亲切，但他却不认识。陌生的女人叫着他的昵称："膀儿，膀儿。"后来她说了一句话："我是妈妈，你不认识我吗？"

"妈妈？"孩子想，"她怎么会是妈妈？——这儿是什么地方？"这个孩子不相信地看着穿白衣的女子，开始想一些他开始没想也不愿去深究的问题。他为什么看不清她的面容呢？既然是妈妈，为什么看不清她的面容？这片树林是哪儿来的？他不是出来割草的吗，奶奶还在等他割草回家喂猪，但他的镰刀、他的篮子呢？这时一只手向他伸来，"给，"那个轻柔的声音又缠绕了他，"这是给你的！"孩子违抗不了，一种超乎他意志之上的东西让他抬起手来，接过了另一只自称妈妈的手上递过来的东西：那是一团冰雪，在阳光之下闪闪发光，仿佛它们就是一团浓缩的阳光。孩子捧在手里，没有觉出应该觉出的冰凉。在他抬头寻找"妈妈"的时候，"妈妈"已经消失，而且他低头想再端详手里的东西时，那东西也没了。它们已经化成了许许多多细碎的屑末，渗进了他的手、他的身体里，像是一簇簇小火焰。孩子不住地甩手，想甩掉他刚才还捧着的东西——那团燃烧着的冰雪，但已经晚了，因为他觉得痛楚正在他身体里烈焰般蔓延、升腾，和刚才丛草的涟漪一样无边无际。他被淹没了。疼痛不是发自一个地方，是每一根发丝、每一缕肌肤、每一块骨头都疼得要命，像是有一万只刀子在他的身体内舞戳。杀戮来自他的体内，他抵御不了也无法抵御，这时候他才明白为什么孙猴子戴上紧箍咒，才是最严厉也是最无奈的惩罚。人是不怕来自外界的敌手的，而身体内的敌人他却无法征服。疼痛使他扑倒在地上，滚来滚去。在折磨的间歇他睁开了锁闭的眼睛：他发现他在的地方是南塘！他就在塘堰上翻滚，镰刀和篮子就放在塘半坡里，白杨树一边议论纷纷，一边低头窥瞰他……这时那个声音再度响起："膀儿，膀儿……"

是奶奶在叫他。奶奶正在烧火做饭，他睡的豆秸铺紧挨着锅灶，此时他痛楚的面孔一半被窗棂里钻进来的阳光照亮，一半被灶膛里的火光燃红。奶奶叫他快快起床，烧红薯已经熟透。淡蓝的炊烟在孩子眼前缭绕，他呛得咳嗽了一声。他没有回答奶奶，而是马上闭紧了眼睛。奶奶说过，醒来不能翻身，否则你就记不起做了什么梦。梦是经不住翻身的，身子一抖它就吓跑了。梦是熟透的果子，风一摇晃树就留不住它了。孩子闭着眼睛，于是一幕一幕，梦境再度显现。但他受不了那种痛楚，他知道他已不在梦里，而是站在梦外想梦，于是发出挣扎的呻吟。他的呻吟惊动了奶奶，"膀儿，膀儿，你又发啥癔症！"奶奶手里捧着焦黑的烧红薯，站在他跟前。"你是做噩梦了吗?"奶奶问，一边把烧红薯皮儿剥掉，黄澄澄的薯瓤就像一朵花，盛开在奶奶的慈爱的笑脸前，盛开在奶奶手上。"快，"奶奶说，"快快，你不知道这块红薯多甜！"奶奶舔着焦黑的薯皮上带掉的薯瓤，一边把那朵盛开的黄花递给已穿好棉袄的孩子。

第四章

一个十年过去了，再一个十年又悠悠而过。现在的嘘水村早已不是原来的那个嘘水村了，时光像一双有力的手在撕扯一团棉花，把原先那个很结实的村子撕扯得稀稀落落地膨胀开来：人口在无休止地呈几何等级增加，而那些增加的人口尤其是刚成家的年轻人们，都挖空心思地把新房盖在村子外圈，灰眉土眼的衰老的茅草屋被丢弃了，被接二连三扒掉，以致村子的中心反倒出现了一片片疏朗的空白，像是有意在把村子最终变作一片废墟，从内里开始朽空，不过是现在正处于毁灭的进程中罢了。村庄的南面，原来那道寨海子的里堰甚至还有一块块的菜园，而现在，别说寨海子，就是离寨海子还有好远的那条横路（就是项雨、楼蜂夏夜里被猫吻嘴的那条路）南侧，也已建起了一排新房。南塘离村子越来越近了，这也是老窑上那幅景象许多人都能目睹到的一个原因。

就像一个上了岁数的老人，桀骜不驯的南塘开始沉静了，开始对人世兴致索然。她就那么龛在田野里沉默着，一动不动，一声不吭。她似乎是懒得再动，懒得再吭。自从大红鱼被捉拿上岸，南塘拒绝生长任何鱼类。逢年过节南塘里无鱼可捕，初开始嘘水人不太相信，但连着几次空手而归后他们不得不承认眼前的事实。他们开始后悔不该把大红鱼捕拿上岸，大红鱼是鱼王，没有了大红鱼的南塘是一片死水。在相当久的时期内，南塘也没有上演任何一出让人毛骨悚然又兴致勃勃的传说。白杨树已经没有了，在那个红色年代的末尾，天不怕地不怕的人们为了显示他们压根儿就没有怕过什么（他们似乎为自己曾经有过的害怕而无比愧疚，像是做了什么见不得人的事情），报仇般把那些已经长得一搂那么粗的树木纷纷砍倒。现在的南塘就像最初出现在这片野地里的那位新嫁娘般的南塘一样，值得自豪的是那一池碧水，仍然是那一池荡动着绿波的碧水。还有那座老窑，还那么岿立着，寸步不离地守在南塘身侧，不过面貌却早已焕然一新。

最初看见那副景象的是几个吃过晚饭闲拉呱的妇女（不知为什么，南塘在村子里的每次"显灵"，妇女们最先看到的居多），她们坐在村子南端谁家的院子外头，高一声低一声地说笑着。她们的手里都没有拿针线，村子里的妇女已经很少有做针线活的了，因为和人的手比起来，各种各样的机器更显得神通广大，缝衣裳、织毛衣、制鞋底……几乎没有机器不能干的活计。她们坐在那儿就是为了乘凉。骚动不安的风从南面的田野循声偎来，殷勤地送来一丛丛凉爽；她们放睡了孩娃，拾掇好了碗碟，喂饱了张嘴货（猪、羊什么的家畜，她们一律叫它们"张嘴货"），是该悠悠闲闲滋滋润润享受一阵儿了；再说农活儿并不太忙，玉米才长到腰窝深，化肥溇上了，豆子刚想开花，锄草的一茬活儿也下去了，连整天四蹄不识闲的男人们也歇下来了，她们就更理所应当地要自在自在。（生产队早已解散，田地承包到户，自家安排自家的活计，不用再去听别人瞎使唤；原来的生产队长改称村民小组长，但这个村民小组长和当年的队长却不能同日而语，嘘水村的人们看小组长还不如他们脚旮旯里的灰垢，因为小组长不能像队长那样攥着他们的命根子——工分，没有了工分制，什么长对他们都无可奈何的。正义无论怎么苦心经营也没能坐到"团支书"这个位置，当然也就没能去上他梦寐以求的大学，他现在就当着这么个村民小组长。）

不知是谁先提到的早先村子里的那些传说，她们就顺着话题说开了。她们都是年轻的媳妇，都是二十岁前后才嫁到嘘水村的，当然不可能知道那些传说的详细情形。但越是不知道她们越想知道，那些传说常常成为她们闲拉呱的话题。她们热衷于那些传说还有一个缘故，就是现在的南塘已经很少生育什么传说了。南塘睡在那片旷野里。南塘一无动静。似乎它已经死了，它的时代已经结束了。现在人们已不怎么害怕南塘，赶到庄稼季节，谁家收割掉的庄稼没有运走，那家的人也敢为了看守庄稼而在离南塘不远的田野过夜了；甚至在这样的黑夜，这几个女子坐在举首可以望见土窑的村子边缘，也可以无所顾忌地言说南塘了。

"嘿，你听说过村子里过猫的事儿吗？"

"还因为猫死过两人——比你知道的还清呢！"

"你知道得清，你知道猫在村子里最喜欢做啥事？"

"——做好事！"

接着是心照不宣的哄堂大笑。接着就说起了只能活在她们想象中的那两人：楼蜂是多么的英俊伶俐，他身上生的虱子都是双眼皮；项雨是多么憨蛮，听说长得粗拉拉的，像一垛秋秸捆。而就项雨这个没烧熟的砖头般的十三点的人，竟也有人跟他有一腿。她们一惊一乍，神秘兮兮地说那个人据说就是高粱花大婶。这时候的高粱花老得已经不成样子，脸上的松皮一抓一大把，比老牛颈下坠耷的那一堆少不到哪里去，而且患了个摇头病，哪怕是一个人待着不说一句话，脖子上的那个头照样摇得赛过拨浪鼓。"他怎么能看上她！"在这些年轻的女人们眼里，高粱花是丑陋的象征，她们无论如何也想象不出来她年轻时和她们相比一点儿也不差，说不定在她们之中还是"人尖子"；她们也想象不出她们有一天会变得还不如她，她们也会老得不成样子。"黄鼠狼吃油条——看对色了呗！"一个说。"哟，你可说错了，听说高粱花大婶年轻时漂亮着呢！"另一个马上接了一句。后来不知怎么又说到了翅膀。她们中见过翅膀的人没有几个。翅膀在她们的嘴里变得更神，是个无所不能的人物，他不但聪慧过人，能一眼在鱼堆中辨出神鱼，而且被一群蠢蛋押着游街时凛然不惧，送到派出所也不当个事儿，派出所的人也不都是吃闲饭的，一眼就看出这个孩子不一般，摆摆手就把他放了。翅膀还会耍刀子呢，他刀子耍得百步穿杨，刀光闪闪亮，风声呼呼响。那才叫文武双全呢！她们说到翅膀上学是多么出色，一级没坐，回回都考第一，"真是个小状元！"要不怎么能玩儿似的考上了大学！"你们没见过他写的那个字哟，要多秀气有多秀气。"说话的人在邮递员那儿见过一张翅膀寄给他奶奶的汇款单，还有幸见过翅膀本人一面——他奶奶死的时候，他终于回了一趟村子。"没见过那样哭坟的，那是真哭，哭得像一摊稀泥。"直到这时候，这个女子一想起当年翅膀趴在他奶奶的新坟上哭得浑身颤抖着好几个人都拉不起来，还要不由自主地抹眼泪，因为那是她一辈子所能见过的最痛心的恸哭了。看那个女人说着说着要流眼泪，她们慌忙岔开了话题。这样凉爽又轻松的夏夜是不应该沾上悲伤的泪水。于是她们开始谈值得开心的事体，说到南塘里曾经逢年过节都能捕到的大大小小的鱼，层出不穷，要不是有人手狂捉拿了那条大红鱼，说不定现在还能享受到招之即来的鱼们。她们想刺激刺激，想谈谈南塘的绿灯笼，想让哪一个胆小的大惊小怪一通。绿灯笼还没有从她们的嘴里溜出，突然谁惊唤一声："看！"她的手指向南塘，指向老窑，——在黑塌塌的老窑之上，像是被一道蓝色的闪电照亮，那一幅景象显现了出来。

这个夜晚黑暗深厚，像是有一张黢黑的幕布严严实实包裹住了世界；可在这张幕布上，却生着许多以黑暗为食的小虫子，蛀出大小不一密密麻麻的小孔洞，从这些褴褛的小孔洞里，光明——清澈的光明倾注进了黑暗的世界。那个女子就是这样头顶着一天灿烂的星星，端坐在老窑之上。她的周身焕发着微微的辉光，不是蓝光，不是绿光，也不是红光……而是谁也没见过因而也说不上来的一种柔和光芒，把她四围的一切都照亮了。她神态安详，似乎在望着她们微笑。她像是待在一个什么房间里，她的身边还有好些什么东西，好像是有一堆彩色的粗麻绳、一张乌油油的小杌桌，还有一头猪，一头很壮实的猪就卧在她的面前（她们自己喂猪，就把什么都理所当然地想成是猪）。她只在老窑上的那堆楮树梢顶坐了一会儿，还没让她们看清，她已经没有了。她们不是一个人，而且又离得那么远，所以她们仅仅是偎拢成一堆，就轻而易举撵跑了身子里的害怕。她们屏声静气，想再把眼睛瞪大看个究竟，但后来为了壮胆又叫来了几个男人，足足等了半夜，也再没等着那个笑眯眯的女子。"神经病！"男人们对她们的把戏不屑一顾，说她们一定是闲着没事，眼睛闲出了花毛病。

第二天男人们就不说是女人们看花眼了，因为他们自己也愣着脸傻傻地瞧见了那一幅景象。当时是晌午顶，一群男人们正蹲在村庄南头的树荫里吃饭。那里得风。尽管许多人家里都有了电扇，他们还是愿意贴饭场凑热闹。时过境迁，村庄里好些风俗都有所改变，唯有"饭场"没有被撤掉，看样子永远也不会被撤掉了。他们吃着、说着，自然，昨天妇女们看见的老窑上的情景成了主话题。他们都不置可否。他们知道这些喳喳聒聒的女人们喳聒的总是子虚乌有的爪哇国里的事。但他们还是说起了南塘，南塘有着太多猜不透的谜语，他们讲起了那年那月的什么什么蹊跷事……一个听腻的人站了起来（也许他并不是听腻而仅仅是因为蹲麻了腿根儿才站了起来），他的头像是被什么磨转着身不由己地朝南塘望去——接着他手里的碗就嘭地飞在了地上，一群窥伺在饭场外圈的鸡破命地狂奔而至，他刚刚还端着碗的那只手猛地向南塘伸去："看，你们看……"他的眼睛瞪得溜圆，嘴里发出的声音也好像不是人的声音，而更像一只什么鸟的夜咬。所有的人都站了起来，都仰着脸跷着脚朝南塘瞧去。饭从他们的碗里洒出来，泼在了地上，泼在了他们的手上、衣裳上，但再没人去管，连烫了手都没人吸溜嘴。整个饭场里一时间鸦雀无声，是真正的鸦雀无声。

秋庄稼都还没来得及长起来，但没来得及长起来的秋庄稼正好遮住了南塘，遮住了老窑的窑脚，看上去碧绿的平野里像是凸起了一座不太高的碧绿的山峰，而那个焕发着说不清的光芒的女子就端坐在山顶。她面朝村庄。她的衣饰，她圆润的葱指，甚至她细碎的贝齿、密而匀的眼睫毛、向后飘拂的长发（明明吹的是南风，她的头发却向南飘拂）……都能看清，都看得一清二楚。男人们还看清了她身边的物件，并不是女人们说的那样，是一挂彩绳、一只小杌桌，还有一头猪。而是一条颜色斑斓的大蛇、一只比一潭深水更漆黑的硕大老龟、一头浑身迸射乳光的雪白的麒麟！他们还看见了一把伞，但没看见撑伞的手。这是把红伞，它的红光明亮但不艳丽。好像是强烈的阳光减弱了亮度，要不就是这些景物自身会发光，否则不会看得这么清晰。看得这么清晰而觉不出刺眼，没有一个人需要在脑门上手搭凉棚才能远眺。这幅景象显现的时间不长也不短，能让人看清、记住，但并没让人多看，接着一切都消失了。被覆着层层叠叠绿叶的土窑还是那座土窑，土窑的上头除了蓝得不能再蓝的天空外什么也没有。

除了女人和红伞外，嘘水村的人们对窑顶上的一切说起来都不陌生，眼睛没有看见过起码耳朵也曾风闻过；尤其是那条大蛇，很早很早在老窑里发现它蜕的那些白皮之前——这么说吧，那条红鲤鱼被从南塘里捕出来以前，它已经蜿蜒掠游在人们的话语里。有一年夏天，一场雷暴雨之后，南塘周遭的玉米田里突然出现了什么沉重的东西爬行过的痕迹：至少十几垅宽的玉米仆倒在地上，像是被石磙碾轧过似的，密密实实的玉米地里拓出了一条大路；那条大路没有拐弯，头也不扭一下径直向南塘铺展。熟知南塘脾气的嘘水村的人们没有再愚蠢地认为是狂风的把戏（尽管不知哪一年夏天龙卷风总会来这一带转一圈），他们马上就想到了南塘，想到了只有谁才会异想天开地在深深的玉米地里开辟道路，因为此前不久，不止一个人看见了那座老窑变了模样。多少年里那座老窑就那么黄不塌塌地卧在南塘的南侧，窑体上乍起几根瘦草，看上去像一头年老体衰只剩了一副大骨架子的犍牛。但有一天，干活的人们（不是一个人两个人，而是好几个人，当时豆苗刚漫脚面，正是除草的时节，大田里早早晚晚都没断过人）发现那座窑不再是一座窑，而是五花斑斓的，像是穿了花衣裳站在那儿的怀孕十甲的女子；当时大庄稼还没成气候，视野开阔，这座突兀的土窑的哗变，老远的地方都能看得一清二楚。在人们的惊唤声里，那个大肚子的女子动了，身子缩了缩，头微微磨转了一些——这时人们才看出来那不是什么怀孕的女子，而是一条大蛇，它的漫长的身子一圈圈缠绕着窑体，不算太大的头颅竖直在窑顶上，静静地俯瞰着劳作的人们，像是对人们的劳作很好奇似的；它的马嘴大张，里头有一簇粗壮的火焰映着正午的阳光霍霍跳跃；那簇火焰是那么鲜艳，比刚从身体里蹿出来的鲜血还要耀目。谁都能明白，要是这条居高临下的大蛇凌空而起，可以轻而易举地进攻半径一公里之内的所有对象，比老鹰抓小鸡还要得势。那条好奇的大蛇对它带来的危险浑然不觉，它看着刚才还好好地干活的人们突然都丢盔弃甲，发疯地向着村子飞奔，它弄不清发生了什么事情，为了看个究竟就又把疙疙瘩瘩比老树皮更粗糙的头颅磨转了一圈（有人在奔逃的间隙没忘记回头去瞅一眼）。但这条一露峥嵘的大蛇一定是违犯了什么规条，从此以后一下子销声匿迹了（玉米田里的那条大路是不是大蛇所为，谁也拿不太准，因为南塘的花哨玩意儿太多，让人感到突兀，应接不暇又迷惑不解），尽管人们都渴望能再见它一次，再那么见了之后丢盔掉甲地奔逃一次，千呼万唤，它始终没有再现形一回。

现在它出现了，就那么盘卧在那个明亮的女子一侧，好像和人们当初见它时的模样不怎么一样，它显得小些，起码比人们嘴里吐出的它的形体要小了许多。它静静地守护着那个女子。另一侧，那只大龟的头也悄悄地翘起，包括那头麒麟，一律都张望着村子、村子里的人们。那只大龟比传说中也要小许多。在传说中，那只龟的脊背似乎比远洋货轮的甲板还要宽阔，站上去一个人，来来回回走那么长时间、那么多趟趟，竟然没发现脚底下踩的并不是他认为的土地。那是——就是翅膀在南塘上度过神奇的一夜之后的第一个夏天，那年夏天是个真正的水天，雨几乎连下了二十几天就没有停过歇，地势稍稍低洼的田野早成了一片汪洋。田里的红薯泡烂了，想像往年一样囫囫囵囵、香香甜甜地吃到嘴里显然已不可能，但玉米不怎么怕淹，站在水里仍然青葱葱的，棒子硬撅撅的没有一丝要糜溃的征兆，嘘水村的人们这一次没再听天由命，他们很明白玉米无论多么扛事，要是一直那么站在水中，也有受不住的一天。于是他们开始冒雨排水。他们打着赤脚，扯一块布单披在身上，匆匆忙忙一趟一滑地挪动在田野上。他们挖通排水道，疏浚在干天里已经堵实的沟渠，送那些滞留在田里的水哗哗啦啦去它们该去的地方。后来他们就走向了南塘。南塘的水已经漫出来，看上去一下子宽阔许多，不再像一处池塘，而像是一个大湖。这片大湖差不多和周围的田地连在了一起，白茫茫都是丛生的涟漪。这群人扛着铁锨，小心翼翼地走在水里，唯恐哪儿突然冒出来一样什么东西不知怎么一弄就把他们弄没了影儿。他们觉得那些密密麻麻的涟漪深处危机四伏。他们走路的架势有点像当时放映的一部电影《地雷战》里手握探雷器的日本鬼子。他们要去南塘的东南角，要在那儿挖出一道沟和另一道畅通的沟渠连成一体，好让这片像是在无休无止生长的大水赶紧走掉。他们一队人战战兢兢地磨过了塘堰，密集在土窑的东侧。土窑的东侧是一块没有上水的高地。他们都松了一口气，回望了一眼身后的大水，为刚才的草木皆兵好笑。他们又开始说说笑笑，好像这儿不是传说中生得令他们提心吊胆的南塘，而是村子里的某处饭场。有一个年轻的小伙子甚至离开了人堆，朝塘水走去。他想涮涮脚，想把沾在脚上的烂泥涮掉。年轻人总是爱干净爱漂亮。其实脚上根本不可能有什么烂泥，因为到处都是弥漫的雨水，走起路来啪叽啪叽都是在水里，压在水底下的田地瓷瓷实实的，怎么可能有泥。但那个年轻人向身后的水走去。也许他是觉得那片水青汁绿液的好看，不在里头划拉几下子有点可惜。细雨仍在下，小风仍在吹。雨点打麻了小风拨弄出的层层波纹，水面像是一张神奇的布毯。那个人向这面布毯走去，本来应该三步两步就能到的水边，他却走了好一阵。他自己也有点纳闷。但有那么多人在身旁，他没有多想。他踩着滑溜溜瓷丁丁平阔的塘堰，再一次觉得他的想法没错，这么好的水，这么舒坦的没有水的地面，不享受一番确实可惜。他没有注意他的脚底下的地面没生一根草，是一种铁质的幽黑，就像他扎着架子往水里呼啦啦涮脚的时候没有注意脚底下的地面在一点点陷落一样。他脚底下的地面在陷落，直至他站在岸上的另一条腿水也漫上了脚踝，他才一下子惊觉。他噢的一声跳了起来，激起一大片雪白的水花。还好，他只一跳就跳到了"岸上"——他马上发现那不是什么岸，压根儿不是地面，而是正在往水里沉落的一片铁色平台。那是大龟的龟甲！直到此人抓着谁递过来的锨把，被从水里淋漓地捞出，那只大龟还没有完全沉没，还有比一口大铁锅更大的一处圆顶崭露在水面上。它好像并不急，也不怕人，就那么慢慢地往下沉。水面上没有了铁色的甲板，但那处被水波揉碎的黑暗像淹没的一片藏满雨的乌云，一直到人们离开都没有泅散，黑塌塌地弥漫水底，边缘模糊，谁都猜不出它究竟有多大。

这一年是南塘生命里的里程碑，这一年发生的事情远不止水里冒出来了一只大龟，而且雨季过后，那座土窑的顶上举起了一棵小树，而且到了年底人们仍像往年一样去南塘里捕鱼时，连一只虾也没有再捕上来（自此以后，南塘里除了生出一头麒麟外，没有再生出一尾哪怕是半斤重的不大的鱼）。好像那条大红鱼头一撅蹿上了岸，从此宣告南塘的第二青春期来临，传说和故事又像春天凋零的花瓣一样纷纷撒落人间。

那是株楮树，一种这一带最常见的生命力旺盛得不得了的树。这种树树皮黄不拉几的，像一种蛇的皮（这种性情狂悖的蛇就叫作"楮皮子蛇"，尽管是无毒蛇，但它凶猛得能够追人，头昂起来的时候，差不多能竖起半截身子）；楮树当年生的枝叶上密布硬毛，摸上去涩橛橛的，到了夏天，会结出一树鲜红得绚烂夺目的圆球状的果实，软塌塌的，吃起来甜得腻人，却贮满比芝麻还要小的密密麻麻的种子；这些种子能落地生根，而且根系发达得让人发怵——它能在地底下织起比棉絮还要稠密的根网，能深入到藏着泉眼的砂姜层，任其发展，它竟能在黑暗的地下独自在一年里走完几十米的行程，第二年它就能远涉半里开外。一块地里一旦长出了楮树，十年也别想刨净那些黄色的根须。楮树的红果对人来说不是什么好吃物，却是鸟们的美味佳肴，而这些鸟类是楮树最好的播种机，它们把楮树的种子撒遍大地的角角落落。于是，有一颗这样的种子就登上了那座土窑的窑顶，并趁着温暖的雨水的滋润，马上崭露头角。

那年秋天砍倒了大庄稼，再没有什么遮挡眼目时，人们站在裸露出了肌肤的大地上，一下子就看到了土窑顶上的那株树。它还不太粗壮，当一阵秋风掠过时，它羸弱的腰身就会微微弯曲，没有泛黄的叶片翻飘出一团水光。这棵树长得飞快，第二年，干旱已经对它束手无策，因为它伸展的根梢能够汲啜到了南塘的塘水。第三年，它在冬天里落尽叶片巍峨起身躯，独自面对呼啸的寒风就像窑体本身一样屹立不动；或者说，它业已成了土窑的一个器官、肢体，是土窑本身在长大。尤其是夏天，这株翁翁郁郁的楮树枝叶披拂，完全遮没了土窑，远远看去就像旷野里的一头暗绿色的巨兽。

现在咱们该说说那头麒麟啦！那头麒麟早等得不耐烦了，它在黑暗的水底整装待发，一待就待了不知多少年，只等着在一个熹微的黎明一声又一声鹌哨吹响，它才能像战马听到了橄角一样，呼隆一下驰出塘水，抖搂满身的亮晶晶的水珠，朝着东南方向腾空飞去。吹鹌哨的那两人不是嘘水村人，否则他们就不敢半夜里就往南塘上跑，并且像猴一样蹲在塘堰上，眼睛一眨也不眨地盯着也同样在盯着他们的老窑——前头说过，这些村子都是"鸡犬之声相闻，老死不相往来"的村子，外村的人很少知道嘘水村的传说（传说是一个村子秘史的一部分），很少知道南塘，即使知道也是个皮毛，也仅仅是说说而已，谁也不会去当真。加之这两个喜欢鹌鹑喜欢得要命的人和嘘水村不一个村也不一个大队甚至也不是一个公社，他们是楼蜂偷鸡的那些村子里的人，和嘘水村仿佛不待在一个地球上，所以他们什么都能想到就是没想到鹌哨一响鹌鹑没飞起来，飞起来的倒是一头他们从没见过的怪兽。是一只鹌鹑引导他们走向南塘的，他们两人正结伴而行，忽然在离他们不足三间房子那么远的田野里，一只壮实的灰鸟从地面上倏地弹射出去，带着诱人的风响高高低低地在空中划出几处优美的弧段，然后变成一个小小的像星星一般闪闪发光的黑点准确地降落在土窑上。他们虽然年轻，却是玩鹌鹑的老手，他们这会儿就走在去嘘水村找人斗鹌鹑的路上，他们一眼就看出了那是一只鹌鹑，从起飞的架势和翅尖划开空气的声音里，他们还断定那是一只"老嚓"（公鹑），一只前景无限的老嚓。二话没说，他们就向南塘走去，而且他们决定一旦侦察好地形，第二天一大早就要实施他们和这只幸运的鹌鹑相见恨晚的约会方案。他们做梦也没想到南塘的东侧竟还有一小片棉花地，而且枯萎的棉花棵子还没有拔除，初冬的风一吹，棉花棵子互相的摩击声比弹琴更动听——对于逮鹌鹑来说，这可是天造地设的好场地。棉花地不大，只有四五间房子那么大，但这已经足用，真大了还不好，他们支起的"地网"没有那么长。两个人指着老窑，断定刚才那只鹌鹑就藏在那株楮树下。鹌鹑不可能站在楮树的哪一根枝条上，因为这种鸟天生和树没缘分，它的脚爪太生硬光滑，不像一般的鸟那样能把稳树枝，所以它只能贴着地面跑来跑去，飞来飞去，再顺势发挥其伟大的才能——斗架，从而让人（这种像水拖车一样对一种事物痴迷得没魂的人在任何时候任何地方都没有消失过，他们仿佛就专为这一种事情所生，他们不知道也不想去知道这种事情有没有意义，对他们来说热爱的本身就是意义）捕捉它，玩赏它，然后在失去发动战争的能力后再宰掉它（实际爱好和平不能斗架的母鹑在刚刚捕捉到的时候就被马上宰掉）。

这两人在其后的一整个下午心都没在斗场上，没像以往那样悬在颈毛高耸怒脉贲张的鹌鹑的尖喙上；他们的心被南塘上的那只鹌鹑啄走了，他们觉得已经远离了斗场，已经看见了那只鹌鹑被鹑哨招引一程一程地飞近了棉花地，终于飞入了棉花地——于是他们从隐藏的地方一跃而起，从棉花地的一端向另一端驱赶；于是那只鹌鹑（最蠢笨的鸟！）顺着棉花垅子飞奔，直至一头撞进田头贴地支起的地网里。这两人当然不可能在嘘水村的斗鹑场上泄露南塘里有鹌鹑的消息，那样那只鹌鹑就不属于他们了。他们没向嘘水村的鹌鹑爱好者们提起南塘一个字，只是在第二天一大早就挺进南塘。在南塘深浓的夜色里，他们收拾停当所有捕捉的家什，立即就埋伏在头天选好的塘北堰的一处土堆后头吹响了鹑哨。平坦的塘水看上去微微有点发青发蓝，有时又白光闪闪，在静默中蕴藏着千变万化。太阳还没有翻边，紫色的晨雾围裹着一个又一个的村落，那些被树木遮掩因而参差不齐的村落远远近近地连作一体，猛一看像一圈灰青的围墙，围着以南塘为中心的这一片田野。田野里是一块连一块的麦田，冻得瑟瑟作抖的麦苗缩紧身子趴伏在地面上，已经有点失去了绿色，像是涂抹的一层薄薄的油漆。鹌哨紧一声慢一声，"瞿、瞿、瞿……"把母鹌的呼唤声学得惟妙惟肖，那只老嚓有点耐不住了，这么静谧而广阔的黎明，不能不让它对发出这么动听声音的母鹌想入非非，它终于消除了诸多疑虑，"咔咔嚓、咔咔嚓"地发出了应答。它竟然还在那座老窑上！两个人惊奇得不得了，眼睛死死地盯住老窑，老窑倒是没丝毫动静，就是这时候，南塘里发出了惊天动地的呼隆声，应和着这巨响，从远远的地平线上逸出的太阳的光芒哧溜一声照射向这里，给那头抖擞身子的乳白麒麟布上了一层炫目的红辉。

南塘里波浪汹涌，塘中心盛开的巨大水花还没有凋敝，也没有被阳光染红（塘堰遮挡了阳光），看上去一派惨白。惨白的水花凋零的声响比绽放时还要惊天动地，一池塘都是那种繁密而沉重的破碎的声音，像是大地的叹息；而比这种声音更清脆悦耳的是那头麒麟的抖擞，它的鳞片互相撞击，山崩地裂金光闪闪，令每一粒土壤都发出震颤。麒麟在池塘的东堰略微停了停，一边抖擞满身的水珠一边朝后张望，它就站在南塘和棉花地之间，能很容易看清隐藏在土堆后头一动也不敢动的两个鹌鹑人，也许它看见了他们，也许它什么都没有看见，接着它就头一昂，就像许多拙劣的国产动画片里的并不拙劣的此类画面一样，唰的一道金光，飞逝在东南方向的天空里。

被那些神奇的物件围簇的那个笑吟吟的女子揪着人们的耳朵回到二十几年前的深夜的巷子，人们又在回忆的平野里听到了那声丁零零的女人的轻笑，现在他们弄明白了当年是谁在笑，但他们对她的来历却一无所知。她究竟是谁（哪一路神仙）？她为什么在这么一个初夏端坐老窑之上？她要干什么？而且她还打着那样一柄比一轮初升太阳还要鲜艳的红伞，那样既平和又不无深意地俯瞰村子，以及村里的每一个人。是的，她只坐在老窑之上，从没见她挪过地方，但她的出现和消失却没有任何规律可循。有时在深夜，有时又在白天；有时她向一群人微笑，而有时她也会单独向某一位幸运者展露笑靥。在相当长一段时间里，至少有一个多月吧，没人再敢去南塘周围的田地里干活，直到嘘水村的每个人都明晓了她要干什么，并且明晓了她不会再让谁轻易看见她，他们才敢结伙去那些地块里抗旱浇水。

　　他们不去抗旱浇水也不行了，田里的玉米和豆苗早已耷拉下了脑袋，而老天爷并没有因此流下一滴怜悯的眼泪。"豆子开花，豆棵里摸虾。"正是需要雨水的时候，太阳却天天泼洒它那多余的热情，没想着去哪块云朵后头哪怕是歇憩上一刻。单单是大旱也没啥说的，这儿历来是"淹三年，旱三年，风调雨顺又三年"，让嘘水村的人们愤愤不平的是只有他们这一片地方干旱，三五里开外就雨水充沛，庄稼长得精精神神的，一点儿也没有饥渴焦黄的面色。不止一次，天空乌云滚滚，电闪雷鸣，眼看着一场好雨就要痛痛快快瓢泼下来了，但那滚滚的乌云总是滚过嘘水村的上空，连趔跟都不打一下，头也不回地走向它要去的地方。有好事者开始揣摸缘故，开始把干旱和老窑上的女子联系在一起。他们很快找到了证据：在落雨和不落雨的旷野里，分界明显，甚至在一块田地里，都界线分明；而且，这条界线差不多呈圆形，围着嘘水村展开，嘘水村差不多就是圆心；而且，这条界线不时向外顶出一个角，不时再向外顶出一个角，角与角之间的距离也是相等的……噢！那些人激动得不得了，也愤怒得不得了，他们终于弄清了缘故——确实是窑顶上的那个女子，就是她，她手里打着的那柄红伞，遮挡住了本应属于嘘水村的丰沛雨水，因为受旱面积的大体形状就是伞形。——她凭什么这样！这时，新一茬好斗的村人们再次想起了武器，比如大炮之类的，一炮轰开窑顶上那群炫目的障碍，打顺手了连老窑也给它轰平算了！他们开始怀揣着仇恨窥伺老窑，但那个神秘女子好像早已看透了他们的花花肠子，再也没有露过一次面。

　　和"过猫"那一年的干旱相比，这一次旱情更严重，持续的时间也更久。一直到收割了秋庄稼，冬小麦下地，老天爷都硬撑着没下过一场解渴的雨水；不能说没有下过雨，但偶尔的一场小雨仅只是湿湿地皮，看上去纯粹是应付，起不了任何作用。和二十年前的那场大旱比，这一次嘘水村损失要小得多，因为他们掌握了抗旱的新手段，他们有了足够对付任何干旱的喷灌机、水泵，他们还有了打井的机器。就是老天爷憋着劲儿再多一倍的时间不落一滴雨水，嘘水村也不至于颗粒无收，再退一万步来说，即使颗粒无收，他们茓子里的余粮也足够他们支撑上一年两年。所以他们一点儿也没有恐慌。

像大地上发迹的一块癣疤，第二年，干旱的范围一下子扩展，好几个县甚至好几个省都一连几个月不落一滴雨水，从偶尔流落到嘘水村的报纸上可以看到，在豫西、山西、陕西、湖北等地人的吃水已经发生困难，许多牲畜被干渴折磨，有的四蹄朝天躺在路边，有的开始垂下硕大的头颅；运水的手扶拖拉机周围是一群手拿盆盆罐罐焦头烂额的大人孩娃；裸露的河底裂纹纵横，比曾经在它身上玩耍的涟漪还要稠密热闹……直到这时，嘘水村的人们才算找到一点心理平衡，"天塌砸大家"，只要受灾的不是嘘水一个村，他们还能有啥说的！况且许多地方的灾情要比嘘水严重得多，看着报纸图片上那些连吃水都成问题的人们，嘘水人禁不住哑然失笑，为自己能想喝多少清凌凌的清水就喝多少清凌凌的清水而无比自豪。

不过南塘和老窑之所以没被轰平，能躲过这一劫，还有更多其他原因：此时嘘水村的少壮劳力已经不像当年密谋策划铲平猫乱时那样阵容整齐，有一多半的年轻人已经常年都不回村子，他们开始南下北上，到深圳、广州、上海、大连、北京等地打工，送汇款单的乡邮员几乎隔一天就要往村里跑一趟，大伙儿对那种印着绿字写有他们歪歪扭扭姓名的薄纸片已不稀罕。拿着这些绿字薄纸片再带一枚骨头（谁也说不上是什么骨头，是人骨吗？）刻制的私章，到八里外的镇邮电所就能领到现钱。他们用这些现钱买回柴油，来浇灌干旱得龟裂了的田地。尽管旱情持续了好些年，可嘘水一带的庄稼收成并没受大影响，每年小麦几乎算得上丰收，亩产甚至可以蹿到一千斤以上（应该感谢优良品种和化肥的普及，早先小麦亩产能上三百斤已是最好年景）；受旱魔戕害深刻的是太阳毒烈的下半季，即秋季，但因为柴油的功劳，下半季的大豆、玉米什么的庄稼也没有绝收过（红薯已经很少种，嘘水村的食谱只差一点儿就划掉了这个名字）。但无论世道怎么变，人心并没有多少变化——干部们仍然保持着一九五八年大刮浮夸风时的本色，在大小会议上为了显示自己领导得法，把丰收的情形说得无边无际，好像天下大旱要比风调雨顺对农业更有利；所以虽然旱情日日加剧，上头摊派下来的款项一厘也没有减免，而且增长的势头甚是喜人，完全可以和旱魔媲美，甚至有过之而无不及。

拍梁村西头的那条无名小河像一条病蛇，河水越来越羸弱瘠瘦，最后终于断流；田野里的池塘一口接着一口干涸见底，像一只只空洞洞的抠出了眼球的盲眼张望着干燥得随时都要燃烧的天空。第二年秋后，已经有人得闲掂只化肥包装袋，挥一把铁锹，到崭露无遗的河底塘底去刨躲在逐渐变硬的淤泥里的泥鳅了。河底塘底结了一层硬硬的痂壳，踩上去软绵绵的，痂壳底下没来得及变干的软泥里藏着胆战心惊的泥鳅们。从前泥鳅们天天都在幻想跃出波浪去见识见识外头的世面，而今外头的世面踵门而至，它们却成了好龙的叶公，避之唯恐不及，出出溜溜地想方设法钻过不再深刻的烂泥溜之大吉。

到塘底河底刨泥鳅的人并不全是为了刨出那几条比手指头粗不了多少的泥鳅（一般人家并不精通吃这种似鱼非鱼的鱼类的厨艺），更多的原因是想过过刨红薯的老瘾。村子里栽种红薯越来越少，而且田地分给了私人，每年收获过后，土壤深处别说红薯，连红薯筋条都不会被落下，想做当年楼蜂那样酣畅刨红薯的梦显然已不可能。这些染上了刨红薯瘾的人于是处处寻找机会，原先隔着一层水而现在什么也不隔的河底的泥鳅自然成了他们的关注对象。他们吃着碗里还望着锅里：南塘里水也熬得差不多了，据他们估计迟不了多长时间，他们手里的铁锹也能毫不客气地哧溜哧溜地刺穿南塘了。南塘里从没清挖过淤泥，水底的泥鳅一定会层层叠叠；他们甚至武断地推测说不定南塘里不再生鱼就是泥鳅在捣鬼——你们听没听说过，泥鳅最好吃的下酒菜就是鱼子？是不是南塘里泥鳅太多，把鱼子都吃干净了因而不再生鱼？

第五章

正义血手病的源头要上溯至老窑顶女神显灵的那年冬天。那年冬天天气特别冷，是多少年都没有过的冷天，临近年节的时候，最低气温一度降到过打破本地纪录的 -12℃。坑塘里还有小半槽水，嘘水村的孩子们生来第一次享受到了在冰上玩耍的乐趣，而据他们的父辈们讲，早先的时候（明说了也就是十多年以前吧），每年冬天池塘里结的冰都有尺把厚，别说沿冰凌，天天都能在冰上打陀螺！冰把水面封死了，不透气了，你要是凿个窟窿，一准就有憋闷得受不了的鱼哧溜蹦出来落到你脚跟前。孩子们听得直流口水，而现在听来的一切不折不扣都出现在了眼前，尽管天旱池塘里的水不厚，但结出的冰层并不比传说的薄多少：而且有些浅显的坑塘所剩不多的水悉数被冰俘获，能看清窒死了的小鱼在冰底绚烂出雪白的肚皮。就是在这样的严寒里，正义的手理所当然被冻伤。起初是手背上起了一层小红疙瘩，晚上放被窝里一暖过来奇痒难忍，让人不由自主地去抓去挠。接着那些小疙瘩就开始融成大疙瘩，而且还开始糜烂冒水，就像流眼泪似的，就像多委屈似的。正义对这些冻疮并不陌生，他小时候几乎每年都能遭逢一回，天一暖和你留都留不住，无非是在并不漫长的冬天里它痒爪爪地和你做几个月的伴而已。正义任怎么也不会把这些冻疮放在眼里，他随便让媳妇到谁家的菜园里找来点枯干的辣椒棵啦茄子棵啦冬瓜皮啦什么的熬点汤水洗洗，敷衍一番了事。反正冻疮又不是他一个人患上，村子里这年冻手冻脚的人层出不穷，大人小孩比比皆是，菜园里往年只能当柴烧的辣椒棵儿茄子棵儿身价倍增，都被寻断了种。但正义不同的是，等到开了春，害冻疮的人陆陆续续都送走了冻疮，而他的冻疮却在手上安营扎寨，到了夏天也没有撤兵的意思。

本来过了"雨水"，正义的冻疮已经愈合得差不多了，溃烂的部位结上了紫痂，曾经肿成"气蛤蟆"的手背渐渐显露了一条条筋影，而且手指关节处的皱纹也接二连三地横亘了出来。正义明白和冻疮说"再见"已经指日可待，在某一个暖和的夜晚那些冻疮开始与他切切话别，他的手会痒得闹心，没处搁没处放的，但他叮嘱自己少安毋躁，耐心伺候好这些纠缠不清的主儿们，直等它们心满意足后拍屁股走人。

毛病出在正义"惊蛰"那天夜里做的一个梦身上。正义梦见他家的玉米秸垛被人呼啦点燃，彻夜都熊熊燃烧，他在梦里嗅到了呛人的生烟味，两眼被火光照得有点睁不开。那几年这一带地方正流行烧柴垛，谁和谁结怨，谁看谁不顺眼，不会跟你明着争高低，而是借着助纣为虐的黑夜帮忙刺啦划一根火柴了事。那一小朵小小的火苗会引诱你家的柴火垛毫不犹豫献出所有的光和热，就像被甜言蜜语的爱情摄走了魂魄的姑娘。之后那垛柴火就不再是柴火，而摇身一变为一小堆薄薄的灰烬。那年的"惊蛰"赶在了深夜里几点几分，据正义事后回忆，他的这棵枝枝叶叶都绽放出灿烂的火焰花朵的梦之树就正好生长在那个几点几分的"惊蛰"坎儿上。

正义天一明就懊悔不迭，悔自己年前秋天里不该把玉米秸垛在南塘上。当时他也是图省事，玉米田就在南塘旁边，想着刚刚过去的夏天里老窑又开始节外生枝，人们对南塘的畏惧心理会重新被唤醒，这样就是把玉米秸就势垛在那儿也没人敢轻易去打歪主意。再者柴火已不像从前那样紧缺，包产到户后家家田里出产的秸秆都供大于求。正义聪明的脑筋伸展到了人世上的旮旮旯旯，但就是没料到风俗里会凭空跳出个大烧柴火垛的新玩意儿。天有不测风云，天要不想助你，纵是你诸葛亮再世也照样唤不来一丝东风。

还好，当正义骑着自行车出了村子去看望他家的玉米秸垛变没变作灰烬时，透过一马平川的麦野离老远一眼就瞅见了灰塌塌的老窑旁边安卧着的玉米秸垛，它没有黑着脸萎圮也没有冒出缕缕青烟，而是还那么老老实实待在塘堰上，像一只卧在地上不紧不慢反刍着的老牛。魂儿来吧魂儿来吧，正义一边安抚他悬起来的那颗跳乱的心脏，一边打头拐回家去拉架子车，要一刻不停赶紧把玉米秸请回他万无一失的家院里。

于是人老珠黄的南塘又一次听到了它年轻时听到过的孤独的架子车自

己给自己壮胆的嚷叫，不同的是那一回老鹰被吓得屁滚尿流，而这一回正义自始至终一点儿也没觉着丝毫怯劲。初春的原野里除了麦苗外几乎没有二色的能斩断人目光的庄稼，再说离村子那么近，村里人一抬头就能望见忙碌的正义，正义仄歪仄歪脸也能瞅见村里，所以尽管老窑举着那株庞大的楮树就在身旁耀武扬威，南塘里的水波一明一明地朝他阴冷地放光，正义还是没有害怕。他掀去柴垛浮头那层被雨水沤糟得发黑了的秸秆，然后呼呼啦啦一捆一捆把玉米秸码在架子车上。正义算着最多三车就能拉完，把垛底子拾掇利凉也不一定能耽搁他吃早饭。他知道第二车就不用他费事了，他的大儿子习文会一声不吭地帮他干完活碴儿。估摸习文这阵儿已从床上爬起来，因为两手闲得不是味儿而正在院子里东瞅西瞅摩拳擦掌找活儿做呢。

大儿子习文没有像正义希望的那样上学出息，但他成了一把干活儿的好手。习文没上完初中就告别了课桌板凳，之后一家人嘴唇磨破也没能说服他再走进学校。实际上在习文做出不再上学的打算后正义已经明白了不可改变的铁定结局，明白所有的人开导也是瞎开导，因为凡是习文打算好了的事情从来都没有更改的余地。习文言语金贵，从不多说话，但说一句是一句，一个萝卜一个坑。习文的话语全都化成了动作，他干什么事情都雷厉风行，说干就干，而且任什么事情他总能摸到内里的机关窍门。一件事交给别人做需要一天，而习文一下手最多也就是半晌。习文生就是干活的料。习文干活的时候不让身上的任何一个部位闲着，几乎算是连骨碌带爬，叽里嚓啦，不知道怎么回事一桩活计已经宣告完工。习文干活伶俐但活儿一点儿也不粗糙，板板正正得让好庄稼把式儿都挑不出毛病。大多数人是光说不练，而习文则正相反，他是光练不说。

正义装好了车子，因为玉米秸码得很高，他只得站在架子车尾向车把儿那头扔捆绳。他得把玉米秸捆绑在车架子上，否则这些干枯的秸秆是不会甘心跟着他回家的。要不是捆绳捣乱，要不了两分钟，正义就能像当年的老鹰那样吭哧吭哧前倾着身子弓起膝盖引领着满满的架子车走在那条小径上了。但正义往车把儿上拴捆绳时却半路蹦出个程咬金：不知道那条绷紧的绳怎么一跳又一甩，嗖地从他的两只手背上勒了过去！在那一刻那条绳尽管握在他的手里，却一点儿也不再听他的使唤，它身子一撅独断专行，根本不再是一条绳，而分明是灵巧强劲得让人难以置信的一条什么莫名其妙的条索状动物。

正义手背上暗紫色的冻疮疮痂被绳头呼唤飞走，而且一瞬之间他两只手也跟着一派鲜艳。疮痂下刚刚萌生的新皮里血运丰富，猛然的变故使过惯隐蔽生活的鲜血们气急败坏，它们唰的一下全冒了出来，而且马上密集在一起滴滴答答地往地上跳跃。

正义对满手淋漓的鲜血有点猝不及防，这一刻他吓呆了，不知道怎么办才好。他想不到他的手会拥有这么多的鲜血，也想不到他的血竟是这么艳红这么热闹。看着正冒出缕缕热气的鲜血，他浑身哆嗦，他想朝着村子呼救，但马上又觉得那样做太掉价。嗅着浓重的血腥，听着扑嗒扑嗒的血滴堕地声，一种临近死亡的无助感风靡了正义身体里的每一处角落。他只是一个劲地甩手，仿佛这样一甩就能甩开那些艳红的热血，或者说甩开那两只惹出无尽麻烦的手一样。

不过很快正义就恢复了理智，他判定只是绳子勒掉了疮痂而已，他不会流尽热血而死，看上去这么繁茂的热血也只是脾气暴躁点而已，一刻之后说不定它们就偃旗息鼓了。正义的估计没错，他甩了几下手之后停下来再看，两只手尽管赤艳地流苏披拂，但很明显出血已经减缓了下来。

正义闻不惯血腥味，他想呕吐；他浑身乏力两眼发黑，只想就势颓瘫在地上。正义的胃道浅，平时就不能闻异味，而现在血腥这么浓重，他只想自己是被熏坏了。他咬牙强撑着走下塘坡，想赶紧洗掉这股挥之不去的噎人血腥味。正义半闭着眼睛，把两只鲜血仍在淋漓的手伸进了塘水里。塘水很凉，当他的手一蜇水面时他的身子猛一激灵，差点儿没滑进塘里去，像是被水里的什么狠拽了一下似的。

南塘里的水正在陷落，塘坡一下子显得漫长深刻了许多，一个人蹲在里头，有一种与世隔绝、就要被掩埋掉的感觉。因为深陷，塘面浓缩，就像一只经历了过多岁月的洗礼因而愈加明亮的眸子。东北角那一片长得不怎么茂盛的荻苇还没有发芽，仍是一派枯枝败叶；水底的苲草也没来得及探出头来，看上去黑魆魆的，像是一堆堆沉重的什么阴影。近岸的水边，一桄一桄黑如菜籽的蟾蜍卵排列在杂乱无章的透明黏液条里，还没来得及孵出蝌蚪。正义手上的鲜血一进了水中马上扩展弥漫，迅速演变成了一头张牙舞爪的红色怪兽并立马占山为王——水面上的波浪像是猛然间听到了命令的召唤，它顾不上再悠闲地东张西望，纷纷争先恐后向着这边围簇奔突；因为过于匆忙，它们平素弯弯曲曲的身体都在一瞬间被速度抻直，像是突然强加了磁场的铁粉，有一段波浪甚至从水面跳起一尺多高，奔跑了至少有五米远的距离差点撞到正义脸上时才又落回水中……可惜这绝妙的一招不可能被正义目睹，此时的正义正被轻度的晕厥挟持，头晕，眼黑，浑身瘫软无力，肚子里的东西嗷嗷怪叫着直往上撞……这些征兆就像一群马蜂缠绕着他，要是他稍稍放松警惕，那他就可能不再是个干干爽爽的人，而成为一只淋漓的落汤鸡。还好，正义一直咬紧牙关坚持着，他没能看到一群群急切的波浪窜到他跟前时嗞的一声入手而没，但也没有滑落水中与波浪为伍；当他重新睁开眼睛时，他发现刚才颠簸动荡的大地早已各就各位，塘水一明一明地泛射着天光，像是许多只诡谲的眼睛在细细将他端详。

那一垛玉米秸没再让正义操心，当他艰难地从塘坡爬上来时，习文灵巧的身影已经一撅一撅跃动在那条通往南塘的小径上。正义没跟习文提他的手受伤的事儿，习文也没有想其他事儿的心思，他操心的除了活计还是活计，离南塘还有老远他已经在揣摸该怎么来对付这垛玉米秸。习文松开父亲没有捆好的绳子，又往车上撂了几个玉米秸个子，这才嚓嚓嚓嚓，双手像是既没挨绳子也没挨车子，而玉米秸已经听话地服服帖帖地挤紧在车子上了。直到驾着车把走在了那条小径上，习文才鼻子一吸溜一吸溜地停住脚步。习文问："啥味？——爸，是不是哪儿出血啦？"

就是习文不问，正义心里也开始打鼓——不就是手碰破点皮流了一点血吗，庄稼人三天两头都能遇到，没啥了不起的，不应该这么血腥味儿地打鼻子呀！正义被熏得干呕了好几次都没有干呕出来，没干呕出来比干呕出来了还难受，肚子里像是有一窝蟋蟀乱爬乱拱。正义怀疑其他什么还有出血的地方，不然不会这么熏人。他让儿子停止前进，父子俩你瞅我我瞅你细心检查，眼珠子都瞪得险些掉下来，终究也没有发现被血濡湿得发暗了的衣裳，也没有触摸到身上的任何部位有些微疼痛。

在野地里有股萦绕不散的血腥气息还好对付，地方空旷，此一时彼一时，又有成群的风，味儿再浓也不太可怕，可怕的是这股气息跟到了正义的家里。正义一进家，习文妈马上从正做饭的厨房里跑出来，她一脸警惕，大睁着眼睛问："是不是谁碰着哪儿啦？"她不住地往正义和习文身上瞅，也没有瞅出个子丑寅卯。正义说："我就捆绳儿碰着了手上的冻疮疙瘩儿，也没流多少血，谁知道就捅了马蜂窝，缠不清。"

那天一家人的早饭都没有吃好，因为血腥味儿实在太浓，整个院子像是一处大屠宰厂，像是有一万只明晃晃的刀子刚刚从插进去的牲畜脖颈里薅出来，一眼又一眼愤怒的血泉正在汩汩流淌，新鲜的、冒着热气的血腥像被劲风指使的一匹匹结实的布，啪啪的一下一下打在你的脸上。全家人谁都没心吃饭，连平素以瞎鼻子著称的小儿子习武都皱起眉头，端起糊粥碗喝两口放下，再端起来喝了两口后又无奈地放下。习武咿咿呀呀，头摇得赛过拨浪鼓，一个劲儿地用手背蹭鼻子，鼻头被蹭得通红。习文妈没有门儿，只得找出一溜白布，严严实实将正义的手包裹起来。血腥味儿淡薄了许多，但也只是一会儿的事情，过了那一会儿，又浓郁如初，就像一朵碣然绽放的花儿，任什么都遮掩不住花蕊里沁出的那股异香。

为了让一家人能安安顿顿地吃饭，正义和习文妈使尽了招数：他们把那只沁放异香的手放在压杆井的出水口下，哗哗啦啦，用清凌凌的井水直冲了一个时辰。习文妈是个好脾气，边压水边说："我就不信冲不走你，我就不信冲不走你……"但无论她信不信，她终于也没有冲走那股气味；当她抹着一脑门的汗珠停下手来时，正义手背上的血腥味儿完好如初，像是压根就没见过水一样。正义不死心，又拿来洗脸的香皂，唰唰唰唰让双手全包围在雪白的泡沫中，清爽的水果香味有一刻压住了血腥气，但一刻过后，雪白的泡沫一旦被一注一注的清水荡去，那股顽固不化的血腥味又一如既往，半丝儿都没有逊色……

头两天正义滴水未进，饿得肚皮贴住了脊梁骨，因为只要他端起饭碗，那股气味总是先饭而潜深入身体，捣乱得他端起了碗不得不又放下。他两天里试了各种方法：用洗衣粉一遍遍打，泛着虹彩的泡沫都差点蚀掉了疮痂；从遥远的人家找来皂角（这种树在本地已很罕见，要找到这种木质的其貌不扬的瘪果实颇费了一番周折），用皂角吐出的细沫来制服血腥；还有小茴香，早春季节刚刚从地皮里吐露绿意，顾不了许多的正义毫不犹豫轧碎它的叶丛涂擦到喷薄出血腥的手背上……正义还找来了野薄荷，找来了刚冒出两片叶子的藿香，找来了有浓重药草气息的胡萝卜芹（一种野棵子），不一而足。但殊途同归，望穿秋水的正义没有达到目的，就像他当年费尽心机并没有实现他当上团支书而后去上大学的梦想一样，他一直没能遣散手背上浓重的屠杀性气息。

　　四十不惑，正义现在已经信命，端详着曾经一度属于他，现在名义上仍属于他而实际上他一点儿也做不了主的那双早已折腾得面目全非的手，正义又一次觉得这是定数，但他说不清个中缘由，只是如鲠在喉，又不知究竟"鲠"在何处。他的那双手和温暖的春天在唱反调，像在冬天里一样再度肿胀了起来，该糜烂的地方也开始争相糜烂，手指不能折弯，什么活儿也干不了了，连吃饭都不能使筷子，得习文妈或者莲叶帮忙才能安全地把食物输送进嘴里。正义没有急急慌慌去看医生，他知道看也是白看，医生只能治不该你得的病，而命里该你害的病人间的医药向来是束手无策的。习文妈说他迷信，他没有反驳，只是摆摆手让她把独立的那间西偏房倒腾出来，让一直住在那儿的老母亲挪到堂屋里，他自己则当即搬去"隔离"。说实话，正义不隔离也不行，他一进堂屋，堂屋里的人马上就坐不住，硬撑着不捂鼻子停一会儿也被熏得头晕眼花只想呕吐——有好几次莲叶都吐得天昏地暗，习武一进屋也不停地用手在面前扇来扇去，像是在驱赶一群苍蝇。没闻惯那气息的人进到屋里憋着气最多能坚持三秒钟，再往后就会被血腥味呛得喷嚏连天，喉咙里呕喽呕喽噎得直响。

　　按说村子里第一个具有高中毕业学历的人不应该再迷信，他接受过现代教育，而且经风雨见世面，在一场延续十年之久的人间浩劫里大显过身手，怎么可能再去信命，再去对他早年曾嗤之以鼻的被蔑称为"四旧"的东西毕恭毕敬！可世道就是这么反复无常，偏偏是正义，现在听风就是雨，对那些所谓的迷信的态度来了个一百八十度大转弯，让人都有点不知所措。正义是碰上他家的压杆井时才调整的方向，之前你要是给他讲这一套，他总是用嘴角的嘲讽的笑意来回答你，但自从他在院子里打了那眼井后，他嘲讽的嘴角一下子绷紧，有人对他讲这些事情时他会瞪大眼睛，比讲事情的人更专注地倾听。

像许多家境稍稍殷实的人家一样，正义家现在的房子也是几年前刚从村子当中搬过来的。刚站起新房那阵儿，自然要在院子里钻一眼压杆井，为了能打井更深一些，正义找来了一种被称为"小锅锥"的打井工具——这种"小锅锥"要是一努劲，能钻进地层下五十米深处，而据说越深水质越上乘，三十米以下的地下水汲上来即使不加白糖也甜得要命，听那个话味，似乎那些幽暗深处的水压根不是水，而是能熬出白糖的甘蔗汁。正义对科学很虔诚，许多后来在村子里时兴的新生事物，最初都是他来"身先士卒"的，这一回当然也不例外。但往大地深处攒满劲儿捅进二十五米后，"小锅锥"开始无能为力，即使摽钻杆的横杠上头踩上了三个人施压，有六个身强力壮的年轻人在吭吭哧哧推转横杠，尖锐的锅头仍没能再深入一寸。从提上来的泥土性状可以推断，此时锥头已过了砂姜层，正在流沙中挺进，不应该再遇上麻烦的。他们一群人齐声"嗨"着用力，终于钻动了"拦路虎"——他们在提上来的砂姜泥土中，拣出了一瓣一瓣新鲜的碎树根，赭黄的根皮是那样刺目，从根皮平坦得几乎没有弧度的形状推测，这棵树根根径比粮囤细不了多少，而且，正义捏起根皮凑近鼻孔，嗅出竟是楝树根！这时他恍然大悟，他知道村口那株老楝树到底有多大本事了，还不仅仅是树根扎到了砂姜层底下，更重要的是，正义家的新房离老楝树有百米开外，百米开外它竟然还有这么粗这么深的根系，不能不让人匪夷所思。

正义流产了那眼刚现胎动的压杆井，他没再着手寻摸新址，而是请来了风水先生。正义请来的那个风水先生让人实在不敢恭维，五十多岁的年纪，瞎了一只眼睛（看不见那颗报废了的眼珠，只有两瓣湿润的虹膜像糜烂的创面开放在塌下去的鼻梁和颧骨之间，猛一看更像是一种叫"鬼笔"的苔藓类阴湿植物），还装模作样地留着一撮山羊须，仄歪着脸走路，也仄歪着脸望人，脸上的浓密的枯皱里渍满灰垢。先生是邻村白衣店人士，白手起家，祖上没有人精通阴阳五行，只是到了他这辈上，老坟里不知怎么突然冒了青烟出了他这个能摆弄"罗镜"的人——这位先生跟在正义身后一个傍晚走进嘘水村时，肩膀上挎的不知什么皮的袋子里就装着这么个刻满数字的玩意儿。正义对那他不熟悉的玩意儿珍爱有加，当先生在院子里步量时，他小心翼翼捧着这么个"罗镜"（实际是一面做工拙劣的简陋罗盘），唯恐一不小心神奇的罗镜会狂号一声暴跳到地上。正义也是"有病乱投医"，听人说白衣店有风水先生，也没细加甄别，就前去打点。风水先生在院子里东西迈七步，南北又迈七步，在两个七步的交点上，他磨转脚跟跐出一个印痕，告诉正义那就是新井的理想选址。临走的时候，先生用一只眼睛对着四十瓦的电灯泡仔细核查了一遍正义递给他的一张五十元钞票，又让食指指头在拇指指腹积蓄上力量，噌噌弹响清脆的纸币，纸币像被嫖客激恼的妓女发出霍浪浪的诣笑。先生彻底放了心，这才趔着身子谨慎地将钞票装进腰包。之后，先生左审右审（他审察物象时让你觉着那只绽放出糜烂红花朵的瞎眼压根儿不瞎，甚至可能比另一只眼更明亮），对正义的新院做了最后的复核，为了确保万无一失，他在院门口果决地使劲做了个砍的手势，于是几天之后，走进正义家的新房院里，一不小心头就会撞到一堵短墙上——在正对院门的那条甬道上，凭空竖起了一道红砖垒叠的挡风照壁，先生小声告诉正义这样才能避邪。

正义嘴里说着不去看医生，但终究架不住人们的殷切劝说，再说那股血腥味也确实闹得一家人"鸡犬不宁"，不为他自己，为其他人着想，也得去作一番挣扎。于是正义开始"有病乱投医"，像当年抱着小儿子习武遍访名医时一样，跑遍方圆百里"听风就是雨"的地方，把他那双惨不忍睹的手伸给那些自以为华佗再世者，但那些再世的华佗一开始都信誓旦旦，每一位都嘴角挂着不屑一顾的嘲笑拐弯抹角地鄙薄一通也蔑视过这双手的前一位同行，声明这股血腥味对他来说根本不值一提，略施小技就能降伏。他们给正义的那双手起出许多稀奇古怪的名字，什么"神经性皮炎""原发性瘙痒症""Ⅱ型牛皮癣""苔藓样变"……但这些孔夫子放屁文气嗖嗖的仙号无一例外帮不了他们的忙，最后正义那双手依然故我，浓密起血腥毫不客气地甩给华佗们一记记响亮耳光。

到了那年秋天，正义的手病已经深入膏肓，创面糜烂后愈合，愈合后又糜烂，反反复复，看上去像是疙疙瘩瘩烧瘤了的废砖。现在正义更不相信那些信口雌黄的医生了，他们每一位都机关算尽，但并没有收敛哪怕是一丝他手上的血腥气息，那些红的白的紫的药片、酸的辣的苦的汤药，还有长长短短安瓿里的针剂、大大小小吊瓶里的液体……让他尝尽疗治的痛苦却没有尝到病症逃逸的喜悦，经过那么长时间的折腾，他那双手不但血腥依旧，连瘙痒也没减轻。正义有一种上当受骗的感觉，有一天他决定不再徒劳无益地去找那些每一个都自命不凡的医生们，他把大包小包的药片什么的拾掇拾掇全抖进了家院里的粪池（垃圾池）里，结束了自己几个月来的求医问药生涯。正义宁愿尝试道听途说来的偏方，反正搜寻那些药引子也不太费事，也花不了几个钱，即使无效，也不蚀大本。他用"立秋"那天早晨南北垅子韭菜上的露水洗手；他吃七七四十九对不加盐煮的半生不熟的猪蹄；他天天喝一种叫"猫眼草"的草根泡出的苦茶；他还用屠夫刀下猪脖子里窜出的热血哗哗地冲手，还吃了好几个头生儿子妇女的胎盘……最让人稀奇不已的则是孩子们的小便，据说能医百病，立竿见影，尤其是睡了一夜后醒来的头一泡童便，不亚于王母娘娘瑶池里的琼浆玉液，一仰头趁热饮下，活血通脉，诸毒尽伏。在那两个多月里，正义尝遍了嘘水村所有十岁以下孩子的便溺，但童便的臊味尽管冲透了他的身体，最终却没有荡涤掉他手上的血腥。

正义当然不会撇开村口那株将根系发达进他家宅基里的老楝树，此时的老楝树已经开始接待四方香客的朝拜，顺便的时候也涉足杏林，伸展回春妙手。近水楼台先得月的正义给大楝树烧香许愿，磕无数记的响头，割十斤八斤不等的刀头。但袅袅青烟、声声头响没有磕动也没有熏动大楝树坚硬的决心，它既不承情，也不轻易朝正义稍微伸一伸援手。正义真有些绝望了。就是在正义绝望的时候，大楝树朝他颔首一笑——有一年春天，他无意中用初绽的楝花揉碎擦手（为了祛除手上的血腥，正义养成了毛病，像遍尝百草的神农，无论碰上什么都要伸手试一试），天爷！——在浓浓的苦楝花芳香的覆盖下，那笔浓墨重染的血腥竟然一下子黯淡了，不伸着鼻子仔细去嗅甚至都有点难以捕捉。而且这种效果不是暂时的，在苦楝花的芳香散淡之后，血腥味埋伏在他的手上也没敢再胡乱出发。正义高兴得差点一蹦三尺高，他此时此刻才真正体验到什么是"踏破铁鞋无觅处，得来全不费功夫"，什么是"无病一身轻"。可惜大楝树每年的花期太短暂，正义还没来得及好好享受淡而无味的美好时光，楝花的花汁已经枯竭，血腥味又不可遏止地拔手而起。一年里仍有十一个月，正义的血手病依然故我，只有大楝树上的楝花绽放的一个月里，难缠的血腥味才稍稍被驯服，老老实实远离正义，差一点就要销声匿迹。

要是没有祸从天降的血手病的话，正义的小日子应该说过得相当称心。命运给他送来了一个好媳妇——在嘘水村，习文妈的贤惠妇孺皆知。来到嘘水几十年，习文妈没有跟正义娘红过一回脸，就是和正义也很少拌嘴，夫唱妇随，一家人过得和和美美亲亲热热。天伦之乐中声声都是祥和的音符，习文在该报到的时候适时报到，接着两年后他们的闺女莲叶也呱呱坠地。最后姗姗迟来的是小儿子习武（也恰恰是这个习武是正义美满生活的唯一缺憾，是他的心病、心里难以化解掉的一蒂瘕块），习武两周岁之内是三个孩子中生得最排场的一个：胖胖的粉白的脸蛋，两只圆溜溜的眼睛；小胳膊小腿就像壮实的莲藕，一节子一节子，褶皱直到两周岁身体长开时还没有完全展平……一家人在习武身上播撒的疼爱最多，寄托的希望也最大。过一周岁生日的时候，他们沿袭习俗，在小习武的面前摆上书和笔、酒杯和熟鸡蛋、开菜园用的小锄头以及纸牌等等一应什物，小习武没打趔趄，径自四肢并用爬向了书卷抓在手里，接着又觑觑拭目以待的高贵的钢笔。眉开眼笑的正义觉得小儿子出手不凡，长大肯定有大出息。但大大出乎他所料的是，习武长到两岁半的时候仍不会叫"爸""妈"，一句"贵人语迟"的安慰话熨帖不了正义起皱的心事，他盯着小习武一天天成长，提起的心一直未敢轻易放下。事实证明他的担心没错，到了四岁，同龄孩子嘴里已经一串子一串子地说话不断续儿，甚至都会嘀嘀嗒嗒讲清一个故事的头尾了，而他们的小习武仍只会咿咿呀呀，吐不清晰一个简单的单音节的字语。他们东奔西走，城里乡下，瞧遍了周遭稍有些名堂的大夫，最后拿到的诊断结果仍是"先天性耳聋"。先天性耳聋，实际是宣判了小习武舌头的死刑，他的一生从此将与话语无缘。但小习武还小，还不通人事，所以一点儿也没感受到命运的残酷，他总是眉开眼笑地比比画画，见每个人都亲热得不得了，看样子要是没人干涉，他能把每个人都当成亲人。可惜每个人的认知方式都与他不同，尤其是孩子们，无师自通地知道这个习武和他们是异类，理所当然受到他们鄙夷、唾弃，适当的时机尽可放心地拿他当靶子，当作游戏时攻击的对象。他们称他为"小哑巴"。他们朝他身上扔石子，当着他的面把唾沫膏在手指头上，然后再嗖地向他甩来；如果有哪个霸道的孩子心血来潮，还会伸腿将他绊倒，然后骑他身上，在他痛苦的哀号中大咧咧地逍遥自得……每当一番折腾之后，一度笑嘻嘻的习武都会迷惘地呆呆望着这些和他一样还没有长大的孩子，不明白发生了什么事儿，又有什么未知的事儿即将发生。从习武茫然的目光可以看出，他对包围他的这个熟悉的世界正在日渐陌生。

但"山难改，性难移"，善良的习武总是改不了善良的本性，他没有"吃一堑长一智"，而总是伤疤未好疼痛先忘。小习武自小就不会跟人记仇，或者说他压根儿就没有怨怼的概念，哪怕是一个孩子刚刚捉弄过他，他脸上的泪痕还没有擦干，假如他模糊的泪眼发现那个孩子因为过度得意而一失足跌倒，那他会顾不上再哭、顾不上再擦泪而是赶紧上前把那个刚刚欺侮过他的孩子从地上搀扶起来。习武总是以帮助别人为乐，像是一只鸟需要歌唱，帮助他人成了习武的第一需求。七岁的时候习武开始帮人照看孩子，九岁那年他已经能弓腰附着在架子车车尾，让前头拉车的人莫名其妙感到猛一轻松；他帮人看护菜园，帮人寻找走失的牲畜，陪伴胆小的人走必须走的夜路……习武像一条善良的狗，对每个人都忠心耿耿。他随唤随到，从没有谋求过点滴报答。

就是在这种浑噩的单纯中，习武在这个世界存在到了第十一个年头。可能是积攒的声音化作了高度的缘故，十一岁的习武比同龄的孩子高出一头，他显得瘦肩削腰，微微有些驼背，走起路来朝前探着头，机灵，敏感，保持着一触即发的神态，随时准备应付因为听觉欠缺而总是迟半拍才觉察到的变故。因为一触即发，习武总是一脸惊慌，像是他一直在深沉的睡梦里，而突如其来的意外事件击碎了他的梦境，他大睁着双眼，不知包围着他的又是一些什么深不可测的可怕事情。

在习武十一岁这年，他的姐姐莲叶从村里小学毕业，离他远去八里外的镇上读初中。对习武来说，这是一场史无前例的惊天动地大变故，因为姐姐莲叶一度是他生活里的支柱，不可或缺。莲叶大习武两岁，从很小的时候——莲叶瘦削的脊背能驮动胖乎乎的习武的时候开始，姐弟俩就形影不离，相依为命——用"相依为命"这个词来形容莲叶与习武姐弟俩的情形绝不夸张，大人们整天忙得不可开交，照护小习武的重任顺理成章落在了小莲叶的弱肩上。她三岁那年已经驮着习武在村子里跑来跑去，以致趴在她背上入睡成了小习武的习惯。她教他蹒跚学步，教他一个字一个字学说话——就是在教习武学说话时，莲叶才发现似乎小弟弟和别的孩子不一样，他对声音置若罔闻……因为习武听不见自己的说话声，莲叶曾经伤透了一颗童心。她想痛了那颗生着微微泛黄的浓密发丝的小脑袋，想尽了百般办法，最终也没能使小弟弟在她大声呼唤时对她笑笑。莲叶比别的孩子上学晚了一年，因为在该入学的那年任谁也没法把她哄进学校。她挂心习武，她不愿离开他一步。她说只要她不在跟前，那些无法无天的孩子会变着法子欺负弟弟，"不知道能把他怎么样呢？"她哭着说出了这句话。于是那年莲叶没有上学，等到第二年在正义大发了一通脾气之后她才泪水涟涟地走进了学校。莲叶走进学校的时刻像是要与可怜的弟弟生离死别，一步一回头，一路走一路哽噎，让全家人都跟着她揉红眼睛。

莲叶身在学校，心却全牵挂在小习武身上。放学铃一响，总是她第一个冲出学校。她怕奶奶事情一多，就会忽略习武，而父母整天忙得饭都顾不上吃，又咋能把心思放在习武身上的。习武不比别的孩子，习武是个哑巴，要是碰上个啥事儿，他会听不见，会反应迟钝，比如从天外突然飞来一块砖头——不知为什么，莲叶总是想象着会从天外凭空飞来能取走人命的砖头——那样这个世界就不再会有小习武的身影了……许多时候莲叶都被自己的这种想象吓得目瞪口呆，她在教室里如坐针毡，想马上回家看看。她经常半晌不夜地从学校跑回家，挨老师的吵，也挨家长的吵，不过她不在乎。是的，莲叶的学习成绩不是太好，没能遂正义的心愿。但正义像嘘水村流行的观念里的那样，有点重男轻女，也没在莲叶身上寄托过高的希望，莲叶能拿到初中毕业证他也就满足了。事实上最后莲叶没能满足正义最小的这个心愿，初中二年级没有上完，她已经不再每六天才回家一次，而是天天都待在了家里。促使莲叶做出辍学决定的还是弟弟习武。

那时候中学还没有像后来那样实行"双休日"，每周还只能休息一天。

到了星期六的下午，莲叶骑的那辆八成新的"飞鸽"牌自行车就会满载着即将见到全家人包括弟弟习武的快乐出现在村口。到了这一天，一吃过午饭，习武就哪儿也不去，一个人去村口那儿蹓来蹓去。家里人知道他是在等姐姐，嘘水村的人也都知道这个小哑巴是在等他的姐姐。这一天嘘水村的成年人们会善心发作，不会有人使唤习武，他们见了他会善意地顺路朝远处一指，不是告诉而是安慰他那尚且渺无踪影的卑微的心愿。

那些和习武差不多大小的孩子此时已经上小学三四年级，星期六下午也同样是他们的节日。他们把这天当成"除夕"来过，因为第二天一整天都不需要操心老师的脸色阴晴，可以痛痛快快玩上一个上午另加一个下午，和过年差不了多少。他们像笼中放飞的小鸟一样每根羽毛都流淌着欢愉。他们从父辈们那里秉袭来的好奇心空前高涨，一双双亮光熠熠的小眼睛不约而同盯上了在村口那条路上徘徊往返的习武。像猎狗发现了携带有新鲜香甜伤口的猎物，他们垂涎欲滴。小哑巴身上可做的文章太多，令他们小小的心脏兴奋得抽搐。无论如何他们可不能放弃这种放纵取乐的机会！

这些孩子如一张白纸没有负担，能马上使想法付诸行动。他们嬉皮笑脸地包围了习武。习武有些怵这些孩子，因为他们花样不断翻新，现在比过去更使他晕头转向穷于应付。他们从领口那儿往习武的衣裳里灌土，而在习武解开裤带抖搂土粒的时候，他们又冷不防把他的裤子撸到裤脚。他们熟知习武好帮人忙的天性，于是故意把谁的书包扔在路旁一棵树的高高的树枝上，在那个孩子哭着够书包时，他们怂恿习武去帮忙，而习武不会爬树，他们就可以借机让习武一次次从树干上滑落大出洋相。总之习武会给他们带来意想不到的快乐浪潮，能让他们集体笑痛肚子，笑得差点岔气，让星期六下午的绚烂色彩远胜于第二天的星期日。

这些孩子极其精明，他们轮流派出一个人望风，只要莲叶骑着自行车的身影一在大路尽头闪现，他们保证能在一分钟内呼啦撤退得无影无踪，就像习武一直是一个人在苦等姐姐，什么事儿也没有发生，从来没有过以习武为中心的热闹的游戏也没有过飘荡在空气中的*丝丝缕缕*恶意。起初莲叶没有发现异常，或者说没有想过弟弟会因为在村口等她而正在被人捉弄，而习武又不可能诉说原委，因为他不懂人间的语言，他只能看见一切、把一切记在心里而不能表达一切，即使习武能够张口说话，能说出一切事情，他也不一定会多说一句话，前面说过，习武从不记仇，他的记忆有一种奇怪的滤网，能安全地过滤掉所有人间的丑陋，像是丑陋从没有存在过，世界永远阳光灿烂，形势永远一派大好。莲叶看见习武衣衫不整，又当是父母整天太忙顾不上稍加打扮习武，就像她在家时那样，这时莲叶越发觉得她离不开弟弟，弟弟也离不了她。直到有一天——这天因为学校里老师开会，她比通常早回来了一个小时，她终于发现了弟弟衣衫不整的秘密。这一天习武不但是衣衫不整，衣衫上还被飞驰的摩托车撕开了一条大口子，这条大口子几乎把习武身上穿的那件棉袄一撕两半，摩托车死命地不由分说地抓起习武就走，刺啦撕开了习武——这幅景象就发生在莲叶的视野之内，于是莲叶的泪水决堤洪流一般汹涌奔腾，她再也不愿意离开弟弟一走六天远去镇上的中学，她要天天守住小弟弟，只要她活一天就一天不让习武遭受人间的委屈。

那是一辆"幸福"牌摩托车，济南出产，身子粗笨得让人难以置信，红色大肚子里饕餮着满腾腾的汽油，嗓门壮得吓人，而且哪怕是挪动一步，屁股上的白亮管子也要耀武扬威地喷出一道又浓又重的乌烟，这样的一辆摩托当然要驮着横极一时的人物。嘘水村的孩子称这样的摩托为"洋驴子"，他们看见这样的"洋驴子"已不稀罕，因为镇上的派出所、计划生育工作组，甚或蹲点乡干部几乎隔不两天就要以"驴"为伴来村子里遛一趟，而且为了显摆威风，见了人从没有过减慢速度的打算。孩子们尝试让习武逗逗"洋驴子"。他们在"洋驴子"驶近的刹那突然朝路中间扔了个书包，而且拍拍习武然后朝书包一指，于是习武像一只忠诚的狗一样头也没抬就弯腰朝书包冲去，于是那头"洋驴子"粗野地怒骂一声："你他妈找死啊！"伴随着骂声的是响亮的衣服撕裂声和习武的惊叫。莲叶愤怒的质问声是待了一会儿之后才响起的。就是在习武被"洋驴子"甩开，像只脱离了推簸的铁环骨碌两圈然后倒在地上的同时，莲叶也紧赶慢赶骑着自行车冲到了几步开外的地方。这一天孩子们没有派人望风，因为时候尚早，习武的姐姐还不该回来。毕竟是孩子，思维稍显简单了些，他们没想到莲叶会有例外，于是就撞到了莲叶的眼皮子底下。离老远莲叶就怀疑是小弟弟出了什么事，不然不会包围这么黑压压一群人。莲叶死命地蹬车子，可还是没有避免习武的危险。当时的莲叶甚至都顾不上让自行车站稳，车子哗啦大嚷一声倒伏在地上。那些孩子立刻作鸟兽散，待到莲叶扶起习武揉清楚被泪水遮挡的双眼，既没见到人也没见到"洋驴子"，白茫茫一片大地真干净，寂静的暮秋的村口只有伴着啜泣声的姐弟俩孤单的身影。

痛不欲生的莲叶在隔一天的星期一去了镇上的中学，铺盖一卷回了家，从此再没有踏进过不管哪一所学校的大门。

第六章

自正义的血手病起始，嘘水村的历史又一次揭开了全新篇章。这种全新气象源于那株老楝树。老树诞生于村口那眼早已填平了的脾气很坏的老井——读者一定记得，过猫那一年，因为有人把杀害猫的罪责推诿于这眼井，这井火冒三丈，气坏了一井甘甜了不知多少年的井水，而且几年里都臭气熏天，人们走过它身旁时不得不捂紧鼻子。在这眼井被荒弃的第二年，井壁的半腰生出了一棵楝树苗，起初谁也没把这棵楝树苗太怎么当回事，只是因为没人再来井里打水吃，这楝树得了水气，又没有绳桶磕碰，长得茂茂盛盛。到它再次发出新叶，它从井壁里探出来的主干已经有擀面杖粗细。填平老井的时候，人们才发现这株楝树苗已经俨然成了气候，长得裂开出蚂蚱纹的树干差一点就赶上了人的脚脖子。人们往老井里倾泻填土时没有对这株树无礼，握锹的手都一律小心翼翼，他们呼吸着从地心里漾出来的扑鼻的异味，听着井水在纵深处一阵接一阵哗啦啦的阴森大笑，自然不自然，都产生一种莫名的畏惧感。

这棵得天独厚的楝树膨胀得飞快，身子上的蚂蚱纹很快就裂变成一溜溜粗糙的沟壑，在夏天里撒下的浓荫这一年能容纳五个人乘凉，下一年已能坐下十个人而保证不让一个人的身上晒上一角太阳。尽管楝树下浓荫匝地，但并没有人真坐在这树荫下乘凉，也没人来这儿吃饭把这儿当成饭场，因为往楝树下一站，马上就有一股臭味扑面而来，一丝儿也不亚于当年老井还睁着眼的时候，似乎老井被埋在了地下，但老井并没死，它气坏了的臭味还在从丝丝缕缕的土缝里往外勃发。因为这股经年不散的腐臭，楝树得以囫囵囵囵生长，虽然木材的价格一个劲儿攀高，但嘘水村老老少少的脑瓜里都没有萌发过让这株楝树变成钞票的念头。当然，人们不打楝树的主意还另有缘故，比如因为和"殓"字同音，楝树就成了不太吉利的树种，无论它的木质多么上乘，多么坚强柔韧，都不能登上谁家新屋的屋顶，也不能以家具的身份进入洞房偷窥新郎新娘激情澎湃如火如荼的动作……

二十五年之后这株树就坐上了村里的第一把交椅，因为这时候村子里仅存的另外两棵比这株楝树更粗更高也更老的树都相继作古：一棵近百年的老梧桐和一位伟人几乎同时倒在了地上，那位伟人一阖上令四海翻腾五洲震荡的双眼皮（当时的嘘水人认定伟人随地吐的一口痰都是医治百病的灵丹妙药），整个嘘水村就白花翻飞黑哭狼起，他们汪洋恣肆的浅薄泪水表达不了由衷的沉重哀思，就异想天开地集体表决伐下这棵老树，要给那个陌生的伟人做棺材"献忠心"。伟人压根儿不把一棵什么无非是老了一点儿的梧桐树，一群什么鸟人的什么"忠心"当一码事，他一翻身躺进了水晶的棺椁内供人瞻仰，把一村子的嘘水人晒在了一旁。这棵梧桐树之所以活到百年也另有缘故——树上住有一窝猢狲精，稍不顺意，它们大天老响午照样敢向下扔砂姜和石子，不知多少人的头上隆起过它们的嬉戏之作，你摸着头顶莫名其妙坟起的硬包跑开时，枝叶深处还会撒下嘻嘻嘻嘻的清晰碎笑声。所以五八年大炼钢铁时考虑到土制炼钢炉的安全，头头脑脑们到树底下聚拢过无数次，胆战心惊仰脸揣摩过无数次，最终也没敢轻易去动这棵老树一个指头（头头们之中不止一人在这棵树下领教过猢狲精们的厉害）；之所以后来敢"献"给那位伟人，也是因为伟人从来对这种传说都嗤之以鼻，斥之曰"迷信"，再说伟人秉气那么足，名声震耳欲聋，猢狲精一听还不马上逃之夭夭！（伟人不屑一顾的这棵梧桐后来爬上了大队书记家的新房，日日夜夜忠心耿耿地为这位土皇帝支撑着房顶。）另一棵八十多岁腰杆挺拔的老楸树做派更健，为了区区七百多块花纸币，咔嚓一声勇敢地趴在了地上 —— 一位腰包不知道怎么鼓起来的暴发户显摆，要给自己过世的父亲用"楸木棺石榴椁"荚葬，于是这棵以刚韧而闻名遐迩的楸树就闻风而动，哗啦大叫一声趴伏在了地上。这棵楸树能躲过大炼钢铁那一劫也有高招：它靠的是信口雌黄！它的主人振振有词地告诫别人，他家的这棵树怎么也锯不倒，闪亮亮的杀伐大锯前边哧哧哧哧走过，后头锯口就严丝合缝愈合在了一起，想拔掉锯条都成了问题。他拿出被大树擒死砸断后才拉出来的大锯条后，再派谁去杀这棵树谁就有点支支吾吾地不想逞勇了。

老楝树因臭得福，它机智地引来香火避开斧钺。当它二十岁的时候，它的母柯杈上已经系上红绫，满树细密的叶片已经嗅到了榆皮香的芳馨。不但是嘘水村，邻近各村的人也开始络绎不绝地前来朝拜这株树，他们都祈望这株树为他们免病禳灾。甚至大年初一的五更夜里，也有人到树下烧香许愿，还有的割上"刀头"放响鞭炮，想借楝树实现生一个儿子的梦想，名曰"拴儿"……不一而足。楝树笑纳一应礼敬，但楝树的功效却没人能说得清，有人说"很灵"，有人却认为"昏庸无度"。好在楝树并不计较人们嘴里的功过是非，它无暇他顾，把劲儿全用在了扩张自己的势力范围上。

春华秋实，老楝树像任何一株司空见惯的楝树一样生长着。每年它最晚一个发芽，慢腾腾的一直挨到麦黄梢时节它才绽放出满树淡紫色的花朵，这时候村子里的角角落落都飘荡着楝花的略带清苦的芳香，甚至远在南塘照样能闻到，而且闻着更香也更浓，一阵风把花香捎带过去，一阵风又急忙把香气掠走。这个时候楝树底下的那股臭味也会被满树芳香征服，在整整一个月的时间消失得无影无踪。到了秋天，老楝树顺从着北风的指使，最早一个抖掉满枝满梢的叶片，接着就能看见滴滴溜溜的楝枣子了，看见喜鹊落得一树一树地在啄食那些美味果实……老楝树就这样接受着岁月的洗礼，挺立在风霜雪雨中，没有星点异常。它不过是长得快一些，身胚粗壮些而已，至于树底下逢年过节来虔诚朝拜的人群，它摇动着硕大的头颅左思右想，却怎么也想不出个究竟来。

老楝树的青春焕发在三十岁这年（也就是旱魔光临嘘水村的第二年），这时候它已经五大三粗，树身得三个大男人合围才抱得过来，而且即使没有风，即使是在所有的叶片都弃之而去的隆冬，离老远你仍能听见它满树繁密的低语，像是总在诉说什么事儿，总有什么事儿诉说不尽。在这一年春天，老楝树不知怎么回事记错了季节，在不该它开花的时节它突然怒放了满树淡紫的花朵，让整个嘘水村人有点莫名其妙，或者说措手不及。就像当年他们看见肩膀上架着大白猫的项雨站在村街上时一样，每个人都觉出了异样，预感到有什么事情就要发生，但又说不清究竟会是什么事情。

按照树木们达成的规矩，当春天来临，第一个招展满树花朵的应该是梨树，因为梨花雪白，算是没有走远的冬天的跫音（或说是回眸一笑）；接着粉红的桃花就开始放肆，一年里能让桃花放肆的时光实在是太短太短，就如一生里女人的美丽一样短暂；而后是大堆大堆的泡桐花，不是开放而是燃烧，一树一树地燃烧，一村一村地燃烧（泡桐树成材快，早已成为这一带村子的主导树种），直指上苍的熊熊火势犹如蓄积过沉过久的愤怒。白中泛出绿头的洋槐花初现枝头时满地的麦子已开始打泡（穗泡），人们即使在清晨也可以不穿夹衣只穿一件单衣服下地干活。洋槐花开后楸树紫红的花朵开始热热闹闹报到。等到麦穗抚平原野，麦芒差不多都想黄梢时，慢腾腾的一嘟噜一嘟噜楝花花苞才不情愿地从尚未成荫的楝树的细碎叶丛中垂露；在一个深夜或者是黎明，楝花携带着湿润的露水悄然绽放，一股清凉而略带涩苦的香气开始徘徊在村子的角角落落，徘徊在田野，徘徊在整个大地之上，若有所失。可这一年梨花刚谢，桃花未醒，大楝树花却率先开放。提前绽放的楝花香得冷冽，苦得也深厚，有点砭人肌骨的味道。当大楝树开花的时候，村子里其他楝树都光着枝头袖手旁观，仿佛在说：让你逞能吧，让你尽情逞能吧，寒流一来春霜一降你就知道滋味啦！

楝树们的嘲笑不是没有道理，这一年寒流如期而至，虽然没落一场"桃花雪"（三月里还会落桃花雪呢），薄薄的一层比雪还要峭冷的春霜也覆盖了葱绿的麦野；但大楝树对这场寒流不怯不战，顾自开放的一树花朵没有蔫巴，甚至芳香也没有减淡一丝一毫。因为天冷，那些过早光顾世界的灿烂花朵凋零得特别慢，到了其他楝树群起开花的时节，大楝树才意犹未尽地抖抖身子，摇落业已褪去淡紫、徒留苍白的一树细雨一般的纷繁花瓣。粗略算一下，大楝树这一年的花期跨越仲春和初夏，整整延续了仨月之久。

最先发现大楝树变了模样的是习武，而看见变了模样的大楝树底下还站着一个人的则是莲叶。那是个太阳还没翻边的清晨，莲叶两只手端着一只熬药的砂锅走在前头，习武则像影子一样跟在她的身后。自从辍学回家，莲叶整天手脚不使闲，家里家外地忙活。他们家的药锅前几天在习武的手下不慎粉身碎骨，而正义恰又遇到了一位自称是"手医"的神医，此人宣称只要是手上的病看见他无不望风而靡。身经百炼的正义当然不会轻易再相信无论是谁的信口雌黄，但不相信不等于不想试一试。正义想试试此人的"祖传秘方"（此人自称）。于是他们不得不暂时求助于拥有药锅的人家，

·夜·长·梦·多·

此时莲叶就走在归还的路上。令二十世纪末二十一世纪初像过节的鞭炮偶然发作的中国行为艺术家们自叹弗如的是，嘘水村从极其古老的年月就开始了自己的行为艺术试验，而且巧妙地把行为艺术贯穿进了日常生活，比如借用人家的药锅，归还时里头一定要放一枚生鸡蛋，似乎要取其"滚蛋"的意味来避开病人可能带来的晦气（但也不排除借"规矩"之名变相收取使用费的嫌疑）。莲叶小心翼翼地端着药锅一走动，鸡蛋就在锅胆里滚来滚去发出动听的沙沙声。莲叶倾听着手底下滚蛋美好的歌唱，本以为这一回能撇开习武了，因为她轻手轻脚地走过院门的门洞（一侧的小屋就是习武的"卧室"，总是敞着门）时，他还一动不动深深地沉潜在睡梦的大水里。莲叶常常试图在做某件事情时撇下习武，不是真的要撇开弟弟，而是想跟他捉一回迷藏，较量一番小小心眼。姐弟俩常常为这种游戏沉醉。为了迷惑睡梦中的习武，莲叶先把药锅轻轻放地上，然后才蹑手蹑脚打开院门，这样可以把门吱呀的叫嚷声控制在最低点。莲叶离开老远才敢像平时那样快捷地走路，她甚至心里暗笑了弟弟一次。但令莲叶意料不到的是，她还没有拐上那条通向村里的大路，习武已经边走边扣着夹衣上的纽扣跟了上来。莲叶这一次是真的想自己一个人行动，想拥有一会儿一个人的清静时光；而且她还想让习武香香甜甜地睡一会儿。所以发现弟弟又跟上来时她有点不高兴，打定主意不扭一下头，就像压根儿没看见习武一样，但马上她就后悔了，她怕习武又把纽扣扣得错七差八，上下不挨边。莲叶顿住脚，磨转身看着急急向她走来的弟弟。莲叶嚷："大清早你不好好睡觉，跟着我干吗？"但习武听不见她的嚷声，甚至没注意她佯装生气的模样。当莲叶放下药锅，扯过他的衣襟正扣纽扣时，习武突然推了她一下，"咿！咿！"习武用一只手向大楝树指去。莲叶没有买账。她的心在习武的那排布纽扣上，再说对习武的大惊小怪她也早习以为常。但这一次习武很固执，一个劲地推她，一个劲地指给她看，于是她不耐烦地扭过脸来目光顺着习武斜举的胳膊望去——莲叶的眼睛猛地睁大了——她看见了大楝树，看见了她天天都能看见熟悉得不能再熟悉的大楝树换了模样：大楝树披了一树的新绿，新绿之上是厚厚一层绽放的紫花朵。莲叶以为是自己的眼睛看花了，她使劲地眨巴眨巴眼，再看，满眼仍是簇簇绽放的紫楝花，而且吸吸鼻子，还嗅到了那种只有紫楝花独有的清苦馨香。莲叶竭尽全力回忆，也没有想起昨天是不是看到过大楝树有异常，有没有垂挂过一嘟噜一嘟噜花蕾。莲花发完了愣，就向大楝树走去。她想看个究竟。她想看看还离开花时节遥遥无期的大楝树发了哪门子昏，为啥冒不愣地就凭空展了叶开了花。莲叶对大楝树开花敏感还因为楝树花能治疗正义的血手病，每年楝花盛开的时节她都要钩回成掐的楝花，一嘟噜一嘟噜揉碎后涂抹在父亲的那双惨不忍睹的病手上。

莲叶还没走到大楝树跟前，就看见了大楝树旁边还站着一个人，是个姑娘，因为几乎是倚着大楝树站在那儿，稍远一点儿就不容易发现。莲叶看那人最多也不过二十几岁，站在大楝树下，缩着膀子瑟瑟作抖，似乎不胜早春的寒冷。她的个头很高，像是个男人，几乎可以用"魁梧"两个字来形容；但又很瘦，给人以瘦骨峻嶙的感觉。她脚上穿着一双手工缝制的在这一带地方已经流行很多年的"松紧口"布鞋，鞋脸上趴满泥点，一看就知道是踏着田野里的露水刚刚进村。莲叶有点害怕，她还没有看见过这么高大又这么瘦削的年轻女性。她怯怯地走上前，她说不清为什么没有躲开反而向这位站在大楝树下的神秘女性走去，就像是大楝树伸出了一只看不见的手臂攫住了她。苦楝花的香气沾着露水，猛地浓郁，凉沁沁的有点噎人。莲叶的呼吸急促起来，她看见了一双灼灼放光的奇异的女性的眼睛，看见了因为清晨的薄寒而稍稍发紫的厚厚的嘴唇像楝花的花苞一样悄然绽放，接着就是一角璀璨的白光像是夏夜的繁星像是藏满繁星和阳光的波浪——姑娘笑了，笑得很灿烂。姑娘问："您家里有病人，需要看病吗？"她的声音柔和醇厚，暗藏一股魅惑心魂的动听力量。那种声音让人一听就想哭，莲叶的眼里噙满了眼泪。"你会瞧病？"莲叶强忍着即将夺眶而出的热泪，问话已经滋润了哭音。莲叶还没有完全癔症过来，还无法把眼前的这个人和瞧病的大夫联系在一起。莲叶当时没有想也顾不上想一个陌生人怎么会知道她家里有病人，她只是接着自己的话头继续说话："会瞧手吗？"莲叶觉得一旦停止问话，那些成群的性格比暴风更猛烈比雨水更温柔的泪水就要在脸上汹涌恣肆。楝树下的姑娘点了点头，仍然在笑。她的潮湿又晴朗的目光也让莲叶想哭。莲叶想哭，似乎身体深处蓄满了人世间所有可能的悲痛和委屈。莲叶不知道自己为什么会突然变得这样，她只是咬紧下嘴唇，借助牙齿和嘴唇疼痛的力量来控制莫名其妙的悲痛委屈。透过迷离的泪膜，莲叶看见她的一只手伸向背后，凭空拽出了一只印有红十字标志的仿牛皮医药箱。那是只过去年代司空见惯的赤脚医生背的医药箱，红十字上方还有一行复印上去的某人的白字手迹：为人民服务。但在医药箱出现之前莲叶并没有看见她肩膀上背有东西。莲叶再也忍不住，不争气的泪水探探头溜出眼睛，接着繁密的楝花丛下就有抽噎荡漾，像一缕与花香共存的微风。在莲叶哭泣的时候，树下那个脆润的声音伴随着苦楝花浓郁的芳香再度升起、漾开，每一次停顿的话尾都余音袅袅，像是发源于久远的岁月中一个久远睡梦的清泉："我家祖传的就是瞧手病，也瞧腰腿痛。"

　　贸然开花的大楝树和伴随着苦楝花莅临的女子掀起了嘘水村的轩然大波，那天人们的早饭都没有吃好，一群一群人从一个一个饭场像涓涓细流朝着大楝树汇聚，接着又流向正义家。因为大家都听说正义家里来了个一瞧十准的女"先生"。他们想看看这位先生到底用什么样的仙法拿掉正义那种尽人皆知的血手病，当然，自觉不自觉，每个人还是把这位先生与大楝树开花这件稀奇事关连在了一起。但一个无论是瞧什么病的先生，无论是男是女，看上去都没有不该开花的树却顾自开花这件事更吸引人，于是有人拨拉着饭碗又掉头从正义家的院子返回，重新走到今非昔比溢满芳香而不是腥臭的大楝树底下。就是在大楝树底下，两个年轻人吵嚷了起来，还差点大打出手。他们中的一个说正义家堂屋里坐着的女先生是二八佳丽，而另一个马上怒目圆睁，因为他明明看见那是个佝偻老妇，一脸的核桃纹，老得已经掉光了牙齿。后一位是个麦秸火性子，脖子里手指头粗的筋管一跳一跳，他不能容忍睁着眼说瞎话的事情，他觉得这是对他公然的羞辱。但前一位也不是瓢茬，他绵里藏针，一点儿也没有轻易苟同大发雷霆的人的意思。他没有大声嚷嚷，但他申明人应该讲道理，不能把黑的说成白的，把圆的说成方的；同样，谁也无权把一个明明是黄花姑娘的人说成老婆婆；他说他再笨瓜，也不至于分不清姑娘和老太太！和他对峙的人气得浑身发抖，连耳朵都像要打滚的叫驴一样不住扇动。他当即吭当把苦楝花荫覆盖的土地变成他手里饭碗的刑场，不容分说上前一把拽住不肯认输的人的衣服就走。他要带这人去正义家，让这人亲眼看看到底是谁在说瞎话，谁在把黑的说成白的圆的说成方的。

这场一触即发的战争没有打响就偃了旗息了鼓，因为他们很快发现不单单是他们，好几对人不约而同都在和他们一样就同一个问题抬杠：一些人看见正义家里坐着的"先生"是姑娘，而另一些人明明看见那是个老太太。他们踮着脚跟再次走进正义家里去验证，马上他们又聚结到正义家院门口，熄灭刚刚还在熊熊燃烧的怒火互相核实，伸长颈子小声地嘀嘀咕咕，眼洞洞里活泛的眼珠也滴滴溜溜神神秘秘乱转。他们不得不承认一个事实：那位瞧病的女"先生"在有些人眼里是个正当妙龄的明眸姑娘，而在另一些人眼里则是个年逾六旬的半盲老太婆。

嘘水村的人称这位能以人生的两种年龄状态同时共存的女性为"王老师"。"老师"这个称呼一般只用在给学生授课的人身上，只有遇见特别令人敬畏在某一行当雄霸一方者，嘘水人才肯把这一神圣称呼拱手相送。实际上王老师刚迈进正义家门时，异象已经显现，只是没有引起足够的注意——当时正义一口一个"大娘"，叫得一家人身上只起鸡皮疙瘩。莲叶在心里责怪了一番父亲，嫌他一颗心被血手病整个抓去，连老少都分辨不清了。家里的其他人看王老师都是年轻姑娘，平时又早已被正义唠叨得不耐烦，对他的混乱称谓也没有当个事儿，随他"大娘""大娘"颠倒黑白地去叫，全不去较真儿理会，谁也没想到正义看到的人会和他们判然有别。

和正义之前接触过的所有"在世华佗"都不一样，王老师看病独辟蹊径。她没有对他这种特殊的病相多说一句话，没有像一般大夫那样假装出一副对病人叙述的症状大感兴趣的模样（其实他们除了职业需要外，不可能对任何一种早已听厌烦也看厌烦了的疾病稍有兴致）又是切脉又是望诊，而是要求所有的人都离开，堂屋里只留正义和她两个人。她要单独和正义说医论病。

正义对面前的这位老太婆打不起丝毫兴致。他不相信她真的会瞧病，更不相信她能治他的血手病。而老太婆对他的态度却不太理会，她的嘴唇严重塌陷，头在两只肩膀中间定时来一次弧形摇摆，正义真担心那只覆盖着稀稀拉拉不多几根白发的头颅会在某一次幅度过大的重复弧动中突然坠落。还好，这种情况一直没有发生，只停留在正义不祥的想象里。老太婆竟然对他全家人发号施令："你们都出去吧。"她朝门外指了指，一点儿也不客气，仿佛这不是他正义的家，而是她——一个像叫花子一般没有预兆忽然踵门而至的老女人——自己的家似的。正义越发不高兴，他的不高兴都写在脸上，他心里在暗忖要用什么或巧妙或直接的话语支走这个不识抬举的人……最多留她吃顿早饭……他可没工夫和她纠缠。家里的所有人都一个个听话地离开堂屋，连平时很少出堂屋门口的正义母亲也被莲叶搀扶着去了东偏房的厨房。此刻正义还不可能知道在其他人眼里面前的老太婆并不是老太婆，而是一个声音虽然带点憨头但甜润温柔让人不能违抗也不忍心去违抗的姑娘。

为了不影响堂屋里神圣的治疗，全家人在东偏房里屏气静息，不敢稍稍作声。堂屋里的静寂愈显得深远而广大。正义懒洋洋地坐在靠近门口的西侧，他盼望着早晨的第一缕阳光尽快从东偏房的屋脊上斜斜地跳下来，跳到他的身上或者旁边。他总觉得他的手一照阳光，那种浓重的血腥味就会淡薄许多。而且阳光能使他暖和，能驱散他此刻莫名的畏惧。不知为什么，这个并不太冷的春天的早晨他一直感到彻骨的寒冷。而面前这个老成干劈柴绊子的老太婆更使他冰侵骨髓。

正义尽量把事情做得得体，滴水不漏。他想溜走，把老太婆一个人晾在那里，她要是知趣的话，他在外面稍作逗留再回到家里就不会再看见她了。正义不想再多看她一眼。于是正义说："大娘，你先坐一会儿……我出去有点事儿。"

老太婆倾听着他的话语，连头都不抖了。她待他说完才抬起头来，这时正义发现她的眼睛明光烁烁，一点儿也不像他第一眼看她时那样的暗淡无光，似乎半盲一样。正义心里开始疑惑。老太婆说，你不是想治好手病吗，为啥厌烦我，这么急着就赶我走呢？正义身体里畏惧的萌芽正在伸展，就要长成一棵大树，将枝叶探进角角落落。他开始埋怨莲叶，埋怨她千不该万不该，实在太不该大清早的把这么一位古怪的不中用的半疯半傻的老太婆领回家来。他这样想着的时候，那个苍老干硬的声音再度爆响："你不要怨莲叶，她是为你好，一心想给你治好病；给你说吧，我不疯也不傻。"她的话语没有丝毫抖颤，显得坚定沉稳，充满不可抗拒的力度。正义支支吾吾，惊奇他的想法全被她盗走。现在他明白他身体里的所有畏惧都来源于这个能一眼看透人心事的老太婆。

像是在拉家常，又像是质问。她说："摆摆你的杀人经验吧！"

正义浑身一震，"杀人？"他不假思索马上对这个疑问进行否定，"谁杀过人？你怎么冒不腾地问我这话！"但很明显，他的语气里有不坚硬的成分。他当然没杀过人，但他的底气并不足实。

"坐吧，坐吧，"像是安抚，又分明是不可抗拒的命令，老太婆说，"好好坐着吧。"她端坐在八仙桌东侧的绳襻软床上，床上的襻绳松弛（每年都是立夏之后才紧绳，夏天软床搬运方便经常使用），整个床面略略塌陷，因而需要她不断调整坐姿。后来她不再进行坐直的努力，而是抬腿盘膝而坐在床上，不再借助床帮的力量而是直接让那些纵横交织的绳索驮着她。她盘腿端坐的姿势让正义想起了什么，但一时又想不清晰。这时她又咧开凹落的嘴唇，不紧不慢地说，"杀人的人手上会沾满鲜血。你杀没杀过人是有账可依的，杀过人想赖也赖不掉，没杀过人也不会给你多抹一笔。"

老太婆说这些话时一直在盯紧正义，他有点无地自容。他杀过人吗？他杀过人吗？回答是隐隐约约的肯定。他的手在颤抖，回顾大半生，似乎是有杀人嫌疑，而嫌疑只有他自己知道，或者说只有他自己在意。他想到了翅膀。不知为什么他猛然想起已经中断联系许多年的翅膀。

"给你说吧，"老太婆摆摆手，"听着，你手上的血腥只有用你杀过的人的血才能洗去。你起过杀人之心，但你没有杀死你要杀的人。他还好好地活着。要他自愿流出的血才能浇熄你手上的血灾！"

她说完这句话就让脸上的枯皱缠紧并几乎掩埋了明眸。她有气无力地再度朝他摆摆手——能看出来，摆手是她的惯用动作，她的四指在半空中伸开，似乎要给他指路。"去吧，"她用商量的，但又不容置疑的口气对他说，"去吧，我不想跟你多费口舌了。"

王老师无愧于"老师"这个称号，她不但会看病，还会算命，还精通堪舆之术。最让嘘水村人信服的是她竟然算出了项风的大哥项雨三十年前死于一场"火水之灾"，她还测出有"一只胳膊"在托举着正义家的宅子，而且还说宅主自己清楚这只胳膊的来历。不但正义清楚，嘘水村的人没有不清楚这条胳膊来历的，他们都听说过正义家淘井淘到了一条大楝树根，不用细讲也都明白那是哪一棵楝树的树根。当王老师坐在那张软床上轻描淡写说这些话时，挤挤挨挨在正义家堂屋里里外外的人都大气也不敢出。他们又一次觉得自己的眼睛压根儿和自己是两码事，眼前的这个有点放肆又有点老成持重的老太婆或者说姑娘分明是真的但又不太像是真的。他们又一次疑疑惑惑。不再疑惑的是正义，当院子里哄哄乱乱漩涡着人群时，正义没有露面，他躲在他独居的那间西旁房里闭门不出。正义有点心惊胆战，他甩着自己的两只病手，恨死了坐在堂屋里的这个神魔鬼道看穿他底细的老太婆，可他又有点怕她，不敢真恨她。世上没有哪种事比想恨又不敢恨这种事更折磨人，正义明明恨得牙根儿发痒，却又强迫自己认为那不是源于仇恨而是发自刚刚入口正在品尝的美味。饱受这种痛苦折磨的不惟正义一人，嘘水村那些平素人五人六的人，一俟坐在王老师的面前，马上品尝到了"哑巴吃黄连——有口难言"的滋味。在这些被王老师洞穿内里败絮者当中，有一位是水拖车的遗孀，也就是翅膀的后母。

此时水拖车已经作古多年，他携带着他的关节炎和他对鱼类莫可名状的痴爱没入土地。但关节炎不是夺去水拖车在人世生存权的元凶，元凶是伴随关节炎而来的风湿性心脏病。据镇医院的医生说，水拖车患的是一种叫"二尖瓣关闭不全"的心脏病，"要是想多活几年，那就去北京换瓣膜吧，那玩意儿是钛合金的，美国进口，换一个至少也得三万元人民币!"那是个年轻医生，他向已经衰老得走不动路的翅膀奶奶还有水拖车媳妇晃动着三根手指头，不是诚意指导治病捷径而分明是在揶揄取笑，因为他明知道这些填饱肚子都成问题的人不可能有能力去问津连他也所知寥寥的什么"人造心脏瓣膜"。也就是在水拖车病逝的第二年，翅膀奶奶，这位一直一个人住在那间小茅屋里，声称不但要亲眼看见孙子媳妇还要亲手抱抱重孙子然后才肯去见阎王爷的令阎王爷见了也会顿生敬佩之情的最普通又是最伟大的刚烈女性，悄无声息地走完了她七十几年艰难的人生之路。在春天的一个深夜她想永远留住对孙子未来的美好憧憬，于是毅然决然停止了呼吸。她死的时候身旁没有一个亲人。她最亲的人当时正在大学里读书，远离她足有两千多里。其实没有人能说清她确切的死亡时刻，只是正义觉得很久看不见她忙碌的蹒跚身影了，出于早年的一点感恩更出于要博取公众好感的需要（当时正竞选村民小组长）顺路去瞧瞧时，这才发现怎么也推不开了茅屋的柴扉；正义迟疑了片刻，但马上心领神会猛一轻松，他知道他已经实现了多少年来深藏不露的夙愿——这个成为他的一块心病、让他心虚了大半生的长辈终于归于沉默，彻底归于了沉默！他此后干什么事情都可以无拘无束了，再也不会见了她像老鼠见了猫望风披靡，总担心那根拐杖不定时候地会朝自己掠来了。如释重负的正义没有急着再去推门，而是先扬起眉毛，缓缓地吐出心头积郁经年的那口长气。一种观念的改变是通过一代人的死亡来实现的。正义浑身舒泰。

水拖车过世的时候翅膀奶奶做主没让通知翅膀。她不想让孙子千里迢迢跑回来奔丧，"怕耽误他念书"，也不愿他用拮据的手头抚摸遥远的行程；再者翅膀奶奶坚持认为水拖车不配"父亲"这个名号，翅膀理所应当不给他送葬。为了节省开支，翅膀上了两年大学还没有回家一趟（即使享受半价优惠，他回家的单程火车票价仍高达十二块五；而从通铁路的省城到距离嘘水村最近的镇上还要转两次汽车，票价加一起为五块七）。当时翅膀每个月能领到十五元钱的助学金，吃喝用度消耗掉一半，他把从牙缝里硬抠出来的另一半寄给奶奶。翅膀单纯的头脑从没想过他的奶奶不识字，不认识只写着他父亲大名的汇款单（奶奶只有姓氏没有名字，翅膀只能在父亲的姓名后头缀上"交奶奶"三个字，他当时想即使他不缀上这三个字父亲也应该明白他的意思），奶奶那双裹过的小脚也不可能挪到八里外的镇邮所取回他省吃俭用积少成多的现金，这些钱理所当然源源不断流进了水拖车媳妇的腰包。当第二次收到汇款单时，水拖车媳妇已经摸准了日头，她会在特定的某几天里蹑摸在村口静候乡邮员的到来。翅膀在那个陌生的城市不舍得坐一趟五分钱一张票的公共汽车，走累了路口渴得不行也舍不得喝二分钱一杯的白开水，高于一角五分钱的菜肴他从不问津；他只是每月准时去一趟邮局，把带去的一本书一页页揭开，唤出分头夹藏在书页间的一张张零碎钞票。直到奶奶过世，翅膀才中止他坚持了两年的这个习惯。大学校园历来充斥着歌声与青春，是滋生爱情的肥沃温床，但翅膀不再会染指爱情了，"爱情"这两个字眼是他的一大忌讳，他的青春在他还没来得及挨到青春期的时候已经被先期降临的深刻疼痛埋葬。他从来没有朝周围像花蝴蝶一样翩翩起舞的女同学们多瞅过一眼，他像剔掉鸡眼一样地剔掉了心田里可能遗落下来的爱情种子。翅膀的全部情感都维系在了奶奶一个人身上。

"清官难断家务事"，截流翅膀孝敬奶奶的汇款的秘密深藏在一个人的肚子里，从来没有孵化成哪怕是低微的声音震动过空气，甚至水拖车本人的耳膜也从未为这个秘密引发出的声波颤抖过一次。水拖车媳妇（她姓刘，按照嘘水村的规矩，我们称她"刘大姐"吧）为此得意过好长一阵，这笔意外的小财让她沾沾自喜，好几次她都独自笑出了声响。直到坐在王老师面前，王老师突然提及此事，她才大吃一惊，才明白什么叫"天网恢恢，疏而不漏"。这桩隐藏得极深的家务事到了此时才算有了明确的结断。

刘大姐现在已经老得用三条腿走路，站在她家的土院外头，经常能听见咯噔咯噔有节奏的缓慢声响——那是她在小院里来来回回活动腿脚；她患有老年性关节炎，医生告诉她膝盖不肿的时候要坚持锻炼，否则两条腿就有可能变成她手里的拐杖那样的直棍，再也不能折弯。她的小院里非常寂静，除了她手里拐杖不连续的磕牙声外很少有其他响动。刘大姐和坟墓还隔着一段距离，但已经体会到坟墓里深刻的寂寞滋味。水拖车甩开她独自走了，两个女儿也先后出嫁，而且转眼就像她当年初来嘘水村时那样——她们都成了两个孩子的妈妈。女儿们的家境并不殷实，得益于她多年的熏陶，家风也不厚道，所以她只有回到嘘水村的这个破落小院，而不能把女儿们的家当成自己的家来住。刘大姐认定她的关节炎根源于丈夫（其实关节炎并不传染），每当腿痛难忍，她就骂不绝口，将水拖车前八百年后八百年的身世全都咒遍，接着又怨自己年轻无知一时眼瞎，踏进嘘水村是倒了八辈子血霉。

据刘大姐后来说，那天她从床上爬起来刚洗完脸还没不及拾掇早饭，习武突然就跑进了院子，不由分说拉着她就走。"他哼哼哈哈的，拽着我的衣襟就走，我也弄不懂他到底比画些啥子，走到街上碰上了人，才知道正义家来了神医……"与刘大姐的这些说法稍有出入的是，那天一整个早晨习武都没有离开家一步，一直和莲叶待在一起。莲叶对她这个门第最近的姊子不太感冒，嫌她总是喳喳聒聒的，又是个"瞎话篓子"，她牙齿和舌头罗织出来的事情十成八成压根儿就没有过踪影。但这次莲叶冤枉了刘大姐，因为刘大姐路遇的那个人也记忆犹新，当时清清楚楚看见了走在旁边的是习武。嘘水人弄不懂这个被他们一向愚弄忽略的小哑巴何时学会了分身术，就像他们大眼瞪小眼永远也弄不懂大楝树为何错季开花一样。

与给正义看手病的程序相同，待到堂屋里的人都规避出去，只剩了病人一个人坐在面前，王老师平静地盯紧刘大姐说："你不但三条腿走路，你还是个'三只手'！""三只手"是小偷的别称，刘大姐的脑袋嗡的一下大了，还没有哪个人胆敢当面鼓对面锣开门见山地这样羞辱她，依照惯例，她立马就要破口大骂，她的第一句话是，"你血口喷人！"与这句话相呼应的还有抢先一步伸出的胳臂，胳臂的末端是像憋得难受的枪口一样力图在最近距离直指对方鼻梁的稳准狠的食指。但这一应动作刘大姐都没有来得及做，甚至没有骂那句已窜到嘴边的针尖对麦芒的刻薄措辞，王老师接下来的话语使她的习惯性的恶毒诅咒和总是出其不意的进攻动作一律胎死腹中。王老师说："你当了两年'三只手'，你偷了不该你花的钱；那可不是一般的钱，那是孝敬钱，只有被孝敬的人才能动它。所以你注定腿痛，所有的小偷都会跑得飞快，对小偷的最合适的惩罚就是让他的腿生毛病——你得的是腿病吧？"刘大姐平素时不时地还要耳聋一下，当听到不想听的话语时她总是装作听不见，故意跟人打岔，可这时她支棱着耳朵，没有漏掉王老师说出的每一个字。她开始噤声不语，开始竭力扩展两泡肥大的眼袋驮举着的粘结有一星半点白色眼屎的松松垮垮的眼睑。她艰难地蠕动嘴唇，好一会儿才怯生生地憋出几个字："这么说你都知道了？"王老师目光烁烁的双眼盯紧她，没有认可也没有否定。"欠账还钱！"王老师说，"这是天经地义的事情。你要是还想轻轻松松走路，那就多多还债吧，多多给你欠债的人送钱花。"

王老师给刘大姐那些饱尝无端骚扰之苦的邻居们带来了无量福音，因为从这一天开始刘大姐身上开始出现微妙变化，用某位众所周知的诗人的一句诗"到处莺歌燕舞，旧貌变新颜"来形容她纷纭的崭新变化真是恰如其分。她像是陡然换了个人，不再是那个蛮不讲理、一辈子因而人见人怕连走路碰上都想趋远点的泼皮妇女，而是时时处处和蔼可亲，不再把骂人当饭吃，甚至还莫名其妙地孝顺起来，即使不逢鬼节气（清明、七月十五、十月初一才是鬼节）她也要隔一段时间就给死去的婆婆上坟。（太阳真的从西天升起了？）翅膀奶奶的坟上从此纸钱飞舞，尽管翅膀因为种种解不开的心结从没回过村，没到奶奶的坟前烧纸磕头祭奠尽孝，可那孤独的坟墓旁向来没少过一堆黑草丛般的纸烬。而只要翅膀奶奶的坟头不缺纸钱，刘大姐的关节就不会肿成"粗腰细南瓜"（她自己这样形容），她咯噔咯噔的拐杖不但敲响自家的小院，还能敲响村街，甚至在有些晴好天气里她都险些扔掉了拐杖，要到村外的田野里遛遛逛逛。这些病腿上的因果气象刘大姐从没给第二个人漏过一丝口风，和死去的丈夫水拖车相反的是，刘大姐能把一桩秘密安全地坚守进自己的墓穴。她的守口如瓶不亚于创业初期尚处于地下状态为一种莫须有的信念迷狂得神魂颠倒的女教徒们。

因为提到了宅子下伸展的那支棵树根，莲叶的奶奶疑忌到了心里，她打破砂锅问到底，想弄清这条树根到底是哪尊神的胳膊，为何无端就伸进了她家的宅子底下。它妨碍人吗？有没有镇物能克住……莲叶奶奶觉得那条神奇又古怪的树根正在她的脚底下拱动，乱哄哄的须根正穿透足底，爬扎得她心焦瞀乱。她终于忍不住，由莲叶搀扶着拄着她那根从没离过手的枣木拐杖走出了东偏房的厨房。还好，尽管她家素来安静的小院如今面目全非，比逢庙会还要热闹，但她还是没被挤挤挨挨的人们撞倒，莲叶的双手让她安全地挪过小院，稳稳站在了她家的堂屋里，站在了端坐着的王老师面前。近水楼台先得月，那些排队等待问病求药的人说不出什么，主动给老人让出了空隙。老人称王老师为"闺女"，她没有开门见山马上说出自己的心事，因为她担心"闺女"坐了一大清早，一个接一个地接待这些病人，"光顾给人家看病而自己累病了"，因而建议她到院子里活动活动身子骨。莲叶奶奶还想让"闺女"趁着去院子里歇歇的工夫一就手去厨房里吃两口热饭，让一个远道而来的客人空着肚子干活是不能容忍的事情，尤其这种事情不能发生在她们家。王老师很听话，顺从着莲叶奶奶的指示从那张绳襻软床上站了起来，而且很快就站在了院子的中心。莲叶奶奶想撵走那些不愿轻易就离开的人们，以便"闺女"能吃安生饭，但也只是这样想想，因为无论如何她开不了这个口。要是在别人家里，她可以不加考虑，心里想什么就说什么；可这是在自己家里，从自家的院子里撵走人家总不大合适。莲叶奶奶拿拐杖敲击着脚下的宅子，就要倒出她胸中积郁的块垒了，可这时那些围着她们的人群中不知谁冷不腾地撂出一句话："有手腕这么高明的老师，为啥不请去看看南塘呢！"这个提议像一簇火苗，呼啦点燃了众人随声附和的话题。风风雨雨了这么多年的南塘实在是一个难解的谜团，直到这时，人们才觉得村里早就应该出面请风水老师勘察底蕴了。何况近两年南塘又旧病复发，王老师不请自到，当然得去南塘走一遭了。

王老师没有吃成正义家的早饭，没有送给莲叶奶奶一个满意答案，甚至没有带走她随身带来的那只仿牛皮医药箱。她还没来得及给正义的全家人打声招呼，就被一大群人簇拥着（不如说是裹挟着）走出正义家的小院，走出村口，浩浩荡荡地走在了通向南塘的那条大路上。干燥的路面被无数的脚板击打，腾起缕缕轻尘。城门失火，殃及池鱼，匆忙的脚步不可能顾及一路两旁辛苦生长的麦苗们，那些无辜的茂盛麦苗张望着膨胀着的可怕人群还没理清东西南北就已经葬身足底，空气中除了偶尔一缕油菜花的清香外，麦苗内部的体味汹涌浩荡，那种浓郁又清洌的苦香令人精神为之一振。南塘这一次可以高高兴兴重温旧梦了，因为跟随的人越来越多，最初仅仅是待在正义家院子周围等待看病以及看看热闹的人们，及至出了村，不断地有新的慕名加入者，人群像一颗划过大地的扫帚星，越走尾巴就越大越长，又像巨大的龙卷风，几乎席卷囊括了大半个嘘水村的老老少少。（和塌窑那一年相比，这一次前往南塘的年轻人明显减少，他们平时很少从打工的异乡回来，只有年头岁尾村街上才有他们三五成群的活跃身影。）

王老师是彗星的彗核，她旋转滑行在巨大人群的最前端，却不折不扣是人群的中心。人群随她而动。有人注意到每走近南塘一步她就看得见地年轻一些，仿佛从村子通向南塘的道路是一条逆行岁月的隧道。她的皮肤在绷紧，泛出只有少女才有的红润柔嫩；她头发的黑色越来越深，墨亮墨亮，像一块绸缎；她的动作不再迟钝或者蹒跚，身手变得敏捷轻巧，而且无缘无故就发出只有不谙世事的少女才会有的毫无顾忌的大笑……她出村是耄耋之年的蹒跚老太婆，及至临近南塘，她已是年轻貌美的令人瞠目结舌的二八佳丽。围着南塘踽踽而行的王老师确实已是个少女，在所有人的眼里都是个少女。南塘让王老师平息了两种人眼里关于她年龄的误差。她在南塘就像在自己家里一样，似乎熟悉这里的一切，熟悉那平缓的豁豁牙牙的塘坡，熟悉那经瘦弱殆尽的水面，也熟悉簇拥在周沿的田地以及衰败中的老窑……她一个人围着池塘踽踽独行，不让任何人跟随。她像一个离家出走多年的孩子，又回到了衰败中的家院一样。人群屏声静息，滞留在南塘的西堰，等待勘察中的王老师送给他们等待了三十年的答案。

像一孔被过多的生育累垮了的女性阴门，南塘昔日的繁荣丰润早已被满目疮痍替代；它丰隆的堤阜已经萎瘪（塘土已经年复一年被架子车拉光），平庸得和周遭的田野没有些微区别；正在枯竭着的水液像一层局促的遮尸布，勉勉强强覆盖塘底，飓风也难以激荡高潮；数处临时掘出的灌溉用方形引水井如块块疤痕，蚕食了塘坡的平滑规整；而西北角那一片曾经比火焰更茂盛摇曳多姿闪射光彩的浓密荻苇丛，也被干旱浇熄，勉强挣扎出的稀稀落落几点琐屑绿芽，像死气沉沉长了绿醭的灰烬……南塘人老珠黄，正义无反顾地衰老，听凭时光之风吹落片片朱颜。

面对着破落的南塘，王老师沉默不语，她低垂目光俯瞰所剩无几的那一池瘦水，接着又眯缝起眼睛眺望那座像一条狗一样忠实地陪伴着南塘的老窑和窑顶上举着的那株茭芽未动的楮树……王老师沉浸在无奈和哀婉的情绪中，忘记了众人的存在。王老师围着南塘正转了一圈，又逆转了一圈，后来她唤过了一个手里握有铁锹的小伙子。那小伙子可能是正要荷着工具下地干活，半路碰上了远比干活更有趣的黑压压的人群，于是他就鬼使神差地傻了过来，也成为那黑压压人群中的一员。王老师指使小伙子手里的铁锹伸向一处稍稍深邃的水域，轻轻打捞。那处水域是池塘清底时挑出的排水沟，连年的干旱没有旱褪它豆绿的色泽，它紧守着自己一贯的特色，仍一如既往地深不可测。小伙子瞅不到水底，也弄不懂王老师究竟要他捞什么，他只是朝水心深处探进去铁锹，盲目地拨来拨去，倾心体会，试图让铁锹告诉他水下隐藏的秘密。当铁锹摆动至两三个回合时，小伙子的眉头微蹙了起来——锹头和一处略略沉实的秘密初遇，而且正不急不忙地将深处的秘密缓缓暴露。令大伙意想不到的是，铁锹费尽心机拱上岸来的不是任何一种水生生物，而是一株去年秋天的玉米秸。塘水深处埋藏玉米秸不是什么稀罕事儿，因为每年秋天绕塘的田野里都排满密密实实的玉米棵儿，收获季节某一株调皮的玉米秸一不小心跳进池塘自是常事；不平常的是这株打捞上来的玉米秸仍然保持着去年的翠绿，像是刚刚从田里拔出来只是在水里涮了涮沾满泥土的根坨——叶片支支棱棱地饱胀着生机，白色的叶脉路线清晰，根须胀满汁液遒曲挺伸，连平滑得反光的秸皮上的紫颜色以及因为伸进空中没钻进土壤而略带紫色的根尖都依然故我。按说隔着一整个冬季和大半个春天，玉米秸早应该熟烫委顿，怎么着也不会葱绿如初。别说隔着好几个月的时光的荒漠，即使昨天刚强迫它离开它赖以生存的土壤跳进水里，今天它也该耷拉下叶片，显露出蔫蔫巴巴的亡故之相。可这株躲进了南塘深处的玉米似乎同时也躲开了时间的践踏，抚摸它肌体的春风之手和去年秋风的感触没什么两样，同样的滑润，同样网布着稍稍有点硌手的微微隆起流淌着生命汁液的络络脉理。

王老师握持着那株水淋淋的玉米秸，人群跟着挪移到南塘北堰。她走进葱翠的麦苗地里，用一只手的食指和中指竖直玉米秸。她说："阳光照出了影子，看，影子躲在空气中了……又跳到我手上……落到地上了。"在王老师这样说着的时候，刚才还阴沉沉的天空猛然云开雾散，明丽的阳光喷薄而出，清晰地照出玉米秸的影子。王老师伸展空白的另一只手平插进半空，她呼唤出来的玉米秸的黑暗影子折折弯弯老老实实地栖落在了她的手掌上；她移开那只手，影子又看不见地布散空中，走过空中，印在蓬勃着麦苗上和麦苗间隙的土地上。"我们现在看不到空中有影子……但我们知道影子就在空中。"王老师说着站起来，但没有马上扔掉那株玉米。她又问："现在你们该知道缘故了吧？——这就是缘故！"她说完就大笑起来，那笑声清脆爽朗，像是一群水落在了更广大的一群水之上。

不远处的几处油菜田正花枝招展，明亮的阳光使那些盛放的框形黄艳愈加明亮，像是大地碧绿的衣裳上一块块炫目的黄补丁，又像是一扇扇窗户，暴露了大地深处另一个世界的隐秘。天空不知什么时候变得一片蓝碧，蓝得有点发黑，刚才还到处徘徊的羊群般的云朵不知跑到哪儿去了，头顶上只有一朵孤独的云在逡巡。那朵雪白的云一直在走动，但一直没有离开人们的视野，像是在围着人群或者说围着王老师转圈。刚才人们的目光都集束在王老师拿着的玉米秸上，直到这阵儿，大伙儿才发现太阳早已穿戴一新，围裹着厚绒绒一圈若隐若现的七彩光环。那光环很大，很圆，像是在不停地越变越大越变越圆，像是要罩住整个世界。叠加的七道色彩鲜艳又暗淡，模糊又清晰，粗犷又精致，混沌一体又界线分明，总之越看越矛盾，越看越让人不相信自己的眼睛，它和经验中雨后的那种雄浑阔远的弧状彩虹迥然有异。

王老师说这儿曾经居住过女娲，"女娲，你们知道吗？——就是人母，是她抟泥造人，让大地充满生机……女娲制伏了怪兽，砍下它的四条腿当柱子，东南西北，支起了塌陷的天空。女娲收割芦草，燃起大火，炼出五彩的石头修补刚刚起高的苍天上的几处窟窿，不让它再哗哗啦啦漏水——喏，你们看，就是这些，这种五彩——"王老师没有抬头，只盯着人群，顺手往头顶一指，"那是些完工之后剩余的石头，码在了一起。"顺应着王老师的手指，太阳的彩冠猛一绚烂，像是竭力要让人看清它并认出它来，就像队列中被点名的兵士。女娲摊开芦草的灰烬，一点一点埋去地上的积水……好了，一切都好了，然后她着手和泥，和出滋滋腻腻的泥块，放在那儿饧一饧。即使这会儿，大功即将告成的这会儿，女娲也没舍得闲下来歇歇，她还得赶紧踩平泥泞的场地，好让她的孩子们一到这个世界上就看见平坦与光润，就能在平阔的土地上游戏玩耍、欢笑荡漾。女娲消耗着自己，却从不知道自己在消耗着。她是人类的母亲，她从不为自己着想。她想着即将在她的手下出现的所有人——她的孩子们。她知道他们能让世界充满光明和生气，能驱散旷古的寂寞。她正是这样想的，这样地充满希望和憧憬，才那么投入那么兴致勃勃地创造人世。女娲开始抟泥了，开始精心地照自己的模样或自己想象中的模样捏出一个个小人儿。她向着泥人儿轻轻吹气，她让他们拥有生命。她欣喜地看着泥人儿离开她的手，在地上活动腰身；她看着他们眼睛里渐渐生发光芒，皮肤渐渐红润；她看着他们颔首沉思，看着他们在一起吵吵闹闹，或携手，或交媾，洋溢着欢乐和生机……但后来发生了她想也想不到的事情——他们在打架，越打越厉害。他们竟然互相撕咬，像是她曾经拼死杀掉的那些野兽一样。他们还不就此罢休，接下来的事情更使我们的母亲目瞪口呆——她的孩子们在互相残杀！他们在杀戮！女娲的孩子们在毁坏女娲的精心创造。女娲不知道她的孩子们为什么竟是这样，一切她都意想不到，都意想不到。她制止不了他们，没有一个孩子在听她的话。她彻夜呐喊，现在她的嗓子已经哑了。她已经沉默，她知道她无能为力。

女娲是人类永恒的母亲。女娲创造了人，也创造了人的智慧。人的智慧是世界上无与伦比的事物，它能战胜一切，创新一切也毁灭一切。女娲就像这空气中走过的影子，她在一切中穿行，却隐藏在一切之中。女娲在时光中永恒，不再被时光所消灭。她存在过的每一个瞬间都不被消灭，她生命中的每一秒钟，都完好地存在于时光中，存在于被时光沉浸的空间中。就像影子走过空中，人类的母亲女娲生命中的每一秒都完好无损地存在于过去的时空中，那是一种永恒的活跃的宁静。

南塘，就是这片南塘，是女娲生活过的地方，是女娲生命存在过的地方。她曾在这儿斩除怪兽炼石补天，曾在这儿抟泥造人。千百年来女娲都活在这片地层下，没有谁惊扰过她神圣的宁静。女娲的孩子们，你们听清，是你们手中的工具，你们的铁锹与镐锹，掘毁了你们祖先的居所。从此永恒在这个时间里的母亲被迫走出了住室，被迫进入了生命周期，曾在这个时间里永恒的女娲就像她创造过的每一个人一样，也开始从青年走向老年，也开始了不断地向死亡挺进。她被她的孩子们推向了陌生的苦难征程。她脱离了凝固的永恒生命，进入了生命的另一种永恒周期。

但女娲是所有人的母亲，她和人类永存。就像一股风从这里吹向那里，这里的风没有了，那里的风也没有了，但风仍在这个世界上，风不会消失。凝固在南塘——也就是这里这一刻的女娲被打开，开始了她从生到死的生命历程。她走过生命，但她不会消失。她将用自己的创造物让这段生命永生。你们听说过《诗经》吗？就是开头一句诗是"关关雎鸠，在河之洲"的那本书，念过私塾的老辈人应该知道的。《诗经》离现在已经有好几千年了，那个时候的所有的事物都消灭了，丝毫没有留下，就像从来没有发生过一样，唯独《诗经》长生不老。《诗经》记下的人和事永远活着，有时会兀自走到我们面前，事儿就像发生在我们身边，就像发生在我们自己身上一样。女娲这段生命历程里的一点一滴，都会变成字，变成《诗经》那样，变成我们说着的"话"。只要这个世界上的人活着，这话就活着。被话说着的女娲也就活着。女娲只是从一种居所迁到了另一种居所。我们的母亲女娲永远不死。

之前嘘水村的人听说过女娲，但都是一知半解，谁也说不出所以然来。直到这时，他们站在了春天的麦田里，站到了王老师身边，才明白了自己是从哪儿来的、自己的母亲是谁。他们先是集体默不作声，目不转睛地盯着王老师，然后就开始瞪大眼睛交头接耳，像是他们脚下微风颤抖着的麦苗。是的，春天的暖煦的风在轻轻地拂弄着他们，让他们感到温润，让他们坚硬的心变软，冰冷的血温热。而远方，在村子的上空，那株独自茂盛着的大楝树像是一大团浓云，在雍容大度地翻滚摇摆——那也许是一支蘸饱浓墨的巨笔，要在雄阔的蓝天的纸笺上写下些什么。

人群被王老师的话震撼，一时顾不上去关注震源了。他们打开尘封的记忆，用王老师给出的答案一一印证。他们处身在集体兴奋之中，每一个人都有种真理在握的感觉。他们先是大眼瞪小眼地窃窃私语，渐渐声音放粗，忘了诸般禁忌，于是本性复原，无休无止的抬杠争吵再度抬头并渐次升级。就是在人群这样吵吵嚷嚷喳喳聒聒时，王老师悄然消失，像她的悄悄来临一样她又无声无息地悄悄走了。

初开始人们并不相信王老师已经从他们面前倏然消失，他们角角落落乱找，总觉得那个刚才还向他们谆谆教诲、慷慨陈词的王老师就站在某个人的背后，待在哪个角落里，似乎在与他们捉迷藏。田野一派空阔，藏不住任何东西，别说是一个人，就是一只鸟也休想逃脱人们寻找的眼睛。除了人群站着的南塘北堰，他们还下到塘坡里，围着老窑转了好几圈……最后的结果是彻底的失望，他们没能再看见那个一会儿年老一会儿年轻的女子的身影，没能再听见刚才还响彻南塘的那个不高却能让每个人都听清的声音。直到这时，他们才确信王老师是走了，是真的走了。

王老师走失的版本在嘘水村有好几个，一说她是在南塘就地没有的，一说她是走失在回村的半路上，也有说在迈进正义家的院子一脚门里一脚门外时，王老师突然不见了。每一种版本的传说情形不同，风格各异，但都在一点上达成共识：王老师没有再回到正义家，就是说她丢在正义家里的那个仿牛皮医药箱没有拿走。满心疑惑若有所失的人们涌进正义家中，催逼着莲叶、莲叶妈赶紧一通乱翻，其他人也没闲着，旮旮旯旯地寻觅，连老鼠窟窿都不放过，但最终都两手空空。他们当然找不见那只牛皮箱，要是牛皮箱能轻易缠绕上视线，他们也就不会一下子看不见王老师了。

王老师来访嘘水村的痕迹遗留了好几个月，除了人们在话语里频频提及外，默默讲述这一切的还有那几溜路边的麦田，就是人群簇拥王老师趔趄向南塘时踩坏的那些麦田。那些田地的主人在这一年里充分体味了塞翁失马的心理变迁，他们在短短的几个月里拥有了一次深刻的悲喜交替的体验。时过春分，麦苗已经分蘖，麦茎初茁，这时节最怕践踏，略微一碰嫩脆的麦子身体就会咔叭断裂，等于被阉割，会彻底丧失繁育穗实的能力。那些人家面对着被刐掉的麦田扼腕兴叹却无力回天，但因为碍于神奇的王老师的情面，碍于即将干涸露底但仍深不可测的南塘的情面，没有一个人发一句牢骚——按惯例，受害人，尤其是受害人家的女主人会让村子上空回荡绵绵不绝的诅咒漫骂的。骂大街是嘘水村的风俗，是深夜里寂静村子的另一种底衬。谁家的鸡不见了、谁家的猪打野糟蹋了谁家的庄稼……诸如此类鸡毛蒜皮的事情，嘘水村的人们都要通过骂大街来解决。她们腔调里扯出长长的尾音，遗韵无穷，像唱戏一样抑扬顿挫、数白狼烟地骂人。她们顺手拎来最恶毒的诅咒（咒语通常由家族中久远与将来的频动女性生殖器串成，像一挂凌乱而壮观的念珠），使骂大街成为一门独特的艺术，完全可以和当地出产的剪纸啦、泥泥狗啦、某某镇年画啦等等民间艺术相提并论。其实骂大街是完全有资格申请"世遗"（世界非物质文化遗产）的，让那些能决定世遗生死的联合国官员们在嘘水村待上一个夜晚，倾听一次这种"大街上的歌唱"，相信最后投票决定死活时，骂大街有可能全票通过，从而活成人类咒骂民俗史上的一道炫目风景。

那些麦田的主人破天荒没有在夜晚进行骂大街表演，他们自认倒霉，已经打算刨掉绝育了的麦苗补种春红薯春玉米之类的作物。就是刨开麦田时他们才眼睛一亮，发现他们的麦子打破了种属限制，跨越了自然规定的诸般樊篱，溅射在土壤深处的白色麦根不再仅仅是乱哄哄膨散的琐细须根，而是像薄荷啊、茅草啊，或者芦苇啊之类的多年生草本植物一样在老根的周围衍生出壮硕的地下根茎，那些根茎有扎头绳子粗细，一节一节的，每一节的接壤处都正生发新芽，新萌蘖的芽丛格外苗壮，就要探出地面，褪去幼稚的嫩黄披上浓绿。那些人刨了第一锹后就撂开了工具，他们望着已经没有了垄畦概念到处崭露头角似麦非麦的新芽，不知如何是好。事实再一次超越了他们的经验，让他们搓手嗟叹、莫衷一是。

那些新芽纷纷钻出地面后才显露真容，它们暗地里不合群，但明里却和众麦打成一片。它们的叶片浓绿，后来也渐渐变得粗糙，有一溜溜硌手的平行脉络；它们该分蘖时分蘖，该蹿高时蹿高，该打泡时打泡，该甩穗子时也甩穗子，几乎所有的脾气性格都和周围的麦子没有毫厘之差，唯一的区别是后来盖棺论定时的产量——这些麦田折合每亩两千斤出头，比周围的麦田高出了一倍，创嘘水村历史新高。通常在丰收年景，每穗麦子攒攒劲儿能出生七十多粒麦粒，而这些麦穗异军突起，穗实都超过了让人目瞪口呆的一百粒以上，而且一粒是一粒，粒粒个头硕大肥硕丰满，越看越像女体的中间部分。前面看像是紧紧封闭的生殖器，而后面看则像翘起的澎湃臀部或者略略下坠的哺乳期饱胀的乳房。麦粒的种皮被内容撑得菲薄，透露出沉静的橙黄，仿佛里头涌动的不是密实的面粉，而是满腾腾一兜浓缩了的初夏八九点钟的热辣辣阳光。

/ 第七章

许多人都存在侥幸心理，想着王老师的莅临一定能号召来一场透雨，给经年的干旱哗哗啦啦画上句号，但不久他们就绝了这个望——干旱没有减轻，反而变本加厉。这一次的干旱和嘘水人记忆里的任何一场干旱都性格迥异，它不是旱一年就了结，就在雨水的击打下屁滚尿流撤退，而是不依不饶地留守下来，不紧不慢，扎长架势，不会一下子千里赤地颗粒无收，只是那么一丝不苟、锲而不舍、一点一点地干燥，一天天地悄然耗干世界的汁液。这场干旱总让人想起一口庞大无比的森然铁锅，大铁锅的底下没有呼呼啦啦的烈焰，却文火不绝，而法力无边的人类却是一群忘乎所以、偶然踅进这口大铁锅里的蚂蚱，他们盘旋在锅底，张望着光明正大的锅口飞起又落下；他们无力逃脱这灼热的疆域，只能听任先是肢体失去水分变成焦黄的颜色，接着翅膀也纷纷脆碎解体成一撮粉末。

这场干旱旱得人绝望，旱得人忘记雨水的气息和模样。大路上铺满厚厚的鸟羽般松软的尘土，田地不分季节就张开了比小孩子的嘴巴更大甚至能掉进去小孩子整个身体的大口子。夏天里太阳一毒，一片一片的庄稼不几天就能长成一点就着的干柴火，而正该肥绿茂密的树叶也瘦黄瘦黄，不是待在树枝上，而是灰扑扑的一片一片飘落满地，铺在日渐零落稀薄的树荫里……要是再这样旱下去，即使发动所有的机器赤膊上阵闹闹嚷嚷浇灌，也难保能收够种子钱，因为井里的水位一天比一天更低，常常是机器一响，水泵里强劲的水柱立时就委顿下来，接着就开始空转，连混浊的泥汁都直往后缩，不肯光顾干渴的地面。

得感谢日新月异的打井技术，感谢看不见摸不着的电，感谢有水一样的体质但远不像水那样清淡无味的尿黄色柴油……因为有了这些乱七八糟的新事物，嘘水村尽管连旱数年，但最终也没有千里赤地，没有像民国三十一年（一九四二年）那样饿殍遍地，也没有像一九五八年前后那样让大半个村子站着的活人成为横着的尸体。由于铁制"大锅锥"的普及，大地深处的水藏在哪儿，大铁锥钝钝的尖头就能伸到哪儿。前一年夏天嘘水村成立了专业打井队，添置了这种俗称"大锅锥"的半现代化打井工具。大锅锥其实就是纯铁制作的螺旋状钻头，钻头之上紧跟类似扇叶的粗硕锅体来储存啃噬旋松的泥土砂石，中心贯穿一根可以加长的铁杆，最上头的铁杆焊有平行地面的十字形铁架，好让一大群男人围着铁竿转圈——他们像推磨一样旋转大锅锥，十字形铁架上有时还攀附上使劲下坠的人体来增加钻探力度。大锅锥像一个无往不胜的雄性生殖器，穿过黏土层，穿过砂姜盘，穿过流沙，直指大地充盈旺盛水液的核心。而紧随其后的电和柴油则负责把无论有多深的水液攫捕到地面上来，押送到庄稼的根部。刚才说到一片一片庄稼变成了干柴火，是因为那些庄稼的主人没有足够多的钱役使柴油和电浇地，他们虽然无力拯救他们的庄稼，但毕竟大地还在出产粮食，他们在青黄不接的季节可以东挪西借，又可以在今后雨水充沛的年份苦苦挣扎还债而不至于立马饿毙。

电的入驻是村子这一年的头等大事，当人们说到"王老师来的那年"时，总是在话尾加一个后缀："——就是有电那年"。电是降伏旱魔的最重要武器，如果没有电，尽管有政府的赈灾粮，那一年嘘水村的日子仍然不可想象。电轻而易举使唤地心深藏的水走出来灌溉庄稼，电使黑夜缩短，电让人们足不出户就能看见外面世界的景象……尽管用电的代价不菲，每年都有一两条人命被电抓走，但嘘水人还是觉得挺划算的。电给他们送来了许多意想不到的东西，至于那不多的几条性命又算得了什么，轮到谁谁倒霉，这儿不倒霉谁又能拿准不倒霉在其他什么地方？说穿了人死并不是电的过错，而是命。这是健康活着的大多数嘘水人的真实想法。（嘘水村请来电并不是那么轻而易举，是颇费一番周折的。他们没钱购买必需的变压器，没钱让笔直粗壮的水泥电线杆排队从远方迤逦而来，他们只有等待不知哪一级领导哪一天善心发作，批复一纸公文命令性情反复无常又明晃晃耀眼的电一逗头钻来村子。嘘水村因为处于乡界边缘，是最晚用上电的不多的几个村子之一，这也是嘘水人宽容电的一切行为的根本原因。）

那年一整个春天嘘水村的人都在麦田里浇水，所幸太阳还没有完全从冬天的深睡里醒来，阳光明亮但并不粗暴，蒸发量有限，并不需要接二连三一场一场地漫浇。分蘖浇一场透水，甩穗子浇一次，最后再浇一回上浆水，哪怕是老天爷硬撑着不落一滴雨，囤满芨子尖的丰收景象亦不算遥不可及。

　　王老师没有像人们期望的那样带来雨水，却带走了老窑顶上那棵大楮树的嫩芽和叶片。开春之后，其他树木纷纷舒展身躯，相继招展出日渐浓重的阴影，可大楮树一无动静，没有释放任何生命迹象。该发芽的时辰它不发芽，该展叶的时辰它不展叶，从春分到清明再到谷雨、芒种，大楮树一直这样沉默着。嘘水村的人不相信大楮树会心甘情愿将生命交付干旱，也不相信干旱有能力拿走它的生命，他们只是觉得大楮树在发癔症，不定哪天，它一梦醒来自然就会一如既往，大夏天的也没谁能拦得住它发芽展叶结果，说不定它能在秋天还结出鲜红糜烂的果实，在冬天还揽住漫空觅食的鸟群呢！反正哪棵树都可以枯死，唯有这窑顶上的大楮树不能轻易就死掉。它已经与嘘水村相安无事共处了那么多年，它不能轻易就消失，它要和村子共存，与三光共永光！

　　但让嘘水人大跌眼镜的是，大楮树没有一遂他们的心愿，它义无反顾地寿终正寝了。它不是装样，也不是发癔症，是真的挥别了生命。那年麦收季节，有好事者麻着胆子爬上窑顶，要看看大楮树究竟是怎么一回事。下头围着一群老老少少壮胆助威，那个爬窑的人虽然有点害怕，有点屁滚尿流的担心，但他还是想爬上窑去，他觉得不马上爬到窑顶看个究竟他的心痒痒，他会活不到下一秒钟！一群人的目光烘托着他的屁股撅起来，他小心翼翼地在窑顶弯着腰站起来，颤颤巍巍地攀住了一根楮树枝条。他端详了一阵儿枝条，接着用抖个不停的手指掐透树皮并深入木质。说着不害怕，当他被那堆乱蓬蓬的枯枝围绕，被枯枝丛中无处不在的静寂熏陶透尽时，他还是感受到非同以往的初夏里少有的凉气，他的汗毛像那蓬枯枝一样，一根根站直。他等了一瞬，没有等来枝条冒出湿润的生命汁液，于是他深吸一口气让胆子充胀，用尖利得麻酥酥的手指甲剥离了一小块树皮。他发现树皮和它下面的木质部分不是融为一体，而是明显离骨，像是外面穿的一层破衣裳,委顿皱缩,没有丝毫鲜亮的青绿颜色——生命原质的颜色。这个好奇心甚嚣尘上的人此刻胆子已经复原,他不会善罢甘休,又拨开纷乱低垂的枯枝钻到楮树两抱粗的树脚跟前,他没费吹灰之力就揭下了一长绺朽黑了的树皮。在初夏炫目的阳光下,那绺黑树皮像是一瀑凝固了的陈腐血液,像是墓穴里窖藏经年的女人的青丝。腐朽的树皮明确地告知人们:楮树繁密的生命已经离开了这座岌岌可危的孤独老窑!

验证楮树死亡的事情发生在晌午,到了半后晌,老天开始变脸。最初是没有一朵云彩而阳光凭空黯淡,许多人都盯着那平时根本不能直看而此刻像一块横切的红薯断面一样想怎么端详就怎么端详的太阳,有点摸不着头脑。是日食了吗?是要刮大风了吗?是要暴雨倾盆吗?似乎都不是。他们干活的动作略有迟疑,但干活的顺序还没被打乱,该割麦的割麦,该摊场的还在摊场。谁都希冀老天仅仅是一时糊涂,等到下一刻——这一刻要等到第二天才能到来——太阳马上光芒万丈,像惯常的那样万里无云。尽管经历了那么久旱魔的骚扰折磨,人们仍然不愿意这会儿变天落雨。他们要的不是雨水,而是粮食。而一旦这会儿下起雨来,你弄不清会连阴多长时日,就像你压根儿都不会清楚这等待了一年的金黄麦子会不会被沤成粪土,被撺掇着探出新芽从而不再是粮食而成为麦苗一样。

让人们手忙脚乱的是天边的乌云。他们祈愿着别看见云彩的影子,只是这么太阳恍惚一阵儿就行了,哪怕是老天半阴着脸待上几天也不怕,待着待着麦子也就全都进了场,而接下来哪怕是只晴上三五天,进了场的麦子也就会被晒得干干爽爽、放放心心,金灿灿地流进各家的囤里茓子里,老天爷,接下来你就下雨吧,下吧,下他个七七四十九天,下得坑满河平,暗无天日,下得人身上长白醭,撵走旱魔,彻底解解土地的干渴!而你现在千万可别变脸啊,行行好吧老天爷!——谁都不想看见乌云,但乌云偏偏和人作对,它们在远远的天边还是崭露出了阴险的身影。那不是一般的云,而是黑压压的,像过马队一样,气势汹汹不可一世,浩浩荡荡朝这边冲来。乌云的大军马蹄嘚嘚,擂着轰隆隆的战鼓进发,乍看速度不快但其实很迅疾,不一刻已经冲到了近处。能看见云头在上下翻滚,像烈焰催开了的染锅里的墨汁,像一头蓄积力气也蓄积着愤怒扎好了进攻架势伺机而动的巨兽。风住了，天地间一下子充满了令人害怕的静寂，只有那或漫长或短暂的雷声在放肆地滚响，越滚越近。闪电的金鞭挥舞在云头之上，特大暴雨的脚步已经踩痛了嘘水村的树梢。

但这场吓人的暴雨像几年来的任何一场暴雨一样，没改雷声大雨点小的脾气，最终还是没落到地面上。乌云最低的时候，要是谁站在临时累死又累活垛起来的麦垛顶上扬一扬手里叉麦草的桑锸（让小桑树长出三根树枝后伐掉晒干经火燎制而成），一准能叉掉黢黑黢黑、藕断丝连的一大团云絮来。就是这样离地八尺的乌云，竟然没有哗哗啦啦倾倒下雨水痛浇旱魔一顿，而是仅仅吝惜地筛落有数的几滴雨蛋蛋。那些雨点无论每滴有多么硕大，也不可能比人们因此而流的汗水更多些。人们无奈而怨怨的目光张望着变幻无定的天空，琢磨不透老天爷又要耍什么诡计。

成群结队远道而来的乌云集结在嘘水村的上空，只是上下翻滚原地踏步，没有要走的意思，也没有落草地面流变雨水的打算。它们就那样凝止不动，静等黑夜的降临，或者说就是它们过早地呼唤来了黑夜，而只有到了那天夜晚，人们才能明白这些乌云的真正意图。那天喝晚茶时分，像是接到了行动号令，突然之间天空中开始密集地电闪雷鸣。响雷一个比一个更振聋发聩，在头顶上肆无忌惮炸开，闪电一条比一条更耀目，胡乱地狂舞在树梢上。就像元宵节突然璀璨的爆竹烟花一般，这个夜晚变得异常丰富多彩，而这场焰火的高潮仍在南塘，在垂死的老窑顶上。

那些骇人的迅雷闪电声东击西，最初开始像是要围剿嘘水村，聚集在村子的上空叽里咔嚓明明灭灭，一顿饭工夫之后，它们才袒露此行的目的——它们趄向南塘，就像觅食的鸟群。在紧锣密鼓的鸣响与骤亮中，一道纯蓝得几近透明的闪电像流淌澎湃着高压火焰的"之"字形细管，从狰狞的云层中探出，径自伸向在瞬间降临的强烈明光里暴露无遗的楮树，伴随着一声震耳欲聋的惊雷，楮树整个轰轰烈烈燃烧起来，类似炸弹爆发但比爆发的炸弹更持久、壮美，凄艳而激情摇曳，染赤了半个天空的低垂怪云，数公里之内的沉静空气都纷纷摇落黑暗，哗变为浓郁而清澈的橙色。

这株被老窑高举的楮树至此彻底消失，似乎它来自黑夜，最后又归于黑夜，空留下斑斑驳驳的黑暗印迹。第二天人们顶着艳阳前去观看时，没有发现树干，也没有找到烧成了焦炭的枝杈，只有老窑披着一身薄薄的黑灰，像是落了一场不大的黑雪。不但是树干，甚至那些膨乱在窑体里的树根也孔孔洞洞地被烧成了灰烬。衰朽了的老窑不但没有了盘根错节的楮树树根的鼎力扶持，反而浑身像是被一种莫名其妙的黑暗虫子拱透，布满黑暗的窟窟窿窿。它在烈日下虚弱地勉强站立，苦苦支撑。半个多月后的一天晌午，南塘上平起了一股旋风，那旋风起初很小，像是一个伸展双臂以自己的身体做轴心磨悠转儿玩耍的小孩子，像是一棵单薄孱弱的新栽的小白杨；它一边旋转一边慢悠悠地挪动，蹚过正在麦茬田里点播玉米的人们，顺手抄起细碎的尿黄色的枯干麦叶。那股旋风走到南塘北堰略微停顿了一刻，接着陡然壮大，掠起更多的残枝败叶，还掀起了混沌的尘土，像是一辆加大了马力准备投入战斗的愤怒坦克。它很快已经高过了一棵树，不，已经高过了两棵树。它的基底比老窑大了，比南塘大了，马上就撵上小村白衣店那么大了。它遮天蔽日，呼啸着前行。当它略一停顿后挨近老窑，干活的人们仰脸观望，已经望不见巨大旋风的梢顶。它歪歪扭扭径自伸进了天心的纵深。它像一条巨大的浑黄脐带连系着天和地。那旋风又像一条发现了食物的狗，它走走停停，围着老窑转了好几圈，后来才义无反顾一下子覆盖，吞噬了老窑，甚至连南塘也没了影迹。田野里一派空旷，躲无可躲，那些干活的人们没有奔逃，就那么听之任之地屹立不动，仰脸端详那老谋深算的旋风。反正大伙儿也知道无论南塘玩什么花招，它不会轻易伤害人，只是吓吓人而已，所以规模空前的大旋风并没有使他们胆战心惊。旋风挟持着老窑转了一圈又一圈，没有了楮树根系襻固的窑体轻而易举就被剥蚀殆尽，夷为平地。大旋风吃掉了老窑才算煞威儿，它悄悄地缩小，一圈圈越缩越小，直到最后消失，像是一点儿一点儿丝丝缕缕钻回了大地深处。

多少年后嘘水村的人们才在电视上认识龙卷风，并且指着那根从屏幕下沿捅到上沿纵贯画面的灰柱子大呼小叫：——就是它！南塘上的旋风！刮走老窑的旋风！这些人言之凿凿，说是当时他们就在离南塘不远的田里，有个人还说他那年还被龙卷风扫了一家伙，因为他家的责任田就在南塘北堰，那年他想把紧挨塘堰的地头种成麦茬红薯，他当时就在那儿种红薯。

他剪来春天栽种此时已经四散爬开的红薯秧，正将那一段一段红薯秧儿埋进土垄里，这时，天就眼看着黑上来了。他一阵欣喜，因为大白天里突然黑暗莅临十有八九是要下雨（只要一起云，他还是习惯性地认为马上要下雨），而下雨会替他浇透水，他新栽上的红薯秧就不会因为他想省四两力气而拒绝生根成活。他急急忙忙地赶活儿，想粗制滥造好歹把断秧儿掩进土里，好让老天爷替他浇水，省得他再一桶一桶从塘底里提水上来。他这样手脚不使闲忙着的时候，南塘的旋风，不，现在叫龙卷风的就平地而起，就在离他不远处生发壮大，差一点儿把他都卷到了漫天空里! 当这个眉飞色舞的讲述者在自己的故事里沉醉时，专抠牙缝子的人向他提出了一个简单的问题：在他动手栽红薯的时候旋风还没生成，还没影儿，那哪儿又有什么"眼看着天就黑上来了"？讲述者明白自己编圈捏弯的本事没练到家，没能把故事说圆，但又不愿轻易改嘴，就咬死话头不放："反正是旋风扫了我一家伙，信不信由你!"

南塘是在这年的八月十五旱干的，确切的日子没有人说得清，反正是这年的中秋节前后，去南塘周围的玉米地里掰棒子的人突然瞅见南塘的塘底爬满了乌龟。发现这个奇迹的人压低声音瞪大眼睛立即串通了正在青纱帐深处打秫叶的一群人，他们傀成一堆挪近了南塘，因为是大白天，因为人多胆壮，他们都不怎么害怕。南塘的周遭密密实实都是玉米地，那些玉米都高过人头，像是一座森林，别说三五个人，就是百儿八十人站在里头也一样没有影儿。玉米地隔绝了外面的世界，让南塘独立存在。玉米地吸音，让南塘安静得能让人的汗毛纷纷站立。说着不害怕，这几个人心里还是有点发毛。他们站在塘堰上故意提高嗓门说话，故意大笑（笑声显得很假），接着略微迟疑后毫不犹豫就走下塘坡，踩在了塘底上。头一个人明显是看花了眼，只朝塘底瞅一眼就臆断乌龟满池。塘底上不可能爬满乌龟，却布满了和龟甲形状一样的裂块。往常清凌凌的塘水了无痕迹，只有裂纹连通裂纹，一道比一道宽阔深邃，看得人心寒。这些人蹚遍塘底，也没再找见一汪清水，甚至挥锹刨开软泥，空落落的泥井里也没有曲蟮般的泉眼蠕动。最顶旱的排水沟那儿因为沤出的渍泥层菲薄，甚至都裸露了砂姜和土坷垃，沟底也没有湿润的蛛丝马迹。南塘的底细尽收眼底，没有连通东海的黑窟窿，甚至没有哪处地方能看出来更深刻一些，因为如果存在这样的一处地方起码龟裂的程度会轻一些。没有老龟，没有麒麟，没有长蛇，甚至也没有鱼和泥鳅的踪迹。这是一处死塘，真正的死塘。能让人认出南塘昔日风采的只有西北角的那一片荻苇，尽管黄瘦，但还是举起了一大片芦花，紫色的芦穗被干旱折磨得过早绽放，白茫茫像是魂幡飘扬。南塘枯干了。那个风生水起的南塘来源于这片土地，现在又消失在这片土地之中。

南塘干涸了，但还不能说是湮灭，只能说是处于湮灭的进程中罢了，因为真正的湮灭要等到一个月之后。一个月之后已经过了农历九月初九的重阳节，正处在二十四节气中的"白露"时节。白露两旁看早麦，这时已是满地葱绿，麦苗蹿出了地面二指多高，连最晚腾出的麦茬红薯田里也探出了麦苗。发现南塘干涸的时候正收玉米，直到砍倒满地的大庄稼，犁好、耙好土地又播种好麦子，嘘水村的人还没有谁去打这片枯干的南塘的主意。他们已经习惯南塘的存在，尽管现在南塘跟传说开了个玩笑，没有神奇到能痛打旱魔一顿并永葆一池碧水，永葆碧水中不断涌出波浪一般的传说，但南塘毕竟是南塘，它已与嘘水村共存几十年，它的威名深入人心，没有人敢轻易惊扰它宁静的梦。

但嘘水村从来也没有缺少过头一个吃螃蟹的人。他们敢战天，敢斗地，一处被胡编乱造得云山雾罩终究又证明不过是稍稍深刻一些罢了，太阳一毒马上玩儿完的枯干池塘当然不在话下！有些人的心中已经打起了小算盘："三间屋子不压分"，南塘方圆至少有七十多间屋子大小，去掉边边角角，肯定还能剩下三四亩地的身量。嘘水村这时每个人的土地份额还不足一亩，多如牛毛的苛捐杂税要按人头交纳，要折合在这不足一亩的土地中。有人算过细账，去掉每年名目繁多要交的款项，再去掉化肥农药种子以及耕耕犁犁、打打收收的花销，耕种这一亩地最后所剩无几。筹划好的人家能落到个下季粮食，而筹划不到的人家只能赔本赚吆喝。所以南塘要是能开垦出来，要是真能种出来五六亩田地，这地亩可是非同小可，起码没有任何额外的费用，收一个是一个，都能如数进入自家的粮囤，而不需要再去一身臭汗拉到镇上的粮库白白缴公粮。

但即使那个不停地拨拉小算盘的人也不能肯定南塘是否会配合他出

力，因为南塘尽管干涸见了底，但毕竟还是一处坑塘，这样的一处筐篓坑是否愿意生长麦子他心里可没有数。他精明的双眼好几回粘在了塘底的淤泥上，据他估算，这样的淤泥还是挺愿意做做它已经几十年没做的新鲜事情的，比如生长一下麦苗并抽出硕大的麦穗招摇招摇……即使是塘坡，也不是一无用途，完全可以使用铁锹啦、铁犁啦之类的专门制服土地的工具除去它们的棱角和陡峭，让它们不再是池塘的堤岸，摇身一变而成为一处洼田的漫坡地。

这样拨拉小算盘的人当然不是一般的人物，一般的人物是不敢为天下先的——谁不知道"枪打出头鸟"这句俗话，谁又不知道"出头的椽子先烂"这句名言！此人是一群兄弟中的老大，首屈一指！有四个虎背熊腰的棒小伙子喊他哥哥，这就足以让他在村子里处处高人一等，一副"鞋大不挤脚"的大咧咧模样。枪杆子里面出政权，拳头子底下是真理。因为门头硬实，他可以想找谁的碴儿就找谁的碴儿，但别人别说找碴儿就是央他商量个事体也得先好好掂量掂量，看会不会因为哪一句言差语错而收获一顿拳脚。这样说吧，要是这弟兄五个不点头，嘘水村里三个村民小组长哪个也别想在位子上坐牢稳。

老大是弟兄五个的核心。老大不大爱说话，但说一句是一句，舌头拨拉出嘴外的声音字字千钧。老大老谋深算运筹帷幄，家族面临所有重要事体这群弟兄都是唯"大哥"的马首是瞻。大哥的手指向哪里，他们的拳头就舞向哪里。关于南塘，老大当然精雕细刻，在把手扶拖拉机开向南塘之前的半个多月，老大已经谋划好该如何开犁，在哪个时辰开犁。最让老大底气十足的是因为秋收秋种也因为纪念他们的老父亲幸福瞑目三周年，眼下弟兄五个并非一盘散沙，而是齐聚村子里，连常年不回家的老三也从大连千里迢迢赶了回来。真是天赐良机！老大刚刚五十岁出头，但睡觉极少，失眠是家常便饭，为了南塘他至少彻夜不眠了五六个夜晚。他想好了该如何不让村里人注意，神不知鬼不觉，麦苗已经钻出塘底的地裂缝，到时候谁要是再说"不"字已经"十五贴门神——（过年）晚半月了"，再不济也能收到手一季麦子。他还想好了应酬南塘上那些莫须有神灵的办法——犁塘的时候点燃一炷香，作揖磕头一通祈愿，你即使是神通广大的啥啥菩萨，也得体恤凡间的下民吧，我们一不偷二不抢，无非是想让废地多长长庄稼，也算不了啥子大罪过吧。

　　粮食归了仓，秸秆进了垛，秋收秋种之后就是漫长的镇日长闲。麦苗在垅里自由舒展，碧翠日日见浓。白日在缩短，和风在悄悄变硬，终于有一天清晨起床，人们眼前被稀薄的白霜照亮。霜降了。听说了霜降的消息，树叶在几天里全都黄了脸，在又一天清早的酷霜里它们哗啦啦悉数落地。黄叶满地，碧绿染野，那是真正的暮秋，真正的良辰美景，比早春更叫人耳目一新。在这样的日子里，没有了任何农活，也没有蚊虫捣乱，冷热适中，人们早睡晚起，尽量让一天里一半以上的时间交给睡眠保管，乐得个闲适，把接连两三个季节忙碌的疲乏全都歇过来，全都消解掉。

　　就是在这样的一天下午，村街上响起了手扶拖拉机突突突突的怒叫声。这声音有点刺耳，但谁也没觉得异常，因为现在经常能听到这样的声音了，嘘水村只要是稍稍殷实的家庭，都置起了手扶拖拉机，手头紧张的人家则三五家凑份子购置一部，也照样在农忙季节里轮番使唤做活。人们亲切地称这种支离八叉的玩意儿叫"小手扶"。小手扶不但能驮着人行走，还能吭吭哧哧犁田耙地，收麦打场，还能担任各种运输职能。心灵手巧的人家还把架子车车把儿摽在小手扶的车座上，拉着人去走亲串友，甚至出门看个病什么的，驮病人的架子车也要拽着小手扶的屁股才安心赶路。现在是农闲时节，正是拾掇这机器的时候，瞧瞧活化塞是不是绁了丝，油嘴儿是不是渗了油……修理前后，当然都要腾腾着到处遛遛，看看毛病所在，试试治利凉了没有。

　　这家兄弟中的老三驾驭着小手扶驶向南塘，半路上为了迷惑众人还歇息了两次，熄灭了小手扶的声响，待上一会儿再甩着膀子拼命猛摇弯曲出了两个九十度的摇把儿，激怒机器发火大嚷。看上去他们就是在遛车，没有丝毫异象。后来小手扶开向了南塘，接着声音一下子低了，像是埋进了土里。再后来埋进土里的声音也湮灭了，直到好长一会儿之后才又传出压抑的声响，像是来自另一个世界。那是小手扶开进了塘底，先熄火一阵儿，然后才又活转过来，吭吭哧哧拉着犁铧深入溃泥层。

　　有生以来，南塘的塘底头一回被锋利的寒光闪闪的犁铧翻起。那是一片真正的处女地，翻起的土质还饱含水分，显得湿润乌黑，漾起阵阵和空气见面不多的泥土才有的异味幽香。土里只有交织的已经朽掉的水生杂草根系、破碎的贝壳、大骨朵小瘤头的砂姜、腐烂的庄稼叶片……但没有泥鳅、鱼类的哪怕是残留的尸骨。那沉沤积年的泥土饱含营养，已经分解消化了缤纷的传说。

弟兄们手脚不使闲，一个人开手扶，一个人扶犁（他们仍然用那种单片的木柄手扶犁，而不是前后调斜能自动起落的双片机耕犁），其余的手握铁锹争分夺秒刨塘坡。他们填平了塘坡里浇水方井的残骸，填平了塘底的排水沟；他们削去堤坡上所有可能的棱角。他们干得呼呼哧哧热火朝天。小手扶在地底下轰响，榆皮香火在塘南坡的老窑之顶燃烧（尽管老窑已经不存在，他们还是当成它还站在原地）。只是那香火太单薄，升起的袅袅青烟远远不抵小手扶烟筒里间歇喷出的黑烟，既看不清它那淡薄的青颜色也嗅不到它那芬芳的香气。它只是徒有香火的虚名，早已失却敬仰的意旨。香烟是为了求得良心安逸而走的过场，是诸多应酬程序中的一个微不足道的环节。

到了暮晚时分，已经模糊了活儿路，那头脾气暴躁的小手扶才悻悻地回村。他们按照大哥的计划行事，已经完成了四分之三的南塘活计。此时的南塘在一派昏暗里已经面目全非，看不出它曾经是一处水塘。翻起的土壤带着犁铧光滑的印痕覆盖了塘底和塘坡，它与周围的田地已经无异。唯一的区别就是它稍稍低洼了一些，土壤是裸露的，还没有麦苗将它染成碧绿暗厚的颜色。

但这一个夜晚平平常常，没有任何动静。本来老大心里还有点忐忑不安，还想南塘要闹出点花样呢，他都找好了理论的理条，即使你是鬼神，你也得讲道理吧。老大素来得理不让人，又胆大得出奇，他觉得他耕种南塘理所应当，谁也挑不出他的毛病。之所以不那么大摇大摆地公开整治南塘，他是想多一事不如少一事，神不知鬼不觉地把事儿办了，比张张扬扬的最后说不定还要闹出什么岔股要稳妥得多。老大什么都想到了，就是没想到他和南塘会相安无事，可以说码儿事儿也没有，他几乎睡了个安稳觉（他睡了两三个小时，都有点和平常的睡眠不相上下了）。南塘的平和安然让老大信心倍增，他第二天清早雾灰灰就起了床，迅速和弟兄们集结，马不停蹄开往南塘。他们扛耩楼的扛耩楼，驮耙的驮耙的，背麦种的背麦种，步履匆匆，只压低声音嘀咕几句简短的没法节省的话。到了南塘他们一人压耙数人拉耙，呼呼哧哧耙平塘底，接着又在最短时间里将麦种耩进了土里。塘坡上没法拉楼耩种，他们就呼呼嚓嚓一把一把乱撒，就像种麻时撒麻籽一样。还没到吃早饭时刻，他们已经利利索索了结了所有活计。

这弟兄五个巧妙地抓住了黑夜的两头遮盖活计，瞒天过海，竟然没让一个嘘水人扫信儿，甚至也没人起疑寻问 (那两天没人去南塘)。让嘘水村人陡生惊异的是下一个夜晚，村街上突然又爆发了女人的笑声。深夜里游荡女人的笑声，大伙儿并不稀罕，多少年前有过，几年前也有过。甚至此前有人还预言过半夜里村街上又要有动静了，因为照南塘的脾气推测，她似乎不会善罢甘休，毕竟满腾腾的一池水被旱魔喝干了。

和前两次相比，这一次深夜里女人的笑声不同。这一次笑得特别早，当头一声笑响时，人们都刚刚喝罢晚茶，"饭碗还没有搁牢稳呢，就听见院子外边哈哈哈哈有人大笑起来！"这是一位当事人的描述，"我还以为是旁院里的某某在说笑话，止不住大笑了哩，我就走出去，谁知刚出院门，一脚门里一脚门外，就听见院后的路上哈哈哈哈大笑起来。我心里一震，觉得是女人在笑我哩，但又觉得这笑声不熟，不是平常四度听惯的声音。我想：坏了！不对劲儿。我念头一转马上就想到了听说过的从前夜里女人的笑声……"这位当事者掉头回家，他在女人的笑声中屁滚尿流。据老辈人讲女人是在半夜时分让笑声深入人们的梦境的，哪有笑得这么早的，又是这么肆无忌惮的大笑！他认定这不合规矩，而对这不合规矩的大笑他手足无措，于是又以为那笑声是在笑他，他更是无比恼火，多少年后提起此事仍愤愤不平。

这次的笑声还有许多奇异之处，比如笑响之时，所有的狗都偃旗息鼓，没有一个再吭一声，哪怕是夹着尾巴假装着嘶鸣两声也算没白养它们一场，但全村上下没有一只狗哪怕是哇呜一声，好像之前它们早已串通好，早已接到统一的指令。其时嘘水村已经狗患成灾，因为年青少壮们离家出门打工，家家户户都养只狗好看门壮胆。在初冬麦苗青青的田野里，你总能看见一群狗在聚会，它们互相之间吭吭叽叽惹是生非，犷狗（公狗）嗅嗅母狗的屁股，于是战火四烧，只看见一条条平滑的脊背扭结起伏，像是狂风中的波涛。最后的结局无外乎一条狗旗开得胜地趴到那条惹是生非的母狗背上，而且后来不知什么缘故又会从背上转身掉下来，屁股与屁股之间被一根坚固的肉索紧密联结，有时能那么联结着老半天寸步不离，吸引来一群渴望启蒙也渴望热闹的孩子兴致勃勃地聚拢一探底蕴。

这一夜的月光皎洁，亮如白昼，能照出树影照出人影，连地上掉落的麦秸都能看得一清二楚。这样的月光并不多见，虽然连年干旱，但空气并不澄明，整天雾气沼沼的，像是柴草没有烧透，缕缕灰烟在不断续地成长扩散，在半空里积攒悬笼。月光因为没有雨水清洗，总是那么晕乎乎的缺少清朗味儿……总之天空也好，月光也好，因为干旱，因为缺水，都像是醉了的神智，处于一种半睡半醒的昏沉状态。

笑声在月光中的巷子里，在村子上空，在角角落落里回响荡漾时，嘘水村悉数人家关门闭户，没有谁胆敢站在露天地里侧耳倾听。他们都待在自家的屋顶下，在他们的意识里只有那里可以蔽身，有意外发生时最最安全。狗不咬了，鸡不叫了，全村一片死寂，只有笑声肆无忌惮像风暴一般摇晃着灰塌塌的村庄。凡事皆有例外，在这个初冬的月夜，还是有人近距离地聆听了大笑，而且受益匪浅。这个人就是习武。

因为这一天月光奇好，薄寒披上一件棉袄就能抵消，莲叶娘就想趁月光赶紧把树杈上屋檐下悬挂的那些玉米棒子剥一剥，尽早将活计拾掇利凉。她早早地烧好晚饭，早早地吃罢，将家里的那只大笸箩拽出来，放到堂屋靠近门口的地方。月光透过敞开的房门，在地上切出斜方形亮影，亮影的反光将屋里照得一片昏明。剥玉米不需要点灯泡，什么都能看见。莲叶娘沿袭她一贯的习惯，处处节俭，但因为家里的进项越来越有限，生活上还是捉襟见肘。玉米棒子滑溜溜硬撅撅的，像是一群坚挺的什么动物在好几双手下游动，但终究它们要屈服于那只木头削子，更屈服于这一双双血肉之手。削子简陋到了极点：在一根两尺长的木柱中间掏一个洞眼，眼壁下方倾斜着倒揳上一枚铁钉，玉米棒子顺着挖出的一溜沟槽猛冲下来时，龇出牙齿的铁钉就不深不浅准确地嗑掉一行玉米。血肉之手借助于这行玉

第一部 · 第七章

米列缺，就能把原先挤挨挨排列抱紧的一棒玉米全给剥下来。玉米呼呼啦啦地摔落，敲响笸箩的底壁，接着声响渐低，玉米粒已经铺了厚厚一层，接住了新掉落下来的玉米，也消噬了声响。"千里之堤，溃于蚁穴。这个道理谁都懂，但一具体到事情上，不一定谁都会用。"正义拿起两棒削出了列缺的玉米绞在一起，哗哗啦啦拧出雨点一样的玉米粒，同时也让语重心长的话语从嘴里像玉米粒一样崩落。他巧妙地避开手背上的硬痂引发的不适和疼痛，照样能将骨头里的力气挤压到棒子上。正义这话是说给女儿莲叶听的。莲叶又在旧话重提，要去深圳打工。拉人去深圳的大客车就停在离嘘水村几里路远的孙楼，两天要走一车人（座位五十人，但不上够八十人那车不会动一步），已经持续了半个多月，几乎从收秋一毕那辆大客车已经进进出出孙楼了。和莲叶一起长大的村里的姑娘都坐上那辆车远走高飞了，只有莲叶还死守在家里。正义在春天里已经放手儿子习文，让他随着一帮人去了大连，在饭馆里做饭，当厨师。儿子毕竟是男孩子，饥一顿饱一顿也罢，有一搭没一搭也罢，忍一忍都能过去，但女儿不一样。正义坚决不同意莲叶出门，他觉得莲叶一出家门就是能引起千里之堤破溃的蚁穴，"就是饿死，咱们也要死得清清白白。在家里干啥都成，就是不能出去！"这是正义制定的不可更改的铁律。向来对父母言听计从的莲叶只能暗地里怄气，但真正事到临头还是得唯父母之命是从。正义有正义的道理，莲叶生得花容月貌的，水灵惹眼，自古红颜薄命，外头是深是浅连他正义都不知底里，何况莲叶！外面的世界也许很精彩，金银遍地，但更大的可能是水深火热。村子里这几年在外头出事的人比比皆是：东头的海争因为割电线，在新疆哪个油田被铐上了手铐，听说要在大狱里蹲十几年；西头的毛羔在湖北采石厂炸石头，一步没跑掉，炸药不但崩了石头还扫着了他，一条胳膊远离了身体，疤瘌像群黑蝴蝶栖落了一脸……不过还算幸运，好歹捡了条命回来，而且人家老板也仁义，临走又白送了几千块钱。而孙楼的一个女孩在深圳打工，去了大半载就在一个黑更半夜摸回了家，因为她害了"好病"（怀孕的别称），肚子腆出了身，即使穿再宽大的衣裳也无济于事，只得打道回府；离奇的不是她怀孕这件事儿，而是她后来当了一个黑人儿童的妈妈；她生下的孩子浑身漆黑，"像是锅墨子染的"，吸引来无数看稀罕的人，比当年嘘水村过猫都热闹……外头的世界真精彩，但那是一种洪水泛滥猛兽横行的精彩，正义一定不能让女儿去冒险，尽管他自己也一度无限向往外面的世界。

褪去玉米的棒芯撂在旁边，渐渐积成了一堆。皎洁的月光在看不见地移动身影，刚才莲叶只有半拉身子覆着月光，现在整个被月光眷顾，她一抬头就能看见院子上空支离八叉的单薄树枝棚架着的那颗月亮了。月亮看着她，也看着远方的深圳。深圳有二十几层的高楼，有熙熙攘攘的人群，有数不清的年轻人（和她年龄大小都差不多），听说还有大海呢，她可是长这么大一次也没见过大海……不但见大海，莲叶去县城的次数也是有数的，她迄今为止总共才去了五趟县城。说出来真是丢人！"黑妮去了，冬梅去了……不都好好的吗？过年回家也没见缺条胳膊少个腿。黑妮给我说过年拿回家两千块钱呢！"莲叶把两只棒子绞在一起，玉米粒哗哗啦啦蹦跳像她满腹稠密的牢骚。她心里一百个不情愿，低声嘟囔，但也能让父亲听个一清二楚。她想见一见深圳的高楼，想瞅瞅大海，想也像黑妮那样把两千元厚厚一沓钞票递到母亲手里，还想给习武买一双球鞋（习武穿鞋太费，鞋前脸不露脚趾头的时候不多），给奶奶做一套里表三新的送终红衣裳（奶奶的心病）……莲叶噘着嘴，谁也不看，只是让手上的力量透过线织手套（剥玉米时保护手的）传达给两棒玉米，让它们落泪似的纷纷洒下玉米粒。正义整个身体都陷在阴影里，黑塌塌一堆。他在另外一只竹篮子里剥玉米。尽管他的手病已经在楝花汁液的滋润下明显好转，没有了那种强烈的熏人气息，但莲叶妈爱干净，还是让他另起炉灶，剥出的玉米专供猪圈消化。家里已经很少吃玉米，只是偶尔蒸馍时掺上些玉米面，有时也做一次玉米糁子粥，收成的玉米大部分都要卖给粮食贩子，那些人秋后会一趟趟来村里，动员正义这样的人家抬出一袋袋玉米。

奶奶年纪大了，睡觉极少，总那么坐着有一句没一句地说梦话，有一多半是自言自语。这会儿她也在笸箩旁边，也在抠玉米，但她听不清莲叶在说什么，当然也弄不懂正义的态度。奶奶只是明白大伙儿在说不愉快的话题，但不明白到底是什么话题，于是她说："那时候哪能有这么粗这么大的棒子啊，都是像胡萝卜一样，一亩地也抠不出一笸箩粮食。"现实与回忆在她日渐萎缩因而又变得孩童一般简单的脑子里翻腾，让她分不清两者的本质区别。她说话慢慢腾腾，总是中断，总在重复，能看见她苍老的手在极其缓慢地对付棒子，也能看见她克制不住地摇晃着的头和面孔。奶奶太老了，起坐都要人帮忙，习文走了，要是莲叶再走了，谁还能不离左右地帮扶她呢？要是赶到农忙季节，家里没有一个人，奶奶想上厕所都不方便啊……这些莲叶都想过，也是她迟迟没有动身出门的原因。要是她执意去深圳，尽管正义铁令如山，也不一定能真正起效，真正拦得住她。家里的事儿太多，莲叶觉得只要她一走，最后一道防线溃败，微弱而艰难的平衡将被打破，奶奶、习武还有爸妈，会伸手没有一个抓头，会一下子跌倒在地。一想到自己离开后家里的慌乱、凄凉景象，莲叶就会眼眶里盈满泪水，不忍心再去悖逆父亲。

母亲与女儿更近些，能理解女儿的心事。莲叶此时对深圳的向往，想一展翅就和一群姑娘飞到深圳的愿望，母亲全都知道，所以她的态度暧昧。母亲没有说过一句莲叶不能去深圳的话，也没有提过一句外头的险恶，她只是长长地叹气，提起家里的一摊子事情，还提起习文说好了的媒要盖的房子，冬天一得闲就得从窑场往家运砖，还得拉土垫高刚刚找好的宅基……母亲一说这些，莲叶马上不再吱声。几个人都不再说话，只有奶奶用不着调的缓慢的话语在说，成为一种温馨的背景，一种能填充略显尴尬时光的像微风那样哼哼的流动材料。

"听！"就是在这时候，母亲突然停住了忙碌的双手。她听到了轻笑，像是就在自家的院子里，像是在耳边。围着筐箩的几个人都屏声静气，倾听月光中的声音。奶奶不知道发生了什么事儿，仍在不断地说话，莲叶一伸胳膊拍了一下奶奶。这时女人的大笑骤然响起，就在房顶上，甚至能感觉有土尘被簌簌震落。似乎她在俯瞰着他们无所顾忌地大笑——健旺、泼辣、放肆。莲叶动作麻利，跳起来哗啦拉开筐箩，吱呀关上屋门。一家人愣怔着都不再说话，笑声不响了，房顶上像平素一样空阔静寂。习武摇晃着姐姐，询问发生了什么事情。被关在门外的月光从缝隙里钻进来，屋肚里从猛然降临的黑暗里苏醒，已经能朦胧分辨物件。莲叶没有心思搭理弟弟，她随便抬手一指外头，"听——"她小声说。习武听不到姐姐说什么，但他明白发生了意外事情，也看见了姐姐指向外边的手。习武误以为是姐姐要他去看个究竟，他马上转身就往外冲。姐姐的话就是圣旨，无论在哪里，无论什么事儿，只要莲叶示意，习武一准不假思索立马付诸行动。母亲一把没抓住，习武已经吱呀一声打开房门，哧溜挺身而出。正义撵到院子里，又撵到院门口，但哪儿能有习武的身影，他已经消失在月光之中。正义还想追赶，但这时那声女人的轻笑又在窄窄的巷子里震响，就在他面前不远处，好像能伸手可及，好像是在笑他。不，分明就在他的耳边，是一个女人趴在他的耳朵上轻笑。正义的头发梢子支棱了起来，半边身子的汗毛全被这笑声唤醒。他顾不上管习武了，打头拐回院里。正义站到屋子里关严屋门仍然心有余悸。他有点上气不接下气，他说："习武这个小贼种子，不管他啦！叫他去，叫他去……"

其实习武的夜间睡觉问题一直也没让正义管过：沿袭嘘水村的一贯习俗，习武夏天夜夜只和一领苇席为伴，只有落雨的日子他才睡在家里，睡在院门一旁的那间小偏屋里；而秋收麦收季节，习武则让他甜蜜的梦乡在打谷场里和庄稼们一起铺展；冬天他有时睡在家里，有时则不知梦往何处——他给长久没人住的屋子看家，和人做伴钻进麦秸垛里掏出的草洞守夜（这时候大多是要守护什么）……反正习武是四海为家，睡在家里的时候少，住在外头的时候多。这个夜晚尽管发生了稀奇古怪的事情，但嘘水村发生稀奇古怪的事情也不在少数，对一般人，尤其对习武这样的人不会有什么大危害的。基于这一点，正义乃至全家人都不会太担心习武的安全。通常情形下，一切神异的事物都会眷顾习武的，习武甚至有点脱离常人关于恐惧这种特殊情绪的轨道，自成一体。

有一点可以肯定，就是习武最近距离地聆听了笑声，而且女人的笑声就像阳光一样晒开了他这枝总在含苞不思绽放的花骨朵。习武身上的神秘变化当时并没有显现，第二天清晨他回到家中，和以往的任何一次夜不归宿没有任何区别。他纠结的头发上粘着几根麦秸，领口的一侧向里窝折着没有舒展。但他没有睡眼惺忪，而是双目放光，黑暗的瞳仁亮晶晶的。看见习武回家，正在收拾早饭的莲叶立马从锅台后走出来，站在习武面前左端详右端详，唯恐他在这不平静的一夜遭遇到什么意外。还好，莲叶没有发现任何异常。莲叶面露欣慰的笑容，一边给弟弟整理领口，一边用简单的手语问他夜里碰见了什么。习武只是看着姐姐笑，一个劲儿地在傻笑，弄得莲叶有点莫名其妙。

习武的石破天惊是在两个月后的冬至这天晌午，按照规矩，莲叶包好了饺子，呼唤习武去抱柴火烧锅。母亲计划冬闲季节织一匹粗布，此刻正在院子里经理纺线。母亲有母亲的打算，男大当婚女大当嫁，眼见着闺女一天天长大，为人处世已经和她不相上下，她不能不考虑闺女的嫁妆。她要织一匹布给莲叶套被褥。她没有金三银四的陪嫁，但她有一双巧手，能织出细密匀称的布匹。她要给莲叶缝三铺三盖的三床被褥。她要伐掉院角的那棵椿树，请来木匠老师给莲叶打一张方桌、一个搁藏被褥的衣柜、一个摆在堂屋当门的条几、一套带四把小椅子的小餐桌……她经络着雪白的纺线，想象着莲叶衍生出的一家人围桌而坐欢声笑语的情景。她不出声地笑了。因为是冬至，为了接踵而来的深冬再寒冷也冻不伤耳朵，莲叶就照葫芦画瓢，剁了棵白菜炒了几只鸡蛋做馅，手脚伶俐地包了两锅盖（那种用秫秸梃子纳制的锅盖，此时被当作排列饺子的托盘）素饺子。习武正从堂屋里出来往外走，莲叶出于习惯喊了声："习武！"莲叶知道习武听不见，但她每次还是这样呼唤弟弟，仿佛呼唤得多了习武自然也就能听见了。并没有等莲叶上前亲昵地轻拍一下，习武猛地回过头来，似乎听见了呼唤。莲叶有点惊愕，但没有去想习武能听见她的叫声，她觉得肯定是碰巧了，正碰上习武转头看她。她叫习武去烧锅。当习武专心致志往灶膛里填柴火时，莲叶又突然叫了一声："习武！"她没指望弟弟抬起头来，她把被失望早已浇熄的希望深深压在心底。她只是忍不住试一试。但应和着她的叫声，弟弟又一次抬起了头，凝望着她，等着她发话。莲叶正往锅里添水，手里的水瓢呱嗒跳到地上，水泼了她一脚。厨房里刚刚生火，还没有暖和起来，但莲叶没感觉到脚上洇开的冰凉，她只是瞪大眼睛望着弟弟。莲叶从灶后抽身过来，拉过弟弟一看究竟。弟弟没有任何变化，和她时时刻刻见到的没有两样，但弟弟能听见声音了。弟弟肯定能听见声音了，对这一点莲叶深信不疑。她扯着习武的手走进院子，她尖声叫来妈妈。"习武能听见了！习武能听见了！"莲叶不知道自己在哭，但泪水顺着她的面颊一直在流。母亲披着一身的阳光走过来，是暖暖的初冬的阳光，没有浓密树叶的遮挡流溢她一身。她对习武的耳朵不寄予任何指望，因而无论他能不能听见她都不失望。因为寄托过太多的希望，她已经尝够失望以至绝望的滋味，因而她不再奢望，既不奢望习武能在某一天突然叫她一声"妈"，也不奢望他能在她呼唤的时候猛地转过头来。命里只有三合米，等到老死不满升。她信奉这个道理，因而她不再奢望，而只是等待。她稳步走过来，没有惊奇，也没有一丝欢喜。她说："叫我看看。"于是她拽过习武。"习武!"她叫，"习武!"她又叫。习武看着她，好像一直在听她往下说，又好像什么也没有听见。母亲摇了摇头，没再说什么。

莲叶对母亲的质疑不屑一顾，她坚信习武的耳朵已经复聪。接下来莲叶白天黑夜地一直在教弟弟说话，徒劳无功地一遍遍地对着习武嚷："姐，姐，姐，姐，姐……"她让习武看她的嘴唇，看她的舌头动弹。她凑近习武的耳朵用不同的声调说出那个词语。姐，姐，姐，姐……她相信只要她坚持，习武的嘴唇很快也能学着她叫出这个名词。习武的嘴在蠕动。习武的舌头在腮帮子里打转。那是第三天上午，阳光依旧明亮，习武在莲叶面前不到半尺的地方终于清晰地发出了那个声音："姐——"寒风从院落的上空掠过，发出轰鸣。母亲正在堂屋里收拾织布机，偶尔的木制机件的碰撞声使寂静更显得古老深远，仿佛要延续进整个冬季，一直到来年春天。但这一派静寂中，习武的被舌头整理过的声音格外响亮。姐! 姐! 姐! 就是这个名词啊，是它让习武说话的啊。姐姐能使哑巴开口。

人要是走运，撒泡尿也能滋出土里的狗头金。正义家吉星高照，临门的喜事远不止一件。也许是那一夜习武近距离聆听了女人的笑声的缘故，也许是千年的铁树终要开花的缘故，反正从此以后习武确确实实不再哑巴了。他说话不太流畅，有点结巴，甚至一句话疙疙瘩瘩有许多次犹疑停顿，但他终究能够听见人说自己，也能说神奇的语言了。他进入了话语圈，不再被划归另类，所有人都能随心所欲地使用的语言他也能随便使用了。习武的头左一仄歪右一仄歪，不遗余力地倾听着学习着，到了过年的时候，习武见了长辈能不打趔趄跟地说囫囵一句话："爷，拜——拜个年吧!"尽管学会了说话，但习武反倒有点不爱说话了，不再像从前那样动不动就咿咿呀呀嚷个不停。他轻易不再开口，总是在沉默，整个人一下子变了。当他听见这个世界纷杂的声音时，他无以应对。他总显得手足无措。他听见了无数的善，但听得更多的则是恶。习武自己从没想过那个问题，但那确实是个问题：在听见与听不见之间，他究竟应该选哪个更好一些呢？也许他终究会得出结论：仅只是因为姐姐，因为姐姐银铃般的笑声，他义无反顾应该选择听见！能听见姐姐是他终生的福祉。

接着正义的血手病也有了起色。颠过年春天里的清明节，那位作为嘘水村教育后代榜样也是一面旗帜的翅膀回了村，给奶奶上坟烧纸。翅膀不是衣锦还乡，他不算潦倒，但也散发出微微的寒酸味道，这一点让嘘水人对他敬仰之余仍然保留了冷目相看的权利。一眼就能瞅出来，翅膀在外头混得并不咋的，还比不上几个和他同龄的村里的年轻人。他回村没有驾车，没有穿金戴银，甚至口音也没有任何变化，一口村子里三岁小孩都能听懂的土话，就像从没离开过村子一步从没有出门在外见过世面一样。（村子里另外几个混抖起来风光无限的同龄人从外头回来，或多或少口音都有点"满"（满洲调），话语里的土腥气被城市里堆撮的钞票刚蹭掉不少——有钱没钱就是不一样，你看这翅膀，村子里有出息的头一个大学生，竟然像没出息过一样。唉！）他懂得一切嘘水村的规矩。他进了村碰上人先敬一颗烟。他和亲邻们寒暄，既不张扬也不讨好谁。他很少欢笑，而更多的时候是在倾听。他在倾听村子的心跳，感受村子的脉搏。他的生命是从这个村子开始的，这个村子染就了他生命的底色，铸定了他的一生。

翅膀在村子里住了七天。他在村子里已没有亲人，门第最近的也就是正义了。（翅膀的那位继母已于两年前撒手人世，因为是二房，死后不能进老坟，无论生前多么霸道，如今她只能在南塘北面的田地一角独守空墓。）翅膀住在正义家，但没有住在正屋，而是一直和习武挤在院门一侧的那间小屋里。这让村里人百思不得其解，据说是翅膀自己坚持住在那儿的，但无论翅膀怎么着，轻易不回村一趟让他不住正屋显然有悖情理。翅膀在外头没混出名堂，但他仍是村子里的状元，仍是村子的骄傲；翅膀在村子里已没有一个亲人，他只能住进和他门第不算太远而且早年还略有过节儿的正义家，越是这样越不应该和一个刚刚学会说话的半哑巴挤在那么一间说不上屋子的屋子里……村子里年轻少壮都出外打工了，守家的都是些老弱病残。他们看护好留守的孩子之余就聚在一起喋喋不休，替翅膀打抱不平。他们竟然觉得翅膀可怜，没有亲人的人实在太可怜了！远道回家上上坟、烧烧纸还得寄居在人家的屋檐下，唉，看来无论如何还是得多生孩子，子孙多多益善，让他们长大成人了亲系四通八达，咋能沦落到此等地步！

　　但显然翅膀没有感觉到有什么不合适，他天天在村子里转悠，你总能碰上他站在某一处坑堰上发愣，他阔步游行在麦田间的小径上，有时在夜里他也四处走动，惊起一阵阵如潮的狗吠。他上坟不是白天，竟然在深夜；他还到外村走动，深夜里跑到拍梁村东头逛来逛去……翅膀无论到哪里，屁股后头都影子般跟着一个人，就是小哑巴习武。尽管习武现在已经开口说话，嘘水村的人猛然拗不过口来，仍然称他"小哑巴"。习武和翅膀形影不离，也没见两个人多说一句话，但似乎他们之间并不需要话语来传递信息，只要一个人想到，还没有开口另一个肯定已经理解，已经知道他在想什么。翅膀的身后白天有习武的影子，夜里也有习武的影子，就是翅膀去八里外的镇上赶集，习武仍像他的一条尾巴，跟定他不放。

　　不唯习武，翅膀与正义一家人的关系也今非昔比。他走的那天，除了正义之外，一家人全部泪水涟涟。莲叶奶奶拄着拐杖送到大门口就再挪不动，她一直在哭，抽抽搭搭，好像怕人听见，不住地撩起布衫扣鼻上拴着的一方布巾擦眼泪。奶奶反复说的一句话是："娃，我还能看见你一回吗？娃，我还能看见你一回吗？"好像她只会说这一句话也只记得人世上只有这一句话。翅膀的眼睛潮了，但他有效地制止了泪水泛滥。他扶着奶奶，嘴唇嗫嚅不知该说哪些安慰话。莲叶娘双手架着奶奶的两腋几乎是在抱着奶奶，她向翅膀挥挥手："你们走吧。"她的眼红红的，头上顶着的蓝毛巾耷拉下半截来，像是一只折断的翅膀。"别管了，我来照看她。"莲叶娘说。莲叶一直没说话，只是帮着正义把翅膀背的马桶包用襻绳系牢在自行车后座上。莲叶娘唯恐路上饿着了翅膀，给他煮了一布兜鸡蛋鸭蛋，莲叶把布兜的带子绾了结扣挂稳在前车把上。莲叶收拾完一切站到了一边儿。等到翅膀真的要走了，莲叶终于泪眼迷离忍不住叫了一声："翅膀哥，你可要再回啊！"翅膀凝望了莲叶一眼点了点头，"我很快就回来，放心吧莲叶。"翅膀说。(其实没有等到翅膀再回来,莲叶还是去了深圳,让她美妙理想的蝴蝶栖落在了那座南方大城的一家不大的美容院里。无论数年之后翅膀再见莲叶时生发多少感慨,有一点可以肯定,莲叶已不是此时的莲叶。莲叶在春天和夏天里都可以碧绿翡翠,让每一滴普通的水滴变成亮闪闪的珍珠滚荡,但到了秋天初遇酷霜,难免满眼枯败。莲叶抗不过暮秋酷霜的杀气,就像翅膀抗不过童年的严冬一样。)接着翅膀就跟着正义和习武走了,走了老远还在回头向送行的人招手。

正义和习武各骑了一辆自行车,正义的后座上驮放的是翅膀的行李,而翅膀本人则端坐在习武奋力骑行的自行车上。习武是年后刚刚学会的骑车,之前因为哑巴不能和人正常交流因而不可能去学骑车,现在他已经步入正途,常人有的他都要有,常人会的他都要会。习武骑得不是太得心应手,尤其是翅膀一牵屁股坐上车子的后衣架时,他总是拿不稳车把,有几次差点冲进路边的沟里去。不过还好,紧要关头习武总能转危为安,他有的是力气,能在看起来无可救药时立马双手一使劲儿磨正方向。习武不惜力气,拼命地蹬着自行车,都把正义远远甩到了后面。

那条破损得坑坑洼洼的柏油路离嘘水村六里地,他们站在路边上等上半个小时抑或一个小时,一准就会有一辆急急奔跑的蚱蜢般的三轮摩托吱溜一声尖叫着停在跟前。这是这一带通往县城的唯一交通工具。这种车三只轮子着地,不是太稳当,又总在发脾气总在吼叫,暴跳起来看上去马上就得就地打滚。这种三轮摩托的事故率确实惊人,据说全县第一批拥有这种三轮摩托的人十年之后过半从人间蒸发,庆幸留下的人也大都残条胳膊折个腿的,鲜有完完整整者。但从这里骑自行车去县城需要三个小时,而坐在这种颠簸跌宕的摩托车简易的装有深绿色避雨车棚的后车斗里只消四十分钟就能走在县城繁华的街道上。针对危险来说,人们选择的仍然是速度。危险不是常态,但速度每一回都要面对,斟前酌后,选择速度的人胳膊腿儿都囫囫囵囵的没出任何问题,总能一次次胜算。

两辆自行车和三个人站在了路边上,他们已经能听到远方熟悉的三轮车的怒吼,不一刻之后就要分手,翅膀就要坐上那种架着老绿色雨篷的蚱蜢车了。正义慢吞吞地解下行李,递给翅膀。正义说:"膀儿。"正义低下头去，耷拉下眼皮，咬了咬牙终于说出了要说的话："膀儿，恁叔对你有愧啊!"正义的鼻子酸了，眼角破天荒溢出泪水。正义的声音有点发囔，微微带了点哭音。正义说："膀儿，恁叔夜夜睡不安稳觉啊，你回来了几天我失眠了几天，我总在做噩梦，梦见俺大娘骂我。恁叔对不起你翅膀!"接着正义就抬起那双结痂的手捂住脸，没有哽噎地哭了。

翅膀一瞬间懵了，他万万料不到正义会给他道歉，一时间不知该如何面对。翅膀想了许多种此次回村的结局，但他没有料到正义会对他道歉。他愣在那儿，突然他不再受自己管辖，他凝望着正义没说一句话，而是抓住了正义捂脸的双手。翅膀望着正义，望着这位他人生初始最信任的几近同龄的长辈。翅膀的手在抖。他用像是猛烈震动中的机器零件一般的手抓紧正义的手，慢慢地向面部靠拢。翅膀泪雨滂沱，翅膀把正义叔的一双病手紧紧浸濡在满面热泪里。

浩荡的长风横过高空，发出湿润而充满魅惑的号鸣，像是在召唤万事万物奋起生长。麦田里波涛万顷，成片成片的麦苗一阵儿伏下茁壮的身体，一阵儿又站立起来，发出低语与欢笑。遍野都是这种起伏无定的浓绿，一望无际，让你觉得你是站在大海之上，海浪之间。你呼吸着春天原野里的青草气息和淡淡的似有似无的花香，呼吸着能一下子濡透身体的春风的气息，你无缘由地既想笑又想哭。站在这样的春天的原野上，你会发现你并不属于自己，你的笑声也罢泪水也罢都已经脱离你的管制独自或飞扬或流淌。

一辆三轮车停在了三个人身旁，翅膀要走了。正义揉着眼睛催着翅膀爬上后车斗，将那只马桶包递上去，就是在这时，习武哭了。习武没有多说一个字，只是那么站在路边，无助地猛然发出长号。"哞——"习武像是一头仰天长啸的小牛，张着嘴，仰着头，抬起手背横在脸上抹泪。翅膀探出半个身子想安慰习武，但没等他说出一句安慰话，三轮车已经加大油门，高呼一声弹射出去，比一把剃刀更锋利，将痛哭的习武和翅膀的安慰话刺啦划开。

那一年春天大楝树盛开的花串不再频繁亲近正义的手掌手背，他只用了一次，就没有再多望满树的紫花串一眼。正义手上的气息在日渐淡薄，当老一茬硬痂皮退役后，新一代痂皮没再蜂拥而起。随着血腥味平复，那些痂皮也不再猖獗。他的手不痒也不痛了，像当年得病一样，手上的症状悉数莫名其妙一宗一宗遁去。到了割麦时节，正义已经两手活便自如，除了离近看还能在手背上发现隐现的不良花纹（有点像青蛙的皮肤）外，他的皮肤基本恢复常态，看不出和那种奇怪的血手病还有什么瓜葛。那年的麦季里正义又变回了从前的正义，割麦拉麦打场样样不落，完全顶一个棒劳力使用了。

那年的麦子收成不错，算是大半个丰收年，大伙儿在忙死忙活中笑逐颜开。端午节前后打场的时候，老天竟然循例落了一场适中的"打场雨"，这让嘘水村的人们信心倍增。像以往的每一回持续经年的干旱一样，旱魔看起来也有点对自己的游戏兴致索然，有点坚持不住了。它开始有动身远遁的迹象。雨水就要来了，雨水就要来了！他们再也不需要年年把多半的精力、多半的金钱耗费在浇田上，不需要在干燥的空气中苟延残喘了。

收成最好的麦田是在南塘里，这让那弟兄五人的领袖老大备感欣慰。直到麦子入仓，老大的心一直悬着没有放下。他总是无缘无故就听到女人的笑声，他总觉得那是在笑他。他的失眠和麦子一同生长，到了收麦的时候，他几乎夜夜合不上眼睛。他在黑夜里睁大眼睛想象自己获得的可能惩罚。割麦不但割了麦子，也割去了他的心事，当麦子闪烁着细碎的金光顺顺畅畅流淌进芡子里的时候，他知道南塘已不再跟他究竟，连那些他祈愿落下来的程度稍轻的处罚也烟消云散不复存在了。那年收麦之后老大买了一盘鞭炮，割了一窄溜刀头摆了供桌，在家里实心实意好好祭祀了一回。祭祀之后老大率领从外地打工赶回来收麦的兄弟中的两人与人大干了一架。打架的起因仍是南塘，老大本想收完麦在塘底里种茬红薯，红薯喜生土瓣子，红薯的价格如今节节攀高，老大喜滋滋地做起了南塘红薯梦。老大没想到世道生变，没想到嘘水村还竟然有人敢跟他叫板。地头靠着南塘的人家有七八户，当初发现南塘广阔的塘底竟然长出了别人的麦苗时他们一肚子不快，又看着塘底的麦苗马鬃一般茂盛，看着金黄的麦子碎金一样流淌进人家的麦芡子，他们咋想咋不是个味儿。他们如鲠在喉，他们不能就这样不吭不哈瘪瘪咽下了事。于是他们中的一位振臂一呼，应者云起，七八户人家挑出能打能拼的数武精干，前来找老大问事寻衅。

南塘理所当然被当成了主战场。老大领着兄弟中的一个正在挥锹再次平整去年耩麦时没太怎么细做的塘坡，他像是自言自语，又像是跟离他不远的弟弟说话："红薯最喜这样的生土，有一年我在地头的沟里种了几棵红薯，我的天，后来出土的红薯比葫芦都大！"他对未来的丰收景象沾沾自喜，为他的英明决策沾沾自喜。"嗯，五八年的时候饿死了那么多人，可我们一家没殇一个人。这可不是偶然的，这需要有心窍。"他沉醉在自己的成功里，根本没在意周围村里劳作的几个人正在向他聚拢。即使他看见了这些人正在走向南塘，走向他，他也不会有一丝儿怯劲。他在村子里霸道惯了，怎么能把随便几个零散的人放在眼里。他的身后站着齐齐整整的弟兄五人，就这还没数那些正在茁壮成长起来的下一辈人呢，要是加上他们（只算男丁不提女娃），他领导的可算是一支不小的武装力量。这空前凝聚而强大灵活的家族机器足以对付外界任何威胁，这是他底气硬实的基础。他惬意、放心又略有节制地横行村里，没想过世道会生变，也没想过不出嘘水村的地盘就会有人冷不丁抽他一棍子。

那根棍子几天前就在半空挥舞了，只是老大没觉察而已。头天晚上那七八户人家已经串通好，他们在瞅时机，只要老大朝南塘走动，他们马上也分头神不知鬼不觉地要去南塘周围自家的田里劳作。他们行动缜密，没有打草惊蛇。要是在南塘里只碰上老大一人最好，结结实实揍他一顿，让他哑巴吃黄连——有口难言，让他日后想起来就害怕，不得不乖乖地同意将塘底的土地分送诸家。就让他的那些七零八落的兄弟们事后诸葛去吧，等他们握成一个拳头，已经"十五贴门神——（过年）晚半月了"。况且只要大家拧成一股绳，别说他弟兄五个，他上下左右全加上我们也对付得了！不错，这七八户人家也不是善茬，当中有以一当十的武夫，也有能掐会算的神魔鬼道者，文的武的歪的斜的般般四齐，无论强敌多么凶顽，南塘塘底的那一片肥沃土地的归属应该不战自明。

但战争还是不可避免地打响了。和所有此类纷争的进展程序没有区别，先是围拢来的几个人当面质问挑衅（因为冷不防，问得老大有点摸不着头脑，不知道发生了什么事儿，愣怔一刻后方才明白），然后是大声争吵，然后是怒不可遏的老大的弟弟率先挥舞拳头向一个滋事者砸去——正中下怀，于是数人一齐上阵，不由分说一顿痛打，将老大，也将那个弟弟安稳做了多少年的美梦几拳头打碎。情急之中，那位从没受过此等胯下之辱的弟弟顺手捞起了扔在地上的铁锹，于是在不住旋动的数枚人头中间高高举起的一杆铁锹迅疾地做着扇形运动，接着另一杆铁锹受到感染也马上做出同样动作作为应答。恶战开始并持续着。鲜血，温热的刚从人的身体里流出来的血滴溅落在褐色的塘底土壤里。那是女娲的孩子们的热血，带着她粘补苍天炼成的五色石的色彩，带着她收拢苇荻燃起的直冲霄汉的火焰的颜色，洒落在当初她造成他们的泥土之上。

没有真枪实刀干起来的时候，乱哄哄的吵嚷声很大，但一旦兵刃见血，所有的声音都会被那流溅的鲜红洇伏，只有皮肉相击的声音，铁器、木头、骨骼的相互碰撞，还有伴奏的喘息。参战者都把注意力聚焦在了武器和敌人身上，不再或者尽可能节俭地发出声音。就是在这样的短暂静息时刻，那声长长的嘘声清晰响起。就像是一个人在噘起嘴唇用尽力气吹水，就像是疾风吹过暮秋的水面，吹出沟槽，吹出拖上长尾巴的哨声，嘘——就这样，嘘水，是嘘水的声音。音调激越、迅疾又从容，像是源自地底，又像是掠过长空，一逗头钻进每个人的耳朵。战斗者沉醉在暴力中，没有怎么顾及，但有几个跑来劝架看热闹的旁观者听清了嘘水声，愣怔了一刻后马上大喊大叫，提请他们注意。他们注意了，他们停止了手脚。像是听到了号令，他们一下子都停住不打了。

无论从规模和后果上来看，这场械斗都是嘘水村史无前例的，都能坐稳打架斗殴的头把交椅。县公安局的法医鉴定书如此描绘这场群殴事件：骨骼损伤共八处，其中腓骨、尺骨、桡骨、锁骨完全断裂错位各一处，其余均为骨裂伤或骨膜损伤；皮肤软组织损伤共三十余处，伤口总长度一百七十三厘米（深度浅于一点五毫米者不计入）；牙齿脱失三枚（完全脱失无法找到实物的一枚），发生脑震荡头颅共三颗……从这些名称和数字里，你完全可以想象现场的惨烈程度，用"血肉横飞"这个词来形容绝不为过。血肉横飞会让人不寒而栗，但许多时候只有血肉横飞才能改写历史，才能日月换新天。

被鲜血染红的那块南塘的塘底土地马上改换了身份，既不属于横行霸道的兄弟们，也不可能属于参战者们。经过村委会的反复权衡、调解，最终塘底成为五保户的口粮用地（五保户都是些孤鳏老人，不需交公粮钱款）。秋天塘底的沃土里确实擗出了块块大个头红薯，但那家老大的如意算盘拨拉不动这些红薯了，他的算盘子儿早被拳头和铁锹拍碎，七零八落满地乱滚，无法算计出土的红薯究竟能价值多少银两了。

为了把那块土地彻底从塘底打捞上来，秋末种麦的时候，嘘水村动员了好几十个劳力——如今想找真正壮实的劳力已经难上加难，几乎所有能打能拼的年轻少壮悉数远离村子去了外地打工，他们挣到手的钱远远超过吝啬的土地的出产。（正义最后也去了广东，在那儿跟着人捡破烂，他当然不会幻想爬上广州的高楼成为那些在大热天里开足空调的办公室的主人，他盘算着能积攒起一笔钱财在嘘水村建楼——他要成为嘘水第一座三层楼房的拥有者。他实现这个愿望没费太多周折，三年之后，正义在家里过正月初一，已经站在三楼楼顶挑着啸鸣的鞭炮俯瞰全村了。）那几十个麻虾水拖车的劳力不大中用，徒有个劳力的虚名（更大的原因则是出勤不出工），不能比当年开挖南塘时的盛况——一声令下千军竞发，也比不上二十年前的所谓"大兵团作战"，红旗一摆就招来骁勇无数，既能填平湖海也能削掉山头。几十个人慢条斯理，十几天里天天泡在南塘，有一锹没一锹往洼处撂土，更多的时间是在闲聊。但在一锹一锹的土壤掩埋下，在东扯葫芦西扯瓢的吹弹之间，南塘还是萎瘪了凸起，平复了凹陷，曲线抻直，静悄悄地消失，像是岁月用臃肿和赘肉不知不觉取走女人的美貌。那年过了"白露"，走遍嘘水村南面的田野，除了能找见几口灌溉用的残破水井外，已经很难再发现水的踪迹。当然，你也许能找到一处略略低洼的地块，与周遭一望无际的碧绿麦田相比，那儿的麦苗刚刚探出土垄，柔嫩、葱翠、羞涩，因为过于急切地想长高想早些看见外面世界的风景，它们钻出土皮之上的一截根部还没来得及变绿，还带着黑暗土层捂出的稚气的薄黄。你走在麦垄之上展开想象，你什么都能想到，但你可能想不到脚下踩着的是一处神奇的传说纵生的池塘，那里埋藏有无数的痛苦与欢笑、青春与梦想。

南塘，南塘。它诞生于平野又归于平野，就像它从来也没存在过一样。

南塘是一株庄稼，发芽，开花，结果，然后凋敝枯萎，悄然老去。

如今，嵌着南塘的那块田野和任何一块田野没有两样，哪怕是深夜一个人走在那儿也不怎么害怕了。南塘平平常常，不再有意外和惊喜。南塘拒绝生长任何故事。尽管嘘水村的人们仍沿袭旧习将那处田野称作"南塘"，但此南塘已非彼南塘，现在的南塘仅仅是一块田地的名称，和早先碧波荡漾的南塘已经风马牛不相及。

印证水波潋滟的昔日南塘存在的只有嘘水村那株老楝树了，它巍然屹立村口，蓊蓊郁郁，凌驾于群树之上。老楝树树顶缠绕着灰蓝的雾霭，哪怕是深冬时节树叶纷纷落光，交错的枝丫仍能氤氲出一派青苍，如一池碧水般深不可测。到了早春，那些密集的枝丫一如既往地率先暴露更密集的嫩芽，一夜之间就在地面上映出浓黑的阴影，接着空中就布满了幽香——老楝树一次又一次悄无声息地开花，而且一次又一次成为花魁，成为料峭初春里奇异又素常的温暖风景。

老楝树的枝枝丫丫仍然四季都飘荡着红绫子，逢年过节树底下仍然升起袅袅香烟，祈祷许愿的人们没有络绎不绝，但三天两头总有人对树朝拜，香火不盛，但也从来没有间断过。

老楝树是一团悬停在嘘水村上空的云朵，无限的玄秘都在它的内部酝酿翻滚，像是严严实实覆盖着的一锅沸腾的开水。

看来，南塘星眸点点的碧波只能在传说之河中荡漾了。按说藏身于传说是一处不错的归宿，因为嘘水人其他本事不值一提，而这嘴皮子上的功夫堪可了得，任何一件子虚乌有之事经他们嘴皮子一扑嗒，摇身一变就枝枝叶叶活灵活现，比真实更真实，不由你不信。在冬天温暖的低矮屋子里，在夏夜村口路边的习习凉风里，大人孩娃一围一堆，龙门阵摆开，有人开始一出接一出说古。人们听得越入神，说的人也就越起劲，而且不时有人插话，为正在说着的故事添油加醋。南塘也是在这种说法中才泉涌波生、眼花缭乱的。因为人们喜欢倾听，还催生了另一类艺术发扬光大——鼓书艺人在一整个冬天都闲不住，一个村子一个村子挨着串遍，每个村庄整夜整夜都响彻他们敲打着简板伴奏的洪亮声音，不时还要来几声鼓点。一部书至少也要说上半月二十天，人们夜里听书，白天则讨论书里人物的命运，一串一串唏嘘和泪水让寂寞的乡村生活平添斑斓色彩……这些都是早年的景象，如今传说已经极少，电灯明晃晃，机器隆隆响，连个安静的黑夜都没有，害怕灯光声响的鬼魂精灵们又焉敢再滋生出动，与人共处。鼓书艺人现在也已经销声匿迹，电视机不动一枪一刀就结果了所有鼓书艺人的性命（电视机也打垮了电影，曾经耀武扬威的电影现在偶尔才灰头土脸出现一次），冬夜再漫长，电视机也能像一台永动机不知疲倦地喋喋不休，它们永远声音洪亮，永远光彩照人，攻占村子的角角落落。人们忘记了说书人的存在，甚至忘记了曾经如痴如醉倾听过说书。人们也差一点就忘记了村子里流行多年的说古风气，因为聚堆轧话人都到不齐，总是缺斤短两，哪还有心情说古。能打能跳的年轻人悉数远走他乡，老人日渐减少，孩子日渐稀落，村子已经像一枚被蛀空了的坚果，徒有还算囫囵的外壳，但一捏就碎。

　　在时代的烈焰炙烤下，传说之河越流越瘦，濒于枯竭。我们不知道南塘魂归何处，它的碧波会不会在时光中干涸，再次销声匿迹。

第 二 部

只有站在南塘上时，你才能明白这儿是世界的轴心，万物都在围着这儿旋转不息。举目四望，村庄逶迤，参差相连，树木遮覆着房屋，看上去像是一围森林的墙垣。

　　尽管我们每天往学校跑三遍，可在教室里的板凳上坐的机会很少。我们每天只上一节课，剩下的时间几乎都泡在田野里——要是不这样，学校里养的那些乌云般的羊群，就只能张着嘴空望着我们叫唤，哪儿会有美味的青草填饱肚皮。"乌云"是美称，准确的名字应该是"臊云"。它们一律灰眉土眼的，后裆里黄歪歪一片，干结的排泄物与乱毛纠结，臊哄哄的臭味直打鼻子。想想吧，把一群咩咩乱叫的羊交给一堆自己顾不了自己的孩子，能会养成个什么样子——就是白云下凡到这儿，也注定得变成瘴气！事实上到了那年冬天，这堆臊云也烟消云散，寒冷的季节里大地不愿意萌发青草，老师又不能为了捍卫勤工俭学而号召学生们去薛庄稼地里的麦苗，那些羊饿得把废纸当成树叶咯吱咯吱胡嚼乱咽。看着被书上说成"白云"的东西一朵接着一朵栖落地上不会动弹，学校请示了公社教改组后，就把它们贱价处理，几毛钱一只卖掉。但在之前的那年夏天，因为这些羊群，我们收割到的汗水和快乐，却远比青草更多。

　　那一年勤工俭学的旗帜举得正高，按毛主席他老人家的说法，我们"不但学工、学农、学军，还要批判资产阶级知识分子"。（我们没有课本，但每人一册有着红塑料套封的《毛主席语录》，我们每天早自习都仰着脸背诵我们根本不知道意思的语录，一个个背得滚瓜烂熟。）可我们这儿不但没有工厂没有军队，连知识分子都有点见不着——学校里最高学问的老师才是初中毕业，写火药味浓重的大字报的时候，我们拿不准该不该把这些作为声讨对象的老师归为"知识分子"——所以，我们只有把"三学一批"的劲儿全攒到学农上。夏天我们割草养羊养牛，冬天我们拾粪捡砖碴，实在找不到事儿干也决不让你闲着——试验田里瞎折腾去！大队划给学校一小块田地，位于离学校不太远的某块大田的一角，数亩见方，可供几百双小手尽着意儿胡乱挠蹬。反正你什么事情都可以做，就是不能读书。再说压根儿就没有课本，也无书可读，上课也是听老师结结巴巴瞎胡诌（我们也不会真去听，我们桌子底下的游戏还有点忙不过来呢）。不过，学农啊、听老师胡诌啊这些杂碎一点儿也影响不了我们上学的热情，我们连早自习都场场不落，有时候老师硬撵着我们还不想走出学校呢。

　　吃过午饭，明知道下午是割草，但我们还是要跑两里路先去学校睡午觉，然后才去田野。这已经成为习惯。"睡午觉"仅是个名字，因为没有谁真的是睡觉，我们在校园里的树荫里席地而卧，一般来说，眯缝着眼要的把戏比睁着眼时有趣得多。

　　从学校出来的路旁长着几棵大杨树，躺在地上的被晒缩了的树荫枕着的是一大片菜园。菜园里有一架浇菜的桔槔，我们每天渴了去那儿喝水，午睡后去那儿洗脸。菜园的主人对我们很好，有时还帮着我们把水桶从深深的水井里拔出来。那天睡了午觉，我从学校出来得最晚，一拨一拨下地割草的学生差不多都走光了，校园里显出空荡荡的冷清。我刚出学校门口就一眼瞅见了何云燕，她正站在那几棵树下，两手举着一方雪白的手帕。

　　看见何云燕的时候，我一下子惊呆了。心脏就像一只机灵的鸟，扑棱棱飞了起来，而这之前，它安安顿顿地在我的胸膛卧了十二年半，我从没想过它还会飞。我呼气吸气有点困难。我嗓子发干，有点口渴。天的确有点热，阳光太明亮，也太粗硕，像是下着白色的暴雨，我再朝树荫下张望时，何云燕的身影就有点朦胧了，又朦胧又模糊，我使劲闭了几下眼睛，但还是没看清。不过看清刚才那一次，已经够了。穿着粉红衣衫绿军裤、梳着两条小辫的何云燕两手抻着手帕，站在初秋午后的风里的身影，就像一枚钉子，深深地揳进了我的生命里，以致我在几十年过去后，仍然不敢贸然回望，仍然觉出疼痛。是一种隐藏的疼，比利刀割开肌肤的那种锐疼，要深得多、沉得多、强烈得多。五年级的女学生何云燕双手抻着手帕往我的梦里一站，我保准立马醒来，身上滂沱的冷汗就像那一天暴雨般的白阳光。

　　何云燕比我高一个年级。她长得很漂亮，几乎是一上学就进了学校宣传队，大家认识她，是很自然的事儿。但我压根儿没料到她会认识我，还知道我的小名。我发现了她站在那棵树下，下意识地停了脚步。但很快我又发现没法躲开她，我只能从她的身边走过，因为那条不宽的土路没有因为我的愿望而分了个岔，我也没有理由从护路沟里逸出，钻进一大片芝麻田里，那样更显得异常，更让人不好意思。我硬了硬头皮，而且顺手把扎着的盛草用的竹篮子底儿朝天套在头上，就像一顶大竹帽。竹篮子帮了我大忙，遮住了我的脸，也遮住了我的头，把我有害羞反应的部位全都隐蔽了起来。当时我猛一高兴，以为自己想出了一个比走岔路更妙的办法，压根儿没想到这是掩耳盗铃。即使戴着竹帽，我还是微低了头，脚步的轨迹开始绕离何云燕站着的地方。我行动很灵巧，我觉得我身子一偏，会像一尾穿过漏网的游鱼，神不知鬼不觉地溜走。但一个声音在我的耳边流响，我脚步的开关"咔嗒"被关住了。那声音不高，但很清亮，就像春天里的某一天的第一道阳光。要是在这道阳光周围有任何一些斑驳的杂色，比如嘻嘻的笑声，我肯定不再避讳，大鸣大放公开地甩开步子跑走，说不定还边跑边扭头回敬一句轻蔑话："去你的！——呸呸！"但是那道阳光又安静又清亮，就像是你早晨在床上还没睡醒还压根儿不知道它已经悄悄地流布你脸上。"翅膀，"何云燕这样叫道，"你竹篮子套着头做啥啊？"

我有点慌张。我听见心脏跑到了耳朵里跳动，咚咚咚咚，要是我不把篮子抹下来，那它一定会跳上头顶。"我，我……"我支吾着，因为找不到理由，被憋住的话语全部燃烧起来，火苗在我的面颊、脖颈和耳朵上火辣辣地跳动。我的脸一定羞红得厉害，因为我接着听到何云燕这么说："看你热的，满脸通红，快来树荫里凉快凉快！"

何云燕说我从学校门口一露头，她就看见我了。她说她的眼很抓人，只要她看一眼，就能记住谁是谁，哪怕是再停十年，再在黑得伸手不见五指的夜里碰上，她照样能认出谁来。我很叹服她有这种本事，很叹服她的眼，但我想想，好像我也有这个本事，我要是看谁一眼，再停比十年多一倍的时间也不见起会忘掉。我叹服她的眼睛不是因为她眼睛抓人的本领，而是因为她眼睛好看。我还从来没见过这么漂亮的眼睛啦，老实说几个月前我就迷上了这双眼睛，否则我也不会看见何云燕就躲。有一只蝉藏在白杨树的绿叶丛里，往下瞅着我们大叫。它的声音哀哀的，它知道已经到了秋天，活不多久了。它的叫就像在哭。它能看见我们，但我们看不见它。何云燕不知道我的大名，她听见人家喊我"翅膀、翅膀"的，就也跟着这样叫我。我没告诉她我的大名，我讨厌那名字，就像讨厌我的小名一样。这些名字没一个好听的，就像一堆土坷垃，不滋润，不漂亮，灰不扑扑的没一丝水分。人家的名字为啥都取得那么好听？何——云——燕——，你听，叫起来朗朗上口，一粒一粒在舌头上颠荡，在齿颊间蹦跳，滑溜脆爽，就像甜甜的糖豆。可我的，翅——膀——，——呸，咋叫咋不是味儿，和有一回喉咙痛大队卫生所的赤脚医生要我服的"黄连上清丸"差不了多少。

何云燕跟我说着话，身子并没有动，两只手斜伸向我来的方向，那方白手帕高兴死了，在她的两手间又舞又跳，不时还喈喈地低声笑几下。成群的小风走过来，围着她转，干打旋就是不走，这下给那些衣裳找到了由头，啪啪啪地欢呼着，紧紧地贴住她的身子。头顶上的浓密树叶俯瞰着我们，一阵一阵低语着什么。其实我随便溜一眼，就早已明白何云燕是刚在路旁菜园里的那架浇水的桔棒里洗了脸，此时站在树荫里，是在晾她那方白手帕。但我还是明知故问："人家都割草去了，你站在这干啥啊？"

她撇了我一眼，小嘴一抿，"等你呗！"她说。她的上嘴唇中间显得厚硕，就像一小朵胖嘟嘟的花苞。她梳得齐整顺溜的头发就像黑缎子，即使在树荫下也映着阳光一明一明闪亮。

"等我？"我瞪圆了眼睛。

"不等你我唤你干吗？"

我的头嗡地一响，幸福像一记重锤，砸得我十二岁半的脑瓜险些开瓢。我有点分不清东西南北。在我知道了何云燕只是在等一个割草的搭档，好跟她抬草捆之后，我仍然没有迷瞪过来，仍觉得她是在专门等我。一个人要是迷了向，即使他看见日出，也决不肯承认那是东方。

这时候我才发现何云燕穿的是新衣裳，怨不得她没扎盛草的篮筐，而是拿了一根当扁担使的棍子、一根绳，当然还有一把镰刀。何云燕的新衣裳是一件粉红的"的确良"衬衫，穿在她身上就像一团粉红的雾气，隐隐约约能看见她贴身还套着一件碎花背心。当时的确良还是稀罕物，我们都以为那不是一种布，而是从天上裁下来的云彩，别说是何云燕，换了谁也不会穿了这身衣裳还扎草篮子，草篮子可不客气，它不论你是的确良还是

·夜·长·梦·多·

黑粗布，该蹭脏你的时候照蹭不误。黑粗布或者绿军裤染上草汁不会显眼，但纯净一色的的确良只要蹭上一滴草汁，就会面目全非。

一想到何云燕这么灿烂地说话的对象可能不是我，而是另一个随便什么人，我心里就不是个滋味，就像看见那个学校宣传队里的男老师一样。那个男老师不是个好东西，你看他那个样儿：端坐在板凳上，眯缝个眼儿，像是睡着了，而身子呢随着他大腿上站着的二胡吱吱呀呀的叫唤，夸张地前俯后仰，左扭右拱曲里拐弯，就像身上趴满了虫子和跳蚤，而那些报仇的小虫子一声令下一齐咬噬他。咬死你！叫你还瞅个空就猛一下睁开眯缝着的小眼，直往何云燕身上瞅。在我看来他的眯瞪的醉眼分明是毒蛇的信子，而何云燕却无知无觉，跟着那吱吱哽哽的二胡，站在那儿仰着脸放声高歌："小小竹排江中游，巍巍青山两岸走，红星闪闪亮，照我去战斗……"这是彩色影片《闪闪的红星》里的主题歌，当时正被我们传唱，火得一塌糊涂。她唱得真好，她一唱歌我的心就乱跳，仿佛在我的心和她的嗓子眼之间接着一根电线。后来我都不能听她的声音，她的声音有一种颤悠悠的成分，一听就让土坷垃变成大灯笼，哗啦都点亮了，血像鸟群一样呼呼啦啦飞起来，在头顶盘旋，无数的翅膀最后会把我带飞起来，飘离地面。

就是在那时我迷上了何云燕的那双亮闪闪的黑眼睛。也是在那时，我懂得了仇恨，我看见那个男老师就眼红，真想一拳打烂他半边脸，让你阴不阴阳不阳，看你还伸出毒信子舔女学生的脸不！

我老想做一件事情，惊天动地，来引起何云燕的注意，好让她带着一脸钦羡找我说话。下午放学我故意回家很晚，一个人在暮色中晃荡，说不定我能在庄稼地里发现一个坏分子，正挖社会主义墙脚，比如偷玉米棒子、摘公家的棉花……这时候我就会勇敢地冲上去，我就会成为第二个刘文学（我们当时正学习刘文学，刘文学发现了偷生产队辣椒的坏分子，在与其搏斗时光荣牺牲）。可是这样的好事从来不找我，再说暮色中一听到庄稼棵子响，我的头发汗毛什么的就也跟着哗啦一声站起来，我要是晚跑一会儿就跑不动了，一准瘫软在那儿。这时候我恨死了那些传说，在传说中，看不见的东西比平时看见的要多得多，比野草比庄稼都稠密，见缝扎针地生长在角角落落，长得又是那么茂盛，全都有根有梢，有鼻子有眼。天一落黑我都有点不敢出门不敢走路，我知道一抬脚准又踢倒了两个小鬼，我站那解溲手的时候准又滋着了一群狐狸精……我摸黑站在院子里解小溲手从没解净过，裤子里总会余沥漉漉，提着裤腰就跑，等到进屋才敢束裤带，那哪叫解溲手只能叫消消小肚子痛胀！那些个在暮色的土路上晃荡的日子我是怎样地麻着胆子呀，这时我就想何云燕的眼，星光点点，一想我的胆子就不麻了，像止痛片止住了痛，可过不一会儿又会旧病复发。后来我不再奢望成为小英雄，我希望能由我发现一株灵芝草，传说灵芝草都长在老井里，那种废弃不用了的老井，井壁坍塌因而显得井口很阔大、井洞阴森森的，就是这种残废的井壁上，晌午顶的时辰，会突然长出一株灵芝草。灵芝草寿命极短，它在一秒钟内发芽，一秒钟内萌枝，一秒钟内扑棱开身子，再待一秒钟它就枯萎了。灵芝草只能活四秒钟，在这四秒钟内你要是拔到它，就要啥有啥，能要金要银要楼瓦房雪片一般……只要能引人瞩目引得何云燕的星眸朝我闪烁，不与算变天账的坏分子搏斗成为小英雄也不打紧，拔一株灵芝草也行。我一到晌午顶就挨废井转悠，迄今为止，找遍了能找的废井，我还没抓住那一闪即逝的四秒钟中的任何一秒……

树荫下不是久留之地，我和何云燕单独站在一起，离学校这么近，不会不被人瞅见，那样明天教室里就又多了一桩笑谈。被人取笑我倒不大在乎，我在乎的是人会窥破我的鬼胎。我还在乎何云燕蒙受不白之冤。说实话好长一段时间以来，我已经变得沉默寡言，常常看着一样东西发愣，像是没了魂儿，引得一进家奶奶就端详我，亲我的脑门看是不是生了病。我觉得自己很卑鄙，简直是个流氓，小小年纪就去想女的。但我又管不住自己，何云燕她就像一颗种子落进我心里，根系伸进我的血脉，枝叶探入我的思绪。我的眼睛、我的耳朵、我的鼻子处处都在寻找何云燕，即使不用眼睛鼻子耳朵，只要何云燕在旁边，我照样能敏锐地感知。我多么想看见她，可又害怕看见她。而这会儿她就站在我的身旁，我的心跳得不那么厉害了，于是我咽了一口唾沫说："那咱们走吧，赶早不赶晚。"

"再凉快一会儿，"何云燕收起手帕，仰仰头望望太阳，说，"你看这会儿太阳多毒。"

我的脑子转得飞快，就像一只开离了地的汽车轮子。我在想我们去哪儿割草。我一定得让何云燕高兴一下子，我一定要找到一个青草生长得像庄稼一样茂密的地方。一想到何云燕望着大片的茂盛的青草眼里光彩熠熠，我就遏抑不住心里的狂喜。哪儿的草多呢？北大洼？老爷坟……我突然想到了南塘，南塘离学校远，再说又那么吓人，平常不但学生不去，连村里的人也轻易不去。暑假里我们一群伙伴去那儿的豆地里逮蝈蝈，田垄里在其他地方不多见的茂草我记得很清。尽管南塘被人讲得枝枝叶叶，一想起来头皮就发紧，但何云燕她不一定会知道，就是知道也只是个皮毛。她住在白衣店西头，又是个不掺人场孤陋寡闻的姑娘家……于是我说："咱去俺庄的南塘吧，那儿草多得很……那儿离这儿远点，得走好一阵呢！"

"南塘？"何云燕朝西南方向的南塘一指，"就是那儿？"

我点了点头，心提了起来。我担心何云燕嫌那儿吓人，不愿意去，说不定还要数落我一顿。但很快我知道这种担心纯属多余，因为何云燕已经弯腰拿起了绳子和镰刀，"好吧，"她说，"听你的，你只要别领去个鬼窝就成！"

太阳的确很毒，浓浓的白阳光在地上流淌，炎热几乎漫到腿弯。我和何云燕并排走，我太激动，说话都有点磕磕巴巴的。何云燕停一会儿就扭过头来，望着我笑。她一笑，两只眼朝下弯，嘴角又弯向上头去接应，就像漫画里画的那样。"翅膀，你是渴了吗？"她问，"一会儿我给你折一棵甜玉米秸。"

"我不渴，"我马上否定了她的猜测。我是个男子汉，就那么不顶晒，还没干活先口渴！"我一点儿也不渴！"

"那你说话咋有点磕巴？"

"我，我……"我咕哝了半天，连磕巴的话语也咕哝不出来了。

这时我们走到了一块玉米地边，而且拐上了一条杨树荫浓得发黑的土路。玉米的缨须已经黯淡，干瘪，棒子已经鼓鼓地胀大，凋萎的缨须的痂壳下，能望见白色的籽粒。何云燕唰唰啦啦钻进玉米地里，砍了两株不结棒子的玉米秸。这种不会生育的玉米秸糖分没处使，所以很甜，可以当甘蔗吃。

树荫里不那么黑暗了，倒是朝太阳地里一望，有点睁不开眼睛。我们一边咕咕吱吱地嚼着玉米秸，吮吸着甜汁，一边有一句没一句地说话。我问她宣传队里不割草，不要勤工俭学，光唱唱歌就好了，为啥她要出来。何云燕告诉我是她爸爸不让她唱戏。她爸爸在洛阳当工人，这我们都知道，但她爸爸反对她唱歌，我倒有点弄不懂。"我爸说女孩唱戏不好。"何云燕说。想到何云燕不再唱歌了，我心里像灭了一盏灯，但一想到那个男老师再也别想一眼一眼剜她了，我又猛一痛快，那盏灭掉的灯自己又亮了起来。

我问她为啥没和同学们一块走，而就她一个人站在树荫里？"我怕热，"她又笑了，"下地早了天热——光问我，你呢？"

我从学校出来晚，是因为脚趾头上开放的一朵疼痛。每天睡醒午觉，班主任照例多此一举地召集我们进教室，然后用在大会上讲话的声调正式宣布下午割草。（他一定是天天舌头发痒！）他话一落音，我马上冲向门口，平常我都是那么旁若无人，从羊群和人群的缝隙里哧溜一下没影儿。我那么快想蹿出去，是因为在许多我厌憎的事物中，我最最憎厌的是教室。老师喳喳聒聒的乱七八糟讲话声、破桌子底下的嗘嗘的撕纸声……还有羊群，勤工俭学的丰硕成果，就那么挤挤挨挨一脸苦相地躲在教室后头，有时大声"咩、咩"着和老师对讲，只是有点不拘小节，随时都要"哗啦啦"撒一大泡尿，臊味像机关枪铳得人后脑勺生痛。在我就要接近光亮亮的璀璨门口时，我听见脚趾头哎呀尖叫一声，接着有什么从地底下顺着腿蹿上来灌进脑子里，黑暗、巨大、笨重，在我眼前猛一下爆出蓝光，并且扼断了我的呼吸，我好一会儿收不回来刚刚喘出去的一口气——有两只羊在抵架，其中一只不小心踩住了我的脚趾头。"出血了吗？"何云燕问。我把脚从鞋子里掏出来。小拇指指甲有点发紫，但是并没有绽开艳红的花瓣。"要是出血，我给你薅一棵'血见愁'草，揉烂糊上，一会儿就不痛了，血也止了。"何云燕瞅着那只幸运的脚趾头说。

我们的脚印又开始在薄薄的一层绒土上拐弯延伸，就像两道静静向前涌淌的溪流。我们离开了那条有着浓浓黑树荫的道路。这会儿田野里正没人，没有谁会在最热的时刻下地干活，连割草的学生们此时也还没进地（他们急慌从学校溜掉是去找更好玩的地方），不是在阴凉里打扑克下地棋，就是四肢逗着池水开放浪花。不知什么时候何云燕停止了说话，我也不吱声了。沉默降临了。在白亮的阳光下，在没有脚步声的行走里，沉默显得巨大、阴森，不可战胜，尤其是在比地球上一切森林都显得更原始，更古老，更茂密而渺无边际的大庄稼林子里。我第一次知道沉默是有眼睛的，而且不止有一两只眼睛，而是无数只眼睛。像以往一样，我的头皮有点发麻，接着半边身子的汗毛抬起头来，另半边身子的汗毛也被惊动。我往何云燕身边靠了靠。我抓住了她的胳膊，因为我听见了沉默的声音，它在大声嚷叫，这种声音有点发蓝，有点泛白。我知道我得说点什么，否则它就会从那些庄稼林里跳将出来，对我们大耍威风。"你唱支歌吧，"我说，"我光想听你唱歌！"我的嗓子有点暗哑。

她轻轻拨开我，"——太热。"她说，"你真喜欢听歌？"她扭头笑笑。她的脸半边明亮半边黑暗，明亮的那侧均匀地密生着金色的绒毛。她的眼睛依然那么亮晶晶的，就像水里的月亮，一只是另一只的倒影。

我点了点头。确实有点热，太阳一照汗水全被薅出来，我身上的背心已经溻透。和在刚才的那条没有树荫的东西路上比，我们的影子变长了不少，就像写"捺"时的毛笔的笔头，就像一只手同时握着两支毛笔在写。沉默没有了，像水一样洇到土里去了。"唱支啥歌哩？"何云燕问我，也是自问。

我说你就还唱"小小竹排江中游"吧！何云燕同意了，但她唱歌有个毛病，就是得先站着拿姿势，她不习惯边走边唱，"要是哼歌差不多，真唱就得站好了再唱。"但我不想站在大太阳地里听歌，尽管顺路跟过来好些风，不至于汗如雨下，我还是不想站在大太阳底下听歌。我觉得只要我们一停下，阳光的啪啪打打的响声就会遮没一切，哪怕你唱得再好。于是我们又朝前走去，不过沉默一直没再敢来。两支毛笔头在爬字，有时靠近，有时分开。

我们又拐了一个弯，走上了通往南塘的那条小径。现在路上的绒土没有了，也没有了两行被阳光染白的脚印；路面上长满了茂草，是那种贴地乱爬的"锅巴草"，乱纷纷的根须比草叶更密，所以不是我们需要的东西。眼前豁然开朗，有一种空旷、明亮的感觉，——是我们要找的那块大豆田！不过朝北看，仍然瞧不见村子，连村子的树梢都瞅不见，另一块正在红米的高粱地齐刷刷斩断了目光。但那片高粱地遮挡不了风，小风一簇簇围过来，吹走了汗水。我觉得身上畅快了许多，何云燕也喘了口气，拿手绢擦了把脸上的汗，笑了。

"这儿好像没走过人似的。"何云燕走在我的前头，她不知道关于这条小径的那些说法，不知道此刻我们的周围隐藏着数不清的妖魔鬼怪，因而一点也不害怕。我想叫她走慢点都不可能，接着她又说："我最喜欢走这种一软一软的路，像踩在新被子上！"

路的确很软和，让我们感觉到脚的存在。路中间才有一道不足半尺宽的路面，仅仅是茂草被踩矮了一些而已。那些平时没见过人的蚂蚱、蟋蟀、蚱蜢什么的一看我们来了，高兴得像过大年，乱飞一气。大豆的叶片正在变黄，一丛一丛像黄澄澄的金块。有许多只蝈蝈弹响了琴弦，在琴声的后头，我听到了一种声音……

"翅膀，翅膀，"何云燕的身子一下子矮下去，我的心扑通往下一落并拽下去了一口干燥的唾沫，"快来看，我逮着一只大蚱蜢！"何云燕的个子又高了起来，她的声音似乎和她的个子不是一回事儿，是远远分离开来的。那种声音被何云燕的声音吓退了一刻，接着又响了起来，就像小孩在哭。

"哎，你怎么了？"她转过身来，"怎么不吭声了？——你快看多大，我从来没见过这么大的——"

"扔掉！"我喊，"快扔掉!!"

那只蚱蜢有半尺那么长，拿到手里像一根筷子。一定是一只鬼蚱蜢，否则哪有那么长那么大的蚱蜢。随着我的嚷叫何云燕扔开了它，像烫了手似的。她愣愣地看着我，弄不明白，"怎么啦？"她问。

"不怎么，"我说，"我怕它咬手。"

"嘿，"她笑了，她的笑声比蝈蝈的琴声更明亮，更有质感，"你见过咬手的蚱蜢吗？"但在那种明亮质感的笑声后头，那个声音并没停，像一根绳头朝我们甩来。那是南塘的声音。我看见那群高高站立着的灵活的白杨树了，它们朝我们不停地张望，又不停地低头阴险地商量着什么。

那声音显得缈远、深奥、嘈杂又清澈，就像一大堆从幽暗中生长出来的明亮植物，叶片上滴淌着荧光。似乎是在说："来吧，来吧！"又似乎是在拒绝："别来，别来，别来!"字语分不太清，真像一个胎儿在娘肚子里说话。

"翅膀，你支棱着耳朵听个啥?"

"没……没听啥。"

"没听啥?"我的否定的回答引起了何云燕的警觉，她马上磨转着眼睛和耳朵开始搜索，就像一架侦察雷达。何云燕是比我聪明，很快就得出了结论："一塘青蛙嚷嚷，听啥听! 有个啥听头!"

的确是青蛙，因为随着我们两条腿的迈动，那些声音被剪断了，消失了，接着南塘幽暗的一角泛出亮光，像是被谁端着仄歪了一下子，随即就有"扑通扑通"的声响打击我们的耳鼓——那些青蛙乱纷纷从塘坡的草丛中跳进水里。白杨树懊恼地长鸣，仿佛因为没有吓退我们而有点发火。我有点羞愧。还男子汉呢，猫儿胆! 再这样就不配和何云燕走在一起。何云燕没来过南塘，伸着头东瞅西瞧的，"这塘还不小呢，"她说，"这儿有鱼吗?"

"有。"我答。我不害怕了。我觉得一点也不害怕了。我又觉出了何云燕的声音好听，又水灵又清脆。

"咱们找个凉快地方先歇歇吧!"何云燕说。实际上她已经在找，她东瞅西瞅的是在瞅一片树荫稠厚的地方。

"歇歇?"我说，"我们还是先割草吧，割完了再歇，又不太热。"是不太热了，太阳已经走完了它三分之二的旅途，要想眯眼扫它一下已经得扭过头去。炎热像是怕挨打，渐渐远离太阳，即使不在树荫下，嗖嗖的小风也能伸出舌头舐去你所有的汗粒。

"放心吧，"何云燕连头也没扭，朝塘南堰走去，"咱们摸到了草窠! 睡一梦醒来再割草也够你抬——我看好地方啦，顺着那条垄沟割，说几句话的工夫就一捆草啦!"正在枯黄的茅草几乎没到了她的膝盖，有更多的蚂蚱在她的身前身后飞舞。草丛里会有蛇吗? 那条大蛇! "来呀，"她不走了。她的脸悬浮在半空里，就像一只没有身子的孤独的飞头——美人头。"翅膀，你咋回事呀!"是何云燕，是她! 但我不想去塘南堰的树荫里歇凉，我知道老鹰就是在那儿遇见的无头鬼。只要我们朝那片黑暗的树荫里一坐，它一准马上从土里长出来，就像雨后树林里的蘑菇。可它是站在太阳地里，它的手指间有闪闪发光的冰，阳光抚摸得那些苍白的手指往下吧嗒吧嗒滴水，那双滴水的白手无声地伸向我们——它在找头！

"就在这儿吧。"我指了指面前的白杨树，树干上有许多只嘲弄的眼睛，一闪一闪地动。又有什么声音在响，嗡嗡的，像是空中飘满了白亮白亮的刀锋。

"你看那儿有阴凉没有！"

我咽口干燥的唾沫。我看了看，没有找到阴凉，阴凉黑黑地躺在水面上。

于是我跟了过去。我是个男子汉！还不抵一个女孩家！我不能再这样害怕了，我替我自己害羞！不过一转过塘角，那个老窑就闯进了我眼里。它蹲在那儿，满身是毛——不，是野草。它的脖颈是平的，春天里我们一群人手拉手爬上去过，我们看见了它空空的身子——仅仅是一层躯壳，里头的确是空荡荡的，什么也没有，没有老蛇也没有雪白的骷髅，连只田鼠都没有，慢腾腾骨碌进我们眼帘的仅仅是圆滑的烧得发红的内胆。支撑老窑站立不倒的恰恰是那层烧成砖质的内胆。我们有点失望，但其中有个伙伴说："天冷，天一热那条蛇就该住这儿啦！"他的话马上被一个手势砍断，我们都怕语言会冒犯老蛇，它会猛然间横亘在面前。哪有蛇精不会隐身术的！

何云燕把更多的青蛙撵进塘里，水的坼裂声很大，像是什么切西瓜般砍开了金属，一下又一下。"快来！"她嚷，"这儿又光溜又凉快！"

那一块地方浓荫驱去了草丛，又光溜又凉快。我贴紧何云燕坐着，我身了有点不撑架，必须靠着点什么，否则就要稀泥般坍塌。那座窑就像一个人一半在地下一半在地上，它在守望什么。

"别挨那么紧，"何云燕挪挪身子，"好了，我该给你唱歌了！"因为走路，她的脸红扑扑的，和上衣的颜色融为一体。她又自个儿笑了，一笑脸上的三弯好看的弧形又显出来，就像漫画上画的那样。她倚着一棵白杨树，抿了抿嘴唇，清了清嗓子。那窑就像谁随便扔下的凸顶破草帽，一点也不可怕了。

何云燕张开嘴唇的刹那，我一下子惊呆了。我打了个寒噤，觉得身体变成了一根羽毛，被清风握持着满天飘飞。我从来没有离这么近听人唱过歌，原先听何云燕的歌我都是站在人圈外头，以便从人缝里盯她而不被发现。而现在何云燕就面对着我，在她那漆黑的瞳仁里就有我的小小的人影，我能看见她歙动的嘴唇上的细纹、看见她平滑的额头上的砂质的碎光；她的前额上没有散乱下一丝头发，头发熨帖光滑得像一面黑暗的镜子，把太阳从树荫外拽过来揉作不规则的一团饰贴在上头。她微微眯着眼，一直在看我，尽管我知道唱歌的人都是这样，她看着什么其实什么也看不见，只是随便找个地方好暂时搁放目光，但我还是觉得她是在看我，我有点不好意思，赶紧把眼睛挪到她的手上，但她的手不想让我看，又把我的目光轻轻撬起来——她唱得尽兴，配合上了动作，就像她每次在临时戏台上一样，身子稍许前倾一些，有点站不稳似的，马上抬起一只手来，想扶住什么。我坐直身体，两手攥紧篮臂。太阳一下子趔远了，蓝天一下子起高了，连远处一朵雪白雪白的云，也蹲伏在一片彤红的高粱穗上，屈着胳膊支着下巴颏，不住地朝这儿张望。何云燕第一首歌唱的是电影《闪闪的红星》的插曲"小小竹排江中游"，第二首是她最拿手的，就是《红灯记》中李铁梅的唱段"听奶奶讲革命英勇悲壮"。当她唱"却原来我是风里生来雨里长"时，我的喉咙突然抽噎了一下，鼻子一酸，接着就有小虫子在我的面颊上不住地往下爬，我听见它们摔落在竹篮子里，声响很大，吧嗒吧嗒，仿佛是为何云燕配乐。但我不想管它，我的心、我的全部，就像蹿跳过凸透镜的太阳光，聚焦成一点，被何云燕歌声的鞭子抽得滴溜溜转。直到何云燕放下鞭子，迷惘地问我："你哭了？"我才知道我的脸成了大雨中滂沱的树叶。"你哭啥？"何云燕有点不知所措，"是脚趾头痛吗？"我说不是。我说我一听你唱歌就光想哭，我也不知道哭啥。原来是听歌听哭的。何云燕笑了，掏出她的雪白的手帕，一下一下地为我擦泪："快别哭了，我以后再不唱歌了，唱了也不让你听见！"她的手帕上有一股凉滋滋的香味，也许是她手上的芳香。她一为我擦泪，泪水就更多了，我想起了我那没了的娘，娘的手上也有一股香味。奶奶给我擦泪从不用手巾，而就那么一抹拉，温暖畅利，但岁月蒸掉了奶奶手上的汁液，奶奶的手干瘪粗糙，比铁砂纸还粗，抹过去有点痛辣辣的。奶奶手上只有温暖没有香味。我真想趴在何云燕身上大哭一场，我只是觉得她亲。她离我确实很近，她鼻子里呼出的气息都溅在了我手上。我双手捂着脸，哭得越来越凶。泪水从我的指缝里挤出来，走过我的手背，纷纷滑下我的胳膊，从肘弯那儿坠落。何云燕不住地哄着我，她的手帕已经湿透，不能再往我脸上擦了。后来她伸出一条手臂揽住了我，用一只手像奶奶那样抹拉我的脸，把泪水刮下来。何云燕趴在我耳朵上小声说："翅膀，你再哭我下次可不跟你一路啦！你不知道漫地里不兴哭吗？"她的声音又低了一点："人一哭就招来鬼——鬼最喜欢舔泪！"何云燕提到的"鬼"堵住了我的泪泉，但喉咙里有许多哽噎，就像一大窝小鸟，不住地叫着飞出来，总也飞不完。当我的呜咽停止时，我才发现何云燕也哭了。她的眼红红的，眼睫毛被泪膜拢撺成一撮一撮的，鼻头也有点发红。她的眸子被泪水一浇灌，显得更有神采、更动人，除了明亮之外，还萌发出全新的叶片和蓓蕾，那就是忧伤和温柔。

　　我却坚信鬼绝不喜欢泪水的饮料，因为自从我哭过以后，我一点儿也不害怕了，觉得所有的鬼啦妖魔啦什么的都吓得溜远了，连南塘的边儿都不敢沾啦！也许它们是怕何云燕，也许是怕她的歌声，要不就是怕我的泪水。那个下午直到我们抬着一捆草回学校，连一点异常的动静都没有碰到。从前要说没有一群人在堰上，谁又敢往水塘里挪一步，可那天何云燕扯着我的手，我们一步一步走下塘坡，走到被水泡软又被密麻麻的草根网紧的水边。我们蹲在那儿，一捧一捧撩起塘水洗脸，洗去脸上的泪痕。水塘中心的一堆苲草上，蹲着三两只青蛙，尖尖的小头顶朝着我们，漫不经心地咯咯哇咯咯哇叫，仿佛在拉话："他们，怎敢，下来啦？"另一只不耐烦地答："谁知道呀——谁知道呀——"何云燕又搓洗了她的白手帕，一边拧着水，一边用两只脚交替踩软泥："真软和，站在上头就像站在——"她一时想不起来那个"什么"了，我就把什么说出来了："云彩上！"

　　待到我们又回到原来的地方时，说笑声已经把刚才的哭声撵得没了影，就像太阳撵跑了树荫——我们放在地上的竹篮和镰刀都镀上了一层白金的阳光。于是我们走向了大豆田，找到了刚才看见的那条宽宽的垄沟。那条垄沟是浇水用的，公家的田地没人可惜，所以垄沟留得比大路窄不了多少，好像在庄稼地里特意为我们辟出一长溜地方种草。草葱绿葱绿，根本看不见地皮，都是羊爱吃的好草：稗子草、茅草、莎草……可能是因为总有水源的缘故，绿得发黑，连星点枯黄的痕迹都没有。草棵里的蚱蜢也长得伶仃可爱，绿莹莹的，像窄长的一片草叶，只有它们蹿飞起来时，才能看见绿翅里面还衬着点点红色的内羽……

镰刀哧哧地割断了草茎，草汁的清苦的芳香围着我们低低徘徊，就像刚送走的呜咽又回来了一样。我没有拿镰刀，往常我都是用手薅草，挑生长得英俊的、细高挑的草薅，所以我割的草总是全班最少，在勤工俭学上几乎总是倒数第一。但我喜欢用略微有点泛黄的竹篮盛放翠绿的丛草，我只是觉得好看、惬意，"你看有几个人用竹篮子盛草！——一看就不像个干活的人！"何云燕没说完就笑了，她的三弯弧形在橙色的阳光里浮荡，一颤一颤的让人心酸，说不出为什么心酸。我总觉出她身上处处散发着妈妈的气息，与我是这样水乳交融。何云燕教我要割老草，"老草压秤。"她还教我别把草根上带的土抖得太净，"要不你永远别想勤工俭学好！"就这样她割，我用竹篮子一篮一篮往地头上送，我们说好的搭伙割，抬到学校再一分两开。在她割的草不够送一趟时，我也跑到大豆田里寻觅那些个头儿高挑的草。那些草也不少，已经结出长长的草穗，毛彤彤的，可真是漂亮。你要是抱一堆草回来，让那些草穗拂到脸上、脖子上，就像有只温柔的手在抚摸，那是妈妈的手、何云燕的手！

在大豆田里，我发现了很多很多好吃的草本野果，有"洋姑娘"，有紫色的"野天地"，有"马泡"……我还找到了一堆名叫"驴屎蛋子马泡"的野瓜，比普通的马泡大得多，但又比甜瓜小些，只是吃起来又甜又香，只要你一咬开皮，一股香味就窜出来，在青草涩苦的香味里游来游去，像条机灵的鱼。而最香的是洋姑娘，果实撑破了萎薄的泡壳，比大拇指头还肥硕，阳光一照黄得透亮，它的香味一出场，所有的香味都要俯首称臣。那是一种浓香，化不开似的，你咂摸一点点，香味倏忽就从嘴里钻进身体里，又马上从脚底透出来，铳得土地直吸溜鼻子。

我不知为什么，想把所有的心里话说给何云燕听，想把我珍藏的所有秘密一股脑倾倒给她。我知道何云燕之于我，已是最秘密的秘密，所以我以前的秘密在这桩秘密跟前，就再也算不上秘密。我讲起了我的家，讲起了妈妈……

我对妈妈的记忆不多，我还没来得及记住妈妈，妈妈已经走了。奶奶不止一次问我："你能记住你娘的模样吗?"我不说谎，我摇了摇头。"你要记住你娘，长大了好有个想头。"奶奶说，"人一大就得有个想头，要不你就心里空——你能记住我吗?"奶奶笑了，奶奶的笑眼里流淌出期望的潮水，"能，"我没打趔跟儿，"当然能!"但我记不清妈妈，我越想记起妈妈越是记不起。妈妈她是一团雾气，一个不具形体的虚空，但她顽强地存在着，没有消失过一天。我看不清她的面容，但我在梦里能看见她走近，能清晰地感觉到她手上的爱，覆盖在我的皮肤上，然后像水一样渗进我的肌肤。尤其是在白天与其他孩子打了架，人家的母亲呵护着我的那个小对手，满怀敌意地凶狠地望着我；还有就是看见老母鸡领着一大片黄澄澄的雏鸡觅食，一旦发现危险的东西靠近，哪怕是一只漫不经心飞舞的马蜂，那只鸡准是颈毛耸起，喉咙里滚动着"咕咕"的一触即发的警告⋯⋯当天夜里，我准能在梦里碰上妈妈。虽然我无法看清她，但她只要一出现，我马上就能辨知。妈妈的手伸向我，一切不好的东西碰上妈妈的手，比冰遇上火焰消失得都快。那次我的脸被马蜂蜇伤，妈妈就是这样捧着我的头，先用脸颊亲我，接着就用手一遍又一遍轻轻地抚摸，只要妈妈一挨，那些马蜂们送给我的疼痛马上飞得没了影。那是一只牛舌头状的马蜂窝，吊在我从家里出门的必经之路上，黄黄的像谁拉的一泡稀屎。我不喜见马蜂这种昆虫，它们黄得太刺眼，肚子、眼睛那么大，腿和翅膀却那么单薄，腰细得简直像没有似的，让人不能相信它的头部真的和肚子是连作一体的；它飞翔的姿势真难看，藏满毒汁的丑子弯坠着，两只翅膀艰难地扇动，假模假式的。那只马蜂窝像是滴溜在我的眼皮子上，过来过去地碰得我眼珠子生痛，我终于忍无可忍，在一个晴朗的上午拿起了竹竿。我想我并不用敲两下，只要竿头一戳，那窟窟窿窿的黄色长条就会像总在它上头爬来爬去的马蜂那样飞出去。我对蜂巢与树枝的亲密程度估计不足，当我使出手劲对准了猛敲时，蜂巢连摆动一下都没有，只是与蜂巢连接的树枝"哗啦"大叫一声，那层黏附的黄色颗粒轰地爆炸，马上变作一股黄色的浊流向我激荡汹涌。我知道这时候逃跑会前功尽弃，于是连眼都没眨又猛敲了第二下。那只蜂巢实在是太结实了，像树枝上结的一枚没长熟的果实，对于竹竿的敲打连账也不买。而这第二次敲击把仅剩的不多几粒黄色也敲得朝我撒下来。一不做二不休，我又懊恼地攥紧了竹竿，但竿头这一次与蜂巢远离了十万八千里，因为在我瞄准的紧要关头，突然有一块生铁结结实实地塞进了我的手背——那种被蜇的疼痛尖锐又沉重。我落荒而逃。我听见疼痛的蜂群发出疼痛的声音在追赶我，直到我气喘吁吁绊倒在地上，我的脸上、耳朵上、手上到处都有疼痛在号叫轰鸣。我趴在地上一动不动。我听见盘旋在头顶的嗡嗡的声响低弱了下去——这时我才想起来大人们叮嘱的那个诀窍：马蜂撵你的时候千万不能跑，要就地卧倒，这样它就把你当成了一处土疙瘩，不再理你；你越跑它看得越清，跑到哪儿它就撵你到哪儿，不给你一圪子决不罢休！再者戳马蜂窝不能在晴天，要在阴雨天，或者黑夜，那时马蜂是不能飞行的……可是一切都晚两百年啦！马蜂窝好好地结在树上，而我的手、我的脸却肿了起来。好久好久，我才从地上爬起来。我发现我的眼皮睁不开了，费了九牛二虎之力才裂开一条缝，看东西得把脸仰得老高。我知道马蜂们是在发泄怨恨：你不是觉得我们滴溜在你的眼皮子上碍事绊脚吗？那我们偏偏让你的眼皮子尝尝厉害！我自知理亏，怕妈妈吵我淘气，就想了个歪点子：从地上撮起一把细土，反反复复搽在脸上。我想好了对策——假如妈妈盘问，我就说是跌了一跤磕的。跌跤磕伤，妈妈是不会吵人的。

　　但我耍的小聪明瞒不住妈妈，妈妈看见我就知道我被马蜂蜇了。妈妈把我揽在怀中，不停地用手抚摸伤处："乖乖，乖乖。"妈妈越看越可怜，后来声音里渐渐注满呜咽。被妈妈的手抚平的疼痛又被哭声唤醒，像一眼眼泉水，咕嘟咕嘟地流淌，我小小的身体被疼痛胀满。我也哭了。泪水遮挡了视线，所以我没看见妈妈。这个时候我看见妈妈，我一定会记住的，记住她的带泪的面容，记住她的充满爱怜的眼睛。但是没有，透过胀满泪水的裂缝我看到的只能是一片模糊的天地，无论我怎样吃力地忆想，那一片泪光中都洇不出朦胧的妈妈。

　　还有一次妈妈的记忆，是在一个黑夜里，没有月亮，但满天都是星星。黑暗的天空像一件褴褛的旧衣服，布满密密麻麻的孔洞，透过那些孔洞，能望见穿衣服的那人闪闪发光的明洁肌肤。那一定是我的双脚第一次在黑暗的旷野触摸大地，不然记忆不会这么清晰，那片坚实的凉滋滋的大地好像从此以后就贴在了我的脚板上。我蹒跚在妈妈身边。黑暗很黑，我害怕这么黑，这么广大的黑暗，我竭力挨紧妈妈。我和妈妈仅隔着一层薄薄的衣服，妈妈身上的温热流进我身体里。我不那么害怕了。接着我听见了黑暗的低语，明明就在耳边，却显得遥不可及，就像谁在漫不经心唱歌一样。妈妈告诉我那是风。我感到黑暗的手凉滋滋的，轻轻地抚摸我的脸——夏夜里一切都凉滋滋的，对，是夏夜，夏天的夜晚! 妈妈一定是纳凉……不，不是，因为妈妈又抱起了我，我的面颊贴在妈妈脸上时，我嗅出妈妈在流泪。妈妈的泪水有一股淡淡的咸味。妈妈可能是与爹吵了架，正带我走在去姥姥或其他什么亲戚家的路上，累了，就扯着我的手走一会儿，歇息一刻又把我抱在了怀里。凉滋滋的黑暗无边无际，洇透了我们的身体。我陷进黑暗里，温暖惬意。接着我觉出妈妈就是黑暗本身，我也是黑暗本身，我们都变成了黑暗……

就这样妈妈总是伴随着疼痛和黑夜出现，给我送来她手上的温柔。因而我渴望疼痛和黑暗，我真想让疼痛像花朵一样灿烂我每一个日子，让睡眠永远别俘获我，使我拥有一个又一个暗夜。这时候妈妈就会款款而来，不需要过程，一下子莅临。妈妈的手就会像一帖药膏，贴紧我的脸颊、手臂，一遍遍走过，播撒我干涸的身体承受不了的柔爱的甘霖。是的，我渴望疼痛，渴望黑夜，就像我渴望见到何云燕一样。我知道这些都是不可告人的念头。我为有这些癖好而羞愧。我真不敢再说出来，而且也说不清——说不定我的脚趾头被羊蹄踩伤，就是这种渴望的结果。有许多时候，我总想让手里的小刀顽皮一些，不但对铅笔上的木屑感兴趣，最好也注意一下我的手指，不时舔一下子，让疼痛的花朵盛开，只有这时我们才能看见身体里暗藏的红色花瓣是多么美丽而凄艳!

妈妈死的时候我刚刚三岁。妈妈死于月子病。妈妈的身体流血不止。"真不知道人身上有那么多血，"奶奶说，"我总觉得那些血不是你娘的，一直那么哩哩啦啦流，淌不完似的!"妈妈的新坟上还没长草，就有人替代了她的位置。那是一个又胖又黑的妇女，粗粗的腰身像口米缸，眼珠深陷在肥肉里，每侧脸颊上还有两刀横肉。她没有打过我，但她小眼珠里发射的灰光就像长长的竹竿，一次又一次把我远远地拨开。我怎么能唤这样的人作"娘"！——那还不如要我去死！

"她拖油壶了吗？"何云燕问我。

"拖油壶？——啥是拖油壶？"

"就是，嗯——带来了不是你爹的孩子。"

显然何云燕理解错了，因为后来我才知道，所谓"拖油壶"，是指女人结婚的时候肚子已经大了，而大肚子里孕育的胎儿又不是跟她结婚的这个男人的。我的后妈是带来了两个女儿，她们都比我大，她们总是用那么陌生的、充满敌意的目光望我，仿佛我是个小无赖，随时要去抢她们拥有的东西。她们是受了那个黑胖女人的蛊惑，跟我没一丝亲气儿，还不如别人家的孩子；我要是和谁打了架，她们一准起哄看笑话，别说帮捶，连劝劝都不屑。她们会握着小拳头嚷嚷："打！打！打烂头拾个尿罐子！"恨得我真想丢开对手，转向她们来一顿拳脚。所以爹要我叫她们姐姐时，我闭紧了嘴巴——姐姐？呸！给你一口唾沫！

我还给何云燕讲起了奶奶，讲起了我们的小茅屋、小茅屋临窗的位置奶奶为我用豆秸打的地铺；讲起了睡到铺上，夜晚我能看见星星，清早我能看见枕边灶膛里的熊熊火光……我从来没有说过这么多的话，我真稀奇肚子里竟藏有这么多的话，像总也说不完似的。我只有一句话没有告诉何云燕，就是无论奶奶多么疼我爱我，我总觉着缺了点什么；至于究竟缺了点什么，我自己也说不清楚。

那天我们割的草真多，堆在地头上有好高好高一垛。阳光已经改变了颜色，何云燕的粉红衣衫已经变成了朱红。南塘一无动静，连那些白杨树也不那么哗啦啦大叫了，因为有一道乳白乳白的雾带捆住了它们；青蛙的叫嚷也不再那么盛气凌人，蝈蝈也消停了下来，倒是蟋蟀什么的小个头野虫，吹箫一般，到处在响，像水一样漫遍田野。我说："下露水了，我们该走了。"草叶已经湿了，走在长满草的路上，脚面一凉一凉的，很快鞋子和裤脚就变得黑暗而重浊。我们开始捆草。何云燕把绳折成平行的两道抻好，摊在地上，然后把理顺的草一掐儿一掐儿搁在绳上，我要帮忙，她笑笑说："你能帮倒忙！捆草可不是谁都能捆结实的！"何云燕捆的草的确很结实，那天我们抬着草捆回学校，一路上没出一点岔故，草捆没有炸散也没有调皮的草溜到地上。她还巧妙地把空竹篮子系在草捆上，篮子很听她的话，一点儿也没多晃悠碍事。我个子矮，走在前头，何云燕走在后头。她总是把扁担上的草捆挪近她，想减轻我肩膀上的压力。我说我不累，她说走吧走吧，我不拽着篮子，草总往前头滑，谁叫你个子长那么矮呢！

暮色锁住了南塘，也锁住了庄稼地。伴随着第一颗星星的泅现，黑暗从田野深处漫上来。但那是一种亲切的、回忆中的黑暗，蕴蓄着温柔和抚摸，一点儿也不可怕。那种黑暗里没有鬼魂和妖魔的传说，只有回来的妈妈，以及与我由一根沉重的扁担相连接的何云燕。

寒风就像一群调皮的猴子，在村子的树梢上蹿来跳去呜呜地叫，我刚过寨海子，它们就从树上蹦下来追上了我。它们往前推我，还掀起了我的棉袄后摆，一下子我觉得被一种铁质的液体浸透。我打了个寒战，连肚皮都搐动了一下，像嗅到了浓重的铁腥味。我披了披袄襟，缩了缩头，将手插进袖筒里。待我抬起头时，我突然从谷场上的麦秸垛缝里看见了远处的那条红舌头，一伸一伸地在舔舔着什么——一定是冻皴的嘴唇。我头皮一麻，起了半身鸡皮疙瘩。不过很快我又不害怕了，我知道那是南塘上的篝火，不是妖怪的红舌头。那里有正义叔呢！正义叔在那儿，比爹在那儿都强。我喜欢跟正义叔待在野地里，夏秋季节正义叔被生产队派去护青，我只要有空就跟着他。我们收拢庄稼的枯叶升起一堆火，可以烧蝈蝈、蟋蟀，当然也烧红芋，烧玉米棒子，甚至豇豆角。你什么都吃过，但不一定吃过燎得焦黄的蟋蟀蝈蝈。母蝈蝈的肚子饱油油的，都是金黄的籽儿，比谷粒还更圆更大，嚼着咔叽咔叽响，而且越嚼越香。只要正义叔在那儿我心里就踏实了。我这会儿往那儿走还在路上已经踏实了。

麦秸垛还有小雀的看场小屋，像是怯劲野地里的寒风，从我的身边悄悄地后退，想躲进村庄里。刚才还人山人海呢，在银幕的照耀下，人脸挤挤挨挨整个打麦场就像一只硕大饱满的葵花盘。可现在一个人也没有了，一星点儿声音也没有了。它们看见我张望它们了，于是停住不往后退了，似乎我能帮它们赶开寒风，重新招来刚才的人群。我可是一个人也招不来！别说是深夜，大白天我也不见得能招来人。不过大白天我站这儿朝南塘堰上的正义叔招招手，说不定他会来呢！他会以为奶奶找他有事呢！正义叔有点怯奶奶，可我谁都不怯。我只怯一人，但不是她让我怯她的。当然这人不是我奶奶，我能抱着奶奶的脖子打滴溜呢！

我知道那不是红舌头，也不是一大丛红草，而是一堆火。我还看见膨胀的火光里有个人影，闪来闪去。反正不是正义叔就是小雀。我一点儿也不害怕了。何云燕为啥没来看电影呢？是她来了我没找到她吗？放电影之前我一直在找她，就像一条游在水草中间的鱼，在人缝里钻来钻去。"看啥！——挖掉你的眼珠子！"有人不满意我伸着头端详，这么恶毒地嚷。"呸！"我心里这么呸一声，但我没呸出口来。我在心里很厉害，谁都敢惹，但实际上我很怕惹事儿。我很少跟人打架。我很淘气但我是个乖孩子。奶奶说好些大人也都说我是个乖孩子，不是我自吹自擂的。人群中间的桌子上圪蹴着电影机，电影机的上头竖起的竿头上结一枚电灯泡。电灯泡真亮，我都不敢直看。我从没见过灯还能这么亮，和奶奶拨来拨去的那盏陶制的煤油灯相比，这电灯泡亮得像是要吃人，一口吞你进肚里。要是你细细端详，你能发现有一层或长或短或粗或细的彩针包裹着电灯泡。电灯泡为啥那么亮呢？汽油的气味闻起来怎么这么香呢？汽油是花朵轧碎做的吗？我不知道何云燕到底来没来，她要是不看看这电灯泡不闻闻这汽油香多可惜呀！我围着人堆瞎转，我拼命往里挤，可就是挤不进人堆里。我看不见放映员手指插进拷贝的孔眼里收拾机器，但我能看见那台远远趔开人群的发电机。汽油的异香就是从那儿冲荡而起的。那台发电机嘟嘟地欢叫着，好像瞅着了头顶上有只明亮的灯泡就高兴得不得了，就像一头发现了食盆又暂时吃不到嘴里的小饿猪。我真想和那头乱叫唤的小饿猪多待一会儿，可这时看机器的人嚷："你是来看电影的还是来看这破机器的！"我这才癔症过来，电影开始了。但我挤不进人群了。小孩都坐在最前头，脸仰得身子都半躺着，半躺着也不要紧，因为人挤挨着人，正好能当靠背。我没找着何云燕，可我想方设法尝试怎么着也挤不进人群了。我找何云燕干吗呢？就是找着她了又能干吗呢？我又不可能跟她坐挨边儿看电影。

我能反着认字。所有的汉字都背对着我，我也能一划儿不差地认清谁是谁，所以我坐在银幕背面看电影比坐在正面更舒坦。这儿没人挤。这儿想怎么看就怎么看，下回要是在这儿放电影我还这么背着看。不但能看银幕，还能透过银幕下缘看见一张张人脸之上嗒嗒转动着喷吐出粗粗细细五颜六色的一头细一头粗光柱的放映机。我知道那道光柱接在银幕上，银幕上的人啦东西啦全是顺着那道神奇的光柱（"天道"？既然有地道那就一定有"天道"！）走来的。坐在背面看的人不多，都是一些不喜欢热闹挤不到正面去的老头儿老婆婆。他们年纪大，经的事儿多，所以不用人教就摸到了这窍门。但奶奶是不会来看电影的，无论多热闹奶奶都不会来。奶奶不喜欢热闹。我盘腿坐在地上。刚坐下时屁股猛一凉，凉气都有点想往骨头缝里钻，不过只要忍一会儿，马上大地就给暖热了。你坐在热乎乎的大地上，周围没有人挤你，你不但能看见银幕上的电影也能看见放电影的人、其他看电影的人。这才是看电影！坐在这儿看电影真舒坦！除了影像稍微有点模糊外无懈可击，你几乎挑不出任何毛病。

我真喜欢鲤鱼，不，是鲤鱼变的牡丹，她浑身上下哪儿哪儿都好看，尤其是她的声音，柔柔的软软的亮亮的，就像一溜泉水，能一下子把人的心浸透，让眼睛湿润，和何云燕唱歌的声音一样。我听不太懂越剧，但我能听懂那曲曲弯弯的婉转流畅的声调，还能看懂翻了身儿的字幕。鲤鱼变成了牡丹，真假牡丹出现在张珍面前，出现在黑老包面前，让老包断案。老包最公正，尽管有假老包和他对垒他心知肚明谁真谁假，但他仍然假装糊涂拂袖而去。乌龟变的黑老包我也喜欢，甚至真牡丹尽管嫌贫爱富我也喜欢，因为鲤鱼变的就是她啊。真牡丹假牡丹并没分别，连黑老包都分别不出，那为啥有的人一看就不是坏人而有的人一看就不是好人呢？好人坏人真的看不出来吗？真牡丹长得那么好看为啥还嫌贫爱富呢？天兵天将按说也应该公平啊，为啥还要兴风作浪捉拿鲤鱼？要不是观音娘娘节骨眼儿上露面，那鲤鱼还不得被张天师严罚受罪……

我又闻见了汽油的芳香（和我们点灯用的煤油气味接近，但绝没有半点煤油的厚重土味），在刺骨的寒冷中，那种奇异的香气有点冰片的味道，就像它们也是寒风，一直就盘旋在打麦场的入口处从没离开过一样。如今麦场里一个人影都没有，只剩下一溜一溜的风满场里转悠。不过尽管没有星星当然也没有月亮，我仍然能看清秫秸垛，高高的长长的，敦敦实实纵卧在麦场的东侧，就像一道山岭。矮矮的秫秸垛蹲伏在麦场的西南角，像是一座大坟。有人刚从垛里抽过秫秸，弄得大坟松松垮垮的不太规整。老鹰就是挥舞着一根秫秸在银幕前维持秩序的，他一边大声斥骂一边又括又打，硬是把聚成一疙瘩试图骚乱的一群年轻人镇压了下去。老鹰那是真打，他本来就有点虚弱的身子累得气喘吁吁的，手指所指之处马上跟着就是一秫秸。随着啪啪的响声，人头之上腾起一团团雾尘，在明亮的电灯光里起伏翻舞。先后有好几根秫秸都被他敲折。我们从心眼里感谢老鹰，没有他举着秫秸括打挤挤挨挨攒动的人头，发电机即使叫唤得再起劲也不一定能放成电影。是老鹰帮着我们在半天空里认识了鲤鱼精（我们都喊她鲤鱼）、牡丹、张珍，我们还看见了黑老包、黑老包的跟班王朝和马汉，还有天兵天将、观音娘娘……我们在这个冬夜真是大开了眼界，把平素听得耳朵都起了茧子的仙界事物悉数目睹。我们从心眼里感谢老鹰。没有老鹰，那些闲得没事干手脚痒痒的半大蹶子（人们对年轻人的昵称）会把电影场折腾个底儿朝天。

本来我已经走过了秫秸垛望见了南塘里的火光，但我没有马上沿着那条我闭着眼睛也能摸清的道路继续走。我想再走进打麦场看看，看看半天空里还有没有鲤鱼，还有没有张珍……于是我回过头来，再蹚过那处洋溢汽油异香但没有花朵的空地儿，径直走进了打麦场。打麦场里很安静，满场里只有风在胡乱转悠，一阵儿在场角一阵儿又撞向麦秸垛，没有一个人，也没有一丝光。小雀的小屋蹲伏在麦场的东北角，黑塌塌的就像一只夏天卧着打盹的老牛。小雀一定是睡着了吧？他要是睡不着会听见我的声音，他从屋里一下冲出来咋办？不，小雀没在屋子里，我记起爹说小雀也在南塘上看鱼，此时他正和正义叔在一起，正和正义叔等我去呢。知道小雀在屋里睡觉我有些担心，但一想起他并不在屋里我又有些害怕了，他的小土屋本来是让我躲避害怕的地方，现在却成了让我害怕的新的根源。不过很快我就不害怕了，因为我忘记了空空的小雀的屋子，我站到了刚刚鲤鱼在上头唱戏的地方，我抬起头来寻找，我试图看见鲤鱼。我在黑暗里瞪大眼睛，我想望见风，然后就能看见鲤鱼或者张珍或者真牡丹（尽管我有些恨她）无论谁都行的。我没有看见风，也没有看见丝毫光，有光才能有鲤鱼张珍，鲤鱼是鱼光就是水。他们全藏在黑暗里，天空里只有黑暗。风也是黑暗。我走到场角的秫秸垛那儿，咪咪啦啦地搬出了一捆秫秸，搬到刚才银幕待过的地方。秫秸垛本来被垛得规规整整的，但经过了一场电影面目全非。不但是老鹰从垛里抽过秫秸，一定还有许多人抽过秫秸，整个垛已经没有垛形，毛毛炸炸的，像是一头披散着的鬈鬈长头发！（我的胆子麻了一下！）我举着一根秫秸站在秫秸捆上仰脸寻找，这样能更近地接近刚才的银幕，也许就在一派黑暗中真的会有一丝光亮泛起就像曾经飞掠过的流星一样。我渴望头顶真的有一丝光亮一闪，哪怕仅仅是一闪，证明这儿曾经有过鲤鱼，有过牡丹，有过黑老包……但一丝光亮也没有，只有黑暗的风在吼。我猛跳了起来，举起那根秫秸猛劲儿括打。我想打落一样东西，比如牡丹观赏过的梅花，比如元宵夜里点剩的蜡烛，或者碧波潭里的一棵水草……但没有，什么也没有。天空空空的，天空盛满了风。我举起的秫秸在漫空里扑了个空，我跌了一跤，但没有摔疼，秫秸捆接住了我。手里的秫秸折断了，我又跑到秫秸垛那儿抽出一根，又站在捆上跳起来朝天空够去。失败是铁定的，其实我也没存什么希望，只是想试试。有了经验我没再跌倒，只是打了个趔趄再度站稳脚跟，再度仰脸观察夜空。

只有黑夜才能让电影里的人陆续走出来，站到你的跟前就像真的一样。黑夜是电影的世界，但只有光才能出生电影。白天里有太多的光，白天里的光能埋葬电影。到了白天才明白电影里的人与事都是假的，在这个世界上压根儿不存在或者确有实物，但远在天边与我们干系不大。白天站在放过电影的地方总让人失望，莫名地失落。我还没有在刚刚放过电影的黑夜看看放过电影的地方，但今天看了仍然和白天里一样的。什么也没有，像白天过浓的光一样，过浓的黑暗也能埋葬电影的。

于是我从打麦场里空手而返。我又走在了那条啪嗒啪嗒扇响我脚板的路上了。这路在夏天里缀上过我和何云燕的脚印，我们走过这条路去南塘里割草。何云燕为什么没来看电影呢？我看见我认识的全大队几乎所有的学生都来了，何云燕为啥不来呢？是不是她妈让她帮着蒸馍啊？是不是她家来亲戚了或者她爸从洛阳回来了啊？我没有找见何云燕，在电影场里找了又找最后还是没有找见她。要是何云燕也来那有多好啊！那样颠过年开了学我们就能畅谈这个影片了，还能说说鲤鱼牡丹说说黑老包。但何云燕没有来，于是年后开学无从说起，只能跟那些乱嚷嚷的脸红脖子粗的同学争论，但和他们争论又有什么意思！风很黑，黑黑的风围着我兜圈，兜了几圈就又走了。我看见了南塘里的火光。要是能在白天里看电影就好了，要是能在白天里看见鲤鱼，看见张珍，看见黑老包、王朝马汉、天兵天将该是一番如何景象啊！听说县城里是能在大白天里看见电影的，但镇上不能。小镇没有能耐大白天让电影里的人物像黑夜一样出现。

一磨过打麦场我就看见南塘里的篝火了。正义叔一定正往火堆里铺豆秸，让干豆秸咔咔叽叽地乱糟糟嚷嚷，接着它们就猛地捧出跳动的大火。豆秸顶烧，是烤火的上佳柴火，不像麦秸那样轰隆一蹿就完了。芝麻秸秆也顶烧，而且烧起的火更纯粹。我喜欢拿芝麻秆烧火，但家里烧火只有不多几次能有芝麻秆。队里分的柴火不够烧几顿饭的，奶奶一有空就下地拾柴火，用笆子搂草，用竹签扎地上的落叶……奶奶在收割过的芝麻田里刨的芝麻秆根也和芝麻秆一样好烧。芝麻秆根我们叫芝麻楂，镰刀砍去了芝麻秆，留下有尖锐茬口的芝麻楂。为了能刨到更多的芝麻楂，奶奶的小脚总是被扎伤。芝麻楂烧出的火旺盛，能扑满一灶膛。我喜欢芝麻楂生出的火焰，喜欢芝麻楂燃烧时的模样，壮观而激烈。奶奶想多刨芝麻楂是想让我烧锅时更高兴。只要我高兴奶奶愿意去做一切事情。我想上天，奶奶马上就会动手为我搭天梯，尽管超出了她的能力，但她仍要不辞劳苦一试。奶奶不怕失败。奶奶疼我……南塘里的火光像是也累得直喘气，让它照出幽明的景物原地跃动了起来。被纷乱的树枝覆盖着的村庄跃动了，麦秸垛跃动了，小雀的蹲伏场角的小屋跃动了，连我刚刚走过还没离多远的秫秸垛也轻轻仄歪了一下。我稍稍加快了脚步。即使没有火光做伴，我也不害怕，我现在走的是和何云燕在夏天里一块走过的路，我能踩住何云燕踩过的地方，我能踩住她的脚印。何云燕就像夏天里一样就走在我的身边呢。我不害怕了，一想何云燕我一点儿也不害怕了。何云燕不会不来看电影的，只是我没有找见她而已。离家这么近，又是稀罕的带彩的电影，何云燕怎么会不来呢！

昨天离开学校的时候我碰上了何云燕，她也正搬着板凳逃离学校，和我们一样兴高采烈。我们昨天才放假，被关闭了一个学期，硬是挨到腊月二十五学校才肯放我们漫天飞走。我们是一群小鸟，学校就是笼子。平日里我们渴望着放假，即使不过年放假也是我们的节日。假期里天天都是节日。

我们大呼小叫从校门口往外飞奔，因为学校不提供板凳，我们的凳子都是从家里带来的，放假时当然就又带回家里。我们个个都搬着方凳。出了校门口我想等一会儿再走。我不是等何云燕，她是白衣店的，我是嘘水的，我只能和她同行一段路，最多也就是一百步那么远，走到那几棵光秃秃但显得疏朗美丽的白杨树那儿，她正南我正东分道扬镳。我只是想这么靠着学校最后一排房子的后墙坐一会儿，我还没有在这儿坐过呢，靠墙坐在方凳上面对大路真舒坦。我正这么坐着，突然革命就狞笑着走过来。革命是我们班上年纪最大的学生，他的力气也最大，有一次他拎起一头羊在半空里拎了好几圈，尽管因此在全校的学生大会上罚站但他仍很得意，这一来谁都知道他天不怕地不怕力气大得能拎着羊转圈，于是他想揍谁就可以揍谁了。捶头子里头出真理，革命对老师都敢动手动脚。我和他没有过节儿，我从来对他这种人都是敬而远之的。但他狞笑着走过来，嘴角还哧溜流出一缕明晃晃的涎水。我坐正身子瞪视着他一动没动，我弄不懂他要干什么。"你坐这儿还怪舒坦哩。"他说。他一只手搬着凳子，一只手挠着耳根，脸仄棱着翻着眼斜视我，像是给我使眼色但明显不是。我没有招谁惹谁，心里没玄事不怕鬼敲门，所以我并不怵他。"我看你捆墙上会更舒坦!"他难以预料的笑脸陡然色变，双目圆睁一下子凶相毕露，他的话语几乎是吼出来，尾音有些劈拉分叉，就像犯了接触不良毛病的收音机。我瞪着他但仍然没动，于是他阴森的脸又变了回来又布上一层假笑，而且用脖子举着脸更靠近我的脸，我都能嗅到他鼻子里吭哧吭哧喷出的热烘烘的气息，能看见他眼角的一小蛋黄黄的眼屎了。我一阵恶心，差点儿呕吐。我是有点恐惧，不但因为我不会打架，还因为恶心。我不知道他究竟要干什么。我真想冲着他的脸吐一口唾沫，但我不敢也下不了手。革命的笑脸仅仅保留了一秒钟接着雷鸣电闪，他咬牙切齿鼻子又拧歪了，他猛地举起手里的方凳的四条脚向我顶来，我准备好身体的哪个部位遭受暴力袭击，准备好面积极小积聚着力量的凳子腿儿击穿我的身体，但是没有——我睁开眼睛细看，一下子明白革命的意图了，他的四条凳子腿儿顶在墙上而我被困在凳子腿儿之间——我成了囚笼里的囚徒。革命的脸恢复了先前的狞笑，他实现了阴谋非常痛快，他的脸离我的脸太近，我真想狠狠地吐他一口唾沫，但我没有，我大声疾呼：

第二部 · 第二章

"松开!"我知道我的疾呼没有任何作用,我只是在走走程序。我的愤怒在静悄悄积蓄,我有点把握不了自己了,我不知道我马上要干出什么事儿。我的两只胳膊动不了被死死钉在四条木柱子和墙壁之间,但我的头能动,我能够一伸嘴咬住他的鼻子。我的心跳在加速,我的呼吸高高地一下一下鼓起我的肚子,疾驰的血流像鸟群一样在头顶盘旋。我要咬掉他的鼻子!我已经下了决心,我真的要张开嘴巴了,像被逼急了的兔子一样——就在这时一个声音响起来:"革命,松开!"是一个清亮的女声,是我熟悉的一个女声,"你敢不松开!我这就去叫校长!"她说。她已经抓住了革命的后衣襟,是何云燕,她谁都不怕,连革命这样的二愣子她也一点儿不怵。革命有点怕校长。校长是位个头不高的半老男人,鼻梁上架着眼镜,目光不是透过镜片而是滑过镜框上沿扎到人脸上,连革命这样天不怕地不怕的人都能被那目光扎出寒战来。校长抑或是何云燕动摇了革命。凳子腿儿不再那么坚定不移,在墙上挪动着咯噔了几下迟疑片刻后终于还是与墙体分离了。革命举起方凳像是要砸谁,但他这回谁也没砸,只是对着地面撒气。他的脖子一梗一梗地撅着,他歪别着头大叫:"咸吃萝卜淡操心!"但他不敢面对何云燕,他把凳子掷向地面差点没有零散,他愤愤地哼了几声几乎算是仓皇地悖悖而去。何云燕没有太搭理革命,何云燕站在我面前,她说,翅膀,赶紧回吧!要过年啦,你奶在家正等你早回呢。

何云燕在冬天里比夏天更漂亮,皮肤比白玉还白,滋腻滋腻的。何云燕能发光,只要她往那儿一站,你不用眼睛看也能感知。她穿着一件合体的红方格棉袄,两支小辫垂在脑后,辫梢扎的是蓝头绳而不是皮筋。而且冬天的寒冷也与何云燕要好,她的脸颊啊手背啊竟然白生生的平平整整的没有一点冻伤。何云燕就像太阳或者月亮那样,能照出人的黑暗来,照出一切的黑暗来。这个世界只有何云燕通体光明没有一丝黑暗。何云燕让天底下的一切相形见绌。

要是何云燕也来看电影,那和鲤鱼相比谁更漂亮呢?我说不清。我觉得何云燕和鲤鱼是一样的,鲤鱼就是何云燕,何云燕就是鲤鱼。这么好的电影何云燕不能不来,何云燕不看真是太可惜了!我想让何云燕分享世界上所有的美妙事物,没有何云燕,一切美妙的事物都会索然无趣都会一文不值。

南塘上的篝火就像一丛茂密的红草，在旷野上摇曳，忽儿站立起来忽儿又卧伏下去。不，那是从地底下跃出的一头红色野兽，一下子把黑暗撞出个破洞，把黑暗竭尽全力要遮掩的另一个世界的光芒泄露出来。可惜小红兽只撅拱几下子马上又钻进了地下，光辉会立即瞑目，只有黑暗，结结实实的黑暗不失时机严丝合缝填实世界。我伸开手掌，伸展手指，然后瞪大眼睛分辨。我看不见熟悉的我的手掌与手指——人家说这就叫"伸手不见五指"。我们在语文课上刚刚学过一句话，叫"伸手不见五指，抬头不见月牙"，是说黑夜很黑。黑夜黑得深沉结实，压得人有点喘不过气来。我太小了，我的身体与这庞大的无边无际的黑暗相比实在是太渺小了。我觉得处身于黑暗中的我正越缩越小。有什么在不远处高高地低鸣，一会儿响亮一会儿低沉，似乎正向这边奔驰。它是冲我而来？它要把我按倒在地一口吞噬我或者吸空我的血吗？我站在了那儿，我的手警惕地插进袄兜里握紧了一样东西，我的心踏实了许多。那条小红兽又撅拱了出来，又撞碎了一大堆黑暗。我还看见了和小红兽搏斗的一个人影，一晃又没有了，却撵走了所有胆敢进犯的妖怪。那是正义叔。我大声喊：正义叔——但我没有听见回答。风刮跑了我的喊声，正义叔肯定听不到。刚才在原野里、在头顶上鸣叫的不是妖怪，是风。风现在围住了我，从袖筒口，从脚踝处，从棉袄的襟缝里钻了进来。我打了个寒噤，我觉得寒风一下子就穿过肚子抵达脊梁并马上深入骨髓。我被冻透了。我的耳朵麻辣辣木痛。我举起双手捂紧耳朵，耳朵稍微不那么麻疼得难忍时又得赶紧把手对插进袖筒，越深越好。我的手背已经硬肿，即使没有这个黑夜它照样会冻成气蛤蟆，然后会溃烂冒水。这是冬天的游戏，年年如此。我的耳朵和双手没有一年能躲开冻疮，奶奶给我缝了长长的棉袖手筒还有又大又笨的耳帽（我根本没戴过，我嫌难看），但仍然无济于事，冻疮照样会找上门来，在老地方安营扎寨。奶奶说只要能有一年送走冻疮，冻疮就会再摸不着路，就不会再跑到我的手上耳朵上，冻疮好忘事，记性不好。

妖魔鬼怪无一例外都害怕火，当然更害怕能爆发声响喷射火舌的枪。我的袄袋里就装着枪，我还有什么好害怕的。只要看见火光，无头鬼会缩进地底下，绿灯笼会藏匿消失，连南塘里那只大乌龟也不敢露面了。而只要枪一响，再厉害的妖怪也会瑟瑟发抖仓皇逃遁。我有枪，我要在这条路上朝黑暗里打一枪。于是我忍着寒风咬得手指头发麻还是从衣袋里掏出我的心爱之物，那把我精心打造的洋火枪。我从另一只口袋里拿出火柴，捏出一根来。我的手发木，有点感觉不出火柴头的存在，但最后我还是准确地把火柴的尾巴倒插进枪眼里，而且把比绿豆粒更饱满的火柴头顶进枪膛里。好了，我拉上被橡皮筋拽得紧绷绷的枪栓，然后举起手枪举过头顶朝着黑暗的天空扣动了扳机。"嘣——"响了，不像在村巷里那么震耳欲聋，空旷吞噬了声响，但逃逸的尾音拖出老长，足以和号叫的寒风比试高低。我知道这枪响还不是最重要的，最重要的是枪口会喷出火舌，那可是让妖魔鬼怪胆战心惊的闪电般的蕴足了劲道的火焰，不是一般的柴草燃起的火焰。别说妖魔鬼怪，无论是谁在这漫拉子野地里，在这么深的黑夜里看见这么一道强劲火焰也会愣怔一阵儿，胆子发麻一阵儿。我不害怕了，但借着南塘漫射过来的火光我看见了路神——确实是传说中的路神，有一树梢子那么高，离我有十丈那么远，就在我的前头。那是一座黑暗的铁塔，黑塌塌一堆，陡直地竖起。我愣在那儿一动没动，尽管知道只要你碰上路神，就说明这条路上可不那么洁净，一定有邪魔鬼道挡道，否则路神是不出动的。路神一出动你就放心吧，邪魔鬼道就会被镇伏，就会望风逃靡。这条路包括这夜里的南塘就会平平安安，不再会有任何机关。我跟着路神朝前趔趄而行，我担心路神会怪罪我，怪罪我刚才竟然不知天高地厚举枪扣动了扳机。路神也是神，毕竟不是人，他也会怯劲儿这枪口喷射出的火焰。但我还没有长大，连奶奶都会事事饶恕我，所以路神也不会怪罪我的。他不会怪罪我，怪罪我他就不来给我引路了。我悬着的心略微降低了高度，我的头发梢子站立着，身上的汗毛也纷纷站立着，但我朝着路神走去。我身上害怕但心里一点儿也不害怕了，因为我碰见了路神引路。

　　南塘上的火光灭了，世界一下子又被黑暗吞噬。我找不见路神了，路神和所有的黑暗融为一体，或者说也被黑暗吞噬。路神也是黑暗，是一塔黑暗。我的身体被黑暗压缩，越缩越小。那群妖魔鬼怪又得意地鸣号着朝我拥围过来，它们狞笑着，商量着如何分食我。我举起手枪，这时应和着我没有声音的手臂，南塘的火光兀自一蹿而起，于是我又不害怕了，我又看见路神在前头不远处晃悠了。火光没有照透天上的黑暗，但撵走了一大片黑暗，长满稀疏麦苗的地面应和着火光一下子飘起来，仄仄歪歪的，像是要与下头的地面脱离。我知道正义叔正在往火堆里加柴火，这一次扔进火丛的一定是棉花柴，或者是豆秸，不然不会这么持久。麦秸不顶烧，一轰隆就完事，就全化为又绒又柔的灰烬；而棉花柴老顶烧老顶烧，仿佛能一直燃下去，一直往外生发火苗。棉花的花朵稠密，一朵一朵，五彩缤纷，在夏天里没开完，就在这个冬夜一下子全部盛开。但小麦的花儿就像面粉一样细微，我压根儿就没见过麦子开花，大人们都说那也是花，但我觉得那不是花，不香也不鲜亮。匀称的火丛镶嵌在南塘上，就像一处不规则的变动不安的洞穴，透露深藏的满洞辉煌。我想早一点坐在火堆前，明亮又暖和。我朝着南塘小跑起来，知道北风老是拽走我的声音，正义叔根本听不见，所以我没有再次呼唤。一溜又一溜的北风蹿过我的鼻孔深入我的胸腔，但马上又蹿出来，好像它们怕热，而我的身体里已没有一丝热气，我的肠子又冻得结冰了，骨头里也一定装满冰碴。

我踩上了通往南塘的那条小径，正义叔离我越来越近，篝火离我越来越近了。我不害怕了。没有再看见路神我也不害怕了（我没敢磨转头颅去寻找）。我要送何云燕一样礼物，但不能是洋火枪。女孩儿不会对洋火枪心醉神迷。我要送她一只泥泥狗，赶陈州庙会买的泥泥狗，被黑漆漆出墨亮，额头上点缀着几道雪白。泥泥狗肚子是空的，头顶上有孔，对着小孔一吹，清亮动听的鸣响声震屋瓦。我喜欢泥泥狗，不是喜欢洋火枪的喜欢，是另一种喜欢。何云燕也一定喜欢泥泥狗，我看见过她喜欢柳笛。喜欢唱歌的人都喜欢能生发声音的物件。我已经积攒了两毛钱，年后我去不了陈州赶会，但我可以托山药的娘捎买（她年年都去赶会，去许愿还愿）。按辈分我该叫她婶子，我叫她德婶，因为山药的爹叫德。德婶喜欢我，不会不帮这个忙。陈州是一座湖水围簇的古城，黑老包就从东京府里下过陈州向老百姓放粮呢。陈州庙会每年从二月二逢到三月三，整整一个月呢，听说天底下的稀罕物在陈州大会上都般般齐，玩马戏的能让人的身首分离，一转眼又能让分离的身首合而为一；要饭的乞丐成群结队，从四面八方聚拢而来要开行业大会……太昊陵里求神应验后前去还愿的旗杆林立，笙鼓嘈杂；

大街上簇拥着方圆三百里赶会的人群，挥汗如雨，举袂成荫。奶奶答应我过了十三岁的生日就和我一块去赶会，"为啥过了十三岁生日才能去赶会啊？"我问奶奶，我以为陈州庙会禁忌小孩子前往呢，但奶奶说不是，奶奶说小孩子只有过了十二岁腿脚才成型，不然走那么远的路会累殇腿脚的，那种童子殇会赖你身上一辈子送不走。我已经在冬天开始的时候过了十二岁的生日，再过一个春天，再过一个夏天，我就能过十三岁的生日了。一想到再有一年我就能去六十里开外的陈州赶庙会，就可以大开眼界出外见世面，我就激动不已。我要再多攒一些钱，要是攒上一年说不定我能攒一块钱呢，那时到了陈州庙会上我就可以随心所欲想买啥买啥，不但是泥泥狗，说不定我还可以装回一只黑明黑明的玩具手枪呢，那才是真手枪，而我这把铁丝拧出自行车链条挤兑的手枪算不上手枪，与那种黑铁皮制成的手枪相比简直不值一提。我的钱都在床铺上头那处墙洞里呢，我站到床上踩着矮凳才能够到，墙洞被一方黑粗布遮盖，挡住那些柴火熏出的无所不至的烟炱。黑粗布是奶奶送我的，奶奶还帮我在墙洞的上方揳了钉子，钉住方布制成布帘。奶奶从来没往墙洞里多看过一眼，奶奶不会偷窥我的秘密。而再过三天，墙洞里的钱就不是两毛了，除夕夜里奶奶要给我一毛钱压岁钱，爹也会给我一毛钱的，二奶奶也会给我一毛钱的……接着说不定还会有亲戚给我压岁钱呢。要是过了十三岁生日，说不定钱洞里不只一块钱呢，说不定到了陈州我不但能有一只铁手枪还能有好几只形状各异的泥泥狗，甚至还能拉着奶奶去看一场身首分离的马戏呢！

我听见了呼呼的火焰跃动的声音，我看见了越来越近的火光照出的我的庞大无比的影子。我的影子被拉得很长很长，像是站不稳，总在晃动，突然显现又突然消失。甚至我都听见了压过北风的正义叔的咳嗽声，我大叫："正义叔——"于是正义叔的剪影黑塌塌现身在火光中，或者说正义叔斫断了喷射的火光。他向我走来，我听见正义叔在叫我："翅膀，是翅膀吗？"他看不见我，也拿不定主意是否真的听到了我的声音。他在急切地等我来。"是我！"我向正义叔跑去，向火焰跑去。我把黑暗撇开了，把北风撇开了，我突然有了种长途跋涉后回家的感觉。尽管刚走过的这条路我熟得不能再熟，甚至能知道哪儿有处凸起哪儿有处凹坑，但陪伴着无尽的黑暗和呜咽的北风走过还是第一次，我觉得是劫后余生。见到了正义叔我就回到了家里，像见到了奶奶一样。

"赶紧过来烤烤火。"正义叔一边往火堆里填芝麻秆，一边招呼我。芝麻秆轻轻地纷乱地叫嚷，接着就愤怒起来，就呼啦伸张红中发黄的身躯发出灼人的光芒。我站在火焰旁，竭尽全力尽可能想站得近一些，但我不能靠近，火焰一次次把我推开，试图把我推回黑暗中去。只有被寒风冻透的人才知道火焰的温暖，现在我理解为什么秋夜里那么多飞蛾要投身灯火啦。只要温暖，死而无憾！

我坐在了正义叔铺进我屁股下的麦秸上，钻进我身体深处的寒冷正在寻隙溃逃。透过红黄的火焰，透过被火焰强劲搅起的飞蛾般的灰屑，我看见正义叔的脸变扁了，接着又变长了……我有点害怕，"正义叔。"我叫，他是正义叔吗？在这个远离村庄的黑夜，在这片妖魔横行的野洼里，我不敢相信任何事情。"哎，"正义叔漫不经心低声地回答我，充满温情与慈爱，"你还冷吗？当心别烤着了衣裳。"他是正义叔，是我熟悉的除了奶奶除了爹外最亲的亲人。我听话地稍稍向外挪了挪，火焰威吓我不让我靠近，轻扎手背的浅疼轻些，我的感觉也渐次恢复。我看见了正常的正义叔，没有变形，没有摇身一变为妖魔鬼怪。我还看见了被火光一次一次暴露的白杨树，仍是我夏天里看见的那个模样，高高挺立，只是没有叶片而已。它们站得很直，漫不经心低头扫我一眼，仿佛会心一笑，笑我们同时想起夏天的事情，笑夏天里真是美好。接着还会有夏天的，我在心里对白杨树说。夏天会一个接着一个到来，北风会走掉，黑夜也会走掉，明天早晨就会有太阳的，太阳能让我们不再寒冷。我还看见了崔鬼的老窑，它蹲伏在那儿，好像有点害怕火光。老窑是妖怪们的老窝，是它们的家，所以害怕火光。老窑想躲得远远的，但它不会走动，它躲不开篝火，篝火一次次撕开黑暗的幕布让它不得不现身。南塘离我太近了，我打个滚就能溜进塘坡里，就能看见那火焰老想瞅见但总瞅不见的一池碧波。南塘是碧波潭吗？鲤鱼会藏身塘水之下像藏身碧波潭中一样吗？爹捕到了它讲了无数遍的那条大鲤鱼是鲤鱼吗？我在慢慢活转过来，刚才被黑暗熄灭的一切感觉渐次复原，渐次回到我的身上。我问正义叔为啥不在塘半坡里烤火，那儿避风。

正义叔说这儿不是也很好吗，你看柴火堆挡住了北风，火头子照样能站直起来呢! 火头子是能站直，但北风来时会一下子抽倒火焰，而且让柴火里的火焰跳出来得太快，不能持久。正义叔不想在这个话题上停留，他不愿说在塘坡里烤火让人发怵，而是马上要带我看看我爹拿上来的大鱼。我一激灵站起来，因为落黑时分我已得知爹把他崇拜得五体投地的那条大鲤鱼拿上来了，当时我就想跑到南塘上一看究竟，但奶奶不让，奶奶让我明天一早再看不迟。临来时爹不知为什么没提这条大鲤鱼，也许是发烧烧丢了他的记忆，也许是拿上来大红鱼让他不快，反正他没有给我提一个字，按说他会向我炫示他的成功的，而且要让我在这个黑夜去先睹为快的。其实鱼堆就在旁边，就在我的身后，只是刚才我的眼睛被篝火蒙住没有看见而已。我的鼻子也被黑夜堵实了，现在才透了点气儿，我嗅到了浓重的鱼腥味。有很多鱼待在那儿，层层叠叠，堆成了一只大坟堆。有鲢鱼、草鱼、鲤鱼、鲫鱼……有的一筷子那么长，但有的比胳膊还要长出一截，而鲫鱼则像脚掌那么大。闪耀的火光拽出了鱼身子里的血，它们白亮的鳞片偶发赤红。那条大红鱼没待在鱼坟那儿，它孤零零地躺在一旁。它的身体顾长，差不多有正义叔那么长。它无声无息。它在寒冷的北风中冬眠。它只能冬眠，黑夜太黑，北风太紧。借着散射的火光我看见它和传说中的一样身子赤艳，鳞片堪比我的手掌，比大拇指甲还大些的眼睛圆睁像是要望穿黑夜。它是鲤鱼! 它一定是鲤鱼!

鲤鱼的身子已经冻硬了，所有鱼的身体都硬撅撅的，都结了冰。就像我刚才一样，骨头里结了冰碴，血液都被冻稠，都有点流不动了。但只要一烤火，一切都会复原，血液会重新欢畅热烫，生命会重新活跃。你会被冻得连鱼腥味都闻不到，连重叠在大地上近在咫尺的鱼坟都看不见，但只要你一旦拥有火焰，这火焰就会蹿入你的身体重新唤醒生命之火，于是一切又燃烧起来你的知觉、你的思想……鱼群需要烤火，只要一烤火它们就又会游动，就像在夏天里、在碧波里一样。它们在这片土地之上如水的黑暗里游窜、活蹦乱跳，它们跳进火焰里，火焰是红色的清水，它们畅游在火焰里，焰心清亮清亮、碧波万里……

"翅膀，你吃晚饭了?"正义叔黑巍巍的身体倏地压过来又倏地迅疾滑过去，他在问我。

"没有，"我说，"我拿着饼子呢。"我对他拍了拍棉袄布袋。

"我去熬鱼汤，让你就着烤饼子喝个肚儿圆！"他诡异地笑笑。他随手捡起两条筷子长的鲤鱼。鲤鱼能熬出最鲜美的鱼汤。但他又放开了那两条鱼，他两手揉搓着，鲤鱼身上的冰屑冻疼了他的手。他嫌冷。很快他又不冷了，我看见他轻轻一跃一伸手折断了一根白杨树枝条，小拇指粗细的那种，柔韧而坚固。枝条穿过两条鲤鱼的鱼鳃，圈在正义叔手上。他不冻手了。鲤鱼听话地像是咬紧了杨树细枝，没有扑甩一下。鲤鱼鲤鱼你喉咙疼吗？我咳嗽了一下，我的嗓子眼一点儿也不疼。

"熬鱼汤？"我睁大眼睛看着他，"你到哪儿熬鱼汤啊？你是说你要走吗？"我有点不知所措，我的心正在渐渐收紧。

"小雀这货拾掇不干净，熬出的汤也不屑喝，他咳咳咯咯的能会褪干净鱼！他熬出的汤不屑喝！我得去看看。"

"小雀是鸡宿眼，黑更半夜熬鱼汤他还不把屋子点着！"

"只要你不断地往火堆里填柴火，火就能一直着，有什么可怕的，啥都怕火。"

"我下午专意拉来了三架车玉米秸呢，够一夜烧的。"

"我一熬好鱼汤就掂过来，小雀有一只盛饭的小瓦罐，能撑你个肚儿圆。"

正义叔笑容满面。正义叔一句接着一句释放了许多话语，那些话语已经待在他肚子里多时早已准备停当，都有些急不可耐了。我知道我拦不住正义叔了，他马上就要走了，就要前往小雀的那间小屋子里熬鱼汤了。我还知道小雀也在那儿，说不定刚才我在打麦场里的时候他就在那儿了，但我还是有点茫然，空无一人的南塘与我刚才的想法不一样，我的心在黑夜里重新漂浮起来。

正义叔穿的是绿色的大氅，显得很合体，干练利落，一点儿也不臃肿。这件大氅是他在集上的商店扯绿平布送缝纫店做的，仿制军大衣。正义叔对军大衣情有独钟。不过正义叔在火光里穿上这件大衣倒真有点当兵的气派，笑容可掬，和蔼可亲。正义叔安排得周周到到，让我一个人在野地里看鱼舒舒坦坦。我张望着他，让他有点不好意思，他扭过头去张望黑夜深埋着的打谷场了。终于我说："你去吧，我不睡，我能看好鱼。"

其实谁都能看好鱼，没人会在这个月黑风高的夜晚来寻摸这些冻硬的鱼的。连学校都放假了，眼看要过年，谁也不会为一两条鱼这会儿来做偷儿。我能看好公家的鱼的，我不瞌睡。

接着正义叔就走了，黑暗一不做二不休，一咧嘴就把正义叔吸溜走了。只有我一个人了，南塘只有我一个人和鱼和火在一起。我害怕火焰会被冻得跳不动，我不住地往火堆里填芝麻秆。我要用最顶烧的最好的柴火让篝火永远明亮，只有这火光才能驱走黑夜——刚才我走路时的黑夜，甚至比刚才还要凶险的黑夜，因为这儿是南塘。高天上的风一下子压过来，我听见它们一头栽进塘水里，我听见塘水哇呜一声应答像是一下子搂抱住了风。在蹿动的火光里我还瞅见老窑一仄歪一仄歪像是要一趔趄一趔趄挪过来。我不瞌睡了，一点儿也不瞌睡了。那只乌龟不会爬出来吧？那条大蛇不会透迤冲来一口把我吸攫走吧？还有一抖擞身子从塘底钻出的麒麟，还有那个微笑的女子——她会是鲤鱼吗？为什么神仙总好待在水底呢？而何云燕却待在小村白衣店……我朝白衣店张望，但白衣店被黑暗埋实，我什么也没有望见。何云燕也被黑暗埋实，除了火光外我看不见任何光明。

我肚子一点儿也不饿，但我想吃东西。我觉得只要牙齿一错动我就一点儿也不害怕了。我试着咀嚼了一下，真的很灵验，包围着我的害怕溜掉了一小半。我想吃奶奶临行前给我带的玉米面饼子，但找了半天没有找到，我摸到了我的棉袄左布袋里硬撅撅的物件，但我想那是我的手枪不一定是玉米饼子，但我不想掏出来一看究竟。我不想。我知道我的肚子只能空着了，只能等正义叔掂来的那罐鱼汤了，可那会儿我会没有害怕了，这会儿我的肚子只要放进去哪怕一丁点东西我就一点儿也不怕了。我咽了一口唾沫，我想吃东西。我的头有点晕，但像锥子一样锋利的寒风一吹我的头其实清醒得很呢。

但不知为什么一想起大鲤鱼，害怕就又溜掉了不少，大鲤鱼能撵走害怕或者说害怕有点怕大鲤鱼。我解开两捆芝麻秆续在火堆里，然后我转身走向鱼坟，我走到大鲤鱼跟前蹲下身子，我抚摸着大鲤鱼。她的身子被冻硬，她一定很冷。她的暗赤的鳞片有我的手掌大小，她浑身发烫。她在发烧。只要一受凉人就会发烧，她被冻发烧了。她需要烤烤火，火焰会让她痊愈。火焰能唤出她身体里的火焰。我抱着她的头，她头上没有黑亮黑亮的发丝，她不是何云燕。但她是鲤鱼，碧波潭里的美丽鲤鱼。她被天兵天将虐待，她病了。我抱紧她的头，我要让她烤火。大地不会锉伤她的鳞片的，我摸到了她身上光滑无比就像磨得发亮的石头。她就是一块石头——玉石——从一大块石头中取出，从大地中取出，大地不会伤害她。

我们一寸一寸趑趄而行，我和鲤鱼离篝火越来越近。火焰看见我们了，火焰猛地站起来。火焰向后一仰身子马上又想扑过来拽我们，但我们已经越挪越近，我们就要和火焰为邻……

　　　　红鲤鱼，红鲤鱼
　　　　你的身体被北风吹硬
　　　　你在结冰
　　　　你即将变成和土块一样的结实冰坨
　　　　但你的尾巴在微微颤动
　　　　那是痉挛引发的生命深刻的痛苦
　　　　而不仅仅是疼
　　　　疼是浅表的，是地面上生发的野草
　　　　是野草枯萎时的歌唱
　　　　而痉挛的痛苦
　　　　是地心里的光

　　　　红鲤鱼，红鲤鱼
　　　　你的嘴唇在张翕
　　　　你在给我说话，说另一个世界的往事
　　　　但没有言语
　　　　抑或是预言
　　　　说今夜，也说明天
　　　　说黑暗将更黑

但终会被明天一早的太阳瓦解

红鲤鱼，红鲤鱼
你是在微笑
你看见了火
只要有火光闪耀
你就也变成火光
变成一个姑娘

我的两只手
长在你的身上
我用脚，你用美丽的鳞片
我们穿越黑夜
一同去寻找火光

篝火是黑暗的
篝火里埋藏着一堆
天上陨落的红星星
我们给它覆盖上庄稼的干尸
黑暗很深，北风很紧
篝火不会被黑暗和北风冻死

篝火是一位女孩
她飘扬的长发乌黑发亮
融入更深的黑暗
她从地底下探出明亮的面孔
她对着我们雀跃欢呼
红鲤鱼，红鲤鱼
篝火是你的深闺密友

/ 第三章

一

　　正义叔家的院子里竖着一堵照壁，照壁不高，刚好能遮挡住一个人的视线，但像我这么高的个头，站着踮踮脚跟的话，还是能让目光切过照壁上端直抵院落深处的。照壁似乎曾经和石灰谋过一面，但因年代久远，也有点忘记石灰初雪一般的惨白模样了，残留的仅是一层说白不白说灰不灰的灰不溜秋的中间颜色，就像一些被时光残蚀的淡薄记忆。在那层奇特的色彩上头，用烧火棍或者其他什么黑暗颜料可着整面照壁画有一条蠢笨的大鱼，能看出是小孩子的随意涂鸦。那条黑鱼有点张牙舞爪的，尾巴扭成了大大的三角形，与又粗又胖的身体有点不相称。那条黑鱼仅仅是一种底影，已经漫漶，也许与这堵斑驳之墙同龄。在看见那条黑鱼的瞬间，我的心里猛地一揪，又一酸，我险些管不住那些早已深居简出的泪水。泪水迅速模糊了我的双眼，但我咬了咬牙，终究没让一颗泪珠掉下来。此时我已经三十五岁，已经有了丰富的管理眼泪的经验，不再像二十年前那样面对变故束手无策，只得求助于压根儿就没有任何作用的眼泪帮忙。其实眼泪永远帮不了你的忙，只能添乱子——这些都是后来的经验。我让盈目的热泪在眼眶里冰凉下去，并巧妙地让它们纷纷原路返回到泪腺里去，这样我就又能看清东西了，既看得见正义叔在前头引路的背影，也能看见马上就出现在面前的二奶奶了。我对自己的表现很满意，回嘘水村之前的那天晚上在那家县城宾馆里，我对和正义叔的会面做过无数次设想，但在每一次设想里都布满挥之不去的难堪。我曾对自己大声说：“我不在乎啦，真的不在乎啦！”似乎这么一安抚自己，我就能平静地面对正义叔，也能让正义叔平静地面对我了。实际的会面要比想象简单得多，也得体得多。那天我一大早就离开了我熟悉的县城，搭了一辆出租黑车回了嘘水村。还没到村口我就下了车，一路步行。我殷勤地给碰上的村人递上香烟。但走进村里时那种茫然还是一下子包围了我。我不知该往何处走，是去曾和奶奶相依为命住过的那间早已不存在的茅草屋，还是去奶奶坟上？我拿不定主意。无论婶子（继母）还在不在人世，她家都不是我的去处，我也不可能迈进她的家门。我知道最终我只有一个去处——正义叔家。那是我在这个村子里唯一的门第最近的亲系，在三服头上，还没出五服呢，我越不了这个门槛，无论我多么不情愿仍然越不了这个门槛。猪蹄子熬一百滚子——只会里钩不会外挈！说来说去无论有多少过节儿，正义叔家仍是我在这个村里目下唯一的归处。是这样。唯一。我在心里一遍遍告诫自己。要是奶奶活着，她老人家会同意这个观点吗？不知道。

有人给正义叔报信，说我回来了，正在村口呢。正义叔前嫌尽弃，马上丢开手头的事情，急急忙忙从家里赶出来迎我。我和碰上的村人们拉话，故意拖延些时间。我确实是想让正义叔出来接我，我拿不准该怎样走进他家里。离老远正义叔就看见了我，他喊："翅膀，是翅膀吗？"他的声音没怎么变化，仍像几十年前那样，仅只是没有了曾经的清亮，稍显虚弱略带沙哑。他边喊边向我走来。其时我正和村里的一两个人寒暄，说一些不痛不痒的絮叨话。这是村里的规矩，哪怕我离开一万年我仍然谙熟村里的规矩。如果我不和这些只是听说过我的名字而压根儿已经忘记我的模样的人亲切地拉呱，那我就会不齿于人类。村里有句每个人都会说的俗话：马大牛大值钱，但人大了不值钱！这里说的"人大"就是人的架子大，不和大家伙儿打成一片。村子是不准许特立独行的人生存的。村子不可能给这样的人提供哪怕是一小片立足的土壤。

我入乡随俗。我恭敬地递烟给我早已印象模糊的嘘水村的村人。我满脸堆上我最不愿意堆上去的笑容有点讨好地和他们说话。我为什么这样？我为什么要强迫自己做最不喜欢做的事情？难道这就是我不愿意再回嘘水村的一个理由？我说着我不愿意说的话，就看见了正义叔，听见了我耳熟能详的那个声音。我曾经一次次要忘掉这个声音，试图躲避开这个声音，但这个声音总是在我的梦里顽固地响起，似乎它就藏在我耳朵深处一个安全的角落里，总会在我不经意时猛然响起，让我惊悚，让我的心疼挛作一团。但现在这个声音又响起来了，就在近在咫尺的地方。他装作什么事也没发生过的样子，装配出满面笑容，以一个亲戚的名义走近我。一瞬间我停顿了正拎起的无聊的话头，我愣了一秒钟。但我很快就恢复了常态。我用并不冷漠的声调甚至还充满当年的亲切语气应答："正义叔！"我出于礼貌也出于习惯打算上前握一下他的手，但发现他的两只手都挎在脖子里垂下来的黑粗布缝制的带子套里。莫非他的手受伤了？或者残废了？没容我多想，也没容我问出问题，我就和他面对面站一起了，像当年我明明没他个头儿高，偏偏要和他比试比试个头儿一样。但他明显苍老了，额头上有几道很深的抬头纹，两边耳朵上边的头发也白了至少三分之一，很是扎眼。他的面色也不怎么好，显露出一种青黄的菜色，寡淡寡淡的，颧骨凌厉地突起，让人想起冬天的不再葱翠的野地。在他从吊带里挪出一只手，要替我拎旅行提包时，我嗅到了一股新鲜的血腥味，浓得铳鼻子，像是他那只手刚刚被带有齿轮的机械轧碎，还在血肉模糊着，还在淋漓地流血不止。

我皱了皱眉头，这才悚然一惊，我问："正义叔……你的手，受伤了？"因为血腥，我甚至忘记了心中深藏的积怨。同情就像一把巨大的扫帚清理走了积怨，我替他担着心，难道他的手是刚刚受的伤？但他为什么一点儿也不在意呢？

这时他已经抓住了我的方形旅行包的提攀，而且拎了过去，那只洋溢血腥的手没给他带来痛苦。"没有，"他没有看我，"唉，手病，好些个年头了！一言难尽，到家再跟你细说……"他稍稍走在我的前头，我发现他的个头比我矮了许多，像是这么多年来他正在越缩越小。

在想象中困难得不得了的见面就这样并不困难地完成了。我感到欣慰。尽管那股血腥味让人很不舒服，我仍然感到欣慰。

岁月在使我们变老。我们越来越会应付人事了。一件应该漏洞百出的事情就这样被我们做得滴水不漏。我们谓之曰"成熟"。

成熟，一个多么恰当的词儿啊！一条鱼游进了滚沸的锅里，那叫不叫成熟呢？

应该叫！而且是一个不能再准确的定义。

那股血腥味很浓，我真想离正义叔远点，和他拉开距离。但我觉得那样不好，我可是知道他的心眼有多大的直径——可以和针鼻儿媲美。不过也许他现在已经虚怀若谷了，虚怀若谷？我为我能想出这么个宏大的词语感到好笑。我还是相跟着他，让那股血腥像一根有力的绳子勒紧我的颈项。村子里的小学校刚刚放学，有几个挎书包的小学生尾随着我们。像我当年一样，他们对村子里出现的任何一个生人感到好奇，总会跟着瞅稀罕。他们大多是留守在家的孩子，他们的父母远走他乡出外打工挣钱，把他们扔在村子里，扔给爷爷奶奶们。他们身上充斥着活力，不时发出顽皮的赫赫的笑闹声。他们似乎已经闻惯血腥味，因而一点也不介意，仍那么不远不近跟着我们。他们大部分都背着和城里孩子一样的双肩挎带红红蓝蓝的帆布书包，但也有几个仍然挎那种方格粗布缝制的书包，和我那时候一个样儿。但他们只有无尽的欢乐没有痛苦，他们属于没有痛苦的一代。他们真的没有了我所熟知的那种刻骨的痛苦吗？他们也生活在村子里，和我当年没有二样。那种痛苦在同样的环境下会再度生发，显现它巨大的不可战胜的能彻底摧毁一个人的威力吗？我不知道……那种粗布书包软不拉叽的，两处底角最容易磨破，笔啦小刀啦什么的小东小西能从破洞里轻易溜出，去它们向往的广阔天地。我就那么丢失过一支心爱的钢笔，那是上小学三年级的时候吧，是我第一次品尝痛苦的滋味。自从我发现了那个不知什么时间生长出来的破洞，发现了钢笔不在书包里的那个时刻，快乐就一下子无影无踪了，与爱物分离的痛苦就像虫子一样在啃噬我的心。生活中最普通的事端都是那种刻骨铭心的痛苦的种子，都可以长成一地庄稼，一棵参天大树……那是个像今天这样的清晨，是早自习放学之后……他们一定是听说过我，但不太认识我。他们还有点害羞，不时偷眼目不转睛地瞅我，被我发现时就会赶紧逃开目光不好意思地一炝蹶子跑离。我们还碰上一两个谁家的年轻媳妇，正义叔嘴里或者鼻子里咕哝一声什么，算是招呼。我不认识她们，但她们都稀罕地张望我，略带羞涩。

　　终于我嗅不到血腥味了，一丝儿也没有了，血腥被扑面而来的芳香挤走，或者说被那股芳香溶化或淹没。那芳香带着清苦的气息，威风凛凛，一下子撞了过来，让我愣了一刻。但我想仔细端详它时，又再找不见它的踪迹了。我顿住了脚。我闻出来了那是楝花的馨香，但是现在并不是楝花的季节。我熟知村子里这些树木的脾气，谁在哪个时节发芽哪个时节开花我都一清二楚，因为对于我来说这些都曾是重大事件。楝树是开花最晚的树木，楝花密集，一串一串鲜艳在碧绿里，是春天最后一道风景。楝花一谢桑葚子就发黑成熟了，我们的嘴角天天都染着紫颜色。但现在不应该是楝花开放的季节。我的目光在头顶上寻找，于是我就看见了那株腰身粗硕的大楝树，霸道地立在我面前，正旁若无人地绽放一树淡紫的碎花。它的细碎叶片刚刚伸展，还蕴含着嫩黄，没有完全壮实成沉甸甸的浓绿。我认出了是那株长在我记忆里的大楝树，我曾经忍着树旁老井里冒出来的莫名其妙的腥臭在它的腰身上捂到过数不清的"花蹦蹦"——我最喜欢玩的那种一蹦老高的穿艳红瓦蓝衣裳的昆虫，学名叫"臭椿蟓"。后来老井填平，但树底下仍然臭气熏天。我抽动鼻子四处寻找，没有闻到那股曾经很熟悉的腥臭。"楝花一开就不臭了，压住气息了。"正义叔说。一看我停顿正义叔也不走了，但他站在离我稍远的地方。"楝花该开了吗？"我问，又像是自言自语，"不是洋槐花开败好长时间楝花才开吗？但现在洋槐花还没影啊——"我仍然吸着鼻子，试图嗅到那股习惯的腥臭味。但是没有，除了清苦的芳香我没有闻到一丝异味。

"连着这样开了好几年了，"正义叔也抬头看楝花，"可能是天旱，一旱，树又大，就分不清季节，提前开花了。"

我对正义叔的解释不太满意。我朝大楝树走近几步，伸手触摸了一下它粗糙的身体，沟沟壑壑地有点锯手。我仰起脸，一阵微风吹过，在过于明亮的天光的背景下细碎的刚刚展开的新叶成为黑暗的剪影，一簇簇沉甸甸的紫色楝花发出叹息，把更清苦的带着露水的湿润香气摇落下来。我深深地呼吸，身体和大树一起颤抖。

我没想到二奶奶还活着。二奶奶和奶奶最合得来，记得无论碰上什么事儿，二奶奶总是第一个先找奶奶，奶奶说什么她就做什么，奶奶是二奶奶的主心骨。我那时还想：假如没有了奶奶，二奶奶该怎么办呢？——可奶奶已经作古了十几年，骨头都要沤糟了，二奶奶她竟然还好好地活着，不能不使我惊讶。我跟在正义叔后头，磨过照壁，走进院子。正义叔家的老宅位于村子里头，这是后来盖起的屋子，在村庄南头，宅院前面没有人家。

我上次回来没有来过正义叔家里，走进院里，我仍然陌生而新鲜。

正义婶从正在操劳的厨房里走了出来，满面笑容，她的身后跟着一位漂亮的姑娘。正义婶问候着我，又拉过姑娘说："这是你妹子莲叶，——莲叶，快叫翅膀哥！"莲叶见了人害羞，面颊和耳朵腾地红了，怯怯地低声叫："翅膀哥！"我点了点头，望着她。莲叶真是太美丽了，看她第一眼时，我都一下子愣住了，我没有料到正义叔会有一个这么美如天仙的女儿，集中了他们两个人的所有闪光点，不，分明是整个嘘水村、整个大自然的闪光点，莲叶的全身每时每刻都熠熠发光。她让我想起何云燕，我觉得在这个世界唯有何云燕还可和莲叶一比，而那些城市里的无论多么大红大紫手腕粗大到何种程度的影视明星们，往莲叶跟前一站都会马上黯然失色，甚至都可以不值一提。我们还没有进屋，二奶奶已经蹒跚着从厨房里踱了出来。二奶奶拄着一节发黄的竹拐棍，走得很艰难，很慢。她走得无声无息，唯恐惊扰了别人，就像她年轻时那样。我叫了一声："二奶奶！"她知道有人唤她，但她听不清。她走到了我面前。她抬起昏花的老眼端详我，她离我很近，我都能看清她眼珠里的白内障，像是一小团捣实了的棉花，或者秋天晴空里的云影。我是一抬头猛然发现二奶奶的，惊讶像利刃咔嚓斩断了我对正义婶说着的话头。我伸出了两只手，扶住了二奶奶颤颤巍巍的瘦小身子，这时候我已经认出了她是二奶奶，和奶奶最要好的二奶奶。一刹那间眼泪溢出了眼眶——我终于忍不住，终于不能再硬充好汉。二奶奶仍没有说话，在我第一颗泪珠坠落之后二奶奶仍没说话。她看见了我面颊上的泪珠，她把一只手从摇晃着的拐杖上分离，接着扬了起来。透过泪帘，我看见那手枯瘦如柴。我觉出了一两点粗糙的硬结就像树枝的断茬戳到了我一侧的脸上，在眼皮下方稍作停留，沿着泪珠走过的痕迹悄悄爬动；接着那苍老的、像是梦呓般的声音响起在我面前最多不超过十厘米的地方："你真是翅膀？"那个声音并没有要求任何答复和验证，因为接着发出声音的部位已经被一方黑暗的头巾覆盖。二奶奶只是用一只手死死攥着我一只手，而另一只手把黑头巾捂在脸上。拐杖应声倒地。我的手感受着来自二奶奶的我不能承受的温暖和沉重。我咬牙坚持着这骤然降临的分量。二奶奶因为有我的搀扶没有倾跌，她的身体颤抖着，但仍分不清是因为哭泣颤抖还是本来就在颤抖。她无声无息地哭着，像是怕人听见，只是偶尔才发出一声衰老的哽噎。我几乎是拥着二奶奶往前走的。二奶奶的身体其实很轻很轻，像是没有重量。时间试图把一切都变轻，消耗掉所有事物的分量。直到进了堂屋，二奶奶还没有再说出第二句话。

我也一直在哭。我无法遏止自己。我想不到我的泪腺里竟还有如此多的珍贵库存。

我坚硬的计划被泪水浸透，一下子土崩瓦解。原想回嘘水不多停留，给奶奶上完坟马上就走。如有可能，在顺便的情况下，捎带着打听一下何云燕的音信。但我并没有打算能见到何云燕，世事沧桑，几十年弹指而过，谁能说得清还有没有何云燕这个人呢。我没想到二奶奶还活着，还能站在我面前抓着我的手哭个不停；也没想到正义叔的全家人会这么让我喜欢，我喜欢正义婶，喜欢莲叶，喜欢习武……不但是人，这院子里的一切都让我感到舒适惬意，唤醒了我层层叠叠的幼年记忆。这时我才觉得没回村之前，我对正义叔的想法是多么虚伪。我对自己说我已经饶恕正义叔，我不能再跟他记仇。我在心里不停地替正义叔辩护。临回嘘水的时候，我故作轻松地对自己说：行了，这一次已经彻底说通自己了，再见正义叔也不会尴尬了！海纳百川，宽容一切吧，容纳一切吧。我把此称为"大悲悯"。尽管我没有信佛，但我明白人应该有悲悯之心，我明白怀有悲悯是一种超越一切的高尚行为。现在我才清楚，我一直在欺骗自己，其实我从来没有真正饶恕过正义叔，直到见到正义叔的全家人之前我仍然深怀着仇恨。化解这股可怕仇恨的不是岁月，也不是正义叔本人，甚至不是我早已熟悉了的二奶奶；化解仇恨的是正义叔的孩子习武、莲叶，是和正义叔相濡以沫的正义婶。对我来说他们一直是陌生人，我只是在奶奶去世时和正义婶谋过一面，至于莲叶和习武，我压根儿我就没见过。我觉得我会一走了之，我不会再与他们有任何瓜葛。我要躲得远远的，如果可能，到死我都不会再回嘘水村一趟——即使死了我也不回嘘水村，"天下之大，哪里的黄土不埋人呢？"这是奶奶曾说给我听的话。可有一天我站在了二奶奶、正义婶，还有莲叶、习武中间，我发现我像是走进了正在灿烂着的油菜田里那样舒心、喜悦。我喜欢他们的质朴清爽。他们时时处处散发出清香，清香远远地驱走了血腥的屠杀气息。

于是我改变了行程，不再急着要走。我要到坟上跟奶奶好好说说话。我要去南塘里看看昔日的神奇。我要去曾经的小学校……我要见见何云燕——她现在究竟怎么样了？还活着吗？活得还好吗？还像那时候那么美丽那么沁人肺腑吗？

我像是突然之间才明白，在这个贮藏着我整个童年的小小村落里，我还有许多许多要做的事情。

二

我还是奶奶去世那一年回的村子，掐指算来，已经过去十六载。我略有吃惊，但也心平气和。唯一让我不安的是奶奶，我的奶奶已经在那片地下长眠十六年，我这个不肖孙子还没有回去过一次。每年的清明节、七月十五、十月初一、大年初一……这些节日我从没忘过一天，我会准时按照村子里的规矩给奶奶烧纸，我相信奶奶能够如期收到我送的纸钱。据说鬼节的时候，在天底下的任意一处十字路口烧纸，死去的亲人都能收到。冥界是没有距离之说的。于是到了那些特殊的节日，我就备好黄表纸、冥币，在一张纸上写上老家的地址、奶奶的名字，不，像我过去读大学时寄钱不能写奶奶的名字一样，我只能写上"张氏"——奶奶没有名字，只有姓氏。我也加上爹的名字，加上娘的姓氏。我不会吸烟，没有打火机，只能准备好一盒火柴（这种生火工具早已被淘汰，用的人极少，连吸烟成瘾的人也不再多用），趁着黑夜到住处附近的一处十字路口。我按老家的规矩均匀地、一层叠着一层将黄表纸"花"成扇形（捻开黄表纸叫"花"），划着火柴，让那一朵小小的火苗引起更广泛的火焰。当火焰映红我的面孔时，我会小声地嚅嚅私语，我说："奶奶、爹、娘，清明到了，赶紧起来拾钱吧。翅膀给你们送钱来了。我回不上家，你们别怪我。我不想回嘘水村，一回去我的心就揪紧，不敢回去，怕回去。我不能给你们上坟，但能在这儿给你们钱。人家都说是一样的，你们都能收到……"这样说着的时候，泪水会溢

·夜·长·梦·多·

满我的眼眶。泪水遮住我的目光，但火焰会让泪水明亮。年年如此。

我对故乡已经陌生，不知道这么多年一切都在发生怎样的变化，还是不是从前的模样。只有这样想时，我才明白我是想念故乡的，无比想念。我以为没有了奶奶，没有了爹娘，故乡已经与我无关，已经不是故乡。其实不是，只要想起故乡，我的眼里总是蕴满泪水。那已不仅仅是思念奶奶的泪水，甚至与亲人们无关，只是故乡，只是那片土地。我发现我还在想念曾经是我的世界的全部的嘘水村的一切，想念村子里的坑塘、树木、田野……甚至村子里的风、村子里的水，都与他处不同，有着别样的滋味与芬芳。

时间是一块一块砖，垒起长长的厚厚的一堵墙，隔开过去，而且还打造了坚固的门和锁，将往事毫不留情地锁起来。时间无情锁起来的是记忆，而人的忘却在帮时间的忙，忘却像尘土一样，将往事封存埋没，就像你一出生就活在现今，没有过去，也没有密如牛毛的记忆。不，不能仅仅用牛毛来形容记忆的丰富与稠密，那是一个完整的世界，由千千万万点点滴滴的微小事物组成，像天上的星辰一样繁荣。

嘘水村不再是往昔的嘘水村，它变化不小，几乎家家户户建起了两层楼房，村街也不再是坑洼不平的土路，而是由覆盖了薄薄一层柏油的路面代替，无论夏天的雨水多大，连阴多少天，你都能在村街上走动，不至于像往昔那样哪怕是赤脚走在街上仍然薅不出脚来，厚厚的烂泥能将你的脚吸住。我想起了泥屐子，那种特殊的对付烂泥的鞋具——一块鞋底大小的方形木板，两端向下伸出两根高高的橛子，橛子的下方再横伸出一截梯形木爪——将这种鞋具用麻绳捆绑在脚上，走在烂泥之上时，烂泥对你就无能为力了，它沾不上你的脚面了，哪怕是连阴一个月，你照样可以鞋底子不再湿透，鞋帮子上不沾一点泥迹，而且想去哪儿就去哪儿。那时候把泥屐子当成必备品，大人孩娃，一下雨个头全部长高，像是玩高跷，见人都变了模样，都比平日高大。泥屐子曾经被当成艺术品，孩子们到了学屋里，要脱下泥屐子相互比拼，看谁的做工精细，木料上乘。最好的泥屐子是枣木做成，鞋底一磨，红得流油；捆脚的麻绳也分外讲究，那种又细又白的麻绳一度被推崇……世道在变，路面平坦了，雨鞋也不再是奢侈品，现在恐怕整个嘘水村也找不到一副泥屐子了，泥屐子连同那个时代一起早已被人忘却，孩子们甚至不可能认识这种物品。

但撕开薄薄的粉饰，你会轻易发现嘘水村没有变化分毫。老楝树仍然巍峨着，只是开始早早开花，反季节开花。正义叔说树老了，忘记了季节。也许是吧，但其实我不太认同，因为老树太多了，但无论树龄多老，也不应该违背自然的法律，在不该开花的时节独自开放，像是在嘲笑造物主，嘲笑人间的一切。那凉津津的芳香包围着我，萦绕不去，像是要对我说什么，但总是嫣然一笑远去，到头来什么也没说。村街上的狗不少，甚至比我小时候更多，品种也开始繁杂，不再像那时是清一色的土狗，除了花色有别外个头和性情都差不了多少，连吠叫声也差不离；而现在狗种翻新，花样众多，不但有狼狗还有哈巴狗，不但有不长毛的秃尾巴的宠物狗还有藏獒——个头像驴驹子，目光凶恶，一副不怀好意相……尽管是白天，你走在平坦的村街上也提心吊胆，因为你不能保证养藏獒的人家真的拴牢了那猛兽，你也不能保证那异域来的猛兽真的听话。据说有人家养藏獒，趁大人不在，饥饿的獒狗扑向摇篮里褓褓中的婴儿。但这一切都不重要，就像柏油路让泥屐子消失一样，频繁外出的人让狗种丰富也理所应当。

为了这次回村给奶奶上坟烧纸，我确实在脑子里筛过了无数遍，做出各种假设。这不是一次普通的回乡祭典，而是要给我的过去做出让我自己信服的诠释。是的，时过境迁，无论往事多么不堪回首，毕竟都成了过去，许多当时觉得无法逾越也无法面对的深渊，现在都被抛在身后。你走了过来，你自己也说不清是如何走过来的。这就是人生，遇见难关时要挺住，只要挺住就是胜利。我在冥思中苦笑。临回村的前一天我还在犹豫：我该如何上坟呢？是坟里烧纸坟里走？——那样当然不好，嘘水村是我的嘘水村，我在那儿长大，在那儿的空气中，在那儿的村街上，在那儿的土壤里……那里的一切之中都留有我的影子，过去的一切，我不能不进村就走。那就走进嘘水村，到正义叔家一趟吧，现在我已经学会各种应酬，我当然可以顺畅地极有礼貌极得体地做该做的一切，但我不会久留，最多就是吃顿午餐，过了饭时就走。我不能久留，我不能久留……我一遍又一遍得出这个结论。

·夜·长·梦·多·

这就是我的打算，我当天回当天走，不在村子里过夜。我想好了一切，我给正义叔带了礼物。其他人我已经陌生，不知道他们现在的境况，既然正义叔是我门第中最近的亲系，那我就去他家，就只给他一个人带礼物。他吸烟吗？他喝酒吗？几十年不见面，我对他一无所知。那就带几瓶酒吧，茅台酒，也许只有醺醉才能让我们顺利地沉浸在现今，忘却所有的不快，让过去的阴影在迷幻中消散吧，让乌云远去，阳光普照。

但事情的发展总是有自己的不可更改的脉络，似乎是偶然，但其实是必然，貌似荒谬，但又有其深刻的合理性。我在村子里竟然住了下来，就住在正义叔家，住在他家的那间小偏房里，一住就过了七天，一个礼拜。正义叔看上去是被那种莫名其妙的不治之症血手病打垮——其实他是被生活打垮了。他不声不响，极少说话，处处在表达他的歉疚，这一点我能心领神会。他默默地向我道歉：我往院子里一站，他马上会搬来板凳，尽管不是递到我身后，但他往那儿一放我也就明白了；他在吃饭时端着碗躲开，怕影响大家进餐的兴致；他天一落黑早早就睡下，再不出门，他明知道我天天晚上跟习武一起出去转悠，但他不问一句，只是让正义婶叮嘱我出门别忘了带一根打狗棍，以防意外……一个人默默向你道歉，这就够了，那你还有什么理由沉浸过去，不原谅一切呢？

更何况正义叔的全家人我都如此喜欢，还有我熟悉透顶的二奶奶——我真的没想到二奶奶还健在，还能断断续续数叨我们共同经历过的往事的片断。二奶奶让我觉得温暖，觉得离我想念的奶奶更近了一步。我还喜欢这个小院，当春风在屋顶浩荡，院子里安然平和，丝毫不被扰动，只有阳光愈发明亮暖和，一束束阳光像是元宵夜晚的礼花一碰上东西立即爆绽，你能听见那一小团一小团绽放的哔剥之响。小院隔开了风，隔离了雨，只容留阳光。小院里的温暖与祥和让人觉得妥帖，平生出留恋。

我喜好吃蒸菜，现在城市里什么都能做到，尤其是吃物从来不缺。无论在家里还是在外头的饭馆，我最钟情的就是蒸菜，但城里的蒸菜永远蒸不出蒸菜的美味，只是徒有虚名而已，因为只有刚刚采摘没有蔫巴的新鲜时蔬才能蒸出蒸菜的鲜味，但远离出产地的城市又怎么可能做到这些！我回村的第一顿饭就是蒸菜，是蒸榆钱儿。正是榆钱一串串奋拉下来的时节，一听二奶奶说起我小时候就爱吃蒸菜，莲叶二话没说，马上就提着竹篮子握一支撅了钩子的竹竿出了门，她要找一棵正在盛绽榆钱儿的榆树，她要撸出半篮子那种软软的还带着嫩黄的肉地地的榆钱儿。榆钱儿择干净，不需要焯水，只拌上豆面上锅蒸熟，锅盖一掀，清香扑面！

正义婶锅里的腊肉还没有煎好，莲叶已经提着一竹篮子榆钱儿回来了。我们在满院子弥漫的腊肉的香味里择榆钱儿。榆钱儿是榆树的种子，嫩黄嫩黄，圆圆的肉质薄片中间包裹着种核，真像一枚枚铜钱。如今这榆钱儿刚刚从枝条里钻出来，刚刚见天，还没来得及长得韧实，软塌塌的，比萌发的嫩叶还柔脆。我呱嗒呱嗒地操持压杆，生铁铸制的压水机哗啦哗啦吐出一注注清水，冲洗莲叶簸动中的榆钱儿。榆钱儿在秫秸莛子纳制的馍筐里颠倒翻动，漾起清芳的香气，莲叶熟练地清洗着……此情此景，让我萌生出久违的回家的感觉。此刻，我觉得我真的是回家了，我第一次把奶奶之外的家当成家来体会。

正义叔家是刚盖好没几年的新屋，四间正房，三间东偏房，应该说是够宽敞的了，用正义婶的话说，"别说添一个人，就是再添十个人，也住得下，也不会叫你住在月亮地里！"正义婶的话不假，但我确实有点想住在月亮地里，有点想念深夜安静皎洁的月亮。三间东偏房一间是厨屋，一间是门洞，门洞的北墙上开了一扇小门，我一进正义叔家的院门就注意到了这处单独的房间。当然，我之所以想住在那儿，还另有打算。为我想住在那儿提供充足理由的是那儿现成铺着一张床，住着一个人。"那是习武住的。"正义婶说。言下之意是说习武住那儿是再正常不过的，而我十几年不回来一回，回来一回怎么能让住门洞？

我给正义婶解释。我说我天天待在城市里早已腻味，城市里是没有月光的，所有的月光都被乱眨眼的电灯偷吃了。无论冬天还是夏天，城市的屋子都封闭得严严实实的，"像是在窖人。"我说。我多想睡在露天地里一回，而且现在也不冷，而且大楝树正在有点错季地开花，光为了这一阵阵飘然而至的香气，别说睡外头就是站外头不睡觉也值。让我试试睡门洞里的滋味吧，我不比你们，到了夏天可以随意躺在天空底下。我不知道一下子能找出如此多的理由，不知道竟和刚刚熟悉的正义婶这么理论开了。

我以为二奶奶听不见呢，但二奶奶听见了。二奶奶一点儿也没迷糊，她挪到我跟前，拍着我的手说："小翅膀啊，你是想给你二奶奶治赖是不是？你多少年不回来，回来一趟哪有睡门洞里那理！"二奶奶生气了，她忘记了我的存在，像是在自言自语："让你睡门洞里，停二年在那边大嫂子见了我，我可咋个交代？"二奶奶若有所思，像是在揣摩让我睡在门洞里的理由，但费了好长时间仍没找到。她说的"大嫂子"就是我奶奶，奶奶活着的时候二奶奶总这样称呼她。一涉及重要的事体二奶奶脑子马上清醒无比，不再颠三倒四。

但我获得了莲叶有力的支持。莲叶说："翅膀哥想住门洞里，就叫他住呗。我给他铺床好被褥。哪有那么多穷讲究，想做啥做啥，随随便便的有啥不好！"

在我们争论的时候，正义叔讪讪地站在一边，一直不置一词。他与我们稍稍离开一些，他想使手上的气息稀薄，不想让我再皱眉头。我竭尽全力舒展额部皮肤，不知不觉在讨好正义叔。

我突然觉得他很可怜。

莲叶和婶子一起动手收拾干净小屋，又给我搬来了一张绳襻软床子，和习武的那张小床并排靠墙放好，又抱来了一床里表三新的被褥。那是一张我熟悉的枣木软床，床框被岁月打磨得光光溜溜，发出幽亮，像是在冒出微微发红的脂油。我很小的时候就已经熟悉它，那时候正义叔在夏天里天天晚上扛着这张床去睡在村口的那条大路上，天一亮再把它扛回家。每年夏天有那么三两个夜晚我也能享受大人们的待遇，睡到那条路上去，但这样的美好夜晚毕竟不多，因为奶奶不放心，仿佛我一夜不在家第二天早晨就会再也看不到我似的，即使找出"我跟正义叔在一块儿"的充足理由，奶奶仍是不放心，还要亲自跑到二奶奶家，一遍遍地安排正义叔。那时我有点厌烦奶奶，我嫌奶奶絮叨，嫌奶奶多心。不是有那么多和我差不多大小的孩子都睡在那儿吗，就偏我睡一晚像是上刀山下火海！不止一次我噘着小嘴和奶奶怄气，要是我想睡在那儿的时候奶奶不答应我，我就会拒绝再跟她说话，这种冷战要持续到第二天。第二天天一亮，睡梦就会荡涤尽昨晚的不愉快，我和奶奶就又和好如初，像每一个早晨一样。但无论我怎么执拗争辩，怎么不达到目的就气咻咻不煞尾儿，每年暑假里我最多只能有三两夜美好的时光敷摊在那条夜色覆盖着的大路上。

那样的夜晚又是多么难忘！我会坐在这张软床子上听正义叔和一群人喋喋不休地说话，直到深夜，直到他们不时歪倒一个不时歪倒一个栽进深沉的梦乡，我仍恋恋不舍。有时我就那么也身子一歪，和正义叔挤在这张床上。我尽量缩紧身子，尽量少占地方。那时的正义叔宽宏大量，他说："翅膀，你要困了就睡吧，就睡这儿！"这时候正义叔的这句话对我来说不啻天音，我强撑着再也架不住眼皮的时候，我就心安理得地闭上了眼睛。和那些人一样，我也能放心地悄悄走进梦乡，而不必再去躺到地上的席子上——按说那才是我的铺位。在轻风和黯淡的月光下，在头顶树叶的叹息中，黑暗的梦乡满布诱惑，洋溢着甜蜜的芳馨。

按照正义叔和正义婶的说法，回村的当天是"单头"日子，就是阴历逢单，不是吉日。既然时间充裕，我要驻留几天，那就不急慌上坟。"早清明，晚十来一，离清明节还有好几天呢，在家好好歇歇，明天再去坟上烧纸不迟。俺大娘最疼你，不会怪罪的！"正义婶反复这样说。

一整个白天我就待在正义叔院子里，与闻讯而来看望的邻里乡亲拉话。在暖煦的阳光下，我们回忆着逝去的无数往事，数说着我熟悉或不熟悉的村人们。但没有人问起我的经历，仿佛我曾经历的一切都早被忘却，似乎从没发生过。

那个夜晚我如愿睡在了小偏房里，和木讷的习武共住一室。习武不声不响，几乎是头一挨床就沉沉睡去。他和我还没熟络，在我面前还有点羞涩，尤其是我和他并排睡在了一起，侵犯了独属于他的小屋里的夜晚，他似乎有点不大习惯。那时我也像此时的小习武，也像他这样蜷曲着小小的身子，尽量缩小睡梦的面积，想让所有人让全世界忽略掉"我"的存在。"我"只想感受一切而不想被一切感受。

堂屋的门在吱扭响了几声后沉寂了下来。像是一个人跌入深渊，院子一下子睡熟，没有中间过程，猛地无声无息。萦绕不去的血腥味在渐渐淡薄，因为另一种清苦的气息已经占山为王。那是楝花的香气，浓郁、热烈，横扫一切。那香气被黑夜镇凉，又被月光染上暖暖的黄颜色，像一股股风悄然而至。我深吸几口，精神一振。我没有丝毫睡意。我关上莲叶掂来的那盏蓄电池应急灯的开关，"咔嗒"一声，黑暗的大水扑面而至，但接着从照壁上溜下来的月光蹭进门洞；月光从容不迫地洇干黑暗，摇摇欲坠的门洞里于是又布满幽明。

照壁上的那条黑鱼离我很近，它似乎悬停在那儿，悬停在月光与黑暗混合的深不可测的水中，虎视眈眈……我抚摩着被岁月蹭破皮肤正在血流不停的枣木床帮，和那条大黑鱼对峙。这是我多少年后第一次躺在嘘水村的土地上，我无法使自己镇定，更无法入睡。

寂静是一种快速繁衍的植物，它吸噬着月光和夜色，一瞬间布满世界。但这种浓密的、发出幽光的植物又是多么神奇，多么让人无限留恋啊，它明明布满世界，你却无法看见它，仿佛它压根儿没有存在。习武睡熟了，轻微的鼾声在离我不远处的黑暗角落里起伏，像是深夜里小风轻吹波浪拍岸，唯恐惊动了谁，独自低低荡响。我睡不着，一点儿也不累。月光从窗棂直泻过来，斜斜地铺排抻展，将一块皎洁的平行四边形一半搁放在我的枕头旁，一半流变摊平在地上。昨天在县城那家宾馆我睡得很香，一夜无梦，这会儿我一点儿也不困。原想待在县城里的这一夜回首往事肯定百感交集，肯定睡不踏实，我甚至都做好了黑着眼圈回到嘘水村的准备，做好了在神志恍惚中走进嘘水村，我熟悉每个角落的这个村庄，可事实并非如此。县城和我记忆中的县城迥然有异，不再破败，一片欣欣向荣，和任何我在别处看见的城市没有两样，甚至再没有往昔的影子。街道已经拓宽，楼越建越高，满眼都是黑压压的人流和光影闪烁斑驳陆离的霓虹灯招牌。我是在这座县城读的高中，也是从这座小小的县城起步开始认识嘘水村之外广阔的人群和世界。我曾经兴冲冲地一个人去看当时县城仅有的一座三层小楼。我在那座巍峨的建筑前却步，没能走进庞然大物的内部——而那内部对我来说充满神奇。那一年我十四岁，高中一年级的第一个学期。那座大楼叫作服务楼，至今我都弄不清它究竟是干什么用的，为哪些大人们服务，但我确实无限向往却没能靠近这个矗立于满目平庸的低矮房屋之上的人类的伟大创造物，而且我一直无缘进入它的内部。进入这座三层建筑物是我好几年里的一个梦想，还没等我梦想成真，它已经夷为废墟，接着就从大地上消失，被其他更硕壮更高大的建筑物替代。我在几近人声鼎沸的街道上踯躅，不自觉地竟去了服务楼那儿，但我并不能肯定三层大楼曾经站立的位置。我一直担心会碰上一两个熟人，会被一声惊呼唤醒，但没有，街道上没有一个人认得我，因而我无比自由。脚步带着我又去了火车站（是窄轨小火车，载人的机会似乎已不多，以运煤为生，我回来乘坐的是更方便快捷的舒适大巴）。如今的火车站也今非昔比，当时略显寒酸的简陋屋宇早已被隆隆的车轮声震得不知碎向何处，代之而起的是一排功能齐全洋气十足的现代化大楼，不算雄伟，但有雄伟的影子，是模仿大城市火车站建造而成的（充其量刚刚上升到赝品的水准，但做工并不地道，能从粗糙的外表看出诸多破绽来）。我想重复那时的情景，不走检票口，从车站旁边的某个缺口侧驱直入月台，可惜再找不见任何可乘之机。车站戒备森严，除了那处锁上的检票口的铁制栅栏门外里里外外都无隙可寻。当年我是从车站一侧溜进去趴在铁轨上倾听远方的车轮声的。我从课堂上得知耳朵贴紧明亮冰凉的铁轨就能听见车轮声，哪怕你压根儿没有看见火车的影子你照样可以先听到火车的动静。我被这故事深深吸引，尽管我没有听见无法看见的声音，也没有等来火车的影子，但我仍被这故事吸引，至今仍被吸引……恰恰是这些类似的故事（知识）将我的痛苦击碎，让我活在了一个全新世界。往事不堪回首我不再回首，我被一个又一个新故事深深吸引，于是我复活了那具少年的尸体，就这样神奇地站立了起来并且又开始走动，在大地上四处走动。在熙熙攘攘的街道上我边想边走，没有激动，没有感叹，就像随意闲逛我到过的无数城市一样。炫目的路灯拉长扯碎我在人群里孤独的身影，我没有找到可以倾听的铁轨，当然也没有找到神秘的三层服务楼，我形单影只，若有所失走回旅馆。我在昏暗的房间里打开电视，喝一杯水，上床睡觉，于是这个夜晚就在沉睡中度过，没有想象中的那样波澜壮阔，有些微的惬意，但并没有太多的梦。

回村而没立马去坟上给奶奶烧纸，我心里一直不安。我打定主意不管单头双头日子，即使挨到了夜里，也要去坟上觐见奶奶。我大睁着眼睛在黑暗里等待，我想等正义叔全家人都睡熟了，都进入了梦乡，想等整个村子再碰不上一个醒着的人时再出去。月光很亮，仅是那面被床帮扯得变形的平行四边形的反光就能照出一室昏明。待在窝里的鸡偶尔发出幸福的咯的一声短促梦呓，整个世界像我等待的那样真的睡熟了。我掀开被子起身，摸索着打开我的马桶包，将早已准备好的一应物件悉数拿出。火纸、果品、酒……对了，还有火柴。我叮嘱自己别忘记路上寻一根树枝，烧纸时树枝能帮忙烧透火纸。我待在昏昧的月光里侧耳倾听，确信整座院子再无声响时，我又想了一遍要拿的物品，无一遗漏，于是蹑手蹑脚打开房门，蹑手蹑脚走出去。我怕惊动习武，他在熟睡。小孩子睡觉总是这么踏实，头一挨床就沉进梦乡，不会轻易被吵醒。小孩子从沉睡的世界来到这世上的时间太短，于是还沉湎留恋那个昏冥的世界，就像再度渐渐走近那个昏冥世界的人仍在留恋喧闹的尘世一样。人越老睡眠也就越少。我出了门，先是轻手轻脚，接着就大踏步走在了明晃晃的月光之中。村子静静的，月光静静的，没有一个人，如果不惊动狗的话，甚至可以说没有一个活物，连一声夜鸟的呓鸣也没有听到。正义叔左近的两户人家没有遵照时尚养狗，我没有遇见一只狗出来滋扰。我朝东走上一百米，然后就拐上那条通向南塘的路了，走上五分钟掉头向西，再走上五分钟拐进茂密的麦田，我的奶奶就在麦田的中间等着我。我已经回来了一整天，到这阵儿才去看奶奶，但奶奶不会怪我的，奶奶知道我时时刻刻在想她，仅仅是因为要一个人上坟才挨到深夜。一天里我无数次想到这片墓苑，想到奶奶，有意无意我朝这边张望多少次，但一次次我都没提起要到坟头上烧纸的事儿。我真执意要上坟烧纸，正义叔他们也不会拦我的。一天里我忙忙叨叨应酬各路人马，听说我回村亲邻们纷至沓来问候拉话，直到此刻人烟初定，我才踏着月光来看望我的奶奶。我不想让正义叔知道我来奶奶坟上，那样他肯定要一起来，这是规矩，他一定要陪我上坟。但我不想和正义叔一起去墓地祭奠，尤其是去奶奶坟上。我觉得那是对奶奶的大不恭敬，奶奶要是活着看见我和正义叔结伴去见她一定会闪电雷鸣。奶奶不但对正义叔发火也对我会发火。所以我得选在深夜，选在村子里再没有一个活人走动时去觐拜我的奶奶。我得和奶奶说说只有我们祖孙两人才能说的悄悄话，我和奶奶在一起不能有任何第三人。每逢"清明""十月初一"这些阴间的节日，还有

~ 215 ~

第二部 · 第三章

奶奶的忌日，我都要到住处附近的路口烧纸，听说只要在一张纸上写上地址姓名，然后同火纸一同烧掉，这样就同你在坟前烧纸一样，无论距离多么遥远，冥界的亲人照样能收到你送的纸钱。据说在火焰中萌生的黑纸灰是冥间的钱币，只要子孙后代在坟前不断地烧纸，亲人在另一个世界就日子宽裕，不会手头窘迫。据说是这样。我不太相信，但为了奶奶我会循规蹈矩办事，因为我想不出另外一种更好的办法来祭奠奶奶。

那座小屋黑塌塌的，完好无损蹲伏在通向南塘的那条大路旁（我总觉得它是完好无损的，从没有挪动也没有一点儿颓圮），它已经这样蹲伏了二十几年，而且还要这样蹲伏下去，保持一个姿势永久不变，与我共存，与三光共永光。不过我现在已经敢端详那座黑塌塌的小屋了，不像早年，每当我走过这里都是一次处罚，我的心沉下去沉下去，只到走过了才慢慢浮起。但这是村口，是我出村进村的必经之路，我不能不走过这儿，于是只能听任心一次次沉浮，听任呼吸变得急促，汗粒从毛眼里滚荡而出，哪怕是寒冬腊月照样浑身黏湿涔涔。现在我倒是坦然了，我可以面对这一切了。我走过那座黑塌塌的小屋，我甚至停了下来仔细端详。那座小屋就在那个位置，离我有十步那么远，现在已经被人家的房屋覆盖，只有我能看见它的存在，只有我一个人能看见，即使我远离村庄我仍能每时每刻都能看见。那是一处人家的宅院，如今静悄悄的，一派祥和，和当年那个深夜迥然不同。那个深夜这座小屋充满多少恐怖啊，无论多少年过去我仍然不能忘怀，今生今世永不忘怀。一只狗侦察到了我的动静，隔墙粗声粗气发出敌意的警告。月光贼明贼明，像是全部由寒光闪耀的刀刃组成，像是由刀刃凝结的硕大固体，压覆着村庄，压覆着人们的梦境。月亮是这刀刃之体的策源地，它端坐在一切之上，冷漠、得意、骄矜，俯瞰着它的杰作，俯瞰着我。在月亮的俯瞰之下一切都难以遮掩，一切都纤毫毕露，甚至能看见路面上掉落的散碎的麦秸、某处楝树树枝在半空闪闪发光、谁家的屋脊上卧着的土陶兽头……一切都在暴露，但我已经不害怕暴露，不害怕那座黑塌塌的小屋。我已经过了害怕的年龄。

月亮在冷冷地笑我，月亮抛出的光明的锋刃束束向我逼近。当我走在那条横路上时，自觉不自觉，我又在向南塘张望，就像那个《追鱼》电影之夜一样，我孤独的跫音伴奏我渐缩渐小的胆略。南塘当然不可能再有照亮未来的火光，也不可能再有鱼群，甚至不可能再有水。南塘已经成为一块田野的名称，它值得自豪的一切早已烟消云散，不会再有凭空长出的大红鱼，也不会再有鬼魅，连老窑都消失了踪影，替代南塘和老窑的是绿波翻滚的麦丛。过去消失了，过去的一切终将消失，就像我，和我曾经在一起的所有人，我的奶奶、正义叔，甚至老鹰，还有熙熙攘攘的村人，还有我深不可测的沉痛……这一切终将消弭。南塘上美好的女子没有了，大蛇没有了，老龟没有了，麒麟没有了，绿灯笼没有了。我的害怕应该没有了，我也会没有的。没有就是有。

　　站在那条横路上，我远远地看见了奶奶的坟，看见了我们家族的坟，它们在月夜的麦田里围簇在一起，像是在谈论家事，又像是在一心等我，翘首张望我。我心里一热，马上迈进了麦地里，就像小时候放学回家我看见了呼唤我的奶奶奋不顾身跑过去一样。刚浇过水又被春天发酵润透的土壤暄虚柔软，有点塌脚，麦苗马鬃般密密实实，都没有下脚的空隙。这个时节的麦苗正在拔节，最不经踩，一旦倒地就再也站不起来，再也结不了穗实。麦苗不像人，能够经得住许多次打击，倒了一次再站起来，再倒下还能再站起来，只要一息尚存总能让身体竖直。我尽量小心地抬脚拨开麦丛，落脚在土垅上，一步一步前挪。麦叶凉滋滋的，隔着一层薄袜抚弄着我的脚，有时竟摸到了袜口和裤脚之间裸露的皮肤，麻麻的，痒痒的，让我的心酥透。我没有马上走向墓地，而是驻足众麦之中，看密密实实的麦丛泛着幽光在月夜里招摇，这里一明，那里一亮，犹如粲然一笑又一笑。我蹲下身来，倾听风中麦丛的诉说。麦叶挤着麦叶，麦茎蹭着麦茎，仿佛惊奇我的不期而至，它们在微风中一阵又一阵唧唧私语。

　　尽管麦苗正在铆着劲儿疯长，已经漫过脚踝，但麦叶还没有硬得像锯齿一般拉手，还处于柔绿时代。一阵小风扑来，所有的麦苗都起身响应，翻转出泛白的脊背。我蹲在我家的坟苑里，但并没有马上点燃火纸。这田野深夜里的诸般声响实在是太诱人，我再一次侧耳倾听。我倾听着麦叶与麦叶摩击的低语，倾听着风声，也倾听着深夜旷野里特有的寂静。风和麦叶的说话声使这寂静更深远，仿佛永无边际。尽管只有我一个人，但我一点儿也没有害怕。一个人在自家的坟苑里，和亲人的灵魂在一起，是一点儿也不害怕的。你的亲人的亡灵会护卫着你，他们疼你，唯恐惊吓了你。回到村子一天，只有到了这会儿，只有蹲在奶奶的坟头，我才第一次有了回家的感觉。奶奶在哪儿，哪儿才是家。村子里已没有我家的地方，我家就在这旷野深处。月光如水银泻地，白晃晃一片。我掏出果品并排摆好，然后又拧开那瓶酒的瓶盖。我摇了摇火柴盒，听见了熟悉的悦耳响声，捏出一根来噌地擦燃，双手捧紧靠拢火纸。这时候一阵风来了，吹乱了我的头发，也吹熄了我手里的火苗，吹得火纸呼啦啦低响，但并没有吹乱那沓柔软黄表火纸。我再一次擦着火柴，但再一次被风吹灭。风像是故意和我较劲，故意捣乱。在第三次掏出火柴之前我停顿了一刻，我用火柴盒压着那沓黄纸，站起身，挺立在月光之下。新散开的黄表纸漾起的特有的异味迅速被风吹逝，麦叶里青春的气息愈显得清新。我四野望望，除了翻飞的麦苗的波浪外一无所见。来之前我没有带打火机，我不抽烟，并不配备那种一按就能蹿出火苗的玩意儿。之所以专门找了一盒火柴，是因为我对火柴情有独钟，在少年时代，火柴是我不多的玩具之一，也是最重要的伙伴，在夏秋季节里总是随身携带。我们在田野里烧豆子，烧红芋，烧随手捂来的蟋蟀、蝈蝈……实在没啥可烧时，在冬季里我们收拢枯叶点燃一堆微火烤手。反正能够生长火焰的火柴是我们最贴心的玩伴，不可或缺。我忽略了原野里风的存在，尤其是春天，因为没有大庄稼遮挡，大风小风总是胡乱走动，无孔不入。于是我打开火柴盒抽出一并三根火柴，让它们在侧壁的引火纸上齐头并进，随着噌的一声欢呼，一簇三倍于先前的火苗苗壮生发，照得我的手指透红，照亮了我手掌的纹理。我小心地避挡着群风，严严实实捧着那株壮实的火苗移近翻起一角的火纸。火苗得了火纸的亲昵，一下子壮大了声势，竟有些轰轰烈烈。就像是一丛红庄稼，火焰在火纸上胤开，灰屑像黑蝴蝶翻飞起舞。我面对那丛红庄稼，面对坟里的奶奶双膝跪下，我说，奶奶，翅膀给您送钱来了。翅膀不孝，逢年过节的不能到坟上来给您送钱，您不要见怪啊奶奶。我的声音越说越低，因为说着说着我已经泣不成声，泪水不听话地涌出来，模糊了双眼也堵住了我的喉咙。我哽咽着再也说不出话来。我捂着脸，让泪水无声地涌流。泪水融化了我，我觉得我的心、我的身体，都与这春天的一切融合，与我的祖先融合。泪水与手掌挡住了月光，我的双耳却异常灵敏地在倾听，麦子拔节的声响裹挟着春风，一下子变得汹涌响亮，这大自然的音乐把我淹没了，我稍稍聚拢成形的形体再一次被融化……我这样待了好久好久。静止不动，静心不动。后来月光从指缝里渐渐清朗明晰，我又看见了奶奶的坟、爷爷的坟、父亲的坟，还有母亲的坟。我的亲人们居住的坟墓在月光下簇拥着我，我的心愈发安宁。我慢腾腾擎起酒瓶，稍稍倾斜，于是一溜明晃晃的酒线泛着幽亮向土地瀑注。浓烈的醇香扑面暴起，就像一堆花在你面前猛然盛开。奶奶不喝酒，但奶奶喜欢花香，佳醪在奶奶所在的幽冥世界也许是被当成花丛的。馥郁的馨香能够让奶奶欣喜。

在我捏着生长火苗的纸张分发到爷爷、父亲还有妈妈的坟前时，猛然我听见奶奶的坟上呼啦啦轻响，像是有人张开手轻抚坟上的那些枯干的去年的野草，但又有点担心惊着了我。那是一股小小的旋风，初开始有一个手掌大小，旋在奶奶的坟上没有挪动，当我看见它时它像是觉察到了，马上挪了地方，悄悄靠拢我，又悄悄走开，消失在漫野的麦苗中。我知道是奶奶的英灵醒了，奶奶在告诉我她知道我来了。奶奶很高兴。

在这片坟苑里我真是回了家，我觉得奶奶在身边，还有我认不太清的妈妈也在身边，还有爷爷、父亲。我们家从来没这么整齐过。直到火纸燃尽，我仍然不想离开。我想和奶奶和亲人们多待一会儿。一个人远离家乡远离亲人很久很久，才能知道家乡的含义亲人的含义。我蹲在我家的坟苑里，不想离开半步。

感谢正义叔，在我来之前的几天他已经来给奶奶上过坟，因为坟头上顶着新添上的土块，那是上坟的标识。"早清明晚十一"，是说一年里最重要的两个鬼节中前一个要早几天上坟而后一个则要稍晚上坟。我们村子给亡灵只过这两个节日，而为何一个要早一个要晚我也说不出所以然来。正义叔不是因为我回来才做样子上坟的，因为回村之前我并没有通知他，我想不声不响回村，不想让任何外人知道。

我倚靠着奶奶的坟斜斜躺下，面对月亮。当我这样躺着时，我觉得像是小时候倚靠在奶奶身上一样。每到秋天，奶奶总是在屋前空地上伸开秋秸箔，在上面铺展被套被里，一针一线地缝纫冬天的被褥。我喜欢闻面汤里浆过的被表被里的气息，有一种粮炊的香味，让人莫名地安逸。我更喜欢抻展开的广阔洁净的还没缝好的被子，奶奶允许我在上头随便扑腾，从不嫌我踩死压实了翻新过的棉花，弄乱了被单被套，让她徒费周折。奶奶不但不烦，还喜欢我在上头爬过来爬过去呢，奶奶说："翅膀，你翻个跟头让奶奶瞧瞧吧。"奶奶叫我干啥我就干啥，我马上头抵着漾起粮炊清香的发硬的被表灵巧地跷起双脚，腿脚挪向半空，我看见奶奶倒着在欣赏地看我，接着我扑通一声放平身体连爬起来又安稳地坐在奶奶面前了。奶奶抹拉着我的头，笑吟吟地问我脖子疼不疼，不会扭伤脖梗吧。我拨浪拨浪头给奶奶看，翻跟头不但不会受伤反而身上的物件更加活便。奶奶坐着绗被子，针线一路发出粗重的刺啦刺啦的喘息前行。我倚着瘦骨嶙峋的奶奶，奶奶每往前挪动一下我也跟着挪动一下，寸步不离。我紧贴着奶奶的脊背被奶奶的身子暖得热乎乎的。怕我倚了空，奶奶每次挪动时都要关照我一下。我倾听着针线的低嚷，也仰脸端详着天空，顺从着奶奶的拨拉。天空有急急奔走的流云，跑得很疾，都将雪白的身体拉散了。白云走过去走过去，走进那堆大椿树的叶堆里，接着就藏起来看不见了。大椿树的叶片虽然浓绿依旧，但毕竟经不住秋天的寒意，已经苍灰，黑塌塌的，不像春天夏天时那样灿烂葱翠。一只小雀和针线比赛着欢呼，它就落在我的头旁边，一边啾儿啾儿地探问般叫嚷，一边警惕地左一转右一转鼻梁上生满褐色绒羽的小脸瞅来瞅去。它围着奶奶的针线筐跳动，好像那只我熟悉透顶的用秫秸楚子纳制的针线筐里装满了粮食粒。小雀歪着头仄棱着脸向我寻问，我能看清它铁色的喙，亮晶晶的小眼珠，灰红的小小身体，还有斜斜撅起的由五根长翅排列的长尾巴。它端详人时小脸从一个位置跳到另一个位置，不是平缓地转动，而是一步到位，仿佛连接头与身体的不是血肉的颈项而是一处上紧的发条旋动的机械装置。我目不转睛注视着它，想猛然伸手趁它不防攫住它，但它极其机敏，我的胳膊一动它马上没了影。小雀栖落在我家不高的院墙上张望我，像是在嘲弄我。"咋样，咋样，咋样……"它这样不停地说着，让我生出些微懊恼。直到奶奶的身子又要紧跟着针线的脚步挪动，她一伸手托住我的倾斜，我才从短暂的懊恼中解脱。我没有坐直身体，而是顺势四脚八叉仰躺在了新被子上。

月亮看着我，我也看着月亮。月亮忧郁而感伤，目光明亮但很迷茫，看人就像是没看一样。月亮显得空洞无物。也许月亮本身就是一个洞口，只是透露天空遮覆着的外面世界的明亮罢了。能分辨出天空的蔚蓝，能看清蔚蓝的底子上飘荡的白云。我闭上眼睛，真想这样伸展四肢沉沉实实地睡上一觉。就是这时，我刚眯上眼睛的时候，我听见了一种清晰的声音。那种声音像是在我耳边轻轻炸响，低微但很洪亮。我坐起身，侧耳倾听。那确是一种炸裂的声响，叭，叭，叭，在不断续地裂变。而且不是一声，越听越多，越听越稠密，一声后边还是一声，一层后面又有一层，层层叠叠全是那种低低惊呼般的轻响，像是被开水烫了手的唏嘘，像是深秋的夜空中的星星，越看越密集。刚才也有这声响，只是我过于专注于麦丛与风的交谈，忽略了这声响而已。这轻微的疼痛的惊呼正是无数麦苗拔节的叫声。麦子正在昼夜无歇地长高长大，新茎和新叶要突破包裹与约束，要伸展腰身探出头颅观看并享受春天里的一切：阳光与露水、轻风与明月……成长总是伴随疼痛，密集的疼痛。麦子是这样，人也如此。

我的心被这声响迅速打湿、濡透，与麦田、月光、坟墓，还有亲人们的亡灵融为一体。无论那排山倒海而来的细微声音是疼痛还是欢乐，都已无关紧要，重要的是我已成为一株麦苗，或一株小草，与天地共呼吸，或跃动或宁静，都是神性，都具神性。

我沉浸在这铺天盖地音乐中的时候，突然听见了有人在叫我，在轻声唤我的名字。那声音有点不真实，像是发自地下，像是从记忆深处的沉梦中浮起，略显轻飘。我坐直身子，头发梢子全站了起来。我的听觉在一瞬间发达，我能听见最细微的声响，麦叶摩擦麦叶的声音一下子响亮得震耳欲聋。"翅膀哥，翅膀哥——"那声音再度响起，就在我的前方，在不远处。我循声张望，于是看见了我刚才走过的那条横路上有个黑影，黑影不高，站在一蓬不大的泡桐树下。那不是幼年的我的声音，也不是正义叔的声音。我的听觉恢复了真实，我听出是习武的声音。"是习武吗？"我提高声音问。我听见我的声音尾巴有点摇摆分叉，过于浓密的月光过于烦琐的风与麦苗的交头接耳差点溶解掉这声音。

在深夜里，在传说纵生的旷野坟苑里（尽管是自家的坟苑），在一派被皓月和洪流般的麦子拔节的低吟催发的盛大静寂里，不远处突然冒出的人影确实让人紧张。我半边身子仍在酥麻中，头发梢子纷纷支棱起来。这突发的害怕有点像骤然降临的风暴，我咽了口干燥的唾沫，我觉得四围风声鹤唳。"翅膀哥。"那个身影没有移动，仍然和那株半枯的树贴紧，甚至融合为一体。"是习武吗?"我又问了一句，我怕是幻影，是鬼魂的替身。"是我，"那个人影答，"我是习武，翅膀哥。"我从那不太流利的话语里听出确是习武。他站在月光里一动不动。他一定是怕我害怕，担心哪怕是向前迈一步都会把我惊跳起来。我确定那是习武，莲叶似乎提过习武平素行踪无定，有点分不清白昼黑夜。于是陡然升高的风声平伏下去，不再围绕着我的头颅转圈，而是紧贴着遍地麦梢，回复到先前悠闲的状态。我抬脚分开挤挤挨挨的麦丛，向习武走去。

习武站在那株泡桐树的跟前始终没有动弹，"有露水。"他说。我知道有露水，我的裤脚已经湿透，而且皮鞋上沾满了露水和泥坨。我的双脚沉重而硕壮，我担心碰坏了麦苗，所以走得极慢，走得极其艰难。那是株不太粗壮的桐树，都说不准它的年龄，有手腕粗细，半死不活地站在地头上。桐树站立的地方不对，有一半根茎都暴露在外头，没有被温暖而富含养分的土壤埋住。桐树因为长得不是地方，所以不可能长成气候。耕种田地的诸般农具来来回回磕碰，加上它长大会遮挡阳光，影响庄稼生长，所以不可能让它顺心顺意生长。桐树的身上疙疙瘩瘩，伤疤摞伤疤。习武就是抱着那些凹凸不平的伤疤在站着。所有树木的诸样伤疤我都熟悉。

"你不是睡着了吗?"我问。他说:"醒了。"他与树身稍稍分离，但并没有靠近我，而是下意识又趔远了一点，但离我并不是太远。我们站在月光下，我看不见他的眼睛，只看见他的头一伸一伸的，即使静止站着也习惯性地警觉。危险随时会发生，他不得不警觉。

我们原路折回走向村子，走过那个岔路口，走过小黑屋，走过兀自开花的大楝树。月光亮晃晃的，清苦的楝花芳香一阵一阵，驱散了疲倦，也驱走了睡意。我说:"习武，我想到村子里走走。"习武只会说一个"好"字，我干啥他就干啥。于是我们一前一后走进村子，那些我已经不太熟悉的街道旁边的一户户人家出现在面前，又消失在我的身后。如今麦秸泥打墙麦草缮顶的房子已经绝迹，家家都是耀武扬威的砖瓦房或者两层小楼，而那时，整个嘘水村也就是一两户光魁人家才建有浑砖到顶的瓦房，而所谓的浑砖到顶，也不过是泥墙两面包裹一层竖砖，看着板正，内里空虚，徒有其表而已。

习武已经学会了说话，已经不是哑巴，但习武很少言语，只有非说不可时才肯吐出几个简略字符，能省则省。初开始他跟在我的身后，和我保持着距离。他和我还有点生，还不敢也不能轻易贴近。但待到碰上了狗群，被决堤洪水般的狗群包围，习武猛然与我贴紧了。那些狗狂怒暴躁，嗅出了生人气息，从各家里跳出汇集，吼叫里充满仇恨，万众一心。习武一点儿也不怯阵，他伸着头，动作机警灵敏。他挥舞着一截儿不知从哪儿捡来的枯树枝，在月光里吓唬着咆哮的狗群。那些狗与他熟悉，狂吼一阵后就偃旗息鼓，耷拉着头悻悻地打道回窝，有点不情愿，吠吠地责备着，怨习武领着生人夜半瞎逛，徒然惹乱它们的香甜睡梦。习武对我说，要是夜里碰上了狗，千万不要惊慌，不能躲避，要面对着疯狂冲来的狗迅猛下蹲——只要你一蹲，管保再厉害的狗也得退避三舍。习武教我遽然下蹲的动作，我点着头学习，其实我在他这么大年纪时早已谙熟要领。我与村子里群狗斗法的拿手好戏并不亚于他。

村子里的街道一如既往，每个拐弯我都熟络，闭着眼睛也不会走错。因为铺了柏油，路面愈加平坦好走。越往里走，一片一片的空地越多，显出村外田野里才有的疏朗空阔。人们都在想方设法抛弃旧宅，把新家盖在村子外圈。村子正在变成空壳。我们没有走正路，而是拐进了西大坑，大坑里已不见水迹，坑底比大路平整，像是打麦场。村子里有两处坑塘，一处曰东大坑，一处曰西大坑，我和奶奶居住经年的小屋就位居西大坑的东堰。记忆中的西大坑碧波万顷，有一望无际之势，以至每当我莅临大海，站在波浪之上时，总把眼前的无涯之水与我的西大坑作对比。我曾经无数次在西大坑畅游，我就是在这儿学会的游泳，学会躺在水面上疾行也学会在水底摸着渍泥扎猛子。我们一群孩子在水里彼此呼唤倾听（与空气中相比，水像是一下子无限缩短了距离，对方说话像是趴在你耳朵上一样），比赛谁能刺刺地分开众水游得最快……而如今这一切只能留在记忆里了，因为西大坑干涸见底，此刻我们就走在坑底里。坑底没有水，只有遍地干卷的瓦片般翘起的溃泥表皮，踩上去咯吱咯吱叫嚷，也许有点疼痛，但那叫声更多的是装腔作势。月光如泉如瀑，可惜西大坑里没有清水横流。因为没有树木遮挡，大坑里的月光一下子显得宏大浩荡。我们横穿过坑底，只在坑中央最低洼处瞅见了一方有水的地方：那是一眼刚挖的新井，习武说半个庄户的人家都靠这眼井吃水，因为水位日渐陷落，一般平地上打出的井都早干了，只这坑底的新井还能在白天照见人影，在夜晚照见月亮。水位低落一半是干旱，一半则是因为地下水过度开采所致。新井因为是临时使用，被挖成了不宽的长方形，井口横棚着两根胳膊粗细的木头，供人站在上头摆桶打水。横木上结满干干湿湿的泥巴，说明刚刚过去的白天里曾被人频繁踩用过，井旁也有哩哩啦啦的水痕。习武怕我掉进井里，拦住我不让我走上横木，我本想站在井中央朝井里张望一番，看看月光下的倒影，因为回村一天，我还没有与囫囵囵囵的水体谋过面，而嘘水村的水染湿了我整个人生，我回村一趟不能不一觅芳踪。深夜里习武拽我的两手打消了我看井的念头，我退回来，没有坚持，反正接下来有的是时间，我会找机会再看这眼坑底之井的（其实直到离开村子我也没再来）；再说我也真有些担心那些木头不一定老实可靠，为了听听响声取乐，不能保证它们不会一翻身扑通把我掀进井水里。井旁堆着挖出的新土，已经干透，站在土垠堆顶上展望四围，忽觉大坑浅小局促，不过一处窄狭的坑塘而已，与记忆中的水波浩渺迥然有异。这是我的西大坑吗？它层叠的波浪呢？它养育的鱼群呢？它深处摸索爬行的蚌、它水面悠闲飞翔的红蜻蜓青蜻蜓呢？大坑的周围仍像先前一样挤满铁色的树木，这会儿树枝上嫩叶初展，颜色淡薄，尚不能遮断目光，远远望去如灰云逶迤。坑底上印着打水的人踩碎泥片走出的路痕，放射状的四五条隐约灰白伸向四面八方。东堰就是我家，大椿树站过的地方还有小茅屋待过的地方现在都被年轻的白杨树遮覆（根据挺拔陡峭的身姿能一眼认出是白杨树）。我目不转睛凝望着那片灰苍苍的地方，那个一次次出现在我梦里的小小地方。近家情更怯。我的心一直提着，忐忑不安。

泥片再度在我们脚底下叫响，我们朝东堰走去。水不事声张，但内部蕴满力量，当你试图在水里行走时，水会像墙一样阻挡你，让你几乎寸步难行，你只有不紧不慢顺应着水的意志才能挪动身子。我们曾经一次次在水里迈步行走，体验水阻挡我们小小身体的无处不在的力量。但如今疾行在坑底，没有丝毫障碍，眨眼之间我们已经爬上坑东堰，让我好不习惯。岸坡也远没有印象中的那般陡深，仅只是一道土埂吧，腰都不用弯，抬抬脚就轻易走上去了。坑堰上曾经站过的那几棵老柳树和坑底的水一样失踪，白杨树林将边缘几乎伸展到了坑坡里。我爬上坑堰，扶着一棵白杨树的树干站稳身子，就在这时，我的眼前明光一闪——我看见在我家小屋待过的地方有一只贼亮贼亮的眸子像是不经意瞥了我一眼，但立即又闭上了。我瞪大眼睛，站直身体，血液又像当年一样嗡嗡地围着头顶轰响。我竭力不让自己挪动位置，怕只要我一动，那只眼眸就再也找不见，无影无踪。但无论我多么努力，我的眼光扫过了小树林里的每一处地方，也再没瞅见哪怕有一点亮光的东西。难道是我的眼被月光照花，压根儿没有任何闪亮？不可能。在我从小就熟悉透顶的地方我不可能看走眼的，不可能无中生有。那只眸子肯定看见我回来了，但暂时还不想让我找到它。也许那是宅神吧，我听奶奶讲过每家宅子都有宅神护卫，即使你早已搬离不再住在那地方，但那宅神仍会存在，你一回来他马上就知道。我若有所思地在白杨树间踱步，仔细地辨认每一个位置——这儿是大椿树站过的地方，这儿是我家的小屋和小屋子里我家的土灶、我和奶奶的床铺，这儿是那圈颓圮的半截土墙，这儿是小小院落一角的垃圾池……看着这一小片土地，我的眼睛再一次湿润，泪水迷离了月光。我多想找到一件我熟识的物件啊，哪怕仅仅是一根我给奶奶纫过的生锈银针，或者我家使过的那只粗瓷海碗的一块瓷片。当我抚摸这些故物时，我的心会战栗，我的神经会被拨动震动出音响。我在白杨树林里寻觅着，知道无济于事，我还是要衬着月光找遍每一寸地方。

这些白杨树有大腿粗细，正值壮年。因为站对了地方，空旷的坑堰没有任何遮挡，又得风又得阳光，白杨树棵棵长得支支棱棱精精神神的，枝干健硕，已露峥嵘之势。树林里的地面平坦瓷实，一看就知道是处饭场。不光是人，猪羊牛马的也没少光顾，光溜而布满匀碎裂纹的地面上有黑黑

～　225　～
第二部　·　第三章

的羊屎蛋，还有麦草碎屑。白杨树的成长历程也并不一帆风顺，每棵树的根部都簇拥着疙疙瘩瘩的瘤突，我知道那是家畜牙齿的功劳。这些树幼年时皮层稚嫩，清脆可口，难挡贪馋的猪马牛羊品尝的冲动。它们是幸运者，因为它们只是留下些瘤起的伤疤，但没有一棵枯死。现在危险已经消遁，它们的身体表层布满粗糙的沟沟壑壑，足以让最尖利的兽类牙齿望而却步。没有敌人再啃啮它的树皮，它可以放放心心成长了。于是它们枝叶繁茂，日日夜夜膨胀身体，长大再长大。

习武不离左右，我在群树间蹀躞，习武不远不近跟定我，唯恐一不小心我就看不见了。他微微伸着头颈，略略凹斗的脸在月光下像一个对着每个人漾开笑意的木偶。我喜欢沉默不语的习武，沉默就是我们之间的默契。我问习武这树林是谁家的，习武想了一下，摇了摇头。他弄不清谁是这处树林的主人。我熟悉这块土地的每一粒土壤，但这些树木与我没有关系。它们不认识我。我和奶奶居住的这处屋子曾是生产队的车屋（盛放那种老式的太平车，需要四头牛才能拉得动），泥囤子墙四面漏风，屋顶的麦草破败黑萎，阴天里屋外下大雨，屋里下小雨。奶奶牵着我的手住进来后重新修葺了老屋，和出麦糠泥堵实了所有裂缝，铡齐金黄的麦秆给屋顶缮草。于是小小屋宇充斥了温暖祥和，我和奶奶享用着亲密和安宁。我能记起生产队派出的男劳力们把一捆捆麦秆扔进大坑的水里浸湿泡透（各家修房造屋都由生产队统一派工），然后捞起麦秆擩进大铁铡的铡口，只听闪亮的铡刀咔嚓一叫，参差不齐的麦秆一端立马齐刷刷平整整的。湿麦草的气味四处荡漾，像是站在夏天的树林里。男人们高声说着话，掀掉委顿腐败的旧草，将崭新的麦秆铺平在屋顶上。麦秆的底下是高粱秸织就的芭箔，箔上摊一层麦糠泥，能粘住麦秆老老实实恪尽职守待在原位。刚缮好的屋顶麦秆有一尺多厚，看着就让人踏实温暖。只要和奶奶待在屋里，风和我们没有关系了，雨和我们没有关系了。修葺一新的茅屋稳稳地站在大坑东堰，远远望去像是一头鬃毛金黄的雄狮。放学回家一进村口，抬头看见我家的茅屋，我就感到踏实、安全又自豪，欢愉油然而生，我的脚步不由自主加快，像小鸟飞向巢穴一样向着家飞奔。

奶奶是在我大学即将毕业的那年仙逝的。奶奶老去，茅屋自然又收归集体，我生长的地方并不属于我，这片杨树林和我没有关系。它们吸噬着我留下的气息、奶奶的气息，但它们和我和奶奶都没关系。我抚摸着粗糙拉手的树干，又重重地拍了一掌，一树嫩叶发出轻轻叹息。习武从树上够到了一根树枝，于是那些钱币大小的柔嫩新叶在我的手里颤动不已。树叶在树上时显得稀疏而不成气候，而连枝带叶近在眼前时，真相毕露，枝叶一下子声势浩大。那些叶片刚刚出生，还没来得及享受青春就已经与母体断开。它们映着月光泛亮，带着枝干里的润泽。我摘下一片叶，轻轻在手指间揉碎，一股苦苦的清芳扑面而来，差点引出我的喷嚏。无论什么事物童年的味道总是淳厚，小树林里因为那片碎叶一直荡漾着清香，早春白杨树叶的清香。

当我站在树林的东边端详周围的景象猛一抬头时，那只先前盯了我一眼的眸子又出现了。它又明亮地闪烁了一瞬。这一次我和它对视，一动不动地盯着它。它位于一棵白杨树的树根旁，放射出五六根长短不一的光须，某一根偶尔猛地伸长，差点够到了树梢。我盯着它，悄悄靠近。我要一看究竟，不会轻易放过它。我走过去，走过去，当我走近它的时候它故伎重演闭上了眼睛，但已经晚了，因为我已经蹲下身子，伸手触摸到了它——那是一块埋藏在土皮下的玻璃，只露出指甲盖大小一块，所以只有映射的月光刚好对应我的目光时我才能看见它。它光溜溜的，被土壤壅埋，一声不响。我一点一点拨拉开壅土，但我没能立即取出那块玻璃，因为随着壅土散去，玻璃显露，越挖越大。我叫来习武，借助他手里的打狗棍的尖端一点一点剜开（不如说刮开）土层。我们费了好大劲儿，才撬出一只圆不溜秋的玻璃玩意儿，比拳头小些，暴露的部位光亮如新。我掰去粘结在上头的土块，一只过去年代的墨水瓶就这样穿越漫漫时光在深夜里来到我的面前，就像梦境里的繁密往事。

那是那个年代最常见的墨水瓶，蓝黑墨水，产地开封，甚至都没有包装纸盒，在学校后面小卖铺土坯垒起的货架上一站一群，不是八分就是一角钱一瓶，哪怕是家里再穷的学生也不会缺少。瓶子制作粗糙，靠近圆圆的瓶体上端是两圈横纹，一条纵线从瓶口直抵瓶底，瓶体的玻璃里嵌着谷粒大小的白色气泡。（即使不对着太阳透照，那些大小不一的气泡仍然清晰

第二部 · 第三章

可见，像是生了绦虫病的"米糁子猪"肉。）那条纵线常常高低不平地凸起，某些部位甚至锋利得能割破手指，需要用砖头或砂姜什么的硬物磨钝锐气。那时我们没有太多的玩具，用空的墨水瓶充当着重要角色。用一根纳鞋底绳子拴紧瓶口的那两三圈螺纹，瓶子里装上些碎馍，往坑里一撂待上一刻钟提出来，里头一准有几条贪吃的小川丁鱼汹涌激荡，搅得馍屑翻飞。而瓶子最常见的用途则是做小油灯，只要放一支铁皮捏制纵穿一簇棉纺线的灯芯，倒上半瓶柴油，一只小油灯就宣告完工。我们一到秋冬季节每天都上晚自习，其实就是在教室里变着花样玩耍，老师们睁一只眼闭一只眼，不去较真，也没见谁真正读过书。做油灯当然是卫生所里讨来的小药瓶（大都盛装土霉素药片）最好，高高的圆圆的，有一只精美的镀铜铁盖，铁盖的正中钻一眼小孔就能穿进灯芯。但药瓶有限，不是谁都能讨要得到，只有那些家里矗立大小不一村干部名衔的孩子才有机会。我们看着办公室里老师们用的高脚煤油灯羡慕不已，那种灯造型奇特，底平腿高，胸部猛地膨大，举起细长的椭圆玻璃灯罩；最关键的是灯芯，一条蓝边白底的扁带子，像条绦虫伸进透明灯肚里盛着的褐色煤油里，上端在玻璃罩子里吐出指甲盖大小的泛白的火苗（说是火苗但根本不像，分明是一块扁平的什么亮片），能够照出一屋子辉煌，却不扬丝毫油烟。玻璃罩子下端是圆圆的洋铁托盘，侧方逸出一颗精细的小螺栓用来指令灯芯升降。煤油灯烧的是清亮的煤油，太贵，我们学生不可能点得起。我们墨水瓶里盛的都是尿黄色的柴油，灯头呼呼地烧，上头甩着乌黑的发辫，挨灯坐上一小会儿，鼻孔里保准能擤出半桶黑鼻涕。这种喷薄一半黑暗一半光明的墨水油灯唯一的长处是可以烧黄豆，或者玉米。我们用一截铁丝捏出小圈，架上一只小铁瓶盖（有人会贡献出来），瓶盖里搁放三五粒黄豆，探到粗硕灯头上半分钟，铁盖里噼啦炸响，豆粒被隔壁火焰激怒，身子一下子爆裂开花，炒黄豆的香气刹那间让浓烈的柴油味臣服。我们上学时手上总是油渍麻花的，总是沾染着浓浓的柴油气息。奶奶总是安排我要及时洗净手上的柴油，因为柴油会招惹冻疮。柴油的烟火茂盛，气息暴烈。煤油气味重浊，只有纯正的白焰极少烟炱。最好的是汽油，味道芳香，而且不会老待在一个地方，沾到手上不用水洗就能干干净净，不用一会儿工夫就跑得无影无踪。汽油还能轻易除掉手上沾染的柴油。我喜欢汽油。但汽油只能熏跑汽车，燃亮电影，不能点灯。

墨水瓶子里渍满了泥土，沉甸甸的，像是装满了秘密。我仔细地剔刮掉瓶口螺纹里的结土，让瓶子脱去那些泥土的破衣烂衫裸露出身体。我抚摸着墨水瓶，手指在瓶体上悄然移动——不是出于清晰的意识，而是手指在自己移动，它在寻找，仅仅出于一种习惯，一种顽固的记忆。手指是有记忆的，先于大脑感知到往事，因为接下来我的右手食指指腹就触到了一处凹陷，是的，是一处小小的凹陷，靠近瓶底，连那条突起的纵线一并陷下，就像是瓶子尚处于软和的半固体还没有凝固成形时被谁的指头轻轻按了一下似的。我的心一震，我对着月光再次端详那只袒露的小小墨水瓶。我认识这处凹陷，熟得不能再熟。不错，是我用过的那只墨水瓶，曾经陪伴我少年的许多时光。这处小小的瓶体瑕疵，只有我知道，连奶奶都没注意。我先是天天端着它从学校到家，再从家到学校，弄得满手都是墨水，用奶奶的话说，"像是花狗脸"。不久我就用空了这瓶墨水（用了一小半洒了一大半），我将瓶子用清水刷洗得透亮，然后从奶奶的针线筐里找到纳鞋底绳子，那种用棉线搓成的麦秆粗细的绳子，拴紧在瓶口的那一圈圈螺纹上。我用它在坑里捕鱼。墨水瓶做成油灯是在冬天里，因为天短，学校开始晚自习，就是下午多加一节课，但并没有老师讲课，听凭教室里一盏盏油灯下一张张小脸变幻着表情胡乱折腾。我端着小小煤油灯上学放学，夏天里满手墨水现在换成了满手柴油。冻疮就着熏人的柴油气息欢快生长，但冻疮丝毫阻止不了我们对小油灯的无限热爱。

我站在月光里，站在曾经是我家的白杨树林里，双手捧着墨水瓶，目光再次被泪水迷离。

三

以毒攻毒，只有痛苦才能疗治痛苦。消除痈疽的最佳方法是利刃，刺啦划开，那迅疾如闪电的深刻一痛能让肆虐的疮毒望风尽靡。峡谷里水位不断冲高的堰塞湖，用抽干或湮灭湖水的疏通办法都是徒劳，唯一的解决途径是溯本求源炸掉壅堵，引导水流去该去的地方。这些道理我全明白，所以我要重游旧地，重睹旧物，一点点熨平记忆里的皱褶。时间已经改变一切，今非昔比，我要直面给我一生染上黑暗颜色的那个黑夜，直面决定我感受世界模式的一应童年物事。

像是一对阋墙和好了的兄弟，嘘水和拍梁越拉越近，连接两个村子的那条土路缩短了一半，土路两旁原先排列着四块田地，现在已经剩作两块。唯一不变的是路面，一如既往地凹凸不平，因为走人并不多，路面上泥结的大疙瘩小瘤头保持着原貌（干旱没能销毁这些雨水留居的废墟），汽车走上去能蹦起老高，人的屁股挨不上座位。昨天送我来的那个司机一走上这条路脸就阴沉起来，怨声载道，他问我到底还离多远，如果远了恕不相送了。我说你停在这儿都中，这不是，我走两步也就到村口了。他抄住了我这话头，马上就停车熄了火。他说要是再往前走我这车就不需要开着回去了，我得到庄上赁头驴驮回去！要是再走二里地我这车一准不再是车，都能掂绳捆绑捆绑弄几捆铁架子驮回城了！他气呼呼撞开车门跳下地，用大拇指腹刮了刮轮胎表面的沟槽："驴熊，出门轮胎还沟是沟崂是崂，你看现在，都快磨成镜面了。"他一脸不高兴，说话极铳，一句给人一个地方。他说话惯用"驴"字，什么"驴操的""驴日的"之类的污言秽语随口排泄，作为他说话的一种特征也是点缀。他那张长脸略带驴相，让人觉着他口口声声充满驴音也不太意外。每个人的相貌和性情都接近于一种动物，这是十二生肖的源起根因。可惜毛驴吼声响亮行动却迟缓，没有太多的竞争优势，没能挤进生肖动物队列。他的意思是让我加钱。我不想啰唆，说你开个价吧。他迟疑一刻，测量一番我话里的水分含量，然后伸出右手食指和中指朝我晃晃。许是虑及已近村口的缘故，他不是狮子大张口。我没有多说一句话，抽出一张崭新的一百元钞票递给他。一拿到钱他的脸上马上多云转晴，他说都不容易，你也轻易不回老家一趟，你几年没回家了啊？我摇了摇头，不想就此话题多谈。一路上他都懒得跟我说话，这会儿见钱颜开我当然不想接茬。本来前一天晚上谈好的是另一个师傅，谁知清早来的却是这辆黑色的"吉利"车。我一看黑色的汽车就不喜欢，而一见开车的人更是不情愿。这人有三十郎当岁，个头矮壮，黑黑的长脸，而且左脸颊上斜着一道刀疤，没有表情的时候那道短暂的刀疤不太显著，可以蒙混过关，但一旦稍有阴晴喜忧，那道疤马上狰狞起来，杀气腾腾。那一刻我真不想上车，但想着天已大亮，又是本乡本土，料他也不敢怎么样，再说我也没带太多东西，腰包没有肿胀。他问我是不是到嘘水村，我说是，昨天晚上说好的。他说你知道价格吧，我当然知道。八十元钱，不会少你一个钢镚的。除开头扫我一眼外，自始至终他没再看我。于是我们出发了，离开县城只听见汽车的马达一阵一阵咆哮，还好，尽管他不说话，不想多搭理我，但汽车并没有跑歪路，没拉我窜进漫拉子野地里任何一处死寂的废窑或遮掩耳目的干涸河谷，而是沿着我熟悉的那条乡间公路狂躁地奔跑，从平顺的柏油马路再到崎岖的乡间土路，曲里拐弯，一歇子跑到离嘘水村村口只剩不足两百米的这条道路上才气哼哼停下来。

习武不多说话，但极有眼色，你稍一表示，他马上就明白你要干什么。你不需给他细说，一切他都能心领神会。就像刚才我和衣躺在床上，只等人脚一定就又蹑手蹑脚走出来一样。他没有多问一句话，我在床上一翻身他已骨碌撅起来。他跟着我，不，有时则领着我，我们之间不需要话语，他对我的心思完全明了。我们在夹道怒号的狗吠声中穿过村子，走在了我曾经走过无数遍的这条道路上。习武走路极快，伸着头前行，专心致志，我都有点跟不上趟儿，好几次叫住他。我说习武，我们走慢点，反正夜长着呢! 习武扭头朝我不好意思一笑，然后放慢了脚步。习武不会慢行，他有点不适应我的走走停停，有时他就干脆不走了，站在那儿等我。但一旦走动，习武马上又忘了我刚才的提醒，不自觉地加快了步伐，让我望尘不及。在明晃晃的月色中，习武有时不得不返回一段路，再跑到我跟前。习武为他走得快歉疚，嘿嘿地扭过头去自个儿去笑。

这条路对我太重要，影响我人生进程的许多大事都在这条路上发生，或者与这条路有关系。这条路上的每粒土都认识我，上学放学，我们在这条路上上蹿下跳惹是生非。这条路缀满了我们渐大的脚印，也缀满我们层层叠叠的欢乐与烦忧。一走上这条路我的心就纠起来，所有的往事都开始活跃，就像发生在昨天，发生在眼前一样。多少年来这路没有太多变化，只是当年觉得宽阔无比，现在看上去那么狭窄，不过是一条普普通通的乡间土路而已。路面像是微缩原貌的山地沙盘，布满沟沟壑壑，手扶拖拉机、三轮摩托的辙印深刻而险峻（那时没有这些机动车，连架子车走得都少，只有我们的小脚丫和路表的那层薄土亲密搅和，所以路面总能平实而坦荡），只是在路的一侧被人脚踩出一条小径，光光溜溜的还算畅通无阻。自从学校搬离拍梁村，这条路处于半废弃状态，赶集上店走不着这儿，两个村循照旧例又老死不相往来，除了去田里干活的人与车偶尔光顾外，这条路能亲密脚板的机会实在少而又少，于是那些纵横捭阖的雨水的杰作得以留存。而当年却是另一番景象，成群的孩子一天数次迈步丈量，无论路面多么坎坷参差，那些凌乱而迅疾的小小脚板都能荡平，都能不费劲就踩成打麦场。现在学校已经消遁，已经被那些新房子替代，孩子们不会再去那儿了；即使学校还在原地，也不可能再有当年的繁荣昌盛，因为学校只有小学五个年级，每年级也只有一个班。而当年小学上头还杵着初中，每个年级至少两个班，多则有四个班，全大队三个村的孩子全集中在那儿，学不学习倒在其次，适龄孩子一个不落地悉数收拢倒是真的。现在的小孩明显见少，一家只有一两个，而那时一家姊妹弟兄五六个再寻常不过。不多的孩子们又大都出外打工，只要能自己会走路又能说圇圄一句话，到那些如雷贯耳的城市帮个手打个杂都吃不了闲饭，都能换来在村子里连青壮劳力都难从土里刨来的一张张唰啦啦乱响的花花绿绿钞票，没有人再让孩子们待在学校耗日子，再说即使考上学又能怎么着——就像翅膀，不是也热桌子冷板凳上了大学吗，不是也书读得呱呱叫吗，现在也不就那么回事嘛！你看谁谁谁，上学平平常常，没考过一根鞭竿赶俩牛（一百分），没有踩过大学的门槛，还不是照样当经理倒腾大钱，人五人六，回村都是坐着瞿瞿叫的小汽车，吆前喝后——他们总喜欢拿"翅膀"作秤砣衡斤约两，因为翅膀曾经是读书的榜样，红极一时，被公认为村子里的"状元郎"，他们万万没想到"书中自有黄金屋"这个颠扑不破的真理在翅膀这儿竟打了折扣。现在学校剩下的孩子已经寥寥无几，听说一个班稀稀拉拉也就是十多个人，就是这十多个人也不能始终如一，隔三岔五总有中途辍学者。当年五六百人摩肩接踵举袂成荫的热闹壮观景象，这学校做梦也不敢再想了。

田野里万籁俱寂，只有月光朗照，只有轻风低吟。只有在这样的时节这样的夜里，你才能体味"如沐春风"的真实含义。我唤回又把我甩开老远的习武，拉他在路旁坐下。我想再次聆听麦子拔节的声音，那细碎的声音像一根一根丝线，牵着我的心，让我总听不够。只有静坐，只有屏住气，才能听清那种奇妙的音乐，越听越清朗，仿佛只有你倾听时它们才响起，它们为专注倾听的心灵弹响。最初是"咔叽、咔叽"轻微的一两声爆炸，遥远但又极清晰，似在天边，似在耳际。只要听清了第一声，接二连三，那些洪流般的声音就朝你奔涌而至，淹没你，融化你，让你也变成一堆聚集着的乐音。"咔叽""咔叽"……于是你的灵魂和肉体都开始荡响，此时你才觉得原来你就是声音，生命本身就是一群聚结的美妙音符。

我一直以为我是一个真正的孤儿，从精神到实体。我没有妈妈，没有爸爸，相依为命的奶奶也离我而去……我是一个没有亲人也没有故乡的孤儿，我的故乡已经被一个黑夜残酷抹杀。现实的故乡早已销遁死亡，故乡只在我心中，在我的回忆中。但当我坐在月光之下熟悉的原野上时，我才知道故乡就是故乡，任什么都改变不了替代不了。这是我睁开眼睛第一次看见的地方，是我生命旅程开始的地方，这些气息，这些声响，这月光，这静夜……这一切的一切，已经深入我的生命，成为我生命的一种底色。无论有多少爱和恨，但一待在这片原野之上，就明白我是回家了。这原野才是我的家。我张大鼻孔，拼命地呼吸着早春夜色里的安静空气，我稔熟的土地的味道、小草的味道、月光的味道混杂在一起，湿润而芳香，让我倍感亲切。记忆被眼前的景象唤醒，往事悄然浮现，点点滴滴，像这越听越稠密的麦子拔节声一样，越想越多。

护路沟应该漫长而陡深，一群孩子跑在沟底走在路上的人很难发现，我们经常这样捉迷藏。但现在面前的这沟已经浅薄之至，因为常年干旱没有涝灾，不再需要清沟排水，落土日积月累，沟底偷偷爬升，就像已经消失的南塘一样，护路沟眼见也要和路面平起平坐了。麦丛从田里走下来，在对面的沟坡安营扎寨，连沟底也遍布它们的散兵游勇。这面的短坡倒是光光净净，生长着我全能叫出名字的野草野菜们，月光下它们略微发黑，但仍能分清眉目，有狗儿秧（就是野牵牛花），有刺脚芽，有拉拉秧，还有那种毒性极强的猫眼草（这种草的白色汁液剧毒，点眼里一滴眼睛能肿得睁不开，"猫儿眼，点三点，明清早肿成个大鸭蛋"是我们经常唱起的童谣）。狗儿秧已经爬出藤蔓，结出蓓蕾，打算在第二天的艳阳下马上绽放。要是再早上几天，狗儿秧还是一小簇嫩绿的翠叶，根子微微泛红，放进面条锅里味道鲜美，有点甜头。和狗儿秧一样能点缀面条的还有一种叫羊蹄子棵的野菜，喜好在麦垄里生长，一偎一片……这些好吃的野菜只要一听到"蛤蟆打哇哇"马上变老，丝丝缕缕一嚼一嘴渣，不能再进嘴。我试图听到一两声年年给麦子拔节铆劲儿的蛙鸣，但从远处走来的风都是甩手客，什么也没有捎来。干旱旱灭了蛙鸣。

风和麦叶的低语、惨白广阔的月光……这一切都让我的右手空虚。我的五指张开，攥紧，再张开，再攥紧。它想握住什么，它在想念。在这样的春天的月夜，我的右手出于习惯也是条件反射，开始想一把刀子。在右手的记忆里，似乎春天、月光和微风必须和刀子联结为一体，它们是刀子连缀的饰缨。但现在刀子已经离我而去，我两手空空。我随手拾起一个土坷垃，弓身使劲扔向远处。麦丛在不远处发出低声呼应，也是不屑一顾的嘲笑。我没有了刀子，土坷垃不能得心应手击中目标，况且它也没有目标，只能这样漫无目的被麦丛嘲笑。

那把刀子是一个亲戚送给我的。那是奶奶的一个远亲，他在新疆当兵回来探家，于是春节串亲戚来到了我家。我叫他表哥。表哥个子瘦高，不善言辞。表哥好笑，他笑着讲起新疆的一切，讲起哈密瓜、英吉沙小刀、"早穿皮袄晚穿纱"的茫茫戈壁、三暑天还冰天雪地的天山……我喜欢这个表哥，喜欢他憨实平和的声调，喜欢他脸颊上青春痘播种的点点瘢痕，喜欢他整洁夺目的军装，更喜欢他讲的遥远新疆的神奇事情。表哥的一切我都喜欢，他走到哪儿我跟到哪儿，就像现在的习武一样。表哥的到来比春风更温暖，我冰冻三尺的心悄然融化。自从那个腊月二十八的黑夜之后我一直没有笑过，但表哥让我发出朗朗的笑声，这是奶奶执意要留表哥住一宿再走的原因。年节里走亲串友一般都是当天来当天去，很少留宿，因为家家都有迎来送往的一大摊事体，客走主人安，留宿一天不知得添加多少麻烦。但那一天我的脸上有了笑容，奶奶煞费心机想尽一切办法要留住表哥。奶奶想让我的笑声永驻，想让我像从前一样活蹦乱跳。我们家没有多余的床铺，奶奶就领着我们一齐动手把院子里的柴火垛全挪进屋里，我睡的豆秸铺一下子加宽许多。奶奶从柜子里（家里仅有的家具，是我奶奶当年的陪嫁）挟出套好没舍得用过的被子，板板正正地铺在大豆秸铺上。表哥遵从了奶奶的意愿，没有执意要走。那个幸福的夜晚我就和表哥挤一个被窝里，睡在吱吱欢叫的宽阔无比的豆秸铺上。我喜欢表哥，也喜欢豆秸铺，那个寒假积攒起来的所有黑暗似乎都随着身子下豆秸吱吱的嘤嘤声碎为齑粉。

　　大年初一我们是在灰暗寡淡中度过，看着我不吭不哈木木呆呆的样子，奶奶愁眉不展。奶奶想出一切办法来让我说话，想逗出我往昔的笑容。奶奶给我做油炸馓子，给我炒花生，还给我买了好几盘小鞭炮……要是搁往年，这些东西能让我欢欣鼓舞，让我撒欢蹦跳，一会儿看一遍一会儿再看一遍——这都是我盼望已久只有过年才能一见的稀罕物品，但现在我对它们了无兴致。黑暗包围着我，我的世界漆黑一团。自从那个黑夜之后我就生活在黑暗之中，没有阳光，没有任何光明，除了黑暗还是黑暗。我睁着眼，但什么也看不见。我沉浸在深深的黑暗之中。即使白天老晌午，我看见的阳光也是黑暗的，黑得发青的黑暗阳光。奶奶就在我的面前，寸步不离地围着我转，但我分明看见奶奶听见奶奶但仍然觉着奶奶遥远，像是另一个世界的人物。而整个包围我的世界也与我界限分明，它们离我很远很远，比奶奶还要远上百倍。这个世界与我似乎没有关系，我仅是孤零零的观众，不再是其中一员。我对响遏行云的鞭炮，对脆香的馓子，对在炒热的沙土里动弹出诱人气息的花生……我对这些通通不再感觉，这一切似乎不再与我相关。这些往昔吸引我的事物离我远去，它们近在眼前仍是离我远去，无可奈何远去，只剩我茕独一人。连奶奶也在离我远去。我的生命被利斧般的那一夜斫为两截，之前阳光灿烂，丰富多彩，充满欢声笑语，之后则是坠落中的深渊，是单一的深厚的永远望不透的风暴一般迅疾而来的黑暗。随后这黑暗将伴随我一生，渗透我的血肉，成为我生命的顽固底色。

　　没有不散的筵席，在奶奶的挽留下表哥住了一宿，但第二天表哥还是走了。他的假期有限，他还有许多家亲戚要走，许多事情要做，尤其重要的是他探家的目的是要说媒找媳妇，他不能滞留，只能在我恋恋不舍的含泪的目光里离开。表哥一手提着走亲戚专用的竹篮子要走了，他低头看着我说，翅膀，长大了我带你去新疆，爬天山，看草原。我不说话，泪水在眼眶里打转，终于忍不住，还是无声地哭了。表哥放下篮子，蹲下身子来，替我擦泪。然后表哥站起来，摸了摸军装上的衣兜，四个衣兜都摸遍，接着我就听见了哗啦啦的清脆金属声响。我知道那是表哥的钥匙链，挂在他的棕色牛皮裤带上。钥匙链快乐的叫嚷没有间断，就像一个饶舌的人在字句不清地一连串地又笑又说，表哥的声音比它低沉，但清晰响亮。表哥说，翅膀，你不是喜欢小刀吗，给你个小刀，你看。我知道表哥的那把小刀，昨天我们收拾床铺的时候我看见过一眼，我一直想细细端详好好玩一会儿，但一直没有向表哥开口，还是表哥懂我，现在他首先开口说起他的刀子了。但我不想夺人之美，我只是想看看，想玩一会儿，并不想据为己有。我知道表哥很喜欢这把小刀，不然他不会走动带着它，还把它挂在钥匙链子上。我揉了揉眼睛，我看见了表哥从钥匙链上摘下了的刀子。我昨天看见的只是刀鞘，一只牛皮制作的不大不小的刀鞘，精巧玲珑，质朴而结实。表哥一手拿着刀鞘，一手拿着刀子朝我晃晃。然后表哥把刀子送回刀鞘递给我。给，表哥说，别哭了，你先拿去玩，要是喜欢，我下次回来探家时再给你带把大点儿的。我的眼睛就只顾放光没有眼泪了，眼泪都回老窝去了，不再遮蔽我的目光。我接过刀子，学着表哥的样子嚓地从鞘里拔出来，让幽亮一明一明在我面前绽放。我不要大点儿的刀子，我就喜欢眼前的这把。我太喜欢这刀子了。任何物件与人都是有缘分的，这把刀子就是为我打制的，为我而生。它不远万里来到我面前，就是为了陪伴我度过眼前的厄难。

那不是新疆名噪一时的英吉沙小刀——我前些年去过地处南疆的英吉沙小镇，专门看遍沿街的铺子，试图找到一只与我的小刀有近亲关系的刀子，但最终铩羽而归。英吉沙刀系中没有我的那只小刀的族谱，我的刀子没有英吉沙血统。表哥送我的小刀不长，从刀柄到刀尖约莫两寸，刀柄贴在我掌根的腕纹，刀尖刚刚崭露出食指指腹，要是一把攥握手中，两头也仅是略略伸出拳心。我喜欢这把刀子，喜欢得要命。我喜欢刀子的不长不短，恰恰适合我玩耍。我喜欢它的分量，喜欢它的形状，更喜欢它的颜色。按表哥的说法，它是用炮弹皮钢锻造，所以黑暗，暗得幽光跃动，和乱泛白光的一般的刀子截然有别。那些白光闪闪的刀子总让人觉得有些作假，有些虚张声势，要是到了临阵上场的时候，那些吓人的白光一律是花拳绣腿，派不上用场的。但我的刀子呈现的却是一潭深渊的颜色，黑暗但滋腻，深不可测。在我手里它从不闲着，总喜欢和磨石混在一起。刀刃唖唖水滋滋地吸紧我家的那块发青的磨镰石，哧，哧，它和石头厮磨一体，直至石头里头沁出一层又一层细汗。刚磨过的刀子寒光闪耀，锋利无比。表哥说一把刀子快不快你一试即知：用指腹轻刮刀刃，要是锋利则指腹发涩，要是迟钝则略觉滑溜。而快利程度则用一根头发测试：拔一根头发，捏着横对刀刃吹口气，一断两截则为锋刃。表哥说这种炮弹皮钢打制的刀子削铁如泥，不信你拿根铁丝试试——我找来一根细铁丝，表哥刺啦一声，就像削一根竹签那样将铁丝斜劈为两截。表哥说平时一定要注意放好刀子，好刀子自己会飞，它要到处飞着找仇人，找目标，一旦找到对象，你管不住它，它会自己飞过去，吱，一头就扎进去，报仇雪恨……

我被表哥的话迷住了，我在心里揣摸仇人。正义叔是我的仇人吗？老鹰是我的仇人吗？——都是！又都不是！但我已经下定决心，我要让我的刀子去空中飞舞寻找仇人，我听到那一声声吱吱的深入声，胸臆为之一快。我把刀子插进那只牛皮刀鞘里，然后又拔出来谛视，然后再装进去，再拔出来……摸着舒服地深藏鞘里的刀子，我不出声地笑了。

感谢表哥！感谢那把远道而来的刀子！刀子让我遇见的所有黑暗迎刃而解，刀子带给我阳光与惬意。我几乎天天和刀子厮守在一起，一刻也不分离。我从奶奶的针线筐里找出缝衣针，用针尖小心地剔除刀体上每一丝褶皱里可能藏着的灰垢；我抚摸着紫檀颜色的幽亮木质刀柄，细品着柄上镶嵌的三颗极其细小的彩石：一颗是红的，格外夺目；一颗是绿的，鲜亮非常；一颗则是纯白色，有点象牙的性情。我让奶奶在我的棉袄内里靠近左胸的位置缝了一只暗兜，专门用来装藏刀子。这样我可以右手插进兜里，左腋夹住刀鞘，嗖地快速掏出刀子。后来换了夹衣，甚至单衣，我一直让奶奶给我缝出暗兜。接下来的那年夏天我很少脱掉粗布褂子，再热的天气我也会穿戴得规规整整，就是因为褂子能够藏刀子，能够做到刀不离身。

表哥是那个黑暗年节里的一缕春风，表哥的刀子是最亮丽温暖的阳光。刀子驱散了骇人的黑暗。刀子不但能切割伤口，还能使伤口愈合。因为所有的精力都集中在了那把刀子上，曙光乍现，开学之前最难熬的日子里黑暗并没有加深加著。搁往年，这段时光应该是最快乐的，小伙伴们各自穿着新衣裳（即使最穷的人家，过年也要给孩子们做一件粗布新衣），天天交流碰上的新鲜事儿。家家都有亲戚来往，新鲜事儿层出不穷。讲完了听来的各类稀奇古怪之事，我们就开始玩耍，有人拿出新做的陀螺、毽子、弹弓，有人则拿出我们称之为"砸炮"的引火纸（红纸上鼓起一粒一粒疹疱，里头藏着一小撮火药，用砖头或其他足够坚硬的东西一砸，就会迸发出狂响与闪光，有点雷电的模样，但比雷电柔和），而我们每个人最好玩的则是放小炮（偶尔也能见一只捻未爆的大撺子，比火枪的声响差不多少），点燃炮捻，让越缩越短的炮捻快要舔着手指时猛地掷向半空，让它恰好在高高的接近云端处炸响，托起一朵淡蓝的轻烟。我们比赛谁撺得最高，谁放炮最响亮。年夜里我们满村乱跑捡拾的遗落地上没去凑热闹的小炮，它们此时炙手可热，总在发出一声声热闹的大呼小叫。但今年年夜里我没有捡拾到一粒小炮，因为我没有出门，甚至每年都跟着一群人挨家挨户拜年的走动也被免去，我一个人守着奶奶在家里，当拜年的人们登门莅临时，我讪讪地躲在一旁，没有多说一句话。

我在年前早就准备好了一只小药瓶，是在大队卫生所讨要的土霉素药瓶，胡萝卜粗细，呈现淡淡的棕色，镀铜的铁瓶盖发出亮闪闪的金黄。我把瓶子刷了好几遍，但等年夜里捡拾到炸丢了炮捻的小炮后剥出层纸包裹的炮药，小心倒出装满一小瓶。我有信心装满那只空瓶，因为我的眼尖，每年捡拾小炮最多的都是我，我能从一片细碎的红红黄黄炮纸中辨出囫囵圆圆的没有爆炸的大小爆竹。落炮常常能装满我的两个袄兜，所以我心里有谱。我想象年节过后的落黑时分从小瓶里倒出药面装进洋火枪最前端的枪筒里，只要掐断一部分火柴杆，装药就不成问题，而火药的效应堪称壮观，食拇二指捏出一小撮就可让洋火枪的声响比平日大上一千倍，而枪筒喷出的粗壮火舌和真枪不相上下，据说在枪筒里只要稍稍装入几粒铁霰，就可以当真火枪使，弄不准还能打死奔跑的野兔呢！

但那个黑夜轻而易举把这一切化为泡影，我的那只洋火枪已经不知去向，也许被遗落在小雀的小屋里，也许被埋在南塘的灰堆里，反正我想起洋火枪的时候已经不见了洋火枪的踪影。我没有试图寻找，因为我对一切都兴致索然，我不可能再像以前那样热衷洋火枪，甚至也不再幻想要去陈州赶会……先前璀璨的一切离我越来越远，渺不可及。只有这把小刀才是确实的，不知为什么，那个黑夜让我与刀子拉近，原先我并不太喜欢刀子之类的物件，但黑夜之后我开始热爱一切锐利的东西，我总是能听到刺啦刺啦切割的声响，而且这毁灭的切割让我莫名畅快，仿佛随着这霎然声声，一切黑暗都瓦解溃败，光明透进来，顺畅我的呼吸照亮我的眼睛。

学校每年都是初九开学，今年也不例外。一想到初九这个日子我就有点心惊肉跳，我不知道该如何去上学，该如何去面对我碰上的任何人。我知道他们将用各种各样猜疑、嘲笑的目光看我，用所能想得到的方法挖苦甚至诅咒我，他们惯用的伎俩我全清楚。但我又不能不去上学，奶奶不会同意，我自己也不会同意。不上学，就是把自己划归另类，村子里只有严重不正常的孩子才不去学校，那些可怜的三两个孩子与同龄的孩子们格格不入，虽然同在一个村子同饮一口水井，却生活在两个世界里。我害怕孤立，害怕被伙伴们遗弃。年幼时我那么害怕孤独而成人后又那么义无反顾地选择孤独喜欢孤独，个中因由我说不太清楚。我必须去上学，必须面对我不愿面对的熟悉又陌生的面孔，伙伴们、老师、校长，还有何云燕，还有我的对头革命。我知道前头是深渊，但我没有后退的余地，我只有向前走，只有纵身一跃，别无选择。摆在我面前的是一架张开的铡刀，我只能把头伸进铡口里去，等待那咔嚓一响，等待热血喷涌而起。

初八一整天天都阴沉着，灰蒙蒙一片，既看不见一丝阳光，也看不见一片云彩。晚上天黑得特别早，似乎刚吃过午饭不久天就暗了，走路看不见迎面而来的人。接着就下起了雪霰，轻轻地呼呼啦啦砸在房顶上、柴垛上、地面上，米粒大小，薄薄的一层。雪霰没来得及铺开积厚，呼呼啦啦的脆响就低沉下来，变成沙沙的浑然一体的细碎声音——雪霰变成了小雨，小雨在夜里又变成大雨，随雨而来的是狂乱的北风，整整刮了一夜，在村街里，在房顶上呜呜呜呜痛哭不已。到了初九早晨人们起床，映入眼帘的是闪闪发亮的一树一树壮观冰挂。无风之时，那些垂直的冰挂峭壁一般矗立，整个村子成了怪石嶙峋的山峦。看不见树枝的影迹，甚至树干也被遮挡，只有或雪白或透明的岩晶。而阵风初起，那些峭壁开始东歪西倒，扭动着、颤抖着，发出哗哗啦啦骇人的声响，仿佛一圈怪兽嗥叫着朝你悄悄围来，要吞噬你，要撕吃你，让你胆战心惊。

你做好了全方位准备，等着有人对着你的胸膛捅来一刀，结果捅来的不是刀子，而是蚊子的尖喙——这就是开学那几天我的感受。没有我想象的那样惨烈，学生们向来对隔年的事情不太感兴趣，年节里发生了太多吸引人的事情，足够他们谈论上一个星期：白衣店的某人与队长有过节儿，在大年初一的清晨当街收拢一堆土焚香放炮，诅咒对头不得好死，祈祷上苍降下天谴惩罚坏人；拍梁村某人家娶不上来儿媳妇，于是沿袭旧习，动员儿子的妹妹换亲，但年前嫁婆后妹妹刚过门就一走了之，引发两家大动干戈；嘘水当然不落人后，有人家放鞭炮点燃了邻居院里的柴火垛，全村人都跑去看热闹，所幸损失仅限于柴垛，事态没有扩大，相当于元宵节提前过放了一场焰火（天大的热闹事儿也没能引动我，我没有前去观看，奶奶也没去）……这些缤纷的事件五光十色，与其相比有关我的事情就不那么惹人注目，甚至可以忽略不计了。

我夹紧尾巴做人，处处小心翼翼。开学后重新排座，我理所当然被排在最后头，和班里那几个混混儿比邻。庆幸的是我没和革命挨座，他和我一排，却在泥台子的远远的另一端。

日子仍然在缓慢而平稳地前行，似乎和先前相比没有任何变化，仍然是天天上学放学，天天走在那条嘘水通往学校的土路上。那个寒冬的黑夜已经逝去，就像去年的一切一样，走了也就走了，似乎没有留下踪影。但那黑夜的影子只有我一个人能够看见，能够体味。那黑夜的影子极度漫长宽厚，可以覆盖我的整个一生，可以覆盖整个世界。春天里阳光明媚，但我不再看得见阳光，即使伙伴们围着一只不知从哪儿弄来的放大镜照着阳光，让阳光聚焦为一个稍稍热得发黄的亮点，让那亮点对着火柴头，火柴立即应照而燃，刺啦一跳蹿起一簇火苗，我仍然觉得那能够聚焦的阳光是黑的，无比黑暗。我的日子天天都是阴天，从来没有阳光，没有斑斓的色彩，甚至没有笑声，没有风声与鸟鸣……在学校的每一天都是蹲监狱，我渴望着放学，渴望着星期天，渴望着放假，渴望着一切离开学校的时刻。我多么希望离开学校啊，哪怕是去流浪，去要饭，都比学校里蹲着受罪要强一百倍。我要逃离学校，逃离这个羞辱我的嘘水村。但我的这些想法无一能实现，现实根本不允许我有这些想法。我曾经在有一次放学后不回家，一个人躲在田野里，一直到太阳西坠，暮色四合夜晚来临。奶奶等不着我回家，照例又找到了村口，站在村口长一声短一声，一声声呼唤。我不搭理奶奶，让她喊去吧，我要出门！我想到了出门，流浪。一想到流浪这个自由的词语我就心情激荡——流浪意味着无拘无束，意味着从此过上一种阳光明媚的日子，意味着从前的一切都将再度回来。我热爱的那些美好时光，轻松愉快，充满朗朗笑声……我可以不搭理奶奶，听着我最熟悉亲切的呼唤而准备远行，但当我走向远离村庄的去路时，一种莫名的恐慌瞬间击中了我：今夜我住在哪儿？田野里会有鬼吗？（此时我突然想到了鬼，之前我过于集思于去留问题而忽略了鬼的存在。）我会害怕吗？我现在就突然害怕了。我的胆子也许太小了。我向奶奶跑去，朝着那高一声低一声的呼唤跑去。我想把黑暗甩在身后，把刚才诸多不实的想法甩在身后。

我不可能走掉，不可能离开嘘水村，不可能离开奶奶。我不可能离开学校的，只能这样受罪受罪受罪，永无尽头。

岩石正在悄悄融化，火焰正在蕴蓄力量。地球从没有停止转动，内部的能量积聚也从没停息过。我在等待着事情的爆发，在静悄悄中等待。我知道一切都不会那么简单地画上句号，每件事情都自有它特殊的路径。

那是一个下午，第一节课上完，那只大铁铃铛铛敲响，照例要课间休息十分钟。对于这些孩子来说，每一次离开教室的时光都是重大节庆，大伙儿呼啦一声全部拥到门口，就像有人倒提着布袋在倒粮食，全班人几乎同时被抖擞一空。教室空荡荡的，只有我一个人坐在最后一排我的座位上。我端坐在我的那只小方凳上，两眼盯视着前方。我像是看着什么，其实什么也没看见，甚至没看见门口一暗，有人悄悄溜了进来。教室里一派昏暗，

第二部 · 第三章

只有门口和前墙的不大的方形窗棂透进来发白的亮光，照着昏昧不明的山墙上的那块长方形的黑板，也照着五排泥台子上凌乱的书包和摊开的书本。我们的书包一律是方格粗布缝制的，几乎没有二样，只是那方格的花纹颜色略有差异而已。泥台子上没有文具盒，我们不知道什么叫文具盒，只有从大队卫生所讨来的安瓿针剂的白色纸盒，纸盒上的药剂标签呈现出花花绿绿的色彩。这些纸盒极容易被折瘪变形，然后破裂，几乎没多少人用过真正完整的纸盒，即使用胶布条缠上几圈，仍然会用不了几天就瘪歪碎裂。我们当时并不知道纸盒生来就不是用来盛放钢笔的，它没有责任保障完整。我们还老抱怨药盒做得不结实，质量低劣呢。我看着这司空见惯的一切，教室里的静寂与室外的热闹形成剧烈反差：学生们在尽情玩着各种游戏，都想攥着冬季的尾巴，赶紧再玩几次冬天才能玩的游戏，否则天一暖和，换穿上单衣裳，这些游戏就再派不上用场，只有等到下一个冬天再玩。但孩子们等不及，一年是一年的事情。他们在踢毽子，让那火红或雪白鸡翎缝制的铜钱毽子不停歇地翻飞，一个人踢，多个人踢，翻尽各种花样。男孩子们大都在玩"叮鸡"：一个人屈起膝盖，用两手搬脚，金鸡独立，蹦跳着应对迎面而来的另一个搬脚人；两个屈成锐角的膝盖抵撞，一次次抵撞，直到有一个被顶倒，扑通散架跌坐在地上；下一个早已做好准备的孩子立马上阵，与刚刚得胜的人对垒，开展新一场恶战；直到有一个人一直没有被抵倒，一直金鸡独立跳动不已。他是胜利者，他跃动的身影显出英雄气魄，被一群人拥围欢呼不已……这些游戏我都极度喜欢，但现在它们已经与我无缘，我不再是这些游戏的得胜者，甚至不是参与者。没有人再邀我一起玩，只有我形单影只，孤零零待在教室里。我这样呆坐着时，那个从门口溜过来的人悄然摸到了我面前，直到这时我才意识到有人走近了我，我吓了一大跳。还没等我从座位上站起，一张脸已经伸过来，我看见了一双亮闪闪的眼睛，嗅到了那股有点发酸的、热烘烘的嘴巴呼出的浊气。那张被军帽遮覆着的圆球的一面在收缩和舒展，并露出内里发出声音，那声音说："叫我看看强奸犯是啥样的？"那圆球向我靠拢，并再次崭露白色的有点发黄的内里一角。我不知道他是谁，我仍然看不清他是谁，但我看清了那面孔，极其熟悉这圆球的一面。我努力并快速地搜罗记忆试图弄明白他是谁、他说的话是什么意思，尽管我已经明白了知道那三个字的含义与分量，但我仍然无法确定这三个字是否与我有关、为什么有关，就像这三个字是那个黑夜强加给我的，像孙猴子的紧箍咒，但其实我是没有办法拿掉这可恶的帽子的，就像孙猴子有天大的本事可以大闹天宫对玉皇大帝发难，但他照样没有办法抹掉他头上的箍圈……我没有吭一声，但我一跃而起，我充满了愤怒，也许是我的表情极其吓人的缘故，那个圆球滚开了骨骨碌碌后退，然后就消失不见，只剩下了军帽遮覆着的后脑勺。他向门口逃去，他自知挑衅理亏，仍然咧着嘴，那是一张狞笑过后的嘴巴，现在是讪笑，略有讨好的意蕴，似乎为刚才的发自这张嘴巴的词语而检讨，而其实这张嘴也好、这张嘴所属的人也好，从没有检讨过。他后退且向门口跑去，仍然发出讪笑。他嘿嘿地得意地再次说出那三个字：强奸犯！嘿嘿，强奸犯！此时我已经在奔跑，我的动作机敏，像一条水里被追赶的鱼，哧溜哧溜，我几乎是跟在他的身后接近了长方形的竖直的亮光，那是敞开的门口，他试图从那里消失，但此时我已经弯腰攫起了一只凳子而且迅疾向那叮喇喇滚走的圆球掷去。我听见凳子飞过门口砸在软体上的钝钝的嗵的声响，我知道我砸中了，我的准头是公认的好，曾经用弹弓打落过树枝上栖脚的老斑鸠。我想我是让那圆球从半空落向地面了。我心里扑通扑通跳个不停，我弄不准我是不是惹了祸，我担心打着他要紧的地方了。我正七上八下地担心着就听见了罗校长的厉声怒吼："你想干啥！"罗校长吸溜着嘴，恼羞成怒，一只手抹拉着他的腰，仄歪着脸寻找肇事者。——我是砸中了，但砸中的不是革命的头，而是罗校长的腰！

直到这时我才从愤怒中清醒，我已经冲出门口，紧急刹车让我差点没有跌倒。我呆愣愣站在那儿，我看见革命已经在罗校长的身后回头对我做鬼脸，得意地咧嘴无声地笑。我真想再跑过去砸瘪那张脸，但罗校长已经在对我怒目而视，我像是施了定身法，一动不动钉在那儿。我收回目光，朝罗校长吸溜的嘴脸扫一眼，他头上的那顶灰色鸭舌帽偏了，他的脸也歪了，他的腰窝被板凳砸着的时候也会很疼，因为他一只手不停地揉着腰，从嘴角那儿不住地往里吸冷气镇痛。我知道我确实是惹祸了，但我不知道接下来该怎么办。我不说一句话，站在教室门口，听从发落。

人群围过来，都兴奋地探头看我，也有点幸灾乐祸、有点害怕地望着罗校长。罗校长一看学生们围了过来，马上端正了帽子和嘴脸，不吸溜嘴了，但一侧的面颊仍在一抽一抽。他使出吃奶的力气朝我叫："你究竟要干啥？我看你生就的坏！"他再次揉揉腰，朝我一挥手命令："走，跟我走！"

　　我乖乖地跟着罗校长走，他没有让我走进他的办公室。罗校长没有单独的办公室，他和老师们在三间连通一体的屋子里办公，其实那里曾经也是教室，不过是现在改了名字，叫"办公室"而已。他让我站到办公室的外头，离那只大铁铃不远。他走到大铁铃下牵住铃绳，身子略微仄歪，当当、当当敲起来。这是两响的上课铃声，刚才他急急慌慌地赶过来就是为了敲铃。没人再搭理我，也没人准许再回到教室。我被晒在那儿，似乎被所有人忘却，所有路过者都懒得看我一眼，就像我是一棵树桩，比树桩还不如，就像什么也没有似的。时间的脚步近乎停止，漫长而死寂，一节课长于十年。接着第二节就下课了。第二节课是下午的最后一节课，第二节课的下课铃也是放学铃。我看见罗校长气鼓鼓从办公室走出来，趾高气扬地走到桐树下（他的腰这会儿可能已经不疼），他不需抬头看一下铃绳，只一举手就准确地抓住了绳头，然后大铁铃就"当，当，当"地叫响。下课了。我想我可以挪换一下站麻了的双脚了，但我没有松一口气，我觉得事情不会这么简单地结束。我的腿也有点麻木。我的耳朵很快就听到了我最不愿听的铃响："当当当当……"像是一只被激恼发怒的狂躁不已的狗，大铁铃连续不绝地爆响。这是集合铃，是召唤全体教师学生集合开会的号角。我的心在发紧，我知道这骤响不停的刺耳的铃声与我相关，与我掷向罗校长腰窝的板凳相关。

　　我对于罗校长的害怕有点类似于对蛇的害怕，那是一种与生俱来的情绪反应，不由自主，害怕生于生命深处。当你看见蛇的运动中的弧形身体，看见那种艳乍的赤红或漆黑，看见翕动的发叉的闪电状的信子……反正这一切都会让你毛骨悚然。这种害怕不能自制，不是你想不害怕就不害怕了，甚至与你的胆量也不相关，因为有胆子很大的人却极害怕蛇。也有人害怕老鼠，有人害怕蠕虫，有人害怕蚰蜒或曲蟮，其实这种害怕与对蛇的害怕与我对罗校长的害怕都是一种害怕。我一看见罗校长心就发紧，最初就是这样，发生了那件事情之后更是这样。他戴的那顶鸭舌帽，他上身穿的印有福字图案的酱色短袄，他的黑色玳瑁边眼镜，甚至他爱穿的那种松紧口布鞋……这一切都让我害怕。而对于他的声音，我更是害怕，在后来的许多场噩梦里，总是凭空响起他那种笑里藏刀的声音——不是太高，似乎还有一丝和气，但内里却严厉、冷酷，寒意逼人，尾音噼噼啦啦分叉（与革命的声音有类近之处），就像一根麻绳的一端绳结松懈披散了一样。他从黑色眼镜上沿逸出的贼亮的目光也让人望而生畏，那种目光比锥子更锋利，溜你一眼就能刺穿你，让你内伤但不让你流血。

好在那目光并没有关注过我，在那件事之前甚至没有朝我稍稍倾斜过。全校有数百号各色人等，校长操心的事情多着呢，再轮几番也难轮到我，这让我一直暗自庆幸。但那个黑夜倏忽而至，于是我不再是我，摇身一变为一个陌生人，像一块磁石吸引各路目光。校长铁锥般的目光自然而然发现了我，一次一次穿透我，让我透心冰冷。我明白我的大限将至，罗校长即将对我发难。我在等待，但我不知道这个时刻什么时候到来。有时我觉得就在这天中午，这次放学后集合铃声就是为我荡响。我不知为什么有这种预感，这种预感又是这么顽固。我的预感没有欺骗过我，现在一切都变成了现实，比之前的想象更残酷。

校长有两大嗜好，一是开会讲话，一是看钟敲铃。每天中午放学，一阵乱铃长响，各班学生熙攘列队而出，齐刷刷站在操场上听校长训话。校长个头儿不高，但是站在砂姜铺就的那条纵贯校园的路基上，一下子就比一队一队纵列立正的学生们高出半个身子，他东扯葫芦西扯瓢，没话找话，鸡零狗杂地道出一大堆前后不挨边的飞短流长。他一会儿讲小学生不能掏小雀窝，小雀窝里总会藏盘着一条蛇，而你仰脸掏鸟时自觉不自觉要微微张开嘴，蛇见洞就想钻，于是呼啸一声跃起，从你张开的嘴直冲而下，等你从高处坠落，等来人从你嘴里往外拔蛇，一切已经晚八百年，你会一命呜呼。蛇最爱钻洞，而且胸肋倒生犹如倒刺，越拔越结实，是拔不出来的。你别无选择，只有死路一条。他说这不是说着吓人的，而是真事，附近某某村子半月前就发生过此事。他一会儿又讲玩鸟是资产阶级少爷作风，是最坏最坏的习性。尽管不会有人因为你尽情贬低小鸟而厌弃小鸟，可再玩鸟的时候，每个人都有点藏藏掖掖，不那么公开，毕竟校长说玩鸟者都是好逸恶劳的二流子，无一例外。校长从每天的例行训话中获取权欲的满足，数百小人呆站着听他一个人胡言乱语，毕竟是一种幸福，让他体验到什么是至高无上，什么是支配人生杀大权的皇帝老儿。其实他向来握有生杀大权，叫你死你就死，叫你活你就活，要是校长在全校大会上点名批评谁，还让这位被点名的不幸儿站在大会前亮相，那这个孩子从此在孩子群里将被人不齿，被人冷眼看待，遭人排斥。打倒在地，踏上一只脚，永世不得翻身，指的就是这些。校长的大会点名其实就是死刑颁布令。

　　除了每天集合全校学生长枪短刀地训话外，罗校长的另一大嗜好是拎着闹钟敲铃。那只沉重的大铁铃悬挂在教师办公室门前的那棵不大的泡桐树上。大铁铃很大，有水筲粗细，空荡荡的腔子里藏着拳头大的铃舌，铃舌上吊着一根粗麻绳，供校长一手拎着钟表，一手高举抓住绳头有力地摇摆。每次敲铃罗校长都如临大敌，咬着嘴唇，一下一下使劲摇铃绳，边摇边扫视校园，得意藏于紧张之中。铃绳太短，离地面老高，即使是高年级的个头最高的学生扎起助跑起跳的架势猛蹦起来，想够到绳头也有难度，十次准有八次落空。绳头专供校长牵抓，禁止学生们触动。铁铃浑身披挂着红锈，甚是威严。那些赭红留着雨水的痕迹，深一道浅一道，像是被日日敲痛了身子，敲碎了心脏，因而啼血痛哭。那些红色的泪水从铃沿滴落，甚至染赤了一小片土地，铃绳也浓淡嫣红。校长的右手总像猴腚样红红紫紫，是他使唤铁铃发威的标记，是他红色的自豪。单声是预备铃，双声是上课铃，三声是下课铃，一串连续的铃响则是紧急集合。集合铃只要响起，一分钟后就有学生列队雄赳赳气昂昂分头开进会场，确有兵队气势，让年近五十的罗校长顿生指挥千军万马的将军之感。大铁铃曾是大队部的器物，但为何被抛弃又跳上了这棵瘦弱泡桐树上，一直是个谜语。

　　尽管戒备森严，而且罗校长在会上一次又一次颁布禁令，我们一群孩子还是在一个星期天的上午溜进校园，让铁铃喧响，大大过了一把铃瘾。星期天校园里空荡荡的，阒无一人，那种寂静凄凉得有点让人恐怖，像是经过了一场无声的大浩劫，所有平日热闹的高低参差的大小人等一下子凭空消逝。罗校长星期天骑着他那辆嘎嘎乱响的自行车回家了，老师没有一个住在学校，校园里甚至没有一只鸡啄食，连鸟儿也看不见，那些有事没事总在呼唤的羊们早被贱价卖掉，因为缺少草料，它们守在校园里只有死路一条。（羊们存在的遗迹犹存，这里那里的地上散落着像蓖麻种子一般的黑暗羊屎蛋，空气中偶然会飘荡一股挥之不去的羊尿的臊味。）学校正门是两扇能随便开合的低矮木栅栏门，没有铁锁，也不需要铁锁，没人进校园偷盗，一是无物可偷，一是校园还算是四通八敞，那些不高的单薄土墙能圈住小学生，但偷盗者却能如履平地。木栅栏校门是为了防止村子里的猪拜访校园，猪对啥都稀罕，它们的长嘴伸向哪里，哪里就会一片稀烂。除了那只在半空里眈望的铁铃外，校园里几乎没有猪可望而不可即的东西。我们没有走挡猪的栅栏门，而是轻而易举翻越校园前头的那圈短墙。那些墙也是号令学生们动手打起的，麦糠泥墙体，跺一脚要么猛现一处通连内外的大洞，要么干脆扑通卧倒，让校园和外头的田地打成一片。我们爬上墙头时格外小心，唯恐喝闪喝闪的土墙在我们骑在顶上时突然卧倒。还好，我们四五个人一个一个从这边到了那边，墙头坚持着一直没有卧倒解体。我们小声地说话，朝四周乱瞅，侦察不测之敌情，直到确认无虞，我们才拥向大铁铃，踩住了地面上那摊红锈痕迹。我们轮番跳跃，拉开架势助跑，但成功率少而又少，总共大铁铃吭吭笑响两次，像是蔑视嘲弄。很快我们商量出对策，让一个人蹲地上，另一个人骑在其脖颈上，另外两三个人搀扶其慢慢直立，于是骑在脖颈上的人顺利抓住了铃绳。当当当当当，我们挨个当骑手，也挨个当战马，让每个人都有机会尽情敲响平时总在羡慕但毫无接近办法的大铁铃。我们尽着意儿地敲铃，敲出单响、双响、三响、连响……我们想怎么敲就怎么敲，每敲一下就痛快一回，像是在敲罗校长的脑壳。那时头顶上的太阳还没熄灭，天天阳光灿烂，伙伴们和我还不分彼此。

那个星期天我们疯狂地敲铃，但没有敲出任何麻烦来。我们逾墙而入又逾墙而出，尽管墙头一直喝闪，但最终却没有摞倒，我们安全地出出进进，让铃声痛痛快快在空荡荡的校园里上下翻滚，比校长敲出的声音更繁密明亮。我们浑身是汗，一是心里紧张，一是玩得尽兴。我们订立了攻守同盟，统一了口径，要是明天上课老师追查，我们不仅仅要矢口否认，还要找出万般脱身理由。至于铃绳传染到手上的"猴腚红",我们找到一处水塘很容易就彻底解决了,没留一丝痕迹。(那时真好,是阳光灿烂的美丽日子,有一群要好的伙伴,抱成一团而且互相忠诚。但好景不长,那个黑夜之后伙伴们就作鸟兽散,没人再愿意跟我待在一起,他们见了我也斜着眼睛,不屑一顾,或者干脆躲得远远的。)星期一我们进了校园就提心吊胆,想着学校肯定要追查昨天的响铃事件了,我们走过那只大铁铃时鬼鬼祟祟,心里七上八下。但我们等啊等啊,到了课间休息的十分钟我们聚在一堆,小声地交流各自的际遇,庆幸日子照常,天不塌地不陷。到了下午放学的时候,铁定已经没有任何问题了,在回家的路上我们额首称幸,心照不宣地欢呼胜利。我们小小的心脏为轻易的成功而扑通扑通狂跳。

我站得两腿发软,我的眼睛正在发黑。各班的列队陆续走过来,所有的学生都朝我观望,各路目光聚焦我那副可怜相。罗校长向我走来,我有点心悸,我不知道他要干什么,什么不幸的事情又要降临我。还好,他仅仅是不屑地用一只手的大拇指和食指捏着我的袖管,把我牵到那处高高的路基上,站在他的身旁,免得耽误队列。他捏着我的袖管而没有抓住我,像是我会玷污他的手,像是在躲避我。直到站上路基,他都没有正眼看我一下。他不屑看我。

接着我的头顶就爆响了罗校长的讲话,义正词严,携带着浓重的火药味,一出嘴就能置人于死地。他点了我的名字,要全体同学睁大眼睛,好好看看一个人是如何变坏的。他告诫学生们不要学坏,不要当一个小反革命分子。虽然他没有指着我的鼻子说我是一个小反革命分子,但他提到了这个名词,学生们心领神会,自然明白这名词与我相关,无形中我就被当成了一个千夫所指的小反革命分子了。我瑟瑟发抖。

一个还未满十三岁的孩子,被人大会上点名批判,而这个人竟然是能指使三四百大小学生的校长,三四百人全看他一个人的脸色行事。如今他把我揪出来,在这三四百人的大会上亮相,他恶狠狠地指着我说——这是个小坏蛋,我们全都要朝他脸上吐唾沫,揍他!——他没有真这样说,但和真说没有两样。他面对着三四百人的近千只眼睛,历数我的不是,把我批驳得十恶不赦,算是体无完肤。我有多少次打上课铃响了才进校门,上课不听老师讲课自己翻看毒草书籍（他巡班时没收过我好不容易借到的一本根本就不是毒草的书籍，那书名叫《林海雪原》），领着人乱敲教育革命的号角——学校的大铁铃（他怎么知道此事？谁出卖了我、我们？）……如今又公然跳出来打砸老师，无法无天！他罗列了无数罪状，差不多罄竹难书，每一桩都让我吃惊，不知道这竟然是犯罪。我明白他说的是我，但我无法相信他说的真的是我，我觉得他指的是另一个人，与我无关的另一个罪人。他色厉内荏，振振有词。他面向人群，一眼都没有瞅我。他的下巴一努一努，更多更恶毒的话语像一窠马蜂蜇出来，朝我蹿飞。我的心越缩越紧，越缩越小。我忍受不了心脏的缩紧，使劲儿绷着出气吸气，我觉得我马上就要绷断，我的呼吸会被绷断，不，是身体断为两截。不，七八百双眼睛都在朝我观望，那眼光成分复杂，就像混浊的激流漩涡，要埋没你，吞噬你。那眼光有惊异，有鄙视，有幸灾乐祸，有嘲弄……我受不了啦受不了啦，我要碎变成一只蚂蚁，钻进地缝里去。真丢人，真丢人，丢死人啦！我知道人群中不但有班主任、革命（罗校长自始至终没有提及这个肇事者，他不可能不知道）、一起敲铃的玩伴们，还有何云燕。我不敢抬头，不敢寻找何云燕站在何方，但我能感觉到她质疑的明澈目光。那目光在说，你竟然干出这等事儿，我还在袒护你，替你说话呢，我真瞎了眼！翅膀你不是人！我听见了低声的议论，喁喁而语。他们掩口嗤笑。我的呼吸没有断掉，我又接续上一口气来，出气吸气又开始照常进行。要是呼吸绷断多好啊，那我就不再受这洋罪，一了百了，死亡是多么安静诱人。死了就是没有了，没有了好与坏、对与错、美与丑。死是一派没有绿色的北方的荒漠，辽阔无垠，苍茫一片，除了浑黄还是浑黄。死是诱人的，不再有丢人的接二连三的事情，不再被人白眼，受人欺侮。我离死很近，伸手可及。我想抓住死亡，但我又觉得死亡是广大无边的，我已经处身其中，但压根儿却与我没有关系，我抓不住它。我的意识为何这么清醒，尽管站在显眼的众目睽睽的队列前头，尽管被人眈望唾弃嘲笑，但并没有像那个黑夜一样一下子失去知觉。我能清晰地感知这一切，能看见、听见人群的反应，能嗅到空气中弥漫的浓重敌意。而那个黑夜我竟对老鹰踢来的笨重的大头靴麻木，无法感知。就是因为感知清晰，痛苦愈加深刻，创疼愈加剧烈，盼死之心愈加急切。我已经经受过一次黑夜，一次前所未有的羞辱，我已经对痛苦适应，无论校长多么恶毒，他毕竟只是让我亮相，让我站到会场前头，站到离他不远的指定位置。他没有抬脚踩我，也没有在我的脖子上挂上写有黑字的农药箱制作的纸牌，更没有捆着我的双手送派出所。校长与老鹰相比充满仁慈，犹如吃人时的鳄鱼，总要流下感激上苍的慈悲为怀的眼泪。校长自始至终不提"强奸犯"三个字，甚至不提发生在寒假里的零星耳闻。他只是就事论事，打死你又让你心服口服，因为你犯下了显而易见的滔天罪行，每一桩罪状都铁证如山。天网恢恢，疏而不漏，你觉得你是谁，你觉得你能复辟变天，我不答应，我们全校师生答应吗？他充满激情地大声问，嘴角迸溅着一两点白色唾沫。他的语调和用词都充满蛊惑，富于煽动力。会场内群情激愤——不答应！那震耳欲聋的声音足以荡碎任何血肉之躯和血肉之躯里包裹的心灵。我遏止不住地浑身颤抖，像一片风中的树叶。我真渴望校长号令一声：打死他！打死这个小坏蛋！如果那样多好，那些渴望暴力的拳脚会瞬间向我压来，超过所有洪水猛兽，顷刻之间我就可以死亡，我渴望的死亡。但校长老谋深算，校长让你死，但要让你慢慢死，而不是一下子死掉。校长喜见的是凌迟，一刀一刀凌剐至死，要比一刀捅死你看着过瘾。猫逮着老鼠从来不马上吃掉，而是要逗玩一阵儿，尽兴惹出涎水瀑流，然后才安享美味。

面对几百张表情各异或熟悉或陌生的面孔我的脑壳空了，空空荡荡。校长的声音就像掉进铁葫芦里的硬币，发出哐啷哐啷的雷鸣。所有的哪怕是微小的发自人群的咂嘴声都赛过雷鸣。声音正在击碎我，一次又一次击碎我。我犯了罪，犯了重罪，确信无疑，不可饶恕，但我弄不清罪名。其实犯罪是一种集体认定，众人都说你犯了罪你就犯了罪，不容置疑，不需要定义罪名。我的上下牙齿一直在打架，发出蚕食桑叶的细碎声响。我睁着眼睛，但啥也看不见。

散会之后学生们一下子散了，呼啦一声争相冲出校门。开会很少放在下午，散会时已经很晚，天已落黑。我的心一直麻木着，天色的明暗我已分辨不出，但出校门时离老远都看不清人的眉目，让我感到庆幸。我只想逃走，从这群人、这片地方一走了之。我想一走了之，不愿再见任何人。我觉得我已没脸见任何人，奶奶我也不想见。我走在了这条天天都要走几遍的路上，那棵白杨树站立在那儿，张望我，好像要一看究竟，看看罪犯的模样。那是去年秋天我碰见何云燕的地方，我不敢想当时的景象，但穿着粉红"的确良"薄衫的何云燕手举白帕顽固地站在那儿，让我羞愧难当。我无颜再见任何人，包括何云燕，包括奶奶。白杨树等不及，它朝我慢慢挪过来，有点嬉皮笑脸，就像和我坐在一个班级里喜欢看笑话的那些同学。我看不清白杨树的面孔，它的面孔模糊不清。树叶长出来了，斑斑点点，略微泛出嫩黄，但太柔软，只会在风里晃动却发不出嘲笑和声响。树叶想嘲笑我但还没有学会笑响。白杨树端详我一眼，又不屑地走了。白杨树朝我的身后走去。我不能回家，我该向奶奶说什么？我不能向奶奶诉说任何话语。什么是委屈，什么是罪愆，我一概说不清。尽管奶奶已经做好饭在等我，但我回不了家了。奶奶自从"二月二"之后就开始了一日三餐，而不是两餐，奶奶说春天天长，怕饿着了我。但我吃不成今天的晚饭了，奶奶，奶奶，我不想吃食，不想这世界上的任何东西，只想一个人待着，一个人缩在角落里，像一条受伤的狗，自己舔舔伤口，谁也帮不了我。我不再朝嘘水村走，而是朝北走，拐向了那条白杨夹道的土路。夏天时我和何云燕在白杨树下会面后是朝南走的，寻找草丛茂盛的南塘，但这会儿我朝北走去。越往北走越僻静，那儿不是嘘水大队的地盘，属于另外的村子。夜色浓起来，风小声的呜咽变得清晰响亮。我一直往北，我知道我越来越安全，黑夜掩埋了我，风吹麦叶的声响掩埋了我。我在路旁坐下，倚着一棵白杨树。那株树刚刚健壮起来，刚从孱弱的幼年走来，树干有我的小腿粗细。我倚树坐下，仰起头，张开嘴。我想把大群大群的风吸进身子，把大团大团郁积的气吐出来。我大口大口呼吸着，接着就发出了哽咽，接着就长嗥一声大哭起来。哭声把我拽离了白杨树，把我坠进了护路沟里。沟不太深，我在沟底坐稳，但坠落并没有中断我的长哭。我放大声哭，让泪水哗哗地流。沟底更隐蔽，没有任何人能听见哪怕一丝动静了。这儿太荒僻，离哪个村子都遥远，不会有人来的，甚至不会有人走这条僻径，因为北面不远就是一处乱葬岗，在大饥荒年代尸横遍野，鬼火的灯笼乱逛，丛生的传说不比南塘少。我尽情地哭，为防万一被人听见，我把夹衣的下摆朝上翻卷，

第二部 · 第三章

蒙住头更深更广大地痛哭。风滑坠进沟里来，抚摸我裸露出的一截光身子。风的手暖暖的，凉沁沁的，让我的哭声低下来……我哭够了，暂时停下来，只留下一连串的哽噎。我能管住哭声和泪水，但我管不住哽噎，风也管不住。频繁的哽噎顿得我肺疼，但我管不住哽噎，连让它稀少点都不可能。稠密的哽噎阻拦住我，我想爬上沟坡，但几次又滑坠沟底。

　　我一手抹泪，一手抱紧树，竭力摽稳被一连串的深深的哽噎震摇得站不稳的身体。我的身体在颤抖，仿佛不是开春二三月，而是处身于寒冬的旷野。我的手克制不住在抖动，不是风摇树干传导的颤抖，而是发自手本身，就像某一个器官在脱离生命体后自身在不住地抖动。手有点不知所措，也许是它对不可知的未来的恐惧，对曾经连接现在仍在连接但不久之后不知能不能一直连接的这具生命体的无限留恋惋惜所致。我想克制住手的颤抖，但无济于事，扶着粗糙树身的那只手顾自微微不停颤抖。夜色愈加浓重，但月亮升起来了，正在悄悄融化刚刚来到的黑暗。一群一群风跑来问候我，安慰我，想擦去我脸上的泪，但泪水仍在伴随着略微稀少的哽噎涌出。我恢复了一些知觉，看见了遍野的被夜色染黑的稠密麦丛，听见了百灵鸟的歌声。那只百灵鸟在云端歌唱，遥远、清晰，充满无法掩抑的欢乐。它们欢呼着暖和的春天，"终于来了终于来了来了来了真的来了……"它们就这样在天空中独自陶醉。我的泪水被云彩中降落的串串歌声止住。我不哭了，和百灵鸟的歌声比起来，我从身体里抽出的串串哽噎声也算不了什么，自惭形秽，于是哽噎也越来越稀少，我出气吸气好几个回合哽噎才来捣乱一次，顿断我顺畅的呼吸。我安静下来，我再次想到了死。死亡是什么？死亡就是一了百了，就像你才六十斤的体重，如今让你背负一千斤的重担前行，你被压弯了腰，被压瘪在地上爬不起来，但你仍得挨过一天又一天，像蜗牛一般驮着重负一点一点挪动。但现在你可以死，死就是扔开那一千斤的重担，死是一种飞翔，可以在云端里和百灵鸟为伍，可以独自在夜晚的暖风里歌唱。天是空阔的、蓝碧的，清洁得无一丝杂质，供你随意游逛，随意歌唱。死就是到天上去。死就是舍弃这地上的一切，不再面对罗校长、革命、那些伙伴、何云燕，死当然也让你远离老鹰、正义叔，当然还有奶奶。想起奶奶我心里咯噔一下，但百灵鸟的歌唱轻易地淹没了这咯噔一响。

我睁开被泪水迷糊的眼睛，景物慢慢清晰，我看见了朝我摇晃的麦丛、护路沟、护路沟上头横伸出去的树枝——那根树枝从我扶抱着的这株树上伸出，像是想够到沟对面的麦丛，越往外越低。树枝有我的胳膊粗细，有好长一节光光溜溜没生枝叶，仿佛专为我生长，为我的这一刻而长。

我找到了刚才扔在地上的书包，那是奶奶为我缝制的粗布书包，两根挎带由好几层粗布折叠而成，有两支并排的铅笔那么宽，挎带的两边留着奶奶缝线的粗大针脚。奶奶的眼花了，缝不出细密匀称的针脚了。我拽了拽挎带，试试牢固度，还好，要是两根挎带叠并一起，足能抵抗我身体的分量。我掏出裤兜里的刀子。刀子结实滑溜，像一条随时要蹿起的滑溜的鱼。我打开刀子，嚓嚓几下割下书包挎带。我的泪水没有了，我行动敏捷坚决。既然已经做出决定，我就要立马让这决定变为现实。

死亡是黑暗的光，有着难以捉摸的性格，倏忽而来，倏忽而去，比思想的脚步更迅疾。死亡是独行侠，不受任何人支配，不是你想死就能死成的。我把书包带的断头系紧，接成一个圆圈，然后没费力气就将拉长了的带圈搭在了那根白杨树的横枝上。我跷着脚跟，将带圈一端穿进另一端，使劲儿拽拽拉紧，好了，一个结实的绳扣宣告完工。现在我只要将头伸进扣圈里，接着两脚一蹬，整个身体就会准确地悬空在护路沟的沟谷里……白杨树的横枝手腕粗细，有足够的韧度悬吊我瘦弱的小小身体，它绝不会折断的。但接下去我不敢想象了，听说上吊而亡的人绳索扼断了呼吸，胸腔里憋住的气息会顶出长长的舌头，长长的瘀紫的舌头能伸得像一只手臂耷拉胸前……我不敢想下去，此刻我确实有些怯懦，动摇了我必死的决心。动摇我决心的不唯此，还有我身后正在升起的月亮，我扭头望月时，月亮是那么温柔，又那么明亮，让我无端地想起何云燕。还有百灵鸟，趁着月光飞上云端，播撒一串一串歌唱，歌声沾染了月光，美妙明亮，足以和月光媲美。一阵风顺着路飞奔而至，趴在我面前窥瞰我，低声地叹息，然后扑向麦丛中，像是为我表演，要用它摇晃麦叶沙沙乱响的本领劝阻我。死就是离开这一切：月亮、轻风、百灵鸟、漫野密密匝匝的麦丛……想起这些我的心一下子落下去，坠落进无底深渊。我的心失去了支持者。我不敢想象假如我的世界没有了这些最美好的我熟悉透顶的所有事物后我该怎么办。恰在这时轻风送来了奶奶的呼唤："膀儿——，膀儿——啊……"奶奶在村头唤我回家吃饭。奶奶在家等不着我，放心不下，拄着她那根咯噔咯噔的榆木拐杖摸黑出来寻找我了。奶奶是小脚，村路坑坑洼洼，即使有拐杖帮忙，深一脚浅一脚在黑暗里摸索指不定就摔倒了。一想起奶奶一个人倒在黑暗里呻吟不止，我的心缩成一疙瘩，我不能想要是没了我奶奶该如何生活。我没有回答奶奶，但我决定不死了。我站起来，拍拍身上的草屑土尘，抽出刀子嚓地割断绳圈。我拽下了书包带，握着刀子久久站在月光下的树影里。我咬咬牙，挥动手里的刀子，猛地掷向那棵白杨树的树干。是这棵白杨树试图缢死我，一股无名的怒火烧起，我把所有的仇恨发泄在这棵树上。刀子抖动着尾巴一头扎进树干上，白杨树滋地倒吸一口冷气，连枝条上的嫩叶都打了个寒噤。我拔下刀子，让刀刃辉映月光，闪射出明亮。我仍嫌不解气，临走又狠狠踩了白杨树一脚。

我和习武一前一后，走在这条熟悉的道路上。我们向拍梁村走去。我想去看看学校旧址，尽管已经知道那几排房屋早已消失，已经被扩展的村庄覆盖，被新的房屋替代，但我仍然想到那片地方走走。不但是学校，我还想找找我曾经练刀的白杨树，还有那次割草在阴凉里碰上何云燕的那株白杨树。田野里的月光愈发皎洁，都能照见人影，给人一览无余的感觉。当按捺住心跳静心倾听时，麦子的拔节声也愈加繁密，越听越密集。世界上的万事万物都被这铺天盖地的拔节声感动，都想为麦子添把手、助把力。月光使出了所有劲儿，明晃晃地给麦子拔节照明；轻风一阵又一阵吹来，缓缓摇动，好让拔节的麦子心想事成地长高……是啊，我没有麦子这么幸运，在拔节的时候没有月光与轻风垂顾，甚至没有一片安静的田野可供容身。一场突如其来的暴风骤雨席卷了我，一场又一场暴风骤雨席卷了我，我的命运只有摧折和枯萎，不可能再站起来。我对能好好地活着感到奇怪，是什么让我能活到今天，能在多少年后的深夜又一次来到这条路上，来到当初闪电雷鸣的风暴核心? 说不清。世上说不清的事情实在是太多了，但现在我徘徊在这条路上却是真的。我的身边走着同伴，我已经把习武视作同伴，所以尽管在传说纵生的深夜的野地里，我没有一点儿害怕。从这条路的中间能瞅见南塘所在的那片原野，也能望见矗立于村子上空高出群树许多的大楝树如盖的树冠。许多当时听来让人毛骨悚然的故事就发生在眼前，发生在这些原野里，这村子的角角落落，但今夜我已经没有了当年的害怕。我们先是疾行，我们的脚步声沙沙地响起，暂时遮掩了漫野洪流般的拔节声。我一走上这条路脚步不由自主加快，我要找到那些白杨树——何云燕两手抻展手绢站在其下的白杨树，我练习掷刀的如胳膊粗胖的白杨树。那天回村的路上我一直在东瞅西瞧寻找，但一直没看见白杨树的身影。我祈愿是那些新建的房子挡住了一切，所以我没有看见白杨树。其实我心里明白不可能再见白杨树了，无论哪个村子都不可能再让白杨树活到三十多岁了。白杨树成材快，是速生树种，建房子要用，做家具要用，换钱要用……反正用途大的东西都不可能生命久远，那几棵白杨树肯定凶多吉少。但我还是心存一线希望，也许不知出于何种缘故白杨树真的就存身下来了呢，比如人们认定白杨树上住着神仙，成了神树，弥漫仙气，于是不再砍伐它，就像大楝树一样。但我落空了。我们走到了大路分岔的路口，没有见到一棵稍粗壮一些的白杨树。那条拐开的路伸向南面的白衣店，一放学两个村的学生就是从这儿分流，由一股人流岔成两股人流，何云燕就是从这儿回家。这个路口是明确的标志，否则我根本无法确定白杨树曾经站过的位置，当然也无法确定学校的位置，因为一切都已经面目全非。紧挨着路口是谁家新建的院子，一溜新房武断地横在路旁，另一溜新房也横在道路的另一旁，而那时这些地方都是田野，白杨树站着的地方还是一片菜园呢，菜园的主人心眼儿好，允许学生们夏天午睡后睁着惺忪的眼睛去园子里洗脸。菜园里站着朴素的桔槔，长长的竹竿做的拔竿从井里提出一桶桶黝黑的清水供我们使用。我们洗手洗脸，同时也趴在桶沿上痛饮一通。但现在桔槔连同菜园早已消失，周围竟然没有一棵白杨树的踪影。

四

我之所以念念不忘这把刀子，是因为这刀子在我最艰难的时候不离左右，成为我最好的伙伴，让我不觉出孤单；还因为是这把刀子解救我于水火，给我光明，给我自由。在我的成长之路上，这刀子起过的作用无与伦比，等同给了我又一次生命，给它佩戴任何桂冠都不为过。这小小的刀子披荆斩棘，为我开辟出了一个崭新世界。

大会上挨批的第二天，理应是我最痛苦的时间，是短暂的昏愦之后最痛不欲生的时刻。但因了那把刀子，我并没有体察到那种痛入骨髓的感觉，甚至我对成为众矢之的，成为目光聚焦的靶子也没有如芒刺背。我在想我的刀子。我在想它怎样在夜风里穿行发出嗖的响声，那响声独立于田野里的群响之上，与风摩挲麦丛的声音、杨树叶片的低吟，甚至漫空滚荡的百灵鸟的歌声都没有丝毫混淆。刀子在风中疾飞，刀子滋地刺破被汁液鼓胀的树皮，然后橐的一响，一头扎进多汁的树皮包裹下的木质。刀子吃透木质，钝钝的进入声一次次提紧我的心……除了刀子飞翔的看见看不见的影像外，尽管没有时刻握着刀子，但我能清晰地感触到刀子滋腻的凉丝丝的体温，看见刀刃一明一明的幽光……我整个心思都缠绕在刀子上，无暇顾及包围着我的一切。我忘却了我的处境，忽略了浓密的敌意，甚至没有了刻骨铭心的痛苦。说是这把刀子解我于困厄，救我于水火，一点儿也不为过。如果没有这把刀子，我究竟会成为何种模样，能否顺畅地沿着和每个人大同小异的人生之路朝前走下去……这些全都是问号。

刀光刀影舞满了我的心胸，我对学校里的一切都视而不见，上课、下课也好，开会也好……我任其折腾，不再计较。我觉得何云燕也已离我远去，她不再和我有丝毫关系。无论她多么明亮，但这明亮已经无法深入我所处的黑暗角落。从那个黑夜起我已与这明亮无缘，无论我多么醉心这明亮也不再可能享受这明亮的余晖。我周围的一切都已与我无关。看似这一切在左右我，其实我已经抽身而出，左右我的不是这些，而是那把不足两寸长的刀子。第二天上午一放学，我就一个人去了昨晚恸哭的地方。我站在路旁比试了一番，突然出手——不是出于明晰的意识，而是本能，刀子在我的手心里突然掠出。刀子是自己飞出去的，就像一只喂熟的鸟，呼哨一声飞起，甚至都没有征求我的意见。刀子飞出去，但并没有击中目标，没有稳稳地扎在树干上，刀尾抖动着胜利的自豪。刀子仅仅是贴着树干飞过，没有擦伤树皮，直直地跌落在护路沟里。我走过去，跳进路沟捡起刀子，还好，它斜斜竖扎在路沟底，而不是一下子钻进了麦窠。要是钻进麦窠里，不管我眼神多好都会无济于事，要找到这并不起眼的两寸来长的刀子需要颇费一番功夫的。一想到有可能迷失刀子，我的心扑通坠落，坠落之后又缓缓浮起——毕竟刀子还握在我手中，没有钻进麦窠失踪。但这可能的结局令我警惕，现在我明白为啥刀柄的尾部有那么一孔小眼了，那是穿绳的孔眼，不但可以固定刀子，还可以拴上红布什么的醒目标志，让刀子尽管乱飞仍能够一眼瞧见。我没有再第二次投掷，而是马上回家，从奶奶的针线筐里翻找出一绺布条。我用奶奶的纳鞋底线绳穿进那孔眼，然后系死那绺布条。好了，现在即使过猛的用力促使刀子藏进麦丛我也不怕了，我可以轻易发现，把刀子从各种掩饰中揪出，让它乖乖地一次次回到我的手心。

那一段时间我真是疯了，心思全在刀子上，仿佛我活着就是为了投掷飞刀。我对这种投掷着迷，无心学校，甚至无心其他所有的玩耍。我不再热爱弹弓，不再倾心洋火枪，甚至在桑葚成熟的麦子黄芒的季节没有去房檐下掏黄嘴叉的小雀……我时时刻刻都在想我的刀子。我瞅出所有可以瞅到的时间练刀，有几次我竟然忘了上课铃的提醒，而在那株白杨树下待了整整一场（一个上午或一个下午）。而只要一放学，我避开众人，顺着护路沟径向北去，接着就开始投掷。初开始我是对着杨树半腰的一处眼睛样的疤痕投刀，我能够找到那眼睛，但落刀却很少在眸子，而是周边的眼睑。我细心揣摸着每一次的微小差异，也细心纠正这根本察觉不出的小小差异。随着投掷频率的加速，刀子在向眸子靠近，一点点靠近。起初我用投掷的动作：就像掷铅饼一样，大拇指和食指捏紧刀柄，平耳举起，后移助力，猛地冲刺向前送出刀体……我迷醉于这动作，把这动作的要领烂熟于心，而且也确实摸出了这动作的每一处细微的诀窍。但有一次我却用了一个非常规的其他动作：仍然是捏住刀柄，但没有抬起右手，而是缩至对侧的腰胯助力，猛地掷出，刀子呼哨一声直飞目标——当然，它不可能一开始就命中眸子，但一开始就与眸子仅仅偏离了半只眼睛的宽度。最关键的是，这种动作方式力大无比，甚至都摇晃得树冠上的叶片哗啦一响，群起叹息。要是进入实战，这种动作方式更不易被对方发现，藏而不露，幅度极小，却能刀刀命中。是的，刀刀命中。只要我的手从腰里探出，噌的一响，刀子飞掠像长了眼睛，直飞那只眸子，这才叫得心应手。刀子是我的一部分，不再有分离感。刀子是我的手臂的延长，我心想到哪儿它就能飞刺到哪儿。后来我甚至花样翻新，练习在跑动中投掷——我跑步前进，然后一转身猛地出手，橐，刀子根本不是从我的手里，仿佛仅只是我的一个意念，意念一动已经击中目标。我不但能奔跑中出手，还能在旋转中投掷：像陀螺那样旋转，天地旋动不已，但目标不变，那只白杨树身上的眼睛闪烁在跃动和变幻中，我噌地出手，手起刀落，刀尖稳准狠地扎中眸子。

"国有利器，不轻易示人。"我在卧薪尝胆，苦练刀功。只要稍有工夫，我就让刀子起起落落飞舞在空中，让那亲切而爽快的嗖嗖的低语荡响。我喜欢听刀子插入树木的声音，橐，重浊而带劲，蕴满复仇的快感。初开始那几天我最疯狂，几乎不停顿地成千上万遍重复投掷动作，我的手指僵直了，胳膊肿粗起来，我悄悄地掩饰着这一切变化，不让奶奶觉察出异常。我很少在家里练刀子，我只是一有空就跑到漫野里一个人待着，去的最多的当然是那株白杨树，我让白杨树身上伤痕累累。橐，橐，最初刀子总有倾斜，只能切透树皮，像是粘贴在树身上，刀体耷拉着随时都会坠落；两周后刀子已经深入木质，当我拔出刀子时还要费劲摇一摇，刀尖上总是带着些许湿润的白木屑。白杨树正在日夜成长，汁液充盈，快速膨胀的身子把树皮撑出道道纵裂，刀子冰冷亲吻出的伤口会沿着纵裂流出一滴又一滴泪水。我的心只是隐隐作痛，但没生出丝毫歉疚，也没生出制止刀子继续袭击的念头。我对白杨树怀有一种仇恨，是它试图缢死我，是它伸出那根横枝蓄谋杀死我。白杨树总让我想起死亡，想起我身处的黑暗，于是我一次又一次不停息地让刀子刺穿它。哭吧哭吧，不是你死就是我活，我不能手软，我要让刀子成为我手指的延长线，成为我手指的一个部分。手起刀落也即指此吧。就像吞吃蚊子的青蛙的舌头一样，闪电一般迅疾却准确无误，刀随心动，我能让刀尖平身而进，也能命令刀身纵身深入，而且说刺到哪儿就刺到哪儿，说不上不差分毫，但可以让刀尖稳妥地重复上一次留下的短促伤口，就像刀子从来没有拔出过一样。

这棵白杨树确实为我吃尽了苦头，它的眸子日日泪流不止。正是生长季节，白杨树天天伤痕累累，伤口从没有愈合过，它没有愈合的机会，树皮洞开，内里发白发黄的木质袒露。还好，它仍枝茂叶盛，流泪和受伤没能让它停止生长，甚至没让它少生一片叶，少长一根枝，也没有让一叶一枝枯萎。伤口是不能中止生命的步伐的。春天来了，春天又在走远。麦丛甩了穗子，接着开始黄芒。夏天来了，只要夏天一来就会有麦收假期，接着再在学校受两个月的牢狱之罪，暑假来临——那才是一片自由天地，尽可以彻底忘却学校……

高强度的反复投掷引起的右胳膊粗肿招来了奶奶的目光，有一次我正在那块磨镰青石上磨小刀，奶奶挪近我，盯着我挽起的袖口看。"我看看你的胳膊。"奶奶费劲地蹲下来，紧紧挨着我，并抓住了我的右手腕。我赶紧跳开，把右手背到身后。"没事的。"我把袖管往手腕处褪褪，收起刀子看着奶奶，"我没事儿。"我说。

"乖，我看看你的胳膊，我看你胳膊粗了，是不是肿了？"奶奶站起来，动作缓慢从容，但并不停下来，不懈地走向我，要看我的胳膊。我知道我拗不过奶奶了，我的胳膊必须让奶奶的那双老花眼审视一番了。我盼望奶奶看不清，但奶奶可以看不清这世上的任何东西，不会看不清他孙子的胳膊。奶奶一下子警惕了，撸起我的袖管，抚摸着那条粗肿的胳膊。奶奶问我："是不是跟谁打架了？"我摇了摇头。

"你自己摔的？"我又摇了摇头。刀子藏在刀鞘里，安全舒适。刀子在轻轻地拱动。刀子似乎明白奶奶的问话与它有关，它安静了下来，正在侧耳倾听。

"不是马蜂蜇的吧？"

"你薅臭鸡蛋花没？"臭鸡蛋花就是曼陀罗，据说有剧毒，只是薅掉，手上染上草汁，染哪儿哪儿就肿。但我今年还没有见过臭鸡蛋花，不是臭鸡蛋花使我的胳膊变粗。再说初春时节，哪儿又会有臭鸡蛋花！

"薅猫眼草没？"

我对奶奶的所有问话都摇头。奶奶拽着我要去大队卫生所，但我直往后躲。我坚决不去。我说原先就这样过，我也不知道咋个回事儿。奶奶问过啥时这样过？我说早了，冬天里吧，待一段自己就好了，就像冻手，天一暖和就好了。我的手已经过了痒痒期，现在所有冻裂的伤口都已按时愈合。

奶奶端详着我。奶奶若有所思，"真的?"奶奶开始不相信她自己，她在被我忽悠。我说当然是真的，那还有假。一看我笑，奶奶也笑了。只要我一笑奶奶就好了，对我说的话就全信了。奶奶说，那就等几天吧，先说好，等几天要是不好咱们得去看先生去。我答应了奶奶。

尽管练习没有中断，但一个星期之后，我的胳膊神奇地好了，那种酸痛也渐渐沥沥明显地减轻，而且在逐渐消失。我蒙混过关，当奶奶几天后再次问起时，我马上撸起袖管让奶奶检查。我的胳膊已经消肿，完好如初，而且动作自如。我的胳膊现在一点儿也没有酸胀疼痛的感觉了，那仅仅是最初的痛楚，现在一切都已过去。任何事情都是如此，最初的剧痛你要忍住，要挺下来，一切难挨的事情没有挨不过去的。

白杨树上的眼睛状伤疤早已消失，已经变成了一处龛洞。龛洞底部的木质簇新发白，而靠近洞口的旧伤则呈现褐黄，甚至有点发黑。树皮在洞口边缘积蓄力量，变得肥厚，因为它明白无论如何努力也难以修复洞口，只能凸起厚韧的纤维装饰圆润树洞。我的投刀已经精确到这种程度：小刀直飞洞底但并不伤及洞口的树皮。

当树洞能够伸进我的两个拳头时，麦收假期开始了。从麦假开始，我结束了对白杨树的惩罚，不再去学校往北的那条白杨夹道的土路上去。我的刀功已经堪可了得，差不多接近炉火纯青了。我曾经想在飞奔的野兔身上一展身手，让那些我昔日的伙伴（现在仍是我的伙伴但意义已经完全不同）见识见识什么是功夫，但到了麦田我打消了这个念头，因为割麦的人太多，人来人往，我的飞刀除了能够扫住野兔贴地掠过的腿外，也可以扎进人的腿肚子。那些野兔藏在麦丛中，被遍野到处都是的割麦拉麦的人惊吓，不知躲在哪里才安全。它们没有可躲的地方，田野里除了麦子还是麦子，而现在所有的麦子都要贴根儿倒下并被清空，哪儿还能有野兔们的藏身之地。在收割的麦田里，总能听见人们呼喊的声音，看见一群人连同狗飞奔不已。他们在追赶野兔，尽管这种追赶效果可疑，没见谁真正逮到了兔子，但只要从他们面前的麦秸里蹿起一只野兔，他们仍会乐此不疲地追撵。我的手发痒，我的刀子有点沉不住气，几次三番，我的手都伸进了左侧的裤子里层，攥紧了刀子的刀柄。其实很简单，我现在压根儿不需要瞄准，手动刀出，只要我愿意，我不会让谁发现刀子是从哪儿飞出来的，但我有把握击中野兔，即使野兔弓起弓落的流线型小身体弹跳得极快，幅度也不小，但我仍然八九不离十能够扎中它。最终我铩羽而归，没有在麦田里亮相刀子。我想出手不凡，但我不想一出手就惹事。

所以事情就拖了下来，直到有一天上午，一只麻雀停对了位置，离我不远，而且它没有飞走的打算，沉醉在对地上随处可见的麦粒啄食之中。麦粒是美味，但享受会伴随着死亡，这小雀竟浑然不觉。周遭没有人，我尽可以放心出刀，甚至麦子已经收割运走，到处都是平展展的地块，不会有地方藏住我的飞刀，我尽管出刀好了。我右手插进了左胸肋位置，我攥到了刀柄，接着我的手飞快地划了个弧度，噌的一声，那只啄食的麻雀被刀子穿透连同刀体蹿出老远。首战告捷！这让我振奋。尽管是意料中事，但一旦成为现实，我还是无比欣慰。我知道我的刀子可以有所作为了。

接着在那年夏天我不断地小有所获，我的刀子射中过一只老斑鸠、一只色彩斑斓的"贴树皮"（啄木鸟）、四只"麻嘎子"（喜鹊）、七只麻雀……而刀子斩获最多的则是暑假中的蝉——蝉到处都是，趴附在不高的树枝上不停歇地叫唤，给我的小刀提供了绝佳机会。我变换着各种角度射蝉，可以像手指头弹去身上的干泥点那样根本不费力气噌地中断蝉的聒噪。当然，这之中最要紧的倒不是击落那只蝉，而是保护我的小刀。我得保证我的刀子的降落安全，否则扎进了树枝，或者飞进了什么不可知的地方，比如坑塘的深水中，那我两手干摩挲，也不会想出解救的好办法。

此时我的小刀尾巴已经鸟枪换炮，不是当初的那绺靛黑的粗布条，而是一簇红丝线，是奶奶给我把红丝线系成一束，拴在刀孔的系绳上。毛茸茸的红线极其鲜艳，离得再远都能一眼瞭见。而且那簇红线披散开来，摸着柔软，似乎还带着体温，拥有生命，让我心生喜欢。

在暑假里也只是同村的不多几个人得悉我的刀功，伙伴们在传说我的刀子，他们用崇拜的又有点胆怯的神色央求我让他们一饱眼福，想看我究竟怎样使唤刀子。我从不显山露水，极少答应他们的请求。小不忍则乱大谋，我总觉得还不到时候，不需要彰显刀技，但到底啥时候才是时候，我也说不太清。

暑假开学后我耍刀子的事一度散播，同村东西两头甚至外村的孩子相继获悉我有一手奇绝神刀。他们让我显摆显摆，但我从没让他们如愿。越是这样他们越是猴急，想方设法让我出手。看我迟迟不动作，那些人失去耐心，权当我是假充英雄，其实功夫不到家，不敢露一手，怕失手了丢人。

人有了本领，心里就硬气，可以昂首阔步走路。尽管还鲜有人知道我的刀技，但我最了解我的刀子，我知道它对我怎样俯首帖耳。日子仍像以前的任何时候一样，静悄悄前行，但我知道一切都在改变，都已改变。这种表面的平静甚至维持到了秋忙假。每年中秋节前后，因为要割豆子收玉米，最重要的是要播种麦子，再说学校也无课可上，于是就添上了一个假期。秋忙假和麦假一样，都是半个月。半个月开学的时候，满地的大庄稼皆已消失，平展展的新耕的田地上漾起一层浅浅的绿水——那是刚刚出土的麦苗。树叶相继凋落，天气一天比一天凉爽，"草色遥看近却无"的田野更让人觉得是初春，早晚清风料峭，催着人们添加衣衫。这一年的秋寒提前，开学第一天，有许多学生甚至都戴了帽子。之所以这么早就戴上了帽子，是因为那几年流行戴军帽，似乎只有戴了帽子，才是合格的"红领巾"——少先队员。但拥有正宗军帽并不是一件容易事情，除了家里有当兵的亲哥，才有可能拥有一顶草绿色的军帽，让伙伴们羡慕得眼睛瞪圆，嘴里直流哈喇子，一般人想戴草绿色军帽，简直是癞蛤蟆想吃天鹅肉，根本没有可能。替代的方法倒是不缺，但那种软不拉儿的帽子虽然也是绿色，一看就不是正宗绿色，有点泛黄，只是图个军帽的形状，而对颜色不再苛求。于是大部分学生都戴蓝锦纶布的帽子，布质粗厚硬挺，也是军帽的形状。找张废报纸折叠成硬圈，衬在帽子的里侧，于是小心地戴在头顶，帽兜壁立，平添几分威风。帽壁没有紧贴头颅，而是被硬纸圈撑起一片空虚。

正是这片废报纸撑起的帽兜里的空虚，让我的刀子乘虚而入，一雪旧耻。也只到这时候，我才理解表哥说的话，好刀子会自己飞着去寻找仇人，一点不假。

我们过完暑假已经升级，教室也挪了地方，也许年级高了要提高待遇，也许是因为个头儿长高，不再适应趴那种低矮的泥台子写字，反正爬到了五年级，我们开始趴在桌子上做作业。那种课桌是白杨木薄板钉做而成，木薄松懈，一碰吱吱呀呀乱响，跺一脚就零散；桌面上被小刀刻满疤痕与符号，被墨水染得黑一块红一块——那都是上一个年级学生们的杰作，也许是上上个年级的。但毕竟是桌子，趴在上头学习可以挺直腰板，不再总是缩腰弓背。升级的另一个喜讯是革命从教室里消失，他没有趴这种木课桌的资格，仍然去趴去年的泥台子。他的成绩太差，连三加二等于几都不会算，就是再不讲究学习，但哪个老师也不愿教这样的学生，再说只要有革命在，教室里不可能平静，他是无风也要混起三尺浪的学生。

自从那次板凳事件后，革命自知理亏，没有对我太多滋事。他总是斜棱着眼瞪我，一看就是要琢磨新的方法整治我。我静等着风暴的来临，尤其是练刀子之后，我略有底气。我想只要革命胆敢进犯，我就将适时使出撒手铜，让我的小刀发挥作用。我不轻易向人亮刀，就是想出其不意，让革命品尝一下我刀子的厉害。

这一天终于到来了。那是秋忙假开学后的第二天，照例没开始正规上课，虽然铃声总是准时敲响，但上课的老师很少准时。大家还停留在假期里，还没恢复正常状态。上午到了第三节课，班主任老师临时将上课改成自习，于是教室里乱成一锅粥，各人都在玩各人的玩意儿，弹弓、橡皮筋、削笔刀、火柴盒、玻璃弹子、叠纸壳……应有尽有，一边玩着，一边看老师何时来教室，随时准备仰脸做样子大声朗读。就是这时候，革命悄悄溜进来了，站在讲台上，学着老师的模样拿起粉笔往黑板上写字。大家对他的捣乱早已习惯，没人去注意他，只是他在黑板上写字，就有人模仿他也跳到讲台上拿起了粉笔。每年暑假黑板都要油漆一遍，不然漆皮斑驳脱落，粉笔末粘不上板面，根本写不上字。新漆的黑板闪闪发出幽亮，吸引着学生们有空没空总要朝黑板上画几道。革命写不成字，因为他会写的字实在太少，让他写一句骂人的话他也不一定能写完整。但革命比葫芦画瓢，能够涂鸦诸种图像，比如画一条七歪八斜的大鱼，或者一只奇形怪状的羊。现在他拧巴着嘴角溜我一眼，要画一只乌龟。他笨拙地捏着粉笔，先画出一只凹凸不平的大圆圈，然后在大圆圈的两侧各加上两疙瘩爪子，又在最下头添上扭斜的尾巴，在最上头画上略微歪别的小圆头颅，于是一只乌龟宣告完工。革命不怀好意地瞅我一眼，我不清楚他画乌龟为什么瞅我，但我明白他瞅我不是什么好兆头。室外阳光灿烂，但教室里昏昧不明，窗棂太小，只有两块砖头那么大，像是连环画里囚禁罪犯的牢狱。教室门大敞着，能看见有几只麻雀在门口的那片空地上觅食，警惕地东瞧西瞧，确认没有危险才朝地上啄一下，也不知啄到没啄到食物。革命嘻嘻笑着开始朝乌龟的大背上写字，他不太习惯写字，一笔一画写得极费劲，压力下的粉笔末将笔画变粗变厚。他写出了"支"，斜乜我一眼又贴着支字写了一个"习"，接着又写了一个习字。他开始哧哧地笑，当他开始在龟背上写"月"字时，我没等他写完，手就插进了左侧的衣襟。我站在课桌之间的走道里，全身纹丝未动只让右手一缩一伸，我甚至都没多看一眼前方，没看黑板，既没有思想也没有感觉，只听从手里的刀子自己的意志行事。刀子嗖地发出风响，白光一耀，当的一声，革命头顶上的帽子不在头上了，而是被钉死在他画的那只大乌龟背上。一瞬间，革命毫无动静，像是被施了定身法，教室里坐着的所有人都毫无动静。地上掉根针都能听清。寂静持续了短暂的一会儿，接着是各路目光像那次会场上一样，先是向我聚拢，尔后是在我和黑板之间不停轮换。革命仍然愣着没动，好一会儿，好一会儿他才想起他的帽子。他扭头端详他的帽子，也端详那把与黑板成九十度直角的刀柄，和刀柄上那簇触目惊心的翠红。他快速扫了我一眼，慌忙移开目光，接着才胆怯地去取他的悬吊着的帽子。他抓住了软耷耷钉挂在黑板上的帽子，拽了一下没拽掉，看我走向黑板——这时候我走向黑板，去拔掉我的刀子——他突然很害怕，眼里泛射出恐惧——那是一个不可一世人物的恐惧，两只眼睛瞪圆，身子不停地后缩，试图藏起来，试图溜掉，甚至不再去想他的帽子。我晃了晃刀柄拔掉我的刀子时，他一下子从讲台跳走了，向门口逃去。他以为我要向他掷去刀子，要戳穿他的脑袋。"站住!"我平静地对他说。我的话比开关还灵验，革命戛然而止。这时我已经握住了刀子，帽子掉落在地上，我一脚踢开。"拿走你的鳖盖。"我说。革命没敢动，凝止在靠近门口的地方，他缩着把儿紧盯着我手里的刀子，唯恐余怒未息的刀子呼啸而出。他趔着身子上前，先是用脚，然后才弯腰捡起他的帽子。当我瞅他一眼走下讲台时，他以为我要干什么，立马"啊呀"一声爬起来跑开，惹起教室里一片哄笑。

我打败了向来飞扬跋扈的革命，我让他的甚嚣尘上变成屁滚尿流、落荒而逃。对我来说这是一个空前的大事件，它预示着一种重要的转变发生了，不是物理变化，而是一种物质变成另一种物质的化学变化。我想不到革命竟然这么不堪一击，更想不到这把小小的刀子竟然这般厉害。不，是我的刀技，我和刀子的一种默契。我打败的并不仅仅是一个革命，而是一个世界，因为自从刀子在教室里一跃而起飞向黑板后，太阳开始从西天出来——也许原来它是从西天出来，而现在才回归正传地在东天崭露——反正周围的人开始对我刮目相看。他们自此之后玩游戏邀请我，用一种几近讨好的目光看我，如果某件事情我不点头，那件事情就别想做成。总之我的刀子帮我树立了一种权威，一种只有在孩子们中间、在一个小小群体里才有的对于领袖的崇拜。真不敢相信，刀子一闪，位置改变，现在我已经高高在上地俯瞰众生了。

　　当然，不仅仅是学生们，包括老师，也态度大变，不再把我当成另类，随时可以点名批评，把我当成教育学生改邪归正或者其他什么的典型。令我士气高涨的是班主任，就在刀子在教室亮相的那天下午，班主任朝我走来。在教室里动刀子当然是一桩大事，人多嘴杂，即使革命不告状，我想也不乏告状者。有太多的人要谄媚当权者，向老师打小报告的人大有人在。于是那天下午，第一节课刚上课，班主任照例拉下脸来，声调趋于严厉，历数上午他不在时教室里的一派乱象，"刀光剑影"，某些学生假期里滋生了"流氓习气"。要是刚开学就这样歪风邪气横行霸道，今后的景象可想而知。一日之计在于晨，一年之计在于春。我们对于罪魁祸首决不姑息！班主任振振有词，话头一转将苗头指向我。班主任说话向来凶巴巴的，此时更是上纲上线，有啥样的校长当然也就有啥样的老师，让他说起来，将凶器带到教室里，甚至破坏黑板——教育革命的首要工具、脸面，简直是十恶不赦，是"现行反革命"行为，可以立即逮捕。不，逮捕太轻了，应该就地正法！然后他停顿了，两手撑扶着讲台桌，身子稍稍前倾，俯瞰着满教室一张张小脸蛋。他厉声命令：有凶器的，自动交出来！他的眼睛突然射向我。要是搁往常，我的心早已提起来，我早已七上八下面红耳赤——不知为什么，我仍然会在大家关注我时面红耳赤。但今天我没有，当教室里的目光一下子向我攒射时，我甚至面不改色，没有一丝儿站起来走向讲台交出我的刀子的打算，相反，只要谁敢来抢我的刀子，那我半年以来在这把刀子上下的功夫就会让谁好看！我铁定了主意。要是班主任他不知趣要来夺我的刀子，对不起，我不会缴刀！我已经虔信"枪杆子里面出政权"这个最朴素的真理，我想只要我亮出刀子，或许任何事情都可能迎刃而解，出现意想不到的转机。于是班主任在静等一阵儿后看没有反应，走下了讲台。教室里每排四张桌子隔出了两个走道，他迈步在里侧的课桌间的走道里朝我走来。他在走近，他要夺我的刀子。我的右手警觉地伸进了左胸。我攥住了刀柄。无论是谁，只要想夺走我的刀子，我一定不会让他的阴谋或阳谋得逞。当班主任离我只隔了一张桌子时，我做好了出击的准备，突然站起来，并且身子一趔朝后一排桌子挪了半步，后面的人呼啦朝一旁仄歪开身子，一脸紧张。教室里鸦雀无声，每张面孔都布满紧张。我的心咕咚咕咚跳得能掀开房顶，我甚至弓起了马步，处于一触即发的临战状态。只要班主任再朝前迈一步，我的刀子肯定要亮出来，而且我不知道我要做出什么事儿。我可以做出任何事，我只有一个目的，任何人不能抢走我的刀子，包括班主任，包括校长。我打败了革命，我也可以打败班主任，也可以打败校长，可以打败全世界我的敌人们。我胸腔里蓄积着必死的决心。我的神色一定很凝重，而且那种决心表露在脸上。班主任一看我的架势，重要的是一看我的不可侵犯的神色，犹豫了一下，踌躇片刻，终于没有再往前挪半步，而是装模作样左顾右盼，做正常巡视状，就像在考试时间、在学生们做作业的时间，他需要挨桌子逐个检查一番一样。他做得似乎滴水不漏，扭头缓缓朝讲台走去，其实眼睛里的慌张没有瞒过一班学生。因为我的强硬，因为我就要出手的刀子，班主任不再提起刀子，话题一转开始谈别的事情，仿佛他压根儿没有中断讲话，只是边讲边在教室里散步，没有要没收刀子的事情发生，也没有什么值得慌乱的。他气定神闲。我坐回座位，端正身子。我一句也没听他胡扯，但心里无比欣喜。我不知道胜利竟然是这么轻易，这么简单，只要你反抗，只要你有一样本事，你永远能成为被别人畏怯的支配者，你可以照自己的心愿行事，不必听命于任何人。但你得有真本事，无论哪一种本事，你必须得有能让人服气的本领。只要有了这本领，你就可以随心所欲，就可以没有屈辱，就可以拥有欣悦，而最重要的，是可以报仇雪耻。

我把下一个目标定在罗校长身上，以前在学校碰上罗校长我总是躲之唯恐不及，从不跟他照面，而现在我坦然而行，碰上他也是半斤八两，和碰上任何人没有区别。他不再让我心生害怕，那种类似于对蛇的害怕。我甚至敢去看他的那双亮闪闪的眼睛了。我琢磨着该如何让他的嚣张气焰沉伏回落，让他知道一下我的刀子的厉害。但说实话尽管罗校长在全校大会上点名批评我，让我站在会场上亮相，但我对他没有太深的私仇，不像对于老鹰，对于正义叔那样。我不会在他身上小试刀锋的。我只是想给他点颜色看看，想让他知道点厉害。我东瞅西瞧，精心揣摸，在瞅准时机也瞅准地点。我在制订万无一失的方案，实施我的亮剑行动。

接二连三的小小的成功让我膨胀，我有点忘乎所以。我没有料到革命竟然这样不堪一击，更没有料到高高在上的班主任竟然这么容易低下头来。要是你先发制人，要是你拥有精湛的能制服人的技艺，你就能让所有人对你臣服。我的胆子在悄悄胀大，我现在谁都不怕，甚至罗校长我也在侧目而视。我一次次盯着罗校长的背影转动脑筋。我要让他的鸭舌帽像革命的帽子一样飞起来，最好是当着大小学生的面儿，让他丢丢份儿，让他也尝尝脸面尽丧的滋味。但我马上否定了这想法，我这不是报仇吗？我并不想报复罗校长，真的不想。我只是不想让他无所顾忌为所欲为，想让他知道处处暗藏杀机，不像他感觉的那样如履平地。

是的，那只大铁铃是罗校长发号施令的工具，等同于他的命——那我就在大铁铃上做做文章吧。我趔摸着泡桐树上的那只大铁铃，但我现在一声也不想敲响它，我只是想让它提供制服罗校长的灵感。大铁铃威严庄重，但你盯着它看一会儿，还是能看出点门道来的。既然罗校长离不开大铁铃，天天要牵动那条高高在上的铃绳，我何不飞刀断绳？对，飞刀断绳！出其不意，在他牵着铃绳得意扬扬荡响铁铃的时刻嗖的一声终止铃响，让他拎着一截绳头望铃兴叹……我为我的灵感而兴奋，而手舞足蹈，我觉得针对罗校长来说，断绳之计简直可以说是天赐良策，堪为一绝。

此时我的境况已经发生天翻地覆的变化，我的刀子在一张张嘴中传说，越传越神，人们用一种钦羡的、敬佩的，甚至是仰慕的目光看我，好像我不再是一个人，而是一位不知哪儿下凡的神灵。有一种说法是我的刀子是一只白鸟，在一个深夜飞向我，从此再不离开，而至于哪个深夜，谁也说不明白。也许他们说的是那个冬天的深夜，那条大红鱼送给了我这把刀子。但也有人否定了这种说法，认为我有了不起的功夫，竟然能飞刀掷落鸣蝉，那么点儿大的一只蝉，那么高的树，那么长的一把小刀……这一切都不可想象，不是亲眼所见打死也不敢相信。反正所到之处，都有人用好奇的目光打量我，人们不再把我当成一个坏蛋，而是通神的灵童。那些伙伴们有事没事都围着我，试图用各种小恩小惠讨好我，为了能一饱眼福瞧瞧我的刀子，当然更想领略一番我百发百中的刀技。像是传染病，他们也开始对各种小刀着迷，不久之后他们甚至每人都拥有了一把小刀，当然，那种拨浪鼓货郎那儿得到的小刀不能与我的刀子见面，那些小刀削削红薯、胡萝卜啊什么的东西还说得过去，啃木质都有点困难，更别提去削铁如泥了（而我的刀子确实有本领削铁如泥啊）……无论这些伙伴如何讨好我，试图与我重归旧好，我都不可能再像先前那样与他们不分彼此情同手足。我明白一旦世道生变，所有的铁哥儿们都会作鸟兽散，不可能有永远的伙伴，也不可能有永远的友谊。我开始变得不爱说话，轻易不开一次口，总在睁大眼睛沉默中。我很少将手伸进左胸里去，很少掏出我的刀子。我只偶尔让刀子亮相，引来一阵唏嘘与惊羡。是的，我轻而易举拿深居简出的刀子拨弄着天天围着我转圈的伙伴。我不再相信他们，那个黑夜已让我不再相信任何人。

大铁铃天天在荡响，我的刀子在左胸那儿蠢蠢欲动。我侦察好了地形，设计好了详尽行动方案。我必须保证一刀切断铃绳，让铃声戛然而止，让罗校长措手不及，也让全学校的老师学生措手不及。我不能让刀子伤及任何人，刀子的使命只是切断铃绳，但不能与罗校长，与满校园乱窜的学生们挨边。那是下午，第一节课下课，十分钟的课间休息开始。我的心扑通扑通跳，我的手一次次攥住刀柄。我的手心里沁出了汗水，汗水把刀柄滋润得腻腻的。我真担心这滑腻会影响出手速度，让刀子不能像平时一样听话地疾飞。我的神经随着课间休息时间的缩短越绷越紧。时间进入倒计时，约莫过去了一半时间时，我悄悄地从人群中溜出。尽管校园只有三四排房子，可供玩耍的场地并不广阔，但各班有各班的领地，这个班的学生很少会僭越规矩侵入另一个班的地盘。我走过那条中心道路，走到了后院，只等罗校长敲铃。罗校长掂着钟表从办公室里慢条斯理地走出来了，他走向了大铁铃，像以往的任何一次那样抬起一只手抓住了铃绳。他的手熟稔地摆动起来，那洪亮的、清脆的、余音袅袅的钢铁的号令声漫空荡响了，学生们迅疾地向教室门口汇集，像一堆碎铁屑向磁石聚拢……我屹立不动。随着铃声的持续荡响我越来越暴露，所有的学生都在校园消失而我剩了下来，被显眼地析出，很快上课的老师就会发现我。按计划我应该在罗校长敲到一半多一点时出手，但临时有变，我必须立即行动。我一磨身子从中间那排房子的后墙闪出，罗校长背对着我，仍然在有节奏地摆动右手，当当、当当、当当……铁铃在召唤刀子。我的手插进了左胸兜，接着我的手又迅疾地一缩一伸，刀子根本没有受我支配，顾自飞掠而出。铃声像预想的那样戛然而止。校园里空空荡荡，一时间万籁俱寂。没有了铃声，老师的讲课声还没来得及响起，学生们屏声静气，弄不清铃响为何一下子变短……罗校长一个趔趄，差点没有向前跌倒，但他很快站稳，将闪空的右手慢慢举起，端详齐刷刷切断的铃绳的断茬。他有点不相信铃绳会断，仰起脸寻找因由。他一定是以为树上的天牛啃断了铃绳，或者是铃绳被雨水沤糟，当然，他也疑惑会不会是调皮学生捣乱，故意弄得铃绳将断未断，只等他敲铃时才突然断裂……但铃绳是齐刷刷断掉的，只有刀剪才能如此——突然，他想起了什么，他的眼光没再停留在铁铃和铃绳上，而是抬起头来四处巡视。我站着没动。我在盯着他。他看了看我，扑嗒扑嗒嘴想说什么，但终于没说一个字。他一定早已听说了我的刀子，他不会不知道的，校园里几百名学生中间发生的任何事情都休想逃脱他那鹰隼一般的锐利目光。我等着他发火，等着他恼羞成怒甚至从地上跳梁而起。我没有等来他的质问呵斥，他就那么拎着铃绳，束手无策地望着我。我突然觉得罗校长很可怜。我不想恋战，既然他没有收拾我的打算，那我就取回我的刀子。刀子这会儿已经斜插在不远处的地面上，等着回巢。我走过去。罗校长以为我是走向他，一瞬间弄不清我要干啥，他的眼里突然溢出恐惧，他甚至一扭头想溜走，想跑开，但马上又觉出那样不妥当才止住犹疑的脚步。但他扎出了想出溜的架势，我离他越近他的恐惧越深。他在害怕我，真是大快人心！我最害怕的人现在竟然在害怕我！我在心里大笑，但遏止着没有笑出声响。直至我走过他，他仍然在盯视着我，用骇然而警觉的眼神紧盯着我的手，唯恐我的手会动作，出其不意又掷出一把刀子。我没有另一把刀子，我的刀子如今正躺在校园的地上呢，刀柄上拴着的那簇翠红异常醒目。它很驯服听话，没有扎到树上，也没有扎到任何人，而是就那么安安静静地斜扎在地上。我捡起刀子，回首朝罗校长溜了一眼，头也不回走向教室。自始至终，罗校长没有吱一声，此后也再没提起刀子断绳这档子事情，像是从没发生过这事情一样。事情就是这样奇妙，你可以明目张胆地割断铃绳，却不能偷偷摸摸敲响一次铁铃。你偷敲铁铃是一场错误，但你切断铃绳却是一种荣耀。

人世上从来不存在权威，权威都是人自己造出来用来吓自己的。你看革命、班主任，连同罗校长，这一个个曾经崔巍着的各色权威现在都被我打倒，在我的小小刀子下就像阳光下的雪人，坍塌颓地。权威是一种心障。人需要权威，就把那些本来是人的人变成了吓自己的权威，也造出来吓别人。只要你抬抬腿，一脚踢开权威，权威也就滚开了，不存在了，一骨碌变成了和平常人并无二致的普普通通的人。

是的，我的刀子开始关注老鹰。老鹰在我的记忆里一直就不是人，而是一尊雕像，坚不可摧，没有血肉，没有人味，没有丝毫烟火气息。他似乎是原则的化身，是一种莫可名状的最高形态的代替物。村子里从没人动念头去推倒这尊雕像，仿佛他的存在天经地义，是理所应当。但那个黑夜让我充满仇恨，对老鹰的仇恨，对正义叔的仇恨。在相当长一段时期，这种仇恨是不共戴天的。报仇的种子也许早就种在我心田里了，只是没有萌发，只等见了这把刀子种子才开始膨胀，才开始萌芽。当初表哥提到刀子会自己飞着寻找仇人让我激奋，其实这才是最重要的原因。我打倒了一个又一个权威，我有了充足的自信。之前我从不跟老鹰照面，我能准确地测知老鹰的出现，只要他在同一条路上，哪怕是在很远的地方我根本不可能看见，但我的心会咕咚一沉，我知道马上可能遇见老鹰，于是我想方设法躲开。我对老鹰的害怕与早先对罗校长的害怕如出一辙，是类似对蛇的害怕。而如今我要破除这害怕，就像对付罗校长一样，我要着手收拾老鹰了。

那年秋天酷霜骤至，树叶在一个早晨急雨一样坠落时，我与老鹰遭遇了。我走在上早学的路上，我一下子就预感老鹰在前方的路上，我条件反射地要躲开，但我的刀子制止了我的惯例行为。刀子在左胸兜里拱动。我已经膨大了的胆子没让我挪开。我继续往前走，于是就与老鹰打了照面。我已经有太久的时间没有和老鹰这样近距离地碰面，我有点紧张，甚至打了个寒噤。但很快我就镇定了，我甚至没有给他让路，就那么循着直线径直朝前走。老鹰有点吃惊，他一定是怀疑我吃错药了，胆敢冲撞他。他有点不敢相信我这个朝他撞过去的小人，提防不及差点没撞在一起。他仄歪身子躲开了我，然后站住了。"站住！"他扭过头来轻蔑地看着我，"你想咋着？"他厉声吼。我也站住了，我们俩都站在村头的路上，最多相隔五尺那么远。我说话了，我说："我想咋着？"我看着他："你想呢？"我猛地一偏身子抽出了刀子，又让刀子听话地在空中翻了几个筋斗然后稳稳地将刀柄落在我的五指里。我望着他。他的眼里突然布满惶恐之色，朝左右张望，想吆喝一声找来帮腔者。可惜周围没一个人，连搂树叶拾柴火的人都没有，大路上只有我们俩。一个不可一世的被村子里当成人头的人和一个不起眼的小小人儿。我们对峙着。老鹰竟然没有声色俱厉地说话，竟然有点示弱地沉默着。我说话了，我把身体里所有凶戾的成分都装配进声音里，我恶狠狠地说："老鹰，你他妈的等着瞧，我要弄死你！"我说了狠话，我从来没有这样骂过人，这样发狠。人有时候是需要骂人的，只有骂人才能让你一抒胸臆。"小鸡巴孩儿，翻天了！"老鹰没有恋战，悻悻地慌不择路地走开。尽管他故作镇定地这么说，但一听就能听出话里的怯劲儿。他确实有点害怕，以为我真要取走他的眼睛或者扎穿他的脑袋。他一定是这样想的。他当然知道我练刀子的事儿，也知道我的刀法。他小心地防备着，肯定是天天在担心我的刀子，担心着他的头会被我这天不怕地不怕的小刀子戳透。

我并没有对老鹰动一回刀子，我不知道该如何雪耻。我一见血就心寒，不可能去戳穿他的眼睛或颅腔，甚于不会戳豁他的耳垂。我下不了手。我在想究竟该用哪种办法教训老鹰，在我探究不停的时候，我的刀子已经做好了离开我的准备。

最终刀子没有伤及老鹰的一根毫毛，刀子先行离开了。刀子是在投射雪老鸹的时候迷失的。那年秋天雪老鸹漫天翻飞，竟有点遮天蔽日的劲头，刚泛出绿色的麦苗田里一落一大片，像是天底下的雪老鸹都聚集在了这儿，都跑来开大会。它们低低地咕咕鸣叫着，落在麦田里觅食，其实麦田里麦粒已经变成麦苗，不可能有什么食物。但它们坚持不懈，仍然天明到天黑落在麦田里，黑压压一群，像是飘落了半天的乌云。雪老鸹并不机灵，你悄悄靠近，已经差不多伸手可及了，它们还不知道起飞躲避。我的刀子不可能放过这遍地鸟群，我玩着花样投掷，但效果并不理想，因为它们是落在地上，并非高处，我掷刀的命中率并不太高。再说它们尽管离很近才起飞，但行动并不迟缓，往往是刚刚抬起胳膊它们已经次第呼啦飞起，而刀子想在漫空撵上它们也并非易事。我曾经掷刀射杀过小雀，但纯属偶然。要想刀刀命中平地上的目标，并非易事。

春天里白昼渐长，到了下午放学时分太阳还搁在树梢上头，离天黑还有长长的一段距离。学生们相继离开了校园，我借故撇开伙伴们，等到路上见不到人了我才拐向北行的道路。我要走过我练习掷刀的那棵白杨树，再朝北走，在那一片旷野里寻找雪老鸹。那里最偏僻，没人影响，掷刀时更顺手也更专心。我想我的刀子是能撵上一只雪老鸹的。看见黑压压的雪老鸹漫空飞舞，而我的刀子却虚度光阴，我心有不甘。

一群雪老鸹不慌不忙地从天边飘来，直到离我不太远的地方才翩翩降落，仿佛专程来找我似的。它们离我很近，我都能看清它们漆黑的羽毛，看清它们铁色的短喙和晶亮的警惕的小眼睛。我信心十足，借着白杨树树干的遮挡悄悄地挪到路边，这样能更靠近目标。接着我瞅准时机果断地出手，手起刀落。我的动作疾快而连贯，达到了我掷刀的最佳状态。我满心欢喜，因为我有十足的把握能够射到一只雪老鸹，扎不死也会扎伤它，让它飞不动。被惊吓的雪老鸹纷纷起飞，像是硕大的一张黑毯子被大风从地上揭起，它们趄过我的头顶，有点遮天蔽日。雪老鸹飞舞得有点反常，它们应该朝远处旋飞，不知为什么竟然折弯盖过我的头顶。我在麦田里寻找，平平坦坦的地片尽收眼底，但没有看见一小团我希望的黑色。我怅然若失，明白再次失手。我心里空落落的，呆站在麦田里，一时不知道该如何是好。这时我还不知道我会失去我的刀子。打不中雪老鸹是有点出乎意料，但我的刀子不可能离开我的。

雪老鸹群已经飘远，我沮丧地开始寻找刀子。当我在应该找到刀子的地方没有看见刀子时，我有点惊慌。是不是用力过猛，我的刀子扎进了土壤深处？那我也应该看见那簇红线啊！线团无论如何也不会被带进土皮下头的，再说刀子不是铁锹，哪有那么大的力量深入土地。是不是我的刀子不慎跌落井里了？我扩大范围，找遍了麦田，也没有看见一处废弃不用的旧井。我转了一圈又一圈，连每一株麦苗都不放过，但仍然没找到我的刀子。

难道是刀子扎住了雪老鸹，而那只雪老鸹携带着刀子飞走了？不可能！雪老鸹无法承受刀子沉甸甸的重量，何况它被扎中，已经受伤，起飞都不可能，哪能再偷走刀子。我不断地否定着各种推断，刀子仍然踪迹全无。天色在一点点黯淡，乳白的晚雾缠在村庄树木的半腰上，第一颗星星开始在远天的灰蓝中洇现。这是个朔日，没有月亮。即使有月光，也照不见我的刀子。我两手空空，茫然地站在麦田里。但我不相信我的刀子真会丢失，我打算暂且打道回府，第二天天一亮就来，也许在明亮的晨光里，我的刀子会映着朝阳闪闪发亮，让我一眼就能看见。

但我失望了，第二天从早到晚，我没去上学，一直盘旋在那块麦田里，找遍了每一寸地方。我没有找见我的刀子，我的刀子就这样莫名其妙地消失了。

我的刀子陪我走过了人生中最艰难的一年，然后抽身走掉，再无踪影。

五

二奶奶已经八十六岁，是村子里不多的几位高龄老人之一。除了眼睛里的白内障和脑体积略略缩小外，二奶奶身体健旺，看不出衰老迹象，像是时间到了她这儿开始拐弯，掉头朝后走去。与上一次奶奶去世时我见的二奶奶相比，她几乎没有多大变化。她仍然挂着那根磨得泛出幽光的枣木拐棍，微微驼背，走路时面孔稍稍仰起，像是在使劲端详前方。二奶奶很瘦，有点骨瘦如柴，宽大的衣衫罩着她瘦小的身体，一走路就晃晃荡荡。她在缩小，越来越像小孩子。她的脑子也在缩小，镇卫生院说她有脑萎缩。二奶奶不但老忘事，而且间歇性不认识人，除了莲叶外谁都不例外，都可能名字与人错位，于是莲叶就架子车把她一拉去了镇卫生院，让先生瞧瞧，看奶奶究竟患的什么病。正义叔一直不同意莲叶拉奶奶去镇卫生院看病，说你问问，年纪大了人糊涂还不是天经地义，你别说去镇卫生院，你就是去北京，也看不出个子丑寅卯，也没有办法。但莲叶不信别人，连父亲她也不信，她一定要拉奶奶去卫生院瞧瞧，听听人家先生如何说。父亲说的果然有道理，先生说奶奶年纪大了，脑体积就越来越小，盛不住事儿了。拉奶奶回来的路上，莲叶才算是死了心，知道奶奶不是病，这好忘事认错人的毛病是根治不了了。二奶奶也并不是总在糊涂中，有时清晰得很呢，比如我回来，她初开始没认错，一下子叫我"翅膀"，而且明白我的奶奶早已去世，反复说我回来见不着我奶奶了。只是第二天才突然发癔症般对我说："翅膀，你奶给你蒸菜了吗？"我有点诧异，还没有完全适应二奶奶，大睁着眼睛。"我奶？"我说，"二奶奶，我奶……没有了啊！""没有，让莲叶给你找树够去，榆钱儿接下来了，正嫩正好吃。莲叶，莲叶——"她叫，"给你二嫂子够篮子榆钱儿送去，给翅膀蒸菜，翅膀就好吃蒸菜。"

……

除了雨雪天气外，二奶奶几乎一天不落地要拄着拐棍去老楝树一趟。每天一吃过早饭，二奶奶掂着棍就往外走，咯噔咯噔，二奶奶缓慢地、顽固地走向老楝树，她什么也不为，只是走到老楝树底下，抬头望望，天天都要叹息一声："唉，这树真大啊，真大啊！"然后走上前去，拍拍树干，"你都比两只水筲搁一块粗了，你能长多粗啊！"二奶奶要在老楝树底下站一刻，等到她的身体不再被接连不断的喘息摇晃，她才动身往家走。这是她每天必做的功课。要是碰上阴雨天，她去不成大楝树那儿了，她会不停地蹾到门口仰脸望天，总在絮叨："啥时候晴啊，老天爷你说你下个啥啊，你不让日头出来为个啥啊！"她自言自语，仿佛真的在和老天爷对话。

莲叶是个孝顺孙女，奶奶一动她就放心不下，只要奶奶朝老楝树走去，她总会送到外头，直到奶奶喝退她："莲叶你别跟着我，你跟着我做啥！"

二奶奶去朝觐老楝树的时候烦莲叶跟在后头。莲叶也只是最近才算放心，反正天天如此，她知道奶奶即使一个人走到老楝树那儿，也不会有什么危险。干天好地，熟门熟路，当然不可能会跌倒。二奶奶借助拐棍的支撑，走得很稳的，从来没有摔过跤。莲叶是担心奶奶摔跤，听说人一上了岁数，脚底下没跟儿，最容易跌跤，而一跌跤也就再下不了地，也就离去见阎王爷不远了。村子里有太多先例，谁谁谁谁身体本来硬朗朗的，就是因为摔了一跤，就再也没站起来，不到半载就离开了人世。摔跤是老年人的克星。

正义婶操心的事儿不光是二奶奶，还有许多许多。她想赶紧攒够钱，给习文盖起新房。习文出门在大连打工，虽然已经说好了媒，但不盖起新房，媳妇还是悬在半天空里。这是让她夜里睡不着觉的一大心事。她天天在盘算怎样去窑上拉砖，哪怕是先一架车一架车地买，日积月攒，终能够攒够建起五间房的红砖。她还操心着木料，操心着到时请哪家的老师儿来垒墙，哪家的老师儿来砍房料——建房子所需的木工通通叫作砍房料……当然，正义婶还操心莲叶，担心着莲叶要出门打工。正义婶悄悄对我说："翅膀，你别跟莲叶提出门的事儿啊，她天天都在趔摸着出门呢！她要是跟你提这事儿，你就岔开。"正义婶和正义叔一样，不想让莲叶出门打工。家里离不开莲叶，要是盖房子，一家人忙里忙外，家里这一摊子事儿全依靠莲叶呢。再说莲叶也说好了婆家，就在邻村，人家也不同意莲叶出去。而莲叶竟然要出门，要跟着那群人打工。打工是个由头，最最吸引莲叶的是外面的世界，无论正义叔怎样洪水猛兽地形容深圳，莲叶都不会真信，反而他越这样说，深圳对她的吸引力越大，几乎念念不忘。

对于邻村的婆家，莲叶未置可否。她不知道人家是好是坏，因为尽管是邻村，但并不是一个行政辖区，那村子是属于另外一个乡，平时两个村子的人来往不多。莲叶不多的上学经历也没有和邻村那个男孩乃至男孩的同龄人一个学校过。莲叶说她不知道人家是好是坏，只是父母都说好，说媒的人也说好，她又能说出什么意见呢。但莲叶总觉出遗憾，有什么东西不对头，似乎她的一生不能就这么固定，一个模式永远不再变化，像她的母亲、她周围的姐妹们一样。莲叶总在想着外头，想着外头的世界无限精彩。莲叶孝顺，又恋家，不可能放下家里的这一摊子大小事体，但天天如此，一种腻烦的情绪在滋生。

莲叶也确实够忙累的，你总能看见她那灵巧的身影在忙上忙下。她不离左右地搀扶二奶奶；她在灶屋里的锅台转悠来转悠去；而只要瞅到空，她又急忙拿起针线活儿，要给我做一双松紧口的布鞋，好让我平时穿。乡村里也没有什么可以做礼物的，只有这手工，费些工夫，算是随手拈来。她要一针一线做一双布鞋让我在城里穿，好不忘老家的人们。莲叶不知道我和正义叔的过节儿，只是觉得我因为没了其他亲人，就长年不回家，马上就不把嘘水村当个老家来看待了。现在即使在村子里，也很少有姑娘做针线活儿了，穿的用的集市上琳琅满目，谁又肯费这个事儿呢，出力也不落好，啥活儿能赶上机器做得周正呢。莲叶平时也很少摸针线，只是找不到更合适的礼物，她才想起来要做一双手工鞋送我。

莲叶把我当成了亲哥哥，给我说心里话，想把她以为最好的东西都搜罗出来让我享用。听二奶奶说我好吃蒸菜，于是她天天拿篮子去够各种可蒸的菜蔬，榆钱儿、楮拨浪鬏儿、桑拨浪鬏儿、泡桐花儿——泡桐树已经开花，仿佛一夜之间，树树都燃烧起来……是啊，小时候每年树一发芽，奶奶就会不失时机，隔三岔五地给我做蒸菜吃，最早的榆钱儿接下来做蒸榆钱儿，接着可蒸的各种菜蔬就日渐多起来，品种不一而足，洋槐花可蒸，狗儿秧可蒸，春天扯蔓的红薯叶更可蒸，红薯削成细丝也可蒸……在诸多蒸菜中，最好吃的当数洋槐花，一掀开锅盖，一团芳香迎面扑来，用新蒜捣成泥一调和，淋上几滴香油，那气息、那滋味能让人永世不忘。但我今年不可能吃上嘘水的蒸洋槐花了，洋槐树现在刚刚发芽，开花还要等上一阵子。莲叶说你明年还回来吧，明年迟上几天回来，不就能吃上刚摘的洋槐花了。

"我明年迟几天回来，还能见着你吗?"我突然提出了这个问题。

我们已经好几次讨论这个话题了。莲叶并没有打消去深圳的念头，尽管全家人都反对，但深圳仍在遥远的地方不动声色地吸引着她的目光。她问我城里的事情，问我能不能替她在我生活的城市找一份工作，如果可以，那她就不去深圳。我说我回去就问，其实我是缓兵之计，但莲叶却信以为真。她马上发愁了，因为她还是想和姐妹们在一起，她们已经商量好，一同去深圳龙岗的一家服装厂打工。她喜欢和她们在一起，无拘无束，想说啥就说啥，遇到个事儿也好商量应对。要是去我在的城市，有利有弊，遇事儿可以找我商量，但与姐妹们却隔了十万八千里，想见一面就难了。听从正义婶的旨意，我没有就这个事情延伸去说，赶忙岔开了话题。莲叶以为我为难呢，也就不再提起此事，但更坚定了她去深圳的意愿。她在家里感到孤单、憋闷，她想去外头看看，透透气儿，就是碰了壁，她也心甘情愿。再说又能碰什么壁呢，大不了挣不到钱，空手而回呗。莲叶把事情想得太简单不过，去深圳打工犹如赶集，买不到需要的物件，再赶下一个集去买，多跑一趟而已。莲叶从来没想过世事的险恶，没想她可能一去无回。城市张开血盆大口，又怎么能轻易放弃像莲叶这样如花似玉的美丽姑娘呢！城市里聚集着太多欲壑难填的人，他们喜好暴殄天物，他们能把这个世界最美好的东西饕餮净尽，所有的美丽都会化为乌有。这样说太残酷，但这是事实。

莲叶向往着城市，一提去城市两眼就闪闪发光。她很信任我，但要是我想打消她的这个念头，说城市不好，她会立马反目，将我划归和父母一样的人。她对眼下的生活不满意，对按部就班接下去要出嫁要生孩子要像每个姑娘那样一切还没开始但一切已经结束的生活持不屑态度，但她找不到更好的去处，不知道向何处去才有她所要的生活，甚至她根本不知道她要什么样的生活。

因为喜欢深夜里出去转悠，我和习武早晨起床很晚，莲叶总是给我俩留好饭，只等我们从睡梦中醒来。那几天一直是晴好日子，没有落雨，一整个上午也没有串门的人来，就我们几个人团在家院里。正义叔上午通常不在家，他有事没事总出去转悠，要去田里看看，要走东串西。他已养成了习惯，我觉得他有点在避开我，主要是和他在一起我不知道该说些什么，常常无话可说。但和正义婶和莲叶在一起就有说不完的话，东拉西扯，有时我们能一件事一件事说一整个上午。午饭我们吃豆面条，由莲叶擀面。莲叶知道我爱吃糊涂的豆面条，特意去打面房新打了豆面。豆面并不好打，必须掺上碎红薯干才能磨成面。莲叶还去田里掐了油菜叶下面条，舂了一臼子辣椒泥调面，一切全按我喜欢的样子做。我见了豆面条和莲叶说起城市一样，眼里闪闪放光。我太喜欢吃这种面条了，而在城市里又不可能吃得到。

下午的时间通常有邻里来串门，来看望我，拉拉话，嘘寒问暖一番，更多的时候则是让我说外界的事情，城里的事情。乡村对另一个世界的生活，永远充满好奇。我像个为大人们背诗表演的孩子，不厌其烦地一次次说起我生活的城市，说那些细枝末节，其实我并不喜欢那儿，也不喜欢那些司空见惯的琐碎。

六

我们是在一个天气晴好的日子去的镇子上，那天适逢集日，小镇的街道上挤挤挨挨的全是人，挥汗如雨举袂成荫。小镇沿袭一贯的脾气，仍是农历单日逢集。逢单日这一天，远远近近村里的人们从各条道路朝这座小镇麇集。他们掂着鸡鸭，提着鸡蛋，或拉着架子车，骑着自行车，从一个又一个村庄朝小镇汇聚。他们把一应该卖的物件卖掉，无非鸡鸭鱼蛋、萝卜白菜或者各色粮食，然后又买回各类要买的物品，其中包括劣质的肥皂、化妆品、锅碗瓢盆、种子化肥农药，还有各类穿着的衫裤鞋袜。他们把赶集当成寂寞乡村生活里最重要的消遣，要逛到太阳歪到西边才意犹未尽地归去。尽管现在许多人都有外出的机会，腿变长了，可以想去哪儿去哪儿，但任什么也替代不了春天晴日赶个集上个店。这个时节农活儿还没全面摆出来，没有出外找活干的人也已经打定主意不再外出，铁心在家生活的人正在悄悄蕴足力气应对接下来的繁忙活计，于是无数闲暇一抓一大把，每个人似乎都能逢集时场场不缺了。

嘘水村离镇上有八里地，赶集的人们大多骑车，很少步行。而当年赶集上店都是靠两条腿，通往小镇的路上络绎不绝着行走的人们。尽管可以骑车，但我还是选择了步行，我和习武吃了早饭，相跟着上了路。我已经多少年没来过小镇了，每次回嘘水村我都是从县城搭上去另一个方向的汽车，绕过这个镇子走另一条路线。这个小镇留给我太多伤心的回忆，我不敢去想当年被绳索捆绑扔在架子车上招摇过市的情景，不敢想有关这个小镇的一切。我有意无意地在躲避这个小镇。我以为像其他地方的许多类似的小镇一样，这个小镇也发生了天翻地覆的变化，最好变得我不认得了，让我早年那些不堪回首的记忆消除掉，就像什么也没有发生过一样，就像一切都从头开始一样。但事与愿违，这个镇子并无大变，有些地方我甚至能认出当年的模样，我在一处供销社的老屋的墙上看见了漫漶不清的用白石灰刷上去的标语"农业学大寨"，尽管已经染上了岁月的苍黄，但仍然能看出当年的雄劲风姿，让人不寒而栗。我的心猛地缩成一团，我不敢再多看一眼慌忙扭过头去。我的眼里在一瞬间又充满泪水。

我们走过那处街口，那年我们来镇上参加数学比赛，我曾在那儿买过一杯糖精水。那水盛在带有竖道的透明方形玻璃杯里，杯口也盖着一块小小的方形玻璃。我交了二分钱，卖水的老人缓缓拿去那块方玻璃，慎重地端起杯子递给我。他行动迟缓，或者是因担心杯口溢出宝贵的糖精水而过于小心翼翼。他的手骨瘦如柴，一层菲薄的松皮上遍布褐色的老年斑。我庄重地接过杯子，一小口一小口地吸啜甜得略略发苦的糖精水。那是初中时期，升学废除了推荐制，开始实施考试制度，学校里的学生们能天天坐在课桌前学习了，不再像先前那样把大量的时光抛掷在田野里，于是我有了用武之地，我的功课门门都出类拔萃。那次数学竞赛我获得了全公社第一名，尽管没有奖金只有一张奖状，但数学老师在班上宣布这个消息时我仍然欣喜非常，不是因为虚荣，而是我可以和每个同学平起平坐了，不再在人前低人一等。学校一度让我觉得暗无天日，我一直觉得自己低人一等，因为那一夜而低人一等。被人传颂的刀子毕竟是旁门左道，能逞一时之快，但不能改变心境。当稚嫩的孤傲心灵被人肆意践踏时，那种痛苦绝非人间的话语能够形容。

那处街口的小摊仍在，但物是人非。现在那儿已经不再卖茶水，在一块展开的又长又宽的木板上摊放着各色食品，有饼干、方便面、糖果，有麻花、馓子、小金馃、月饼（没到中秋节为何摆月饼?），在年轻的胖胖的摊主背后，还站立着土生土长细挑挑的本地甘蔗。

习武跟着我，就像是我的影子。到了人群稠密的街道，他有点害怕，就紧紧傍着我，牵着我的衣角，唯恐一不小心会失去我，人群会吞噬掉他，让他失去回家的希望。看着习武我突然有些心酸。不知为什么，习武的一切都让我辛酸。他剃的露出发白头皮的平头，他穿着廉价的平布蓝棉袄（敞着怀裸露出胸膛，袄上似乎没有纽扣）、黑粗布的裤子（只是一层薄裤子，贴身没有内衣）。还有他的面孔，略显呆滞的傻笑……习武，你为什么这么笑呢，笑得这样灿烂没有一丝杂质？习武总让我想哭，总让我泪水在眼眶里打转。

我在小摊上给习武买了一根甘蔗，他兴高采烈，没有打算马上品尝甘蔗的甜汁，而是就那么当拐杖拄着。那根甘蔗很高，比习武还高，蔗衣已经被剥光，紫黑的蔗体被习武打磨得滑滑溜溜的，从根到梢都闪闪发光。我又给习武买了烧饼，那种在汽油桶改制的炉膛里烘烤的烧饼，焦黄的饼上散布着星星点点的芝麻，香味浓烈高扬，能逗得人涎水刺溜下垂。习武高兴得不知该干啥好，面对着手里的甘蔗与烧饼，他突然觉得眼睛和鼻子都有点不够使用。他正在重复我小时候的经验。我若有所思地看着他，心领神会习武此刻美妙的感受。

不变中有万变，小镇的街道拓宽了，一街两旁那些高低参差的砖瓦房或者茅草房已经被整齐的两层楼房替代，显得规整划一，没有任何想象余地。这是大家追求的一种效果，这个时代就是一个大一统的时代，应该处处一样，像一个模子铸出来的一样。所有建筑当然不能例外。在路面与那些两层楼房之间还有一道阳沟，用来排放雨水和污水。阳沟上头盖着一块一块水泥板，有的已经断裂，踩上去仄仄歪歪的。还好，无论你怎么样使劲去踩不至于板面塌陷掉进沟里，说明那些水泥板尽管质量可疑但毕竟是砂石、水泥构成，里头纵横的肯定不是钢筋但不一定没有几根铁丝。只要存在这些水泥板，还是能够称职地充当阳沟遮盖物的，某些阶段不可避免地缺少一两块，也许被谁运走垫院子了，也许当初就没有盖全，反正阳沟底部的污泥浊水在那些缺损部位大大方方裸露着，漾起丝丝缕缕的臭味。现在天气还不是那么热，臭味堪可忍受，到了夏天，这样的臭水沟只能让人掩鼻而过了。只要不滑落沟底，臭味其实并无大碍，但要是在黑夜里走在这样的马路上，不失足几乎没有可能，因为马路两旁还没有站起哪怕是不算明亮的路灯。

派出所早已鸟枪换炮，地方仍是那片地方，但不再是那几间低矮的青砖房屋，人马也早不是那班人马。我看见了悬挂在两层小楼高高白墙上的那枚硕大的蓝色徽标，看见了一圈麦穗簇拥着的斧头与枪刺，我明白这就是我们要找的派出所。国徽下头是一个门洞，两扇把守的红门板现在已经让开了身子，让一屋子黑暗尽情敞露。除了那处国徽外，我没有找到其他任何标志。我疑疑惑惑地迈进大门，屋肚里的黑暗一下子让我成了睁眼瞎，看不见任何东西。正在我使劲眯缝眼睛时，一个声音猛地炸响："你找谁？"这吃了枪药一般的声音加快了我的视力恢复，我马上分辨出了景物，看清了那两只几乎是怒视着我的眼睛。习武有点害怕，死抓着我的衣襟直往我身后躲。"啊，"我说，"这是派出所吧？"

"你没长眼睛啊，你自己不会睁眼看啊！"他有点不耐烦，挪开了瞪视我的目光。他怒气冲冲地从一把吱呀乱叫的木椅子上站起来，就站在我的面前，不屑地端详着我。此人不到四十岁，身体正在肆无忌惮地发福，肚腹略略前伸，腆出身体。他的脸上映着门口透过来的光线泛射着油光，能看清粉刺留下的一脸疤痕，像是早年患天花的人残存着满脸的浮浅麻点。他似乎看出我应该是有一些来头的人，与村子里的人略有不同吧，于是尽管不耐烦但火气明显有点委顿了。他年纪不小了，还是略略懂些礼貌的。我说："老兄，对不起。"我掏出香烟来："我好多年没来镇上了，都有点摸不着东西南北了。"我递给他一颗烟，他愣了一愣，不情愿地接了过去。他端详了一下香烟，在鼻子边嗅了嗅放在了嘴角上。他点着烟，袅袅吐出一口蓝色的烟雾，目光斜过烟雾落在我脸上。"啊，你是哪个村的？好多年没回来了吧？"他的口气明显缓和，甚至呼出一些友好来。

"嘘水村，"我说，"就是拍梁大队的嘘水村。"

"噢，"他再次端详我，"我去过嘘水村，拍梁不是大队了，现在都改叫行政村了。"有一缕淡蓝的烟雾从他的厚硕的嘴唇上升起，他的眼睛得更紧，眼睑把眼珠彻底埋没了。

我说，我离开得太久了，都有点不知道啥时大队已经改称行政村了。我不知道的事情实在是太多了，就像我根本不知道现在你们派出所的所长是谁一样，而当年我们说起派出所首先就想起刘所长。他对我的话很满意，每个人都好为人师，当一个人谦虚地说他对某件事知之甚少时，是能博取好感的。虚伪是我们活在人世间遮羞御寒的衣衫。

刘所长现在不在了吧？我想打听打听他现在在哪儿。当年刘所长说了一句话，救我于水火，让我念念不能忘。"刘所长？"面前的这个脑满肠肥的人不知道这儿有过一个姓刘的所长，他眼珠子快速地转动着，想了好一阵儿仍想不起来。他没有问刘所长曾经说了一句什么话，也没问我究竟曾经碰上了什么事情，也许干他们这一行的遇见此类事情实在是太多太多，都不值得去一探究竟。但他仍是个热心肠的人，冷漠的外表下隐藏着一颗温热的心。他给我搬来了一把椅子让我等着，他自己通过一处后门吱溜没了影。屋肚里没人了，我可以略微清晰地观察这所房子里的一切了。我让习武也好好坐下等着，开始端详包围我的一切。也许那次我进派出所，站的就是这处地面吧。说不定呢。尽管老房子已经拆了，但地方并没变，那我就有可能是站在这儿，老所长就在我的对面，就那么友好地说了一句话，一下子我的命运就发生了一百八十度的大转弯。我感谢老所长，深深感谢他！在任何时候任何地方，总有主张正义的人，总有人随时站出来直面邪恶。

我们等了不长时间，那扇门又吱呀开了，那人再一次走进来。我又递上去一颗烟，他慢吞吞接过去，点着。"我给你问了，也查了老底，"烟头明亮了许久，他深深地把烟雾丝丝缕缕装进胸腔，蓄积一阵才缓缓吐出，"那个刘所长是在这儿待过，"他的脸被淡蓝色的烟雾包裹缭绕，他的眼睛眯缝着然后再度睁开，"但他后来好像去了乡政府的武装部，你可以去找吴书记问问。他知道底细。""吴书记？"这个名字耳熟，但我一时想不起是谁。"嗯，是这儿的老书记，早退了，这会儿肯定正在乡政府大院后头那几棵大杨树底下跟人下棋呢，老头儿喜欢晒太阳。"经他这样一说我一下子想起吴书记是谁了，我的眼前出现了那个身穿绿军装的矫健身影，也听到了发自那个绿色身影的声音。此人曾经是这方土地的风云人物，我们见他的面稀少，但对他的声音却耳熟能详，那种挂在家家户户后墙上的黑纸壳子简易话匣子（广播）里经常有他略略沙哑的浑厚嗓门。每天一大清早播放过《大海航行靠舵手》的乐曲后就挨着他说话了，一直能说到吃早饭时分；而到了晚上他都顾不得拿乐曲开头直接就叨叨叨叨说上了，又一个劲儿说到你眼皮打架啥都听不见了还要不停地说。我们的土屋里挂过这样的一只话匣子，还是我说服奶奶交五毛钱买的呢。我有幸见过吴书记一回（后来只要一响起他的嗓门我就对奶奶说我认识这个说话的人），那是全公社的什么动员大会，所有在校大小学生要悉数参加，而且还要一个学校一个学校点名。我们一大清早从床上滚下来饿着肚子就往学校跑然后又往镇上赶，紧赶慢赶还是迟到了——我们是离镇子最远的村子，我们跑一趟人家能打两个来回。因为是万人大会，会场设在镇外的一片旷野里。我们走过黑压压站着的人群，走到给我们留着空地的会场前排（小学生个子低都被按学校安排在前几排），接着高音喇叭就长长地吱吱一声叫唤了起来，吓得我们的心脏扑通扑通乱跳。人实在是太多了，往后偷眼一瞅除了人还是人层层叠叠都是朝主席台张望着等待着的人脸，真像是万亩葵花盘看见了太阳。心跳稍稍沉实后就听到了那个被放大了的熟悉声音，尽管被无数倍放大了但是天天都听惯的熟悉嗓门所以我一点儿也不害怕。我的心像平时一样一点儿也感觉不到地跳，我循着声音眼光乱找，于是我就看见了吴书记，他坐在挂满贴满红标语的主席台正中间，主席台高高在上，尽管我们坐在前排还是看不清吴书记的面相，只知道他穿着草绿色的军装，威武雄壮，讲话到激动处还树起魁梧的身躯，握着拳头朝头上一伸一伸，听从他拳头的指挥，满会场爆发出可怕的吼声（当时这叫欢声雷动）。我们不知所措，也一起跟着吼，但自始至终我没弄清吼的是啥字语，我只是跟着乱嗷嗷而已。

　　为了更清楚地看见吴书记一散会我没有听从指挥，而是一跃身子一路小跑到主席台后头。和前面的会场相比，那儿人少多了，只有一台突突乱响的灰绿色汽油发电机在老远的地方卧着，开机器的人也在做着收摊子的准备。在人群散开之际吴书记从主席台侧面踩着垫起的一摞砖块蹦了下来，后头扑腾扑腾又跟着跳下台一行高低参差的人，有穿绿军装的，也有穿中山装的，双脚一落地就争先恐后地撵上吴书记，对着吴书记扭动着的屁股伸开笑脸，都想搭上一句风光话。我看清了这个天天能听到他说话的人，此人个头不高，国字脸，分头在军装上耸动，有点英姿飒爽的味道。他迈着矫健的阔步，目中无人地朝前走着，时不时扭头扫后头几个人一眼，漫不经心地回答一句话。他是书记，全公社四万人的人头，当然需要这样威风凛凛。

乡政府就在派出所旁边，挨街站一排四层的楼房——它代表了小镇的高度，是小镇最高的建筑之一——外镶赭红的马赛克，窗户都是铝合金，映着太阳闪闪发光，甚是唬人。楼房光鲜，但通过黑暗的大铁门进入乡政府大院，那些一排一排老旧的平房仍然青砖红瓦老老实实蹲伏着，破败不堪，似乎想保持本色千年不变。大院中央是一条柏油大道，两旁站满高大威猛的法国梧桐，正在纷纷吐露肥硕的嫩芽，宣布即使在这样一片残颓院落中春天也照样热热闹闹降临。当年赶集的时候我走到这处大院的门口，好几次都想走进来一探究竟但最终还是打消了念头，因为森严的大院里隐藏着太多我们年幼的心灵所弄不清的秘密，我们敬畏着，好奇催促我们走进去，而胆怯却拖我们的后腿，结果是我一次也没有一睹这大院的风采，直到今天才有幸观瞻。世界上的事情都是如此，你迫切需要的东西总是得不到，而你不需要的时候它又自个儿来到了你面前。现在我就行走在这个曾经使我心向神往的大院里，所有的神秘被时光粉碎烟消云散，我看见的不过是残破简陋的屋宇，坑坑洼洼的道路，像是一处挖尽了可脱砖坯的表层土壤不再有任何价值因而被废弃了的砖瓦厂。大院后头横着的围墙上确实有简易铁门，朝我们咧开了半张大嘴，就像一个七老八十牙齿落尽朝着你笑的耄耋老人。铁门是草草用几根三角铁焊接而成，单面裱一层薄薄的白铁皮，生着红锈的三角铁支离八叉地裸露在朝着大院的这一面。甚至连门框都没有，几根伸进墙体的粗粝钢筋焊举着铁门，一看就是临时草草开拓，不为长久之计。

找见吴书记并没有费太多周折，迈过铁门一抬头，果然就看见了几株大杨树，看见了大杨树下弈棋的两个人。杨树都有水桶粗细，甚是威武，满树的枝叶即将葳蕤，已经能在太阳底下布上淡淡的阴影。阳光越来越明媚，略微走快几步身上已经沁出细汗。弈棋的人没有留恋暖和的阳光，而是就那么衣衫规整地隐藏在淡薄的叶荫里，专心致志，不知道树叶挡住了暖阳，也压根儿忘了树上已满布叶片。一条豁豁牙牙的接近报废的柏油街道从杨树旁边穿过，走向镇上唯一的那条主街。柏油路上看不见柏油的痕迹，只有被泥浆浆过的砂石零乱一地，不知道多少年没有修葺过。路上鲜有行人。这是条僻街，附近村子里赶集上店的人很少有走这儿的，寥落的三两个人影偶尔露面接着又马上消逝，让大杨树下愈显清寂。

我站在全神贯注沉溺在棋局里的对弈者旁边，想瞅一个战事松懈的空当再叨扰搭话。棋局简陋而随意，在一张洋火箱纸壳上用毛笔画出，每条道路都有点不太直溜，曲里拐弯，一看就是出自一只苍老哆嗦的手。但线条不直并不影响棋子的行走路线，因为一匹马跳错了地方，两个人爆发了争执。一方认为那匹马不可能三下五除二就跳过了边界跳到了他的领地，直接威胁到他宫殿里老将的安全。而另一方固执己见一再申说这是他蓄谋已久的策略，是他煞费心机混乱战局中的明断，不容任何人歪曲篡改。他们面红耳赤地吵着，根本没在意旁边还站着我和习武两个人，他们也没在意有没有人。只等到他们追踪觅底不太情愿地各作妥协达成和解，较量与博弈才得以再度展开。我瞅这个战事转化的空当，马上插话问好。我递上了一颗烟，其中一个人接了烟按在嘴上，慢条斯理地把目光从棋盘拨向了我这儿。他疑疑惑惑看着我，我马上问："打扰你们了，请问哪位是吴书记?"接烟的人从自己裤袋里掏出一只打火机嚓地点着香烟，吐出一大团烟雾才说你找吴书记有什么事啊? 我说想打听一个人。他不慌不忙地吸烟，他的嘴唇厚厚的发紫，而且呼出烟雾的时候能听出他在呼噜呼噜喘气。他有哮喘病，我很熟悉这种喘气声，像是拉风箱，小时候我们经常听见小雀看场时这样呼噜。他患有哮喘竟然还能这样吸烟，真让人捉摸不透。哮喘应该是禁止吸烟的。另一个人不抽烟，还在佝着头推敲棋局，根本没理会我们说什么。他说："你看，马怎么两步棋就过了界河呢? 肯定是你记错了!"吸烟的人对我说："我就是吴书记，有啥事你就说吧。"他声音和蔼。他就是吴书记? 就是曾经那么矫健魁伟声如洪钟一呼百应的好几万人的人头，是那个天天早晨在广播里不厌其烦络绎不绝地讲话的人? 我有点不敢相信，因为眼前的这个人身材矮胖臃肿，行动迟缓，而且有五分之四的头发已经萎白，白得像没沤到劲儿就从水底里捞起的半生不熟的麻绺子一般泛着黄头——当年的吴书记不仅仅是谈笑风生神采奕奕，还有就是像两垛刚出炉凝结的生铁一般的分开的黑发，一呼扇一呼扇，肆无忌惮，两只眼睛灼灼放光，一盯人就让人不寒而栗。许多人都讲到过吴书记的分头和他的眼睛，吴书记是一个传说而不是一个人。我们听着这传说长大，而现在这个传说的人物就待在我面前，让我大跌眼镜。我艰难地搜寻着吴书记当年的影子，哪怕留下的是残垣断壁，只要影影绰绰有丝丝毫毫当年的气势，我都能一眼认出来，但最后我还是失望了，面前的这个人和我记忆中的吴书记有天壤之别，似乎声音里尚存丝丝缕缕昔年景象（需要仔细辨别才能找到），而从这副躯体内是再找不见相像之点。

我伸出手来握了握他的手，我说我来自嘘水。"噢噢，我知道，不止去过一次，"他说，"我认识嘘水的——老鹰，他当过大队干部，后来没了。"他又说，"你离开嘘水不短时间了吧？"他端详着我，眼光里充满善意。我点了点头，我说我是考上大学走的，已经有几年了。他马上明白了。"啊噢，"他略微点了点头，"是一九七八年，或者一九七九年考上的大学啊？"他有点惊疑。我说是的是的。那个年代考上个大学可真难啊，不简单。他又伸出手来握了握我的手以表敬意。我开始言归正传打听刘所长。刘所长？他眯眼沉思，马上又抬起眼来看着我，刘所长？是不是刘好田这家伙啊，当过派出所所长，但后来被我调到武装部当部长了啊。我问是哪一年当派出所所长啊。他沉吟一下，低头想了想说是一九七四年。我说正是。他释然了，啊，就是他啊。但马上他又扭头看我，遗憾地说，刘好田已经走了，走好些年了，见马克思去了。低头思虑棋局的另一位这时接上了话茬："骨头也该沤糟了，他死的那年这杨树树荫才笸箩那么大，树身子还没我小腿粗呢，而现在这树都有两搂粗了。"

刘所长是突然中风去世的，当时是傍晚，夏天天长，晚饭后还能就着天光打扑克，一群人就是坐在这杨树底下边乘凉边打扑克，也是因为出牌的你长我短争执了起来，还没开吵呢老刘就一下子趴那儿啦，嘴角嘟噜流出一缕清水。旁边的人慌忙叫老刘老刘，但老刘已经头别歪着不省人事，一群人撇开扑克牌急急慌慌把他送进卫生院，没有来得及挂上吊针老刘就断气了。他死了，去见马克思了。吴书记遗憾地总结说。他死这么多年了，你找他有什么事啊？你多少年没回过老家了啊？吴书记问。

刘所长死了。确定已死了。我找他有什么事儿呢？什么事儿也没有，仅仅想满足一下心愿，他曾经帮助过一个不相识的孩子，让他摆脱困境，让他活下来并在多年之后等他死了以后再来打听他的下落，如此而已。即使他不死又能如何呢! 我对着吴书记摇了摇头，说："什么事儿也没有，我小时候很景仰他，曾经见过他一面，现在想看看他，他也不一定认识我。"是的，刘所长不一定认识我，也许他压根儿就不记得曾经有一个孩子被绳索捆绑来到过他的面前。

我们告别了吴书记，走在了那条坑坑洼洼的破柏油路上。风从长空呼啸而过，你能感觉到它庞大、沉重，不可一世。风的衣角蹭了树梢，树梢立即趴伏下身体，好一会儿好一会儿才又缓缓站直。但太阳不怕风，风越大太阳越明亮。这是春天的长风，因而携带的不是寒冷而是温暖，所到之处都有嫩芽急切地从枝条抽身而出，渴望在这暖风几近残忍的亲昵鞭打下舒展身段。我们的脊梁开始汗涔涔的，汗珠也是嫩芽，也要探头探脑张望暖和的春天景象。不远处有一丛紫荆花，正在热烈绽放，像是一大簇火焰（但这火焰能与阳光相映生辉，照亮这春日的上午却难以照亮黑夜）。有一团蠓蠓在阳光下飞舞，星星点点，像是一团并不浓重的尘雾。

这个小镇被时光定格，没有任何变动。时光仿佛是一池福尔马林，浸泡着小镇这具尸体，让它存在但不让它腐烂。仍然是那条坑坑洼洼的柏油路，拉架子车走上去会发出咯咯嘣嘣的响声，人要是待在车上会不住跳动，跳得脱离车体。不过走慢的时候车板就不响了，车上的人就会一动不动，像死了一样。这会儿架子车走不快的，街道上涌动着人流，有横着的架子车，有自行车，也有手扶拖拉机。不过架子车上没有人，只是一些青菜萝卜什么的。耳朵里充满吆喝的声音，充满讨价还价的声音，街道像是一只大马蜂窝，嗡嗡作响，密集着人世的各种声响。我扯着习武的手，仄棱着身子挤过一处处人群。我们走向派出所，我要打听一下刘所长，他曾经一句话救了我一命，是我的救命恩人。尽管接踵而来的痛苦比他不救我少不了多少，但我仍认他当救命恩人，仍然想当面表达我由衷的谢意。

要说没有变化也有点冤枉这个小镇了，毕竟时间已经过了二十多年，毕竟时代在变，外界的一切也不可避免带动小镇生变，比如彩色的方便袋，随处可见，要是刮起一阵风，街边奇形怪状的赤橙黄绿青蓝紫的袋子马上飞扬鼓动（白色的居多），像是想回到它来的地方，但注定它回不去了，因为它没有家。它们是随手可扔的薄薄的袋子，不值一分钱，因而没有来处，没有家。镇子的房子也模样生变，但让你不注意，看不出来。原先沿街是砖瓦房，也不都是，麦草苫顶的土屋居多，但现在很少见到那种黑塌塌的土屋了，到处都是红砖红瓦的房屋，和村子里一样，沿街也都建起了两层小楼，街道一下子显得宽广开阔，像是处处可当打麦场。两层小楼的空当处，能看见后头脏乱不堪的后院，偶尔有一头老母猪大腹便便踱过，沉稳、从容，街道上再多的人都与它无关，因而它可以一边噘起长嘴觅食一边散步，雍容大度、仪态万方。

对于按部就班的生活，太阳一定是厌倦透顶，只要一有机会，它就想越轨一次。太阳想不经过渡从冬天一下子跃进夏天，想变一下花样，做一次恶作剧，在人人都以为它正愁绪万端时突然哗哗啦啦扬头响笑，热情洋溢光芒四射。循照惯例，习武仍然一路小跑在前面，不时回头不好意思地对我一笑，停住脚步等我跟上。我的身上正沁出细汗，内衣黏黏地漯在皮肤上，总想解开纽扣敞开怀，让小风撵走那些小虫子一般乱拱的细汗。习武比我热烈，额头上已经汗水淋漓。但热汗淋漓对习武来说早已是家常便饭，所以他一点儿也没有感觉到异常。看见街上人多，习武没有脱去衣衫，只是不断地用两手撑起身上薄袄的下摆，想开拓出更广阔的空间让四处乱窜的小风钻进覆盖身体的袄里面，把捣乱的汗珠一扫而光。

我对这集市上的一切突然丧失了兴致，想马上打道回府。我有点口渴，有点乏力，有点头晕。我已经过惯安逸的生活，身体变得娇气经不住任何小小的变故。和习武相比我真是差得太远，他仍然兴致勃勃，东瞅西瞧。习武满头大汗，因为习武还穿着冬天才穿的棉袄，没有合适节气变更的衣裳。尽管正义婶无微不至，莲叶也是整天手脚不识闲，但也有照顾不周的地方，她们都没来得及想想习武的节令衣裳。我想给习武买一身衣裳。我知道一个乡村孩子对于新衣裳的渴求，合适的衣裳曾经是我常年的梦想。我曾经因为一件夏天的海魂衫魂牵梦萦了两三年，但最后仍然和海魂衫相距遥远，奶奶没有帮我实现这个梦想，爹当然也不会，他压根儿就不会想我还有想法。

习武不问我朝哪里走，要去干什么，他只是听从指挥，我说去哪儿他就去哪儿。习武只会微笑，只会服从。集市还没有散伙，但也不甚热闹，搜罗一下周遭村子所有走得动的人都集中到这街上，也不一定有当年一半热闹。像衰落了的村庄一样，集市也正在义无反顾地衰微。街边上有一个老人艰难地推着一辆三轮车，车把上插着一大簇风车玩具。那是硬纸折叠的纸风车，一根细竹签当轴心，贴着竖起的高粱秆肆意飞转，转出一团虚影。一阵风拥来，纸风车欢快旋转的时候，发出呜呜的声响，仿佛有什么欢喜事情降临，让它无法表达满心的快乐，只能用这样不住地旋转来宣泄心情。我想起小时候在打麦场里，和一群伙伴玩磨悠转儿游戏：伸展两条胳臂，原地旋转身体，越转越快，直到头晕目眩跌倒在地上。当你躺着时，你仍然感到一切都在运动，大地正在倾斜，试图抖掉你，但你无法知道你要被抖进哪儿，只能赶紧闭上眼睛，听从大地的发落。当然，最后你仍会好好地待在这世界上，这是经验，你仅仅是因为旋转才产生幻觉，你不会被扔进深渊的……我喜欢这发出嘘嘘声音疯狂自我旋转的纸风车。我付给老人五角钱，接过他怀着感激心情递过来的高粱秆。纸风车找到了主人，转得更欢，疾快得让我看不清它。它在抽风。我端详它片刻，然后递给习武。

尽管不甚热闹，但春天的一切都在骚动不已。白杨树这一刻和上一刻都不一样，树荫在半个晌午会变浓不少，叶片正趁着阳光趁着风势拼命钻出来拼命展开，不断地摇晃着身体想迅速变厚实起来。长风横过小镇上空，你看不见风的影子，但能听见它冲荡而来汹涌而去的声响，像是一条硕大的鱼游过碧蓝的海洋。天空蓝得让人晕眩，没有一丝一片的云彩，比大海更广阔深邃。眯起眼睛，能望见阳光一道一道，泛着铁青，像是钢丝一般漫洒空中。所有的活物全都出动了：一只老母猪哼叽哼叽踱过街边，旁若无人地随地乱嗅，寻找合适的可以鼓胀肚子的物件，哪怕是一只敞开口灌饱风的塑料方便袋它也不放过，也要闻一闻然后再舔一舔，尝尝滋味。几只鸡咯咯嗒嗒呼唤着，在一个墙角崭露，但看见了喧闹的街景马上又躲藏起来。一位拉脚的车夫坐在胶轮车的前端，吆喝着被两支长长的车把紧紧挟持的瘦弱老驴，老驴耷拉着头颅，长脸上没有任何表情，一副邀人宰割的模样。胶轮车比架子车宽大，载物空间一下子阔绰，车厢板上残留着没有抖搂净的新砖的红灰。那是以窑厂为生的拉砖的板车，不是司空见惯的架子车堪可比拟。

我们走过菜市街，一街两旁堆排着的菜堆正被行人逐渐消灭；屠宰摊位和几十年前没有两样，木架上挂着一扇扇红多白少的猪肉，光溜溜的猪身体一劈两半，白猪皮上盖着醒目的蓝紫收税圆戳，生肉的腥味弥漫环绕。接着就是服装市场，那些待售的新衣服从铺子里走出来，一排一排，在临街的架子上招摇。习武不知道要干啥，紧紧跟在我身后，人多的时候，自觉不自觉要扯住我的衣襟，唯恐一不小心会走丢，会一下子找不见我。但当我挑选好一件略微厚实适合这个节气穿着的夹克衫让他试穿时，却被他坚决地拒绝了。他满脸羞愧得通红，因为他一向惯于被忽略现在却成了几个人关注的中心。他推开了衣服，"我不要，"他说，"真的不要，翅膀哥。"他怕我误解他是客气，一个劲地摇着手，也摇着头。"习武，听话，"我说，"来之前莲叶就说好了，托我给你买衣服。"我说了瞎话。习武盯着我看，有点相信了。"你看现在谁还穿棉袄啊，马上都夏天了，你不换薄衣服，出一身汗凉风一激，会伤风的。"我说。习武同意试穿衣服了，他不再怀疑。习武轻信一切语言。

我们刚刚买好衣服，就听见了旁边的争吵声。我没太在意，只是让习武把脱下的棉袄装进店家配送的纸袋子里，让他干脆就穿着一身新衣裳，光鲜鲜地亮相。习武不好意思，一个劲地抻衣襟，拽衣领。习武是个孩子，一身新衣裳让他高兴得有点手舞足蹈了。习武忘记了周围，我也有点忘记周围了，直到吵闹激烈起来，我们才开始关注。街上的人群在不断地围过来，像看马戏一样越聚越多。

那是一场司空见惯的吵架，在这么热闹的一个逢集日里，熙攘的街市上如果没有争吵，每个人都会觉得缺少点什么，像是每个人不观看一次争吵，总觉得赶这个集不值，白跑了一趟似的。这是规矩，就是说，吵架是集市的一个重要组成部分，不可或缺，和那些耍马戏的、卖老鼠药的、支摊镶牙的……一样，是集市喧嚷的一个音符。所以没有人会对吵架稀罕，而是当作一种街景来观览。于是一个男人跳出来，他手里拎着一只暖水瓶，声音提高了八度，是猛然提高的，能和高音喇叭媲美。他吆喝道："大家都来看看，都来评评理……"其实没有人有兴趣去深究个中缘由，也没人想给他们评理，大伙儿只是想看看吵架，这么个明朗的春天晌午，这么热闹的集市，不能没有吵架，要是能大打出手，能见见血，未尝赛不过马戏。一条街的人流开始往此处聚结，大家心里头在暗暗欢喜："就要有好戏瞧了，就要有好戏瞧了……赶这趟集不亏，临走还能瞧一场打架！"人们围簇过来，自动形成一个人圈，把那个跳出来的男人站在圈中心。可惜只有他一人在高声嚷嚷，不见他的对手。他用一根食指挑着那只暖水壶，数白着因由："我是夜儿个后半晌从这儿买的这壶，春燕超市，大家都看见了吧！晚上沏了一壶茶，今儿个早上歪脖子一倒，凉得镇牙——就隔了一夜，哪是暖壶，还不胜夜壶！春燕超市不给换，这是什么超市，讲理不讲理！大家都来评评理！"那男人宽脸凸肚，三四十岁，憨憨实实，正是力气大火气足的岁数。他的两只眼睛很小，从鼻梁向两侧分开，与宽大的脸膛有点不成比例。他的脸膛呈酱紫色，散见几点浅麻子（不像天花的遗存）。他一手架着腰，一手拎着暖水瓶，盛气凌人。这么着嚷嚷了一阵儿，没等观众到齐，就又有一人从那处名叫春燕超市的门里款步而出。是个女人，她说："你有完没完啊，你还叫不叫人做生意！"我的心一震，那声音我熟悉透顶，尽管已经略微变得沙哑，尽管岁月在一点一点地、像砂轮打磨铁制部件一样地让其棱角全无，变得没有特征，圆咕隆咚的，但那声音的质地并没变，仍像当初一样，清脆，携带着水韵——难道她是何云燕？我有点疑惑。我已经有几十年没见过何云燕，不知道她在哪儿，不知道她后来的境况如何，我甚至都不想打听。我已经回嘘水村六天，但我没有一点儿何云燕的消息，任何人也不知道多少年前决定我生命的一些最重要的事情竟然与这个女孩有关。我也不想走向白衣店小村一步，那个小村已经接近荒芜，远看有点残垣断壁的，似乎在越缩越小。我不知道我为什么不想知道何云燕，甚至不想打听，没有对刘所长那样的想知道下落的愿望。而现在我听到了这耳熟能详的声音，我一时不知如何是好。我站在春天四月的骄阳下，体会着侵蚀人肌肤的温暖，炫目的阳光让我有点晕眩。我拉着习武，"走，我们去看看。"我说。我们挤过人堆，竭力想站到前排，但没有达到目的，只能隔着参差的人头窥望。

女人个头不高，即使有高跟鞋帮忙效果也有限，一眼就能看出她的矮短身量。她的穿着土不土洋不洋：上身是大红的半大毛呢罩衫，刚盖过腚臀；下身则是长可及踝的黑裙子，下摆已经接近脚上的高跟皮鞋鞋口，当她扭转双腿的时候，能看见一层肉色袜子紧紧贴着她的小腿，起到以假乱真的作用，像是什么也没穿，裸露着肌肤。女人烫了卷发，一浪一浪从头顶漫下，瀑向颈际。女人的面色似有青黄之色，但嘴唇却极红艳，让人生出"万绿丛中一点红"的叹喟。女人在不停地磨动身体，其发出的声音一阵儿低一阵儿强劲，就像离得很远，被旷野顺街道溜来的风刮得高低不均。她不断变动姿势偶尔显现的脸显出我熟悉的轮廓，但细看绝不是熟悉的模样。人群嗡嗡嘤嘤，小声的议论像是蛆虫乱拱，像是一窝蟋蟀在互相攀爬。争吵的事情其实简单明了：男人昨天下午在这个超市买了一只暖水壶，他是亲手拎回家的，晚上灌满一壶开水，今天早上一看竟然是凉的，没有保温作用。暖水瓶不保温，当然质量有问题，争议的焦点是女人大声质问男人谁知道他碰没碰着瓶胆下头伸出的那个碴儿，因为恰恰那处碴儿是关键点，如果不小心碰折了，这个暖水瓶也就报废了。这是简单的道理，但确定起来却不那么容易。男人说他绝对是小心翼翼，不可能是他的责任，而女人说她的超市不可能进次品货，向来遵循质量第一。"你去打听打听，春燕超市啥时进过次品货!"女人理直气壮，根本不被男人的威吓屈服。男人说他要吆喝，逢集就来吆喝。男人说他不但吆喝，还要纠集人来找事，叫你干不成生意! 女人说请便，愿怎么怎么，我才不怕呢! 你啥时来我啥时奉陪! 观众群中有人插科打诨，对男人指手画脚："你就说夜里来，说啊，半夜十二点!"于是一阵哄笑，就像夏天露天茅厕里趴满的黑乎乎的苍蝇，一下子被什么惊动，盛况空前。

但男人没有被观众的玩笑逗乐，也没有放松面部的肌肉，他的小眼睛瞪瞪，话头没从暖水壶上挪开，"你不赔试试，你不赔试试!"他说，"这样吧，咱去上派出所问问吧!"只要遇见什么事，都是往派出所跑，似乎派出所才是断案的地方，所有的官司派出所都能解决似的。但女人一点儿也没示弱："去吧，你说去哪儿我就去哪儿!"这种胶着状态没有任何结果就这样一直持续着，看不出有和解的征兆，打破这种局面的是男人，他突然发飙，吼了起来，而且开始骂人，女人也相继跳起来，开始对骂。女人的骂人水平与男人相比丝毫不差，而且开始牵涉家族中的女性，开始大范围触及性器官和性活动，荤油糊嘴，不堪入耳。没有人拉架，大家都想让冲突升级，让高潮迭起，有更好的戏可看，谁也不想中途辍止。

骂声在持续，随着乓的一响，战事转折。男人情急之中不想再要那只壶，突然抓住举起，使劲往地上掼去。旁边的人怕被跳起来的瓶壳击伤，或者被碎裂的瓶体崩瞎眼睛，于是吆喝一声朝一旁跳去。瓶在地上碎了，咯呀呀滚动的瓶壳里有亮晶晶的瓶胆碎片逸出。没有崩伤人，但暖水瓶壳瘪了，铁圆的瓶壳变成了类椭圆状。因为摔壶动作是事件升级的导火索，双方开始进入实战。女人架着腰跳起来：“我叫你摔，我叫你摔！”她冲向前去，毫不畏惧，双手去抓男人。男人膀大腰圆的，当然不让她抓着，这更使她恼羞成怒。“鸡不跟狗斗，男不跟女斗，你当我打不过你啊，我不跟你打！”男人不屑一顾地说，突然男人又做了个动作，他蕴足一口唾沫，呸，使劲向女人的脸上吐去。

女人啊呜一声惊呼，她没有料到男人使这一招，于是呸呸呸使劲朝男人脸上吐，身上吐，后来是干吐，因为口腔里一定是没有了唾沫，而男人还嫌她没吐够，笑眯眯地伸开右手手掌，贴着整张大脸从上往下一撸，把那些他并不讨厌的水液滤掉。女人有点没招了，但激愤难平，她浑身颤抖，这时候要是给她一把手枪，她一定会毫不犹豫地将男人打成筛子。还好，平民百姓手里不可能有枪，有枪她也不一定会用，这就好了，一切都是动动手脚，最多皮上留下个指甲记号，无伤大雅。但女人在磨悠身体，两手空抓，气愤让她有点失去理智。突然，女人短暂一愣，接着伸手朝腰里探去，在场的人谁都不知道发生了什么，女人极其迅速地抓住了一样东西，又顺手朝男人的脸上或者是头上一糊，男人也愣了半刻，接着男人眼睛瞪圆，盯着手里抓下来的女人戴在他头顶的东西，像是抓着一条咝咝吐着信子的毒蛇，他将毒蛇猛地掷掉，嗷嘈一声跃起，不再恋战，不停地猛甩着手，一拱身子朝人圈外跑走了，也不再顾及他的破烂的暖水瓶。有人看见男人的脸上滴淌着黑血。人群哗啦趔开，躲开他扔掉的那堆毒蛇——那不是毒蛇，而是滴溅着污血的一团淡绿色的纸，有人迟了好一会儿才说："啊呀——是月经纸！"是的，女人拽出了她血糊糊的月事纸巾，像贴膏药一般糊在了男人的头顶。当顶糊上女人的经污，是大不吉利，倒霉透顶，男人不得不避讳，也不得不恶心，没辙，只能败走麦城。

我是个观众，自始至终我没有动弹。我看着，听着，一动不动。我不知该如何面对这一切。那是何云燕，我已经打听旁边一个了解底细的人，知道春燕超市的女老板就是白衣店的何云燕。何云燕，我少年时代的偶像，我曾为之日夜不眠，曾为之痛苦得死去活来的那个女孩，现在是这个小镇超市的女老板，是一个在恶打恶骂的吵架事件中能够随手拽出身体隐秘角落里的纸巾当武器的女人。

确切地说何云燕并不是老板，而是老板娘。何云燕嫁到了这个小镇，她的丈夫是小镇上的街霸，当天那个男人之所以敢耀武扬威兴师问罪，是因为春燕超市的男老板被派出所请走，他尽可以大闹也不担心比他更霸道的男人跳出来给他个下马威。听说春燕超市的老板一不怕苦二不怕死，是打架的急先锋，而且刀刀见血，远近闻名。

我的脑子里一片空白，有那么一刻我既无感觉也无思想，看不见眼前的人群，听不见吵嚷声。我觉得世界全在垮塌，房子一所所趴下，山峰一座座仆倒，像是处于空前的大地震中……一切夷为了平地，仿佛从来没有存在过，只是虚妄的想象的产物，或是一场迷梦。习武扯起了我的手，我感觉到了来自人的肌肤的体温，一种能够将恍惚廓清的力量，犹如劲风之于迷雾。我猛然惊醒，我看见了习武拉着我要走。我的手在颤抖，我有点惊慌失措。我牵着习武的手逃似的离开人群，我要逃离这小镇、这伤心之地。

七

我知道南塘早已不复存在，那儿不再有水，不再有崔嵬的忠实老窖，也不再有纵生的色彩斑斓的纷纭传说。南塘是一块田地的名称，现在谁都可以去那儿，白天黑夜，无所顾忌。

但我却不同。在我的心里，南塘仍然威风凛凛、仪态万方，南塘波涌浪起，没有一天平息过，当然也不可能干涸。南塘拥有万顷波涛，是一片不可思议的大水，怎么可能仅仅是一片四季轮回的平和地块！我不敢轻易走近南塘一步，不敢黑夜里去见她（我对南塘有根深蒂固的害怕）——其实我多么想一个人深夜里再会南塘，像决定我一生颜色的那个深夜一样。

在一个上午，我没有让习武跟着，一个人去了南塘。劲风指使一望无际的麦丛绿浪翻滚，我的下半截身子被麦丛埋没，像是被推拥着，我走向南塘。

阳光明媚得让人想落泪，方块形的油菜田嵌在清一色的碧野里格外醒目，嫩黄得让你呼吸紧促。蜜蜂嗡嗡轻响，迷惑在万千花簇中，一时拿不定主意该先钻进哪一枝花蕊为好。劲风撵上来，趴我耳朵上一阵阵喔喔说话，但谁也弄不懂它说的是什么。

走过麦丛，走过油菜花，走过村子前头那条纵路，接着我就拐上了小径。小径现在仅只是田头一溜逼仄的土垄，两块田地衔接处的局促空白。没有光溜溜的曾经的景象，也不可能有贴地乱生的茂盛锅巴草，以及红的绿的土黄色的蚂蚱。我担心着脚下，用腿拨开两侧探着身子生长的麦丛。我走走停停，端详一番不远处的南塘，听听风和麦丛低语的话题。

一棵蒲公英伸展着三四片贴地的绿叶，高举起一支已经成熟的白色花球。蒲公英应该刚刚开放黄花朵，为什么这棵已经熟透、膨散？突然，这个花球被一股风吹开，一大团种尘扬起，像一道白色的水流淌过空中。我看见其中一颗种子脱离了队伍，独自返回来，在故土上空转了一圈，接着那羽毛一般炸开的细丝猛地一收，像一颗白日里的流星，倏地飞远。

那颗种子究竟要到哪里去？春天的劲风会送它到哪里？

于是我站到了南塘上，一次又一次走进我梦里的波光粼粼的南塘。尽管现在已经没有一滴水，只是一片司空见惯的略微低洼的田地，但我仍然明确地知道我是站在了南塘上，我站的位置就是那个黑夜里我与鱼共眠的地方，因为我的心在发紧，我全身的汗毛纷纷站立起来。远远近近声势浩大的麦苗欢呼跃动，仿佛在传播消息："看，他回来了，他真的回来了！"于是它们一齐向我拥来，我看见绿浪起伏着向我翻滚，我被湮没。我有点窒息，闭上眼睛……当我再度睁开眼睛时，满地的麦苗仍然在原地舞蹈，绿浪翻滚得愈加汹涌。我好好地站着，并没有葬身水底。是的，南塘早已干涸，早已被填平。像走逝的诸多岁月一样，南塘业已消失。

只有站在南塘上时，你才能明白这儿是世界的轴心，万物都在围着这儿旋转不息。举目四望，村庄逶迤，参差相连，树木遮覆着房屋，看上去像是一圈森林的墙垣。那棵老楝树的气势在近处显现不出，只有站在南塘北望时，才能发现它的壮观，它的鹤立鸡群。老楝树比村子里最高的树顶还高出许多，像是一座老窑，像是巍峨的黛色大坟。即使是劲风横过长空，老楝树也不理不睬，岿然不动。但它芳香四布，从风中，从莫名其妙的什么地方，那楝花清苦的特殊馨香一阵一阵漾来，独立于油菜花、麦丛和泥土的芳泽之上，让人凛然一震，禁不住浑身直打寒噤。

1998 年 10 月动笔

2014 年 5 月完稿

2015 年 12 月定稿